D1986379

BASTEI LÜBBE

Rainer Aumund

DER PUTSCH

Thriller

BASTEI LÜBBE

BASTEI LÜBBE TASCHENBUCH
Band 26076

Vollständige Taschenbuchausgabe

Bastei Lübbe Taschenbücher ist ein Imprint
der Verlagsgruppe Lübbe

Originalausgabe
© Copyright 1998 by Verlagsgruppe Lübbe GmbH & Co. KG,
Bergisch Gladbach
All rights reserved
Umschlaggestaltung: MARTINEZ ProduktionsAgentur, Köln
Titelbild: Archiv MARTINEZ
Satz: KCS GmbH, Buchholz / Hamburg
Druck und Verarbeitung: Ebner Ulm
Printed in Germany
ISBN 3-404-26076-7

Sie finden uns im Internet unter
http://www.luebbe.de

Der Preis dieses Bandes versteht sich einschließlich
der gesetzlichen Mehrwertsteuer

Prolog

Zitterte er vor Angst oder vor Kälte? Verzweifelt versuchte Mark seine Glieder stillzuhalten, die immer wieder unkontrollierbar zu zittern begannen. Das schweißgetränkte Hemd klebte ihm am Körper, während sich sein Atem langsam beruhigte. Die Kälte des Straßenpflasters drang unaufhaltsam in seine Glieder ein. Heute nacht würde es Frost geben. Wie lange lag er jetzt schon unter diesem VW-Bus auf der naßkalten Straße? Wenn Jochen nicht bald kam, würde er vor Kälte steif gefroren sein. Wie war er nur in diesen Schlamassel hineingeraten? Noch vor drei Wochen hatte er als Praktikant der EG-Kommission in seinem schönen Büro in Brüssel gesessen und abends das Nachtleben der Stadt genossen. Nun krümmte er sich vor Kälte und Erschöpfung unter dem geparkten VW-Bus in einem Gewerbegebiet am Rande seiner Heimatstadt Aachen und wagte vor Angst nicht, auch nur den Kopf zu heben. Wie hatte das geschehen können? Was hatte er falsch gemacht?

Mark robbte langsam unter dem Kleinbus hervor und starrte hinüber zu den großen, hellerleuchteten Fensterflächen auf der anderen Straßenseite. Er sah das flache, eingeschossige Gebäude eines stillgelegten Baumarktes, der zu einem Fitneßclub umfunktioniert worden war. Durch die Fenster konnte er chromblitzende Hantelbänke und Rudergeräte erkennen. Doch das Studio war leer, niemand trainierte so spät noch an den Gewichten. Mark las die großen, blauen Aufkleber, die jeweils den unteren Teil der Fensterflächen bedeckten: ›*BodyWorld – Fitneß-Studio und Aerobic-Center*‹. Hinter den Buchstaben präsentierte die Silhouette eines Bodybuilders ihren Bizeps, während darunter die Umrisse einer zierlichen Ballerina im Spagat auszumachen waren. Hier hatte er während seines Studiums immer trainiert, hatte den Frust und Streß der Klausuren beim Hanteltraining abzuschütteln versucht.

Aus der Entfernung konnte Mark das Geräusch eines langsam fahrenden Autos hören. Es kam näher. Rasch zog er den Kopf zurück unter den Bus. Ein dumpfer Schlag, gefolgt von einem heftigen, stechenden Schmerz, ließ seinen Puls hochschnellen. Mark unterdrückte einen Aufschrei. Er hatte sich beim Zurückzucken den Kopf an der Radaufhängung gestoßen. – Waren *sie* es? Hatten *sie* ihn vielleicht doch gesehen? Nun bog der Wagen vielleicht dreißig Meter hinter ihm um die Ecke. Dem Geräusch nach mußte es eine große, schwere Limousine sein, doch Mark wagte nicht, sich umzudrehen. Seine Augen hatten sich an das Halbdunkel unter dem VW-Bus gewöhnt. Es kam ihm vor, als läge er im hellen Scheinwerferlicht. Aber konnten *sie* überhaupt unter den Bus sehen? Oder lag er im Schatten? Der Wagen näherte sich und fuhr ohne Verzögerung vorbei. *Sie* hatten ihn nicht bemerkt!

Mark wollte gerade wieder nach vorn robben, als er ein Quietschen wahrnahm. Der Wagen bremste! Kamen *sie* zurück? Mark preßte den Kopf auf das Straßenpflaster, um erkennen zu können, wohin das Auto fuhr. Jetzt sah er das Fahrzeug. Es war der dunkle BMW! *Sie* hatten ihn gefunden, es war vorbei! Entsetzt beobachtete Mark, wie zunächst die Rückfahrscheinwerfer der Limousine aufleuchteten. Er hörte das helle Schnarren des Rückwärtsganges, als der Fahrer mit Schwung wendete. Dann sah er die bläulich-grellen Scheinwerfer. Er hatte das Gefühl, als strahlten sie ihn direkt an. Kalte, unbestechliche Augen, die überall hinsehen konnten, denen nichts entging. Der BMW begann langsam auf ihn zuzufahren. Ein Raubtier, das sich an seine vor Schreck erstarrte Beute anpirschte. Mark fühlte, daß es aus war. Er lag unter diesem VW-Bus wie auf dem Präsentierteller. Jeder, der nur einen Blick zur Seite warf, mußte ihn im Licht des Fitneßstudios dort liegen sehen. Es war vorbei.

Plötzlich erlosch die Beleuchtung des Studios. Fenster für Fenster verdunkelte sich, bis das eben noch hellerleuchtete Gebäude nur noch eine dunkle Fassade war. Mit einemmal sah Mark sich von Dunkelheit umgeben. Das spärliche Licht der Straßenbeleuchtung erhellte gerade die unmittelbare Umgebung der Laternen. Es war dunkel! Jochen hatte die Lichter ausgeknipst! Nun mußte er jeden Moment herauskommen. Jäh schnürte es Mark die Kehle zu. Lag er überhaupt unter dem richtigen Auto? War dieser alte VW-Bus wirklich Jochens Wagen? Aber es blieb ihm keine Zeit nachzudenken. Er erstarrte zu völliger Bewegungslosigkeit, als der dunkle BMW wieder langsam an ihm vorbeirollte. Doch *sie* fuhren weiter, konnten ihn in der Dunkelheit unter dem Kleinbus nicht ausmachen.

Würde Jochen ihm überhaupt helfen? Seit fast zwei Jahren hatte er sich nicht mehr bei seinem Trainer gemeldet. Dabei hatte die beiden früher ein freundschaftliches Verhältnis verbunden, sie hatten abends oft zusammen trainiert, und Mark war manchmal eingesprungen, wenn Jochen keine Aushilfe für das Studio finden konnte.

Jochen war nach der Wende aus dem Osten nach Aachen gekommen und hatte das Studio hier mit Engagement aufgebaut. Meist war er selbst anwesend, weil er sich festes Personal nicht leisten konnte. Damals im Osten hatte Jochen das nationale Zehnkampfteam der DDR trainiert. Es gab Gerüchte, nach denen er als IM für den Staatssicherheitsdienst gearbeitet haben sollte. Aber welche Bedeutung hatte das heute noch? Die DDR gab es nicht mehr. Warum alte Wunden aufreißen? Wieso sollte man einem Ossi seinen Erfolg im Westen mißgönnen, weil er im Unterdrückungssystem der DDR zum Verrat an seinen Schützlingen gezwungen worden war?

Das hohle Geräusch von lederbesohlten Cowboystiefeln hallte durch den Gang neben dem Fitneßstudio. Mark erkannte sogleich Jochens Gangart. Schwere, lange Schritte mit einem leichten Schlurfen beim Aufheben der Absätze. Sie kamen näher. Wenn jetzt nur nicht der dunkle BMW wiederkam! Mark hörte einen Schlüsselbund klirren, dann sah er die Stiefel seines Freundes. Wie kam er darauf zu glauben, Jochen sei bereit, ihm zu helfen, jetzt, wo er in der Klemme steckte? Würde er ihn nicht eher entnervt abweisen?

Mark hörte, wie Jochen den Schlüssel ins Türschloß steckte. Mit einem Klicken sprang das Schloß auf. – Jetzt oder nie! Eigentlich hatte er gar keine Wahl mehr! Wenn er Jochen davonfahren ließ, lag er schutzlos auf der Straße, mit nasser Kleidung im November, ohne Geld und völlig ausgepumpt. Nach Hause konnte er nicht, die Wohnung wurde bestimmt beobachtet. Und von der Polizei hatte er auch nichts Gutes zu erwarten. Mark streckte verzweifelt den Arm aus und ergriff Jochens Knöchel. Seine Hand umschloß das weiche Leder des Stiefels. Mark lugte unter dem Wagen hervor. Seine Stimme klang röchelnd und verzerrt. »Jochen! Ich bin's, Mark Kemper! Hilf mir, ich steck' in der Scheiße! Schnell, ich werde verfolgt!« zischte er dem erschrockenen Trainer zu, der inzwischen die Fahrertür geöffnet hatte und überrascht nach unten starrte.

Einen Augenblick lang zögerte Jochen, schaute Mark

ungläubig in die Augen. Dann blickte er sich um, sah, daß die Straße im Moment völlig leer war. Für Mark dauerte es eine kleine Ewigkeit, bis Jochen sich einen Ruck gab und die Fahrertür ganz aufstieß.

»Los, kriech rein, aber halt den Kopf unten!«

Mark robbte unter dem Wagen hervor und schlängelte sich zwischen Lenkrad und Pedalen vorbei zum Fußraum der Beifahrersitze. Während er sich noch hinkauerte, hörte er die Tür zuschlagen. Der Zündschlüssel wurde gedreht, und der Motor im Heck des Kleinbusses dröhnte auf. Jochen wendete den Wagen, fuhr los und bog einige Male abrupt ab. Mark dachte die ganze Zeit nur an den dunklen BMW, aber er wagte nicht, seinen Kopf zu heben. Mittlerweile fuhr der VW mit hoher Geschwindigkeit auf einer Ausfallstraße. Mark richtete das Wort an seinen ehemaligen Trainer, der bisher schweigend durch den dünnen Nachtverkehr der Stadt gefahren war.

»Werden wir verfolgt? Kannst du einen dunklen BMW sehen? Ausländisches Kennzeichen?«

»Niemand hinter uns. Aber bleib erst mal unten. Ich nehme einen Umweg über die Autobahn, um auf Nummer Sicher zu gehen.«

Nachdem der VW einige Zeit über die leere Autobahn gefahren war, gab Jochen Mark ein Zeichen.

»Ich glaube, du kannst auftauchen. Wer immer hinter dir her ist, hat für den Moment die Spur verloren.«

Mark richtete sich auf und nahm neben Jochen auf dem Beifahrersitz Platz. Während er den Automatikgurt befestigte, hatte er zum ersten Mal Gelegenheit, seinen ehemaligen Fitneßtrainer anzusehen. Der kräftige, fast hünenhafte Körper des Trainers fand nur knapp hinter dem Lenkrad des VW-Busses Platz. Zu den Westernstiefeln trug er die obligatorischen Bluejeans mit einem breiten Gürtel mit massiver Metallschnalle. Unter der offenen wattierten Jacke schaute ein Sweatshirt mit dem Aufdruck *University of Berkeley* hervor. Die lockigen blonden Haare fielen Jochen bis auf die Schultern. Nur vorne und an den Seiten waren sie kürzer, so daß die Ohren sichtbar waren und sich von vorne eher der Eindruck einer Kurzhaarfrisur ergab. Im rechten Ohr steckte ein kleiner goldener Ring. Seine Bräune verriet regelmäßige Solariumbesuche. Alles in allem hatte Jochen sich seit Marks Weggang aus Aachen nicht verändert. Trotz seiner mittlerweile gut vierzig Jahre wirkte er jugendlich. Manchmal erkennt man seine wirklichen Freunde nicht, dachte Mark, der langsam die Erleichterung darüber verspürte, nicht mehr gejagt zu werden. Gleichzeitig fühlte er, wie er innerlich zusammenzusacken begann. Nun, wo die unmittelbare Gefahr vorbei war, spürte er wieder die Erschöpfung, die er seit Tagen nicht mehr hatte abschütteln können.

Jochen schaute immer wieder zu ihm hin. Erst durch den verwunderten Blick des Freundes wurde Mark sich seiner armseligen Erscheinung bewußt. Mit der ausgebeulten und zerschlissenen Kleidung mußte er einen traurigen Anblick bieten. Seine Haare standen wirr vom Kopf ab, an der Stirn klebte verkrustetes Blut von dem Stoß gegen die Radaufhängung. Hose und Schuhe waren schlammverschmiert. Seine Hände waren aufgerissen und verkratzt. Unter den Fingernägeln zeichneten sich tiefschwarze Ränder ab. Ihn fröstelte, und das Hemd klebte naß an seinem Rücken. Erst jetzt fiel ihm auf, daß er noch immer den kleinen Rucksack mit den Fotokopien aus der Kommission auf dem Rücken trug.

Er streifte den billigen Plastiksack von den Schultern

und umklammerte ihn mit den Händen. Wenn er geahnt hätte, daß diese paar Kopien ihn in Lebensgefahr bringen würden, hätte er sie wahrscheinlich sofort in den Schredder geworfen und die Angelegenheit vergessen. Als er mit blutunterlaufenen Augen zu seinem Freund hinblickte, sah er, wie besorgt Jochen über seinen Zustand war.

»Wie, verdammt noch mal, kommst du in diesem Aufzug unter mein Auto? Ich dachte, du hättest dich nach Brüssel abgesetzt, um die große Karriere zu machen! Und vor wem läufst du überhaupt weg?«

Mark hob abwehrend die Hände. »Ich bin so froh, daß du noch im Studio warst. Ich weiß nicht, was ich sonst getan hätte.«

»Nun komm schon, wir fahren zu mir, damit du wieder auf die Beine kommst. Aber dafür schuldest du mir ein paar Erklärungen! Du willst doch wohl nicht behaupten, du hättest die letzte Nacht durchgezecht!«

»Eins nach dem anderen. Das ist eine lange Geschichte. Du hast richtig gedacht, ich war in Brüssel. Aber dort ist es alles andere als planmäßig gelaufen. Es ging alles los mit meinem Dienstantritt in der Kommission. Am ersten Tag gab es gleich eine Party mit unwahrscheinlich vielen netten Leuten aus aller Herren Länder. Am nächsten Morgen bin ich dann offiziell zum Dienstantritt erschienen. Und dann nahm das Unheil seinen Lauf.«

1. Kapitel

Lust auf Europa

Die Wurzeln der Gemeinschaft sind jetzt stark, und sie reichen tief in die Erde Europas. Sie haben schlechte Jahreszeiten überlebt, sie können auch noch weitere ertragen. Wenn man in diesem sich in voller Mutation befindlichen Rahmen die Beständigkeit des europäischen Gefühls und die Stabilität der gemeinschaftlichen Institutionen betrachtet, so kann man nicht zweifeln, daß es sich um eine mächtige Bewegung handelt, die sich mit den großen Epochen der Geschichte messen kann. Zu welchem Ergebnis uns diese Notwendigkeit führen wird, zu welchem Typus von Europa, das kann ich nicht sagen, denn es ist nicht möglich, sich die Entscheidungen vorzustellen, die im Kontext von morgen getroffen werden. Ich habe niemals daran gezweifelt, daß dieser Prozeß uns eines Tages zu den Vereinigten Staaten von Europa führen wird. Niemand kann heute sagen, welche Form das Europa haben wird, in dem wir morgen leben werden, denn der Wandel, der aus dem Verändern entsteht, ist unvorhersehbar.

Jean Monnet, Erinnerungen eines Europäers, Paris 1976

Mark versank im Polster der abgenutzten Ledercouch. Er war pünktlich um acht Uhr durch die Eingangstür des Gebäudes gegangen, hatte sich wie vorgesehen beim Pförtner gemeldet und das Schreiben der Kommission vorgelegt, das ihn für heute vormittag zum Dienstantritt als Praktikant einlud. Den offiziellen Empfang der etwa sechshundert gleichzeitig anfangenden Praktikanten aus allen Ländern Europas hatte er bereits hinter sich. In einem dreitägigen Programm war ihnen zunächst eine allgemeine Einführung geboten worden, die als gesellschaftliches Ereignis seine Reize bot, aber wenig mit Europarecht zu tun gehabt hatte.

Heute sollte es losgehen mit der eigentlichen Arbeit, wegen der er nach Brüssel gekommen war. Er saß in der Lobby des anonymen, unauffälligen Brüsseler Bürogebäudes in der Rue de la Loi, das von außen kaum von Dutzenden anderer Bürogebäude zu unterscheiden war, die Dienstleistungsunternehmen, Versicherungen und Import-Export-Geschäfte beherbergten. Von seinem Sitzplatz aus bot sich ihm ein gegensätzliches Bild. Die moderne, technische Einrichtung der Lobby, das Pförtnerhäuschen mit seinen Monitorkonsolen und Panzerglasverblendungen, die Sicherheitsschleusen und die mannshohen Absperrungen aus Edelstahl und Plexiglas, die den Weg vom Eingang zu den Fahrstühlen versperrten, wollten nicht so recht zur altmodischen und verblichenen Innendekoration der Wände und des Fußbodens passen.

Das Gebäude mußte in den zwanziger Jahren errichtet worden sein. Die holzvertäfelten Wände und der Parkettfußboden trugen die Spuren langjähriger Benutzung. Das Tageslicht fiel durch eine Vielzahl kleiner Scheiben, die von feinen Holzrahmen gehalten wurden. Man konnte noch die ausgetretenen Pfade auf dem Bodenbelag sehen, die vom Eingang zu den Fahrstuhlschächten geführt hatten. Durch den Einbau der Sicherheitsschleusen wurden die Besucher jetzt auf einem anderem Weg Richtung Aufzug gelenkt. Die Barriere aus Plexiglas, Absperrungen, Wächterhäuschen und Durchgangsschleusen zerteilte die Lobby in zwei getrennte Bereiche, in denen sich dem Besucher jeweils eine gewisse Beklemmung aufdrängte, die die ursprüngliche Eingangshalle nicht gekannt haben konnte. Die Sicherheitsinstallationen wirkten deplaziert in einem Raum, der sich ansonsten seit siebzig Jahren nicht verändert hatte. Nur das alte Ledersofa, in dem Mark auf einen Wink des Pförtners Platz genommen hatte, Teil einer Gruppe von mehreren *Fauteuils*, schien als einziger Einrichtungsgegenstand dem Aufmarsch der High-Tech-Ausrüstung widerstanden zu haben.

Mark hatte sich seinen Dienstantritt bei der Kommission der Europäischen Union ganz anders vorgestellt. In Gedanken hatte er sich durch den Haupteingang des *Berlaymont* schreiten sehen, jenes Hauptgebäudes der Kommission, dessen markanter Grundriß und langgestreckte Glasfassaden schon fast zum Wahrzeichen der Europaidee in Brüssel geworden war. Aber dann war das Gebäude wegen Asbestverseuchung geschlossen worden. Die einzelnen Generaldirektionen, die ›Ministerien‹ der Kommission, waren in angemietete Bürogebäude über ganz Brüssel verteilt worden. Die Generaldirektion III hatte mit der Rue de la Loi noch einen relativ günstigen Standort ganz in der Nähe des alten Kommissionsgebäudes erhalten. Nun saß Mark hier in der Lobby dieses Gebäudes, das die Generaldirektion für Industriepolitik aufgenommen hatte. Ihn überkam in der provisorisch hochgerüsteten Eingangshalle des alten Hauses ein Gefühl von enttäuschter Erwartung, er fühlte sich desillusioniert, als seien die Kommission und das strahlende *Berlaymont*-Gebäude nur eine Fassade gewesen, hinter der sich nun die gleiche Mischung aus Schäbigkeit, Verbissenheit und Kälte verbarg, die er in den Amtsstuben deutscher Behörden zur Genüge kennengelernt hatte.

Für Mark war die Kommission der Europäischen Union immer das Zentrum der europäischen Integrationsbestrebungen gewesen. Wenn auch die grundlegenden Entscheidungen über die Verfassung der Europäischen Wirtschaftsgemeinschaft und die wichtigen

Schritte auf dem Weg zur Politischen Union im Ministerrat getroffen wurden, so war es doch die Kommission, der die Aufgabe zufiel, sich ausschließlich für die europäische Sache einzusetzen, ohne gleichzeitig auch nationalen Interessen eines einzelnen Mitgliedstaates verpflichtet zu sein. Deswegen hatte Mark in der Kommission arbeiten wollen, seit jenen Tagen während seines Jurastudiums, als er sich im Seminar für EG-Recht von der Europa-Begeisterung seiner Hochschullehrer hatte anstecken lassen.

»Tut mir leid, daß Sie warten mußten, Monsieur Kemper, aber wir haben so früh noch gar nicht mit Ihnen gerechnet. Ich bin Maurice Maubeuge, und ich werde formell als Ihr Ausbilder fungieren.«

Der kleine drahtige Mann machte eine Geste in Richtung Aufzüge. Mark war hastig von dem niedrigen Sofa aufgestanden. Er fühlte sich etwas unbehaglich neben dem lebhaften EU-Beamten. Gegenüber kleineren Menschen hatte Mark immer das Gefühl, sich bücken zu müssen. Mit seinen ein Meter dreiundneunzig überragte er die meisten seiner Mitmenschen, was ihm normalerweise ein sicheres Gefühl gab. Dennoch konnte er das innere Unbehagen nicht abschütteln, wenn er deutlich kleineren Personen gegenüberstand, denen er Respekt erweisen zu müssen glaubte.

»Sie werden nicht allein von mir Aufgaben erhalten. Im Gegenteil, es wird von den *Stagiaires* erwartet, daß sie selbst die Initiative ergreifen und sich in Fragestellungen einarbeiten, die sie interessieren.«

Mark war es gelungen, einen der raren Plätze für eine *Stage* bei der Kommission zu ergattern. Diese etwa fünfmonatigen Praktika in der EU-Behörde waren heiß umkämpft und galten unter Insidern als Eintrittskarten in die Welt der Euro-Bürokratie. Wer sich während einer *Stage* bewährte, wer durch die Qualität seiner Arbeit und sein Auftreten in Erinnerung geblieben war, konnte sich gute Chancen im Bewerbungsverfahren um die wenigen, hochdotierten Beamtenposten in den EU-Behörden ausrechnen. Euro-Beamte verdienten etwa doppelt soviel wie nationale Beamte in Belgien oder Deutschland, dazu kam die Aussicht, in einer internationalen, kosmopolitisch geprägten Umgebung zu leben und zu arbeiten. Neben der guten Bezahlung und den umfangreichen Sozialleistungen lockten attraktive Steuervorteile und die Sicherheit einer garantierten Beamtenpension. Nach dem in Maastricht beschlossenen Aufbau von neuen EU-Behörden, wie der Europäischen Zentralbank in Frankfurt am Main und der Europäischen Polizeibehörde *Europol* in Den Haag, bestand ein hoher Bedarf an qualifiziertem Führungsnachwuchs, was beste Aufstiegschancen für karrierebewußte Akademiker bedeutete. Darüber hinaus kamen nach einer gewissen Berufserfahrung oft die noch interessanteren Angebote aus der privaten Wirtschaft, die sich das *Euro-Know-how* und die internen Beziehungen der EU-Beamten sichern wollte.

»Die Fahrstühle hier haben wir nachträglich einbauen lassen. Als wir einzogen, waren noch die alten Paternoster installiert, mit denen man langsamer war als beim Treppensteigen.«

Der EU-Beamte hatte Mark den Vortritt in eine der kleinen Aufzugskabinen gelassen. Nun glitt der Fahrstuhl geräuschlos nach oben. Maubeuge sprach fließendes Französisch, die Arbeitssprache in den Brüsseler EU-Behörden. Mark erkannte die Färbung von Maubeuges leichtem Akzent als feine, fast völlig abgeschliffene Spur seiner flämischen Herkunft. Mark war nicht unbedingt ein Sprachgenie, aber er hatte aus der Schule eine solide Kenntnis des Französischen mitgebracht. Seine weniger perfekten Englischkenntnisse hatte er in Brügge vertieft, wo er im letzten Jahr am Europa-College Europäisches Recht studiert hatte. Collegesprachen waren Englisch und Französisch gewesen, und er hatte vorwiegend Vorlesungen und Seminare in Englisch besucht. Durch den Aufenthalt in Brügge war es Mark auch gelungen, ein wenig Flämisch zu lernen, was ihn vielleicht in die Lage versetzte, die Herkunft des Beamten zu erraten.

»Ich habe gehört, Sie kennen Professor Woodworth aus seiner Vorlesungstätigkeit in Brügge.«

Mark bestätigte die Nachfrage des Beamten. Sein Gesicht hellte sich beim Gedanken an Woodworth auf. Durch Marks Leistungen war der Professor auf ihn aufmerksam geworden, und als Mark sich um eine *Stage* in der Kommission bewerben wollte, hatte er Woodworth um eine Referenz gebeten. Mark war sich darüber im klaren, daß der Erfolg seiner Bewerbung maßgeblich durch den Einfluß von Woodworth bedingt war, aber das störte ihn nicht.

»Sie teilen Ihr Büro mit einem anderen *Stagiaire*. Es ist nicht grandios, aber für den Anfang werden Sie sich wohl arrangieren können.«

Mark blickte in einen kleinen Raum mit zwei an die gegenüberliegenden Seitenwände gestellten Schreibtischen. Neben ein paar Aktenschränken enthielt das Zimmer hauptsächlich Computerausrüstung. Auf jedem Arbeitsplatz standen ein Monitor und ein Desktop Computer. Vor dem Fenster stand der Drucker. Die Wände waren kahl. Sein zukünftiger Kollege war im Moment wohl abwesend. Maubeuge wies auf einen Stapel Akten auf einem der Schreibtische.

»Als Einstieg habe ich Ihnen das Material für die

Überarbeitung des Richtlinienentwurfs über den urheberrechtlichen Schutz von Datenbanken zusammentragen lassen. In Ihrem Lebenslauf stand, Sie kennen sich mit Computern aus. Eine etwas undankbare Aufgabe vielleicht, aber Sie werden das schon machen.«

Maubeuge gab Mark detaillierte Anweisungen für die Überarbeitung der Akten. »Nachher kommt jemand und gibt Ihnen eine Einführung in das Computersystem. Alle Geräte sind vernetzt. Sie erhalten ein Password und können das System dann selbständig im Rahmen Ihrer Berechtigung nutzen. Wir machen hier fast alles mit dem Rechner. Die Kommission setzt auf die elektronische Revolution. In ein paar Jahren werden wir vielleicht sogar computergestützt übersetzen können. Rufen Sie mich an, wenn Sie Fragen haben.«

Mark fand sich allein in dem kleinen, etwas stickigen Raum. Wenigstens schien sein Zimmergenosse Nichtraucher zu sein. Das Fenster ging hinaus auf die Rue de la Loi. Vier Stockwerke unter ihm rauschte der Verkehr vorbei. Auf dem Aktenstapel klebte ein gelber Zettel mit einem Vermerk in roter Schrift: ›Eilt! Frist 5. 10.!‹ Heute war der 2. Oktober. Mark sortierte die Akten und begann zu lesen. Seine Erfolge während des Studiums hatte er in erster Linie fleißiger Arbeit und Ausdauer zu verdanken gehabt. Diese Eigenschaften würde er hier offensichtlich auch brauchen.

Das Telefon klingelte. »Büro Woodworth. Professor Woodworth erwartet Sie in seinem Büro. Kommen Sie doch gleich zu uns hoch. Zimmer achthundertzweiundvierzig. Achter Stock.« Mark machte sich sofort auf den Weg. Er hatte Woodworth seit dem Ende des Seminars im Frühjahr nicht gesehen, konnte sich aber genau an die elegante Erscheinung seines Mentors erinnern. Woodworth war Engländer, mittelgroß und schlank, und seine Souveränität im Umgang mit anderen Menschen gewann er aus seiner Haltung. Er trug fast immer englische Tweedanzüge, die bei jedem anderen unpassend gewirkt hätten, ihm aber eine Note von Individualität verliehen.

Von englischen Studenten in Brügge wußte Mark, daß Woodworth sich als Student im linken Flügel der Labour Party engagiert hatte, doch später trat er aus der Partei aus. Zu diesem Entschluß mochte auch die damalige europafeindliche Haltung von Labour beigetragen haben. Woodworth wandte sich von der Politik ab und schlug eine wissenschaftliche Laufbahn ein. Sein Weg führte ihn in kurzen Zwischenstationen vom Assistenten zum Professor für Europarecht. Seine fachlichen Veröffentlichungen waren zwar von einer prinzipiellen Übereinstimmung mit den Idealen der europäischen Idee geprägt, dennoch verlor er in seinen Stellungnahmen nie die nationalen Interessen Großbritanniens aus den Augen. Als die Regierung Thatcher Anfang der achtziger Jahre auf ihren europafeindlichen Kurs einschwenkte, erschien Woodworth so zunächst als idealer Berater. Jedenfalls war Woodworth 1987 nach Brüssel geschickt worden, als der Stellenproporz die Ernennung eines britischen Generaldirektors erforderte. Die Regierung Thatcher sah in Woodworths Benennung wohl einen Schachzug, der die europäische Integration und insbesondere das mit Argwohn beobachtete Binnenmarktprogramm des neuen Kommissionspräsidenten Delors eher behindern als fördern sollte. Doch kaum hatte Woodworth seine Position als politischer Beamter in der Kommission eingenommen, begann ein Prozeß, der schon bei vielen Briten zu beobachten gewesen war, die von der Insel nach Brüssel gekommen waren, um die Belange Englands zu vertreten. Aus dem Euro-Skeptiker entwickelte sich in kurzer Zeit der Verfechter einer beschleunigten Integration der EU, den besonders die zuständigen Beamten im *Foreign Office* in London kaum wiederzuerkennen glaubten. Eine Abberufung war nicht möglich, da ein Generaldirektor als politischer EU-Beamter dem Zugriff der nationalen Regierung entzogen war. Außerdem wäre eine solcher Schritt auch politisch unklug, weil zu offensichtlich, gewesen.

Mark betrat das Vorzimmer von Woodworth. Obwohl die Sekretärin ihn noch nie gesehen hatte, winkte sie ihn zur Tür von Woodworths Büro durch. Entweder kannte sie sein Foto aus den Bewerbungsunterlagen, oder sie sah in ihm den typischen Deutschen, den man schon wegen seiner Größe nicht verwechseln konnte. Mark öffnete die Tür.

»Mark, willkommen an Bord!«

Woodworth war aufgestanden, um Mark die Hand zu schütteln. Für einen Engländer war dies eine schon geradezu herzliche Geste, und Mark wußte, daß sich eine solche Begrüßung nicht wiederholen würde. Woodworth zeigte auf die Sitzgruppe, die um einen kleinen, flachen Tisch angeordnet war. Der Raum wirkte auf Mark großzügig und hell. Er hätte elegant und stilvoll wirken können, wenn nicht alle verfügbaren Möbeloberflächen, Fensterbänke und Regale mit Akten, Computerausdrucken und Broschüren überhäuft gewesen wären. Auf einem Regal hinter dem Schreibtisch erkannte Mark die gebundene Ausgabe der Reden Winston Churchills in zwei Bänden. Der Professor war ein erklärter Verehrer des großen Premierministers. Mark erinnerte sich an den Papagei in Woodworths Haus bei Brügge, der ständig den berühmten Ausspruch Churchills nachkrähte: ›*No sports!*‹ Diesen Spruch hätte sich wohl auch Woodworth selbst zum Wahlspruch machen können. Zu allem Überfluß hatte er seinen Papagei Churchill genannt.

»Mark, ich freue mich, daß Sie da sind. Ich glaube, wir können ein bißchen deutsche Gründlichkeit hier ganz gut gebrauchen.«

Die Anspielung auf das Vorurteil vom gründlichen Deutschen quittierte Mark mit einem Grinsen. Die Vorstellungen, die man im Ausland über die Arbeitseinstellung und Lebensauffassung der Deutschen hatte, amüsierten ihn eher, als daß sie ihn ärgerten. Woodworths anerkennender und wohlwollender Blick gab ihm wieder dieses Gefühl von freundschaftlicher, ja väterlicher Unterstützung, das er am Europa-College so an Woodworth schätzen gelernt hatte. Der Professor hatte das Gespräch in Englisch begonnen.

»Mark, ich habe Sie gleich heute zu mir bestellt, weil ich eine Art Sonderaufgabe für Sie habe. Sie werden von mir den einen oder anderen Auftrag erhalten, denn nach Ihrem Engagement in meinen Vorlesungen in Brügge vermute ich, daß Sie auch hier gern etwas über das Währungssystem bearbeiten möchten. Aber heute geht es um etwas anderes. Ich brauche jemanden, auf den ich mich verlassen kann und der unabhängig – sozusagen fast von außen – eine Reihe von Vorgängen überprüft. Kurz gesagt, es geht darum, daß die Generaldirektion VIII Vorwürfe erhoben hat, unsere Generaldirektion sei zu durchlässig gegenüber Lobbyisten, die im Interesse der Industrie bestimmte Vorstellungen in der Gesetzgebung und der technischen Normung durchdrücken wollen. Die ganze Sache ist inoffiziell, deswegen gibt es auch keine formelle Untersuchung.

Und die wird es hoffentlich auch nie geben. Aber Sie kennen ja die europafeindliche Propaganda, die behauptet, in Brüssel werde fernab der nationalen parlamentarischen Kontrolle das Interesse der multinationalen Großindustrie durchgedrückt. Stichwort Lobbyismus. Das wäre ein gefundenes Fressen für bestimmte Gruppen – und nebenbei äußerst peinlich für unsere Behörde, wenn etwas an den Vorwürfen wäre. Ich kann offiziell niemanden damit beauftragen, eine Kontrolle der Gesetzgebungs- und Normierungsverfahren der letzten zwei Jahre durchzuführen. Als *Stagiaire* laufen Sie praktisch nebenher. Da wird es kaum auffallen, wenn Sie einen Teil der Zeit für eine Sonderaufgabe verwenden.«

»Dazu müßte ich aber umfangreiche Akten sichten. Wird das nicht Verdacht erregen?«

»Kein Problem. Wir haben hier alle Vorgänge auf Datenträger. Über das Computernetzwerk können Sie alle relevanten Informationen abfragen. Es geht in erster Linie darum zu prüfen, ob bestimmte Firmen sich systematisch oder regelmäßig gegenüber den Vorstellungen aus unserem Hause, von anderen Interessenverbänden oder auch dem Wirtschafts- und Sozialausschuß durchsetzen konnten. Ein solches Profil – so es eines gibt – müßte dann mit den jeweils auf unserer Seite tätig gewordenen Mitarbeitern abgeglichen werden.«

»Also auch eine Art interne Ermittlung. Besteht ein Bestechlichkeitsverdacht?«

»So weit würde ich momentan nicht gehen. Es geht darum, Daten zu erhalten, die bei einer internen Sitzung zu diesem Thema als Verteidigung verwendet werden könnten. Aber wenn Sie Hinweise auf Bestechlichkeit finden sollten, muß ich es natürlich wissen.

Und zwar als erster wissen. Mark, Ihnen ist klar, daß dies eine sensible Angelegenheit ist. Ich kann mich doch auf Sie verlassen?«

»Selbstverständlich, Sir. Ich stehe ohnehin unter Schweigepflicht. Diese Sache werde ich absolut vertraulich behandeln. Sie können sich voll auf mich verlassen.«

»Sie erhalten heute nachmittag ein *Password* für die Computeranlage, das Sie unbedingt geheimhalten müssen. Jeder *Stagiaire* bekommt ein *Password*, aber Ihre Berechtigung wird Ihnen praktisch zum gesamten Datenbestand der Kommission Zugang verschaffen. Sie werden nichts ändern können, und auch die Programmebene wird Ihnen verschlossen bleiben. Aber sonst können Sie praktisch alle Dokumente ansehen und bei Bedarf Auszüge kopieren, die Sie für ihren Bericht benötigen. Ich habe veranlaßt, daß Sie ein Revisions-*Password* erhalten. Auch der Techniker, der Sie einweisen wird, weiß nichts davon. *Passwords* werden im verschlossenen Umschlag verteilt, wie die PIN bei der *eurocheque*-Karte. Merken Sie sich das Wort, und vernichten Sie den Zettel sofort. Die Berechtigung läuft im übrigen nach vier Wochen aus; das dürfte für den Auftrag ausreichen.«

Mark fühlte sich durch die offenbar vertrauensvolle Aufgabe geehrt, war aber gleichzeitig skeptisch, ob ein solcher Geheimauftrag günstig sei, wenn er sich in den fünf Monaten in Brüssel einen Namen machen wollte. Schließlich konnte er diese Tätigkeit niemandem gegenüber erwähnen, und sie würde wohl auch kaum im Zeugnis Berücksichtigung finden. Andererseits war ihm klar, daß er gegenüber Woodworth diesen Arbeitsauftrag nicht ablehnen konnte.

Mark saß wieder an seinem Schreibtisch und hielt den kleinen Zettel in seinen Händen, auf dem sein *Password* ausgedruckt war. Er hatte den Umschlag erst geöffnet, nachdem der EDV-Fachmann ihn wieder allein gelassen hatte. Der Computertechniker hatte ihm eine kurze, aber kompetente Einführung in das Computersystem der Kommission gegeben und ihn ansonsten auf das umfangreiche Handbuch verwiesen. Wenngleich die Behörde von dem Ideal des papierlosen Büros noch weit entfernt war, wurde die elektronische Datenverarbeitung doch in einem Umfang genutzt, der in den Verwaltungen der Mitgliedstaaten nicht vorstellbar gewesen wäre.

Alle Bearbeitungsvorgänge innerhalb der Behörde waren auf Datenträger verfügbar und wurden nach einer logischen Systematik auf Festspeichern archiviert. Eingehende Briefsendungen und Eingaben von nationalen Regierungen, Behörden, Firmen oder anderen EU-Institutionen wurden mit Hilfe von Scannern elektronisch eingelesen und abgespeichert. Auf diese Weise war den Beamten jeder Vorgang ohne aufwendiges Wiedervorlagesystem jederzeit verfügbar. Dieses System erwies sich als sehr praktisch und zeitsparend, weil auch alle EU-Dokumente und Gerichtsurteile ohne Verzögerung abgerufen werden konnten. Als praktisch erwies sich auch, daß man mit den entsprechenden Kennwörtern über das Telefonnetz von außerhalb der Behörden Zugang zu den Datenbeständen erlangen konnte. Die elektronische Datenverarbeitung versetzte die Kommission in die Lage, trotz eines relativ geringen Personalbestandes die ungeheuren Datenmengen zu bewältigen, die sie im Rahmen ihrer Aufgaben zu verarbeiten hatte.

Mark war sich unschlüssig, was er mit dem *Pass-*

word-Zettel anfangen sollte. Er dachte über die strikte Anweisung nach, den Ausdruck sofort zu vernichten. ›j8wrzt642‹. Wie sollte er sich diese Kombination merken? Er befürchtete, das *Password* bereits bis morgen früh vergessen zu haben. Sollte er es vielleicht irgendwo an unverdächtiger Stelle notieren?

Seine Überlegungen wurden durch die Ankunft seines Zimmergenossen unterbrochen. Mark steckte den Zettel kurz entschlossen in die rechte Außentasche seines Jacketts und erhob sich, um den Kollegen zu begrüßen, der Mario Profondi hieß und aus Mailand kam. Der Italiener, in seinem Armani-Blazer und modisch abgestimmtem Hemd mit Seidenkrawatte eine äußerst stilvolle Erscheinung, hatte seine Ausbildung als Jurist bereits abgeschlossen und hoffte nun, über die *Stage* einen beruflichen Einstieg in Brüssel zu finden. Das Gespräch wechselte schnell zu den sozialen Aktivitäten der *Stagiaires* in Brüssel. Neben dem Rahmenprogramm, das von der EU-Behörde organisiert wurde und außer Empfängen und Festen in Brüssel auch Studienreisen umfaßte, bot sich dem *Stagiaire* eine nicht abreißende Kette von Parties, Treffs und Verabredungen, die den Abend ausfüllten und nicht selten bis spät in die Nacht andauerten.

Mark hatte die ersten drei Tage bei diesem Spektakel mitgemacht, schon um Anschluß zu finden unter den Kollegen und nicht völlig isoliert dazustehen. Er merkte aber bereits, daß seine Konzentrationsfähigkeit wegen der Übermüdung zu leiden begann, und hatte sich vorgenommen, nicht mehr jede Party mitzunehmen, sondern sich einige lohnenswerte *events* herauszusuchen, statt sich auf allabendlichen Trinkgelagen zu verschleißen.

Gegen Abend verabschiedeten sich die beiden Kollegen. Während Mark sich auf den Weg zu seinem Apartment in der Rue de Locht machte, wo seine Freundin auf ihn wartete, wollte Mario direkt zu einer Party in einem Studentenwohnheim fahren, zu der er am Vorabend eingeladen worden war.

Den Weg von der Behörde zu seiner Wohnung legte Mark in seinem neuen Fiat Punto zurück, den er von seinen Eltern zum Examen geschenkt bekommen hatte. Die Fahrt dauerte nur zehn Minuten. Mark hatte eine Einzimmerwohnung mit kleiner Küche und Bad finden können, die relativ zentral gelegen war. Er hatte Glück gehabt, das Apartment von einem ehemaligen deutschen Studenten übernehmen zu können, der auch in Brügge studiert hatte, zumal die Miete noch recht angemessen war. Mark nahm die Treppe in den dritten Stock. Der alte Fahrstuhl war mal wieder defekt.

Bereits von draußen hatte er gesehen, daß in der Wohnung Licht brannte. Christin mußte also schon zu Hause sein. Seine Freundin war die ersten beiden Wochen im Oktober noch bei ihm in Brüssel zu Besuch. Ihr Semester an der Medizinischen Hochschule in Aachen begann erst in der dritten Oktoberwoche. Nach den langen Trennungsperioden durch Marks Studium in Brügge nutzten die beiden jede Gelegenheit, sich zu sehen.

Als Mark das Apartment betrat, fand er den Wohnraum leer vor. Das Zimmer hatte eine dreieckige Grundfläche. In der spitzen Zimmerecke war das Bett aufgestellt – Bett war übertrieben. Das wackelnde und quietschende Metallgestell hatte Mark gleich nach dem Einzug in den Keller geräumt. Das Gestell war nicht nur unbequem gewesen, es hatte auch ohrenbetäubend gequietscht und geknarrt, sobald man sich nur vorsichtig draufsetzte. Nun lag die Matratze einfach auf dem Fußboden.

Marks Blick fiel auf den Laptop-Computer und das Modem, mit dem er über das Telefon andere Computer erreichen konnte. Ihm diente diese Technik insbesondere dazu, über elektronische Post – *E-Mail* – schnell und kostengünstig mit Freunden in ganz Europa in Verbindung zu bleiben, die über ähnliche Computer verfügten. Mark konnte bei einer Mailbox, das war eine Art elektronischer Briefkasten, eine Nachricht für einen Freund hinterlegen, die mittels einer Kennwortsicherung nur für diesen lesbar war. Diese Art der Kommunikation war wesentlich schneller als die Briefpost und weniger umständlich als die Telefax-Technik, zumal man auch längere Texte ohne Probleme übermitteln konnte.

Aus dem Badezimmer drang das Rauschen der Dusche an Marks Ohr. Mark hatte Christin während seines letzten Studienjahres in Deutschland kennengelernt. Als er im Examensstreß eine Fete besucht hatte, war sie ihm sofort als neues Gesicht aufgefallen. Christin war gerade aus München nach Aachen gekommen und hatte sich für das Medizinstudium an der Universität eingeschrieben. Sie war in München aufgewachsen und hatte dort die europäische Schule für die Kinder der Bediensteten von EU-Behörden besucht. Ihr Vater war ein leitender Beamter im Europäischen Patentamt in München. Durch all das war sie mit dem gesellschaftlichen Umfeld der EU-Behörden bestens vertraut. Im Laufe der Zeit hatte sie eine gewisse Abneigung gegen das mehrsprachige, abgehobene Getue auf den Parties und Treffs der Euro-Szene gefaßt, die sich kosmopolitisch und weltoffen gab, aber in ihren Augen eine ganz eigene Art von Borniertheit und

Engstirnigkeit entwickelt hatte, die sie unerträglich fand. Mark jedoch glaubte, daß auch Protesthaltung gegenüber ihren Eltern damit zu tun hatte.

»Na, wie steht es um die europäische Sache?«

Christin stand nackt in der Badezimmertür und trocknete ihre nassen blonden Haare, die ihr gerade bis auf die Schultern reichten, mit einem weißen Handtuch. Auf ihrer Haut glänzten Wassertropfen. Mark ließ seinen Blick über Christins schlanken Körper und ihre straffen Brüste streifen. Er ging auf sie zu.

»Paß auf, ich bin naß, du ruinierst deinen Anzug!«

Mark umarmte und küßte Christin. Zuerst erwiderte sie seine Zärtlichkeiten, dann machte sie sich frei.

»Wir sind für acht Uhr mit Roberto verabredet. Du mußt dich noch umziehen.«

Enttäuscht erinnerte sich Mark an die Verabredung. Nach dem langen Tag in der Kommission verspürte er eigentlich keine Lust, auszugehen. Aber Roberto Lombardo war ein guter Freund, den er zudem einige Zeit nicht gesehen hatte. Roberto war Italiener und hatte ein halbes Jahr an der Kölner Universität studiert. Mark hatte ihn dort kennengelernt, und Roberto war es gewesen, der bei Mark zum ersten Mal das Interesse an einem Studium im Ausland geweckt hatte. Mittlerweile hatte Roberto seine juristische Ausbildung in Italien abgeschlossen und bewarb sich bei der Kommission um eine Stellung. Mark war gespannt, ob es in dieser Hinsicht Neuigkeiten gab.

Später saßen Christin und Mark mit Roberto im *Chez Léon*, einem kleinen Restaurant, das sie in einer der engen Gassen ganz in der Nähe des Rathauses gefunden hatten, und aßen Muscheln mit Pommes frites, das

Nationalgericht der Belgier. Als Christin und Mark eintrafen, hielt Roberto bereits einen kleinen Tisch im hinteren Teil des Restaurants besetzt. Er war nicht zu übersehen. Hätte er nicht über den ganzen Tisch und die darumstehenden Stühle Blätter des *Corriere della Sera* ausgebreitet gehabt, man wäre nicht auf den Gedanken gekommen, daß er aus Italien stammte.

Roberto war etwa ein Meter neunzig groß und kräftig gebaut. Seine helle Hautfarbe und sein aschblondes Haar hätten ihn auf den ersten Blick auch als Deutschen oder vielleicht als Niederländer durchgehen lassen. Roberto war für ein paar Tage nach Brüssel gekommen, um seine Bewerbung bei der Kommission zu betreiben. Es gab zwar ein formelles Verfahren, dem sich jeder unterziehen mußte; jedoch war allgemein bekannt, daß es nicht schaden konnte, sich daneben bei einigen einflußreichen Beamten bekannt zu machen. Denn wer im offiziellen Bewerbungsverfahren erfolgreich war, kam lediglich auf eine Liste, von der die zuständigen Beamten dann bei Bedarf Bewerber auswählen konnten. Roberto hatte bereits die erste Stufe des schriftlichen Verfahrens bestanden und wartete nun auf das Ergebnis des zweiten Tests, an dem bereits eine stark reduzierte Anzahl von Kandidaten teilgenommen hatte. Mark befragte Roberto über die Prüfung, der er sich selbst später stellen wollte.

»Über welches Thema hast du dein Essay geschrieben?«

Roberto antwortete auf deutsch, das er fließend beherrschte – nicht zuletzt dank Mark.

»Es gab drei Themen zur Auswahl. Ich habe den Widerspruch zwischen der Vertiefung der EU und ihrer Erweiterung durch neue Mitgliedstaaten genommen: ›Zuerst die Union vertiefen und dann erweitern – oder:

Zunächst die Union erweitern, um sie danach zu vertiefen‹.«

»Das kann doch nicht wahr sein«, mischte sich Christin in das Gespräch der Freunde, »die meisten Leute haben schon jetzt völlig den Überblick verloren, was in ihrem Land und in der EU abläuft, und ihr diskutiert darüber, das Ganze noch weiter aufzublasen!«

Mark ließ sich durch den Einwurf nicht aus der Ruhe bringen. Er war derartige Statements von Christin gewöhnt. Seltsamerweise hatten ihre Meinungsverschiedenheiten keinen störenden Einfluß auf ihre Freundschaft. Als Mark das erstemal von Christins Abneigung gegenüber der Euro-Beamten-Szene erfahren hatte, glaubte er, daß seine Pläne, beruflich nach Brüssel zu wechseln, vielleicht ihre Beziehung belasten könnten. Aber Christin hatte seine Ankündigung mit Gleichmut hingenommen. Sie sprach oft davon, wie ihre Freundin Franziska auszusteigen, die auf einen Öko-Bauernhof in einem abgelegenen Schweizer Bergtal gezogen war und dort offenbar glücklich lebte. Manchmal versuchte sie Mark dazu zu überreden, mit ihr dorthin oder auf einen Ökohof in den Pyrenäen zu gehen, weg vom Chaos, von der Hektik und Umweltverschmutzung in der Großstadt. Sie studierte Medizin, lernte für das Physikum und arbeitete nebenbei im Aachener Klinikum.

Aber Mark war sich nicht sicher, ob Christin damit ihren Weg bereits gefunden hatte. Jedenfalls hatte er keine Lust, Einsiedler in den Bergen zu werden. Christin konnte sich über Streitfragen der Europapolitik schnell ereifern; die Gefahr dabei bestand darin, daß anschließend kaum noch ein normales Gespräch möglich war, weil sich die Gemüter meist zu sehr erhitzt hatten.

»Ich meine, das Problem der westlichen Demokratien ist doch, daß der Bürger schon heute nicht mehr durchblickt, was in den Parlamenten abläuft. Und ihr plant einen Superstaat, der alles noch komplizierter macht und von niemandem mehr durchschaut wird. Soll man erst fünf Jahre Jura studieren, um an der nächsten Wahl teilnehmen zu können?«

Roberto mußte husten und hätte beinahe seinen Wein auf den Tisch gespuckt. Christins Einwurf hatte ihn offenbar provoziert. Nachdem er sich erholt hatte, widersprach er Christin.

Mark versuchte sich einzumischen, aber Christin war schneller.

»Mit der EU werden doch die Kontrollbefugnisse des Bundestages schrittweise eingeschränkt. Nach dem Motto: Was man in Bonn nicht durchkriegt, macht man einfach in Brüssel. Das nenne ich Abschaffung der Demokratie!«

»Ach was, die EU vollzieht nur nach, was bei den multinationalen Konzernen schon längst Praxis ist. Die internationale Verflechtung der Wirtschaft verlangt nach einer entsprechenden politischen Institution. Wenn man den weltweit agierenden Konzernen etwas entgegensetzen will, muß man heute europäisch denken und handeln. Dazu benötigt man einen Rahmen, wie die EU ihn bietet. Sonst bleibt nicht viel übrig von deiner Demokratie.«

»So 'n Quatsch, die EU schafft doch erst die Rahmenbedingungen, die die Multis benötigen, um ihre Profite zu maximieren. Da verkehrst du Ursache und Wirkung. Typisch Jurist!«

Mark seufzte und sah die beiden an. »Okay, nun sind wir auf dem neuesten Stand, vielleicht findet ihr auch noch andere Themen für heute abend.« Er hatte sich auf einen harmonischen Abend mit einem alten Freund gefreut und verspürte keine Lust, sich eine Debatte über die Vor- und Nachteile von Maastricht anzuhören. Er selbst diskutierte mit Christin solche Themen gar nicht mehr, und manchmal fragte er sich, ob dies ein Anzeichen für eine Abnutzung ihrer Beziehung war. Doch ihm blieb keine Zeit, darüber nachzudenken.

Roberto wandte sich halb amüsiert an Mark. »Ich wußte gar nicht, daß du mit einer Euroskeptikerin zusammen bist.« Dann blickte er Christin in die Augen. »Gehörst du vielleicht zur *Bruges Group*?«

Roberto spielte auf den politischen Club an, der sich in England im Anschluß an eine vielbeachtete Rede von Frau Thatcher bei der jährlichen Eröffnung des Studienjahres am Europa-College in Brügge gebildet hatte.

Mark nahm die Erwähnung von Brügge zum Anlaß, Roberto über den letzten Abschnitt seines Studiums zu berichten. Das Gespräch wechselte zu anderen Themen. Die emotional aufgeladene Debatte zwischen Christin und Roberto war vorerst entschärft. Nachdem sie noch einige Gläser Wein geleert hatten, brachen die Freunde gegen zwölf Uhr auf.

»Ruf mich an, sobald du die Ergebnisse deiner Prüfung hast – oder schick mir eine Nachricht per E-Mail!« verabschiedete sich Mark von Roberto.

Am nächsten Morgen saß Mark bereits früh an seinem Schreibtisch im Gebäude an der Rue de la Loi. Sein Kollege war noch nicht da. Neben der Aufgabe, die er gestern von Maubeuge erhalten hatte, lag nun ein weiterer Aktenstapel auf seinem Tisch. Dem angehefteten handschriftlichen Vermerk entnahm Mark, daß er für Woodworth einen Entwurf für die Abmahnung eines

Mitgliedstaates anfertigen sollte. Die Kommission überwachte die Gesetzgebungstätigkeit der Mitgliedstaaten, die verpflichtet waren, bestimmte Richtlinien innerhalb gesetzter Fristen in nationales Recht zu übernehmen, und wenn sie das nicht taten, wurden sie abgemahnt. Zugleich erwartete Woodworth die Erledigung der Lobbying-Recherche. Diese Sache ging Mark nicht aus dem Kopf. Er schaltete sein Computerterminal ein, um sich über seine Aufgabe zu orientieren.

Enter Password!

Mark blickte für einen Moment perplex auf den Bildschirm. Dann griff er reflexhaft in die beiden Außentaschen seines Jacketts. Er hatte heute statt des dunklen Anzugs von gestern einen lässigen, blauen Blazer angezogen. Der Zettel mit dem *Password* war in der Anzugjacke geblieben. ›j8wrzt642‹. Merkwürdigerweise konnte er sich an das *Password* noch genau erinnern. Vielleicht, weil er den Zettel aufbewahrt hatte und sich deswegen nicht unter Druck fühlte, die Information um jeden Preis zu behalten.

Mark hangelte sich durch die Menüstrukturen des Computersystems. Hin und wieder zog er das Handbuch zu Rate, das der EDV-Techniker ihm überlassen hatte. Nachdem er eine gewisse Anzahl von Programmen kennengelernt hatte, war ihm klargeworden, daß die meiste Software nach den gleichen Prinzipien aufgebaut war und man auch ein unbekanntes Programm in relativ kurzer Zeit einigermaßen sicher beherrschen konnte. So ging es ihm auch mit dem Oberflächenprogramm der Kommission, das die einzelnen Anwendungen wie Textverarbeitung, Datenbanken, Archiv und Aktenverwaltung verknüpfte. Wenn er einmal nicht weiterwußte, reichte es meist aus, einfach die Hilfefunktion anzufordern, die dann die passende Tastenkombination vorschlug.

»Ciao Mark! Du siehst ja aus, als hättest du die Nacht vor dem Bildschirm durchgemacht.«

Mario war in das Büro getreten und blickte amüsiert auf seinen Zimmerkollegen. Mittlerweile war es elf Uhr. Mark hatte ohne Pause drei Stunden lang am Bildschirm gesessen. Ihm war nicht bewußt geworden, wie schnell die Zeit vergangen war. Manchmal dachte Mark, daß der Computer eine Art Zeitvernichtungsmaschine war; schlimmer noch als das Fernsehen.

»Ich versuche, mich in dieses Computersystem einzuarbeiten.«

»Komm lieber mit in die Cafeteria. Du brauchst einen Kaffee, würde ich sagen! Mamma mia, heute ist dein erster richtiger Arbeitstag, und du hast schon fast viereckige Augen.«

Mark glaubte, die Einladung nicht abschlagen zu können. Er konnte sich vorstellen, daß Mario ihn bereits für den typischen Deutschen hielt, der roboterhaft den ganzen Tag arbeitete, sich nicht für Freizeitaktivitäten interessierte und für die anderen *Stagiaires* die Preise verdarb, weil er ein viel zu schnelles Arbeitstempo an den Tag legte.

Die Cafeteria lag im obersten Stockwerk des Gebäudes. Wie im Eingangsbereich paßte auch in diesem Raum die neue Einrichtung nicht zu den holzvertäfelten Wänden. Die leichten Stahlrohrstühle und Tische bildeten einen merkwürdigen Kontrast zum Holzfußboden und zu den rustikalen Wanddekorationen. Die beiden jungen Männer holten sich an der Selbstbedienungstheke einen Kaffee und suchten sich einen Tisch am Fenster. Man hatte einen guten Blick über die

Dächer des Viertels und auf den Parc de Bruxelles. Die symmetrisch angelegten Wege des Parks zerschnitten das Grün der Rasenflächen. Alle Wege schienen auf den königlichen Palast zuzulaufen. Obwohl es Anfang Oktober war, zeigten die Bäume des Parks noch kaum Anzeichen von herbstlicher Färbung.

Mario berichtete über die Fete vom gestrigen Abend. Mark hörte nur halb zu und warf hin und wieder etwas ein. Sein mildes Desinteresse entging Mario nicht.

»Du bist wohl nicht der wahre Party-Held, was? Aber am Samstag mußt du unbedingt zur Party der Belgier kommen. Die haben es irgendwie geschafft, das Atomium für ihre Landesparty zu mieten.«

»Das Atomium? Ich dachte immer, das sei eine Art Technikmuseum?«

»Ist es auch. Aber die oberste Kugel ist ein Restaurant. Man hat einen wahnsinnigen Ausblick über Brüssel. Und man kann durch die Gänge torkeln, die die einzelnen Kugeln miteinander verbinden.«

»Hört sich ganz gut an.«

»Hört sich ganz gut an? Das wird der *event* dieses Jahres. Da kannst du gar nicht fehlen. Und bring deine Freundin mit, die will ich auch mal kennenlernen!«

Nachdem Mark seine Kaffeetasse geleert hatte, erhob er sich, während Mario noch sitzen blieb.

»Ich bin etwas unter Druck. Woodworth hat mir eine Abmahnung gegen Italien gegeben. Versäumte Richtlinienumsetzung. Wenn euer Parlament vernünftig arbeiten würde, könnte ich länger bleiben.«

Mario war derartige Scherze ebenso gewohnt wie Mark die Sticheleien über die fleißigen Deutschen. Er lächelte nur und holte seine Zeitung hervor.

»Du glaubst, wenn du hier etwas werden willst, mußt du viel arbeiten. Aber mindestens genauso wichtig sind die informellen Kontakte innerhalb der Behörde. Wenn ich hier in der Cafeteria sitze, lerne ich mehr wichtige Leute kennen als du im Büro. Das gilt auch für die Parties. Besonders für die am Wochenende. Da kommen auch einige Abteilungsleiter und Ausbilder.«

»Vielleicht hast du recht. Aber meine Aktenberge werden von dieser Erkenntnis trotzdem nicht kleiner. Ciao.«

Nach weiteren zwei Stunden vor dem Bildschirm hatte Mark das Gefühl, die Programmoberfläche und die verschiedenen Rechercheroutinen des Computersystems sicher zu beherrschen. Es war Zeit für eine Mittagspause.

In der Kantine herrschte zwar reger Betrieb, dem Besucher drängte sich aber dennoch kein Gefühl von Hektik oder Bahnhofsatmosphäre auf. Es gab großzügige Selbstbedienungstresen für Vorspeisen, Salate, Desserts und Getränke. Die Speisen sahen appetitlich und frisch aus. Die Kantinen der EU-Behörden waren für ihre gute Küche bekannt. Vielleicht war dies der Einfluß der Franzosen? Eigentlich war es unangemessen, von ›Kantine‹ zu reden. ›Restaurant‹ wäre treffender. Auf dem Weg zur Kasse angelte Mark sich noch schnell eine Portion Mousse au Chocolat vom Buffet, als ihn eine Hand an der Schulter berührte.

»Stehst du immer noch auf Süßes?«

Mark drehte sich um. Hinter ihm stand eine schlanke, mittelgroße Frau. Julia Torre Fernandez. Dichtes, dunkles Haar fiel ihr bis auf die Schultern. Sie sah ihn mit ihren kastanienbraunen Augen an.

Sofort fühlte Mark sich an ihre erste Begegnung in Brügge erinnert, wo Julia am Europa-College im gleichen Jahrgang wie er Volkswirtschaft studiert hatte. Sie war auch damals direkt auf ihn zugegangen, hatte ihm unverwandt in die Augen geblickt und ihn mit Fragen bombardiert. Nach einer Zeit der Gewöhnung waren die beiden Freunde geworden, man traf sich auf den Parties der Studentenwohnheime und unternahm den einen oder anderen Kneipenbummel zusammen. Irgendwann war es dann Mark gewesen, der sich dabei erwischt hatte, wie er sich Ausreden für einen Anruf oder einen Kurzbesuch überlegt hatte. Manchmal schreckte er, über seine Bücher gebeugt, überrascht aus einem Tagtraum auf, der Julia als Hauptperson hatte. Als Mark daraufhin seine Besuche seltener werden ließ und manchmal kurz angebunden reagierte, auch weil er merkte, daß Julia seine Zuneigung nicht im gleichen Maße teilte, hatte sie ihn auf sein verändertes Verhalten ihr gegenüber angesprochen. Er hatte damals Ausflüchte gemacht und Prüfungsstreß vorgeschützt. Doch er glaubte, daß Julia ihn durchschaut hatte. Dann kamen die deutschen Semesterferien, und Christin war öfter in Brügge zu Besuch gewesen. Das Verhältnis zu Julia war in den Hintergrund getreten. Nun stand sie ihm hier in der Kantine gegenüber. Sie trug ein schwarzes Kleid, das mit traditionellen katalanischen Stickereien geschmückt war.

Julia stammte aus Barcelona und legte wie die meisten Bewohner dieser Region Wert auf die Feststellung, daß sie Katalanin und nicht Spanierin sei. Die Katalanen sahen – wie andere kleinere Völker in Europa auch – in ihrer Integration innerhalb der Europäischen Union eine Art Befreiung von der Beherrschung durch die Nationalstaaten, denen sie im neunzehnten Jahrhundert einverleibt worden waren.

Julia hatte ein kleines Tablett mit einem Salat und einem Mineralwasser in der linken Hand. Mit der rechten machte sie eine Geste in Richtung Kasse.

»Komm, wir müssen uns anstellen, sonst wird dein Omelett kalt.«

Julia und Mark fanden einen kleinen Tisch hinter einer Stellwand, die sie vom Kommen und Gehen in der Kantine ein wenig abschirmte. Mark freute sich, die Kommilitonin wiederzusehen, aber gleichzeitig war er unsicher, wie er sich ihr gegenüber verhalten sollte. Mark hatte das Gefühl, daß etwas Unausgesprochenes zwischen ihm und Julia stand. Er wandte sich seinem Essen zu, doch Julia begann sofort über ihre ersten Tage in der Generaldirektion IV zu berichten. Die Generaldirektion IV war bei *Stagiaires* eine der beliebtesten. Sie war für Wettbewerbsrecht zuständig, einer der wenigen Bereiche, in denen die EU-Kommission unmittelbare Befugnisse gegenüber Unternehmen der Mitgliedstaaten hatte. Mark hörte Julia interessiert zu. Er war erleichtert, daß sie ein fachliches Thema angeschnitten hatte und ihn vorerst mit persönlichen Fragen verschonte.

»Mit meinem Ausbilder komme ich gut aus, dem kann ich zum Ende der *Stage* hin bestimmt eine Handschriftenprobe zustecken, ohne daß er irgendwelche Probleme macht.«

Mark machte ein verdutztes Gesicht. »Wieso Handschriftenprobe? Ich meine, was hat die mit deiner fachlichen Qualifikation zu tun?«

»Na ja, du weißt schon, so erleichtern sich die Prüfer doch gerne die Arbeit bei den Aufnahmetests.«

Mark sagte nichts.

»Mein Gott, die übliche Masche. Du gibst einem Abteilungsleiter, der die Eignungstests der Kommission auswertet, eine Probe deiner Handschrift, und wenn es dann soweit ist, muß er sich nicht lange mit der Bewertung herumplagen, sondern sortiert einfach deinen Testbogen nach der Handschrift aus. Du mußt nur jemanden davon überzeugen, daß du die beste Wahl bist. Dann geht er in seinen Augen bei der Auswahl kein Risiko ein und spart noch Arbeit. Für dich ist es das einzige sichere Ticket in die Kommission. Sag jetzt nicht, daß du davon noch nichts gehört hast.«

Mark blickte Julia mit offenem Mund an.

»Bist du wirklich so naiv zu glauben, dieses alberne Bewerbungsverfahren mit den computerausgewerteten *Multiple-choice-Tests* und den lächerlichen Besinnungsaufsätzen nimmt irgend jemand ernst?«

»Immerhin ist das Verfahren entwickelt worden, um Bewerbern aus allen Mitgliedstaaten eine faire Chance zu geben. Wer wirklich gut ist, setzt sich bei diesen Prüfungen auch durch.«

»Na ja, ich geh' da lieber auf Nummer Sicher. Dieser Handschriftentrick ist jedenfalls erfolgversprechend, und je mehr Leute es auf diese Weise versuchen, desto schlechter stehen die Chancen für normale Kandidaten.«

»Du willst das wirklich machen? Ich meine, in Brügge warst du doch eine der Jahrgangsbesten. Hast du das nötig?«

»Mark, es geht nicht darum, wer fachlich die Beste ist. Es geht um Beziehungen. Darum machen alle hier die *Stage* bei der Kommission. Mein Gott, wo lebst du denn?«

Julia schob den halbleeren Salatteller von sich weg. Mark blickte aus dem Fenster auf den *Parc Léopold*. Beide schwiegen für einen Moment. Der Lärm des Kantinenbetriebs füllte das Schweigen zwischen ihnen. Mark lehnte sich etwas über den Tisch und blickte Julia in die Augen.

»Julia –« Als er ihren Namen nun aussprach, überkam ihn wieder dieselbe Irritation, die er empfunden hatte, als er ihr in Brügge begegnet war und sie sich vorgestellt hatte. Die spanische Aussprache des Namens, mit dem harten Ch-Laut am Anfang wollte einfach nicht zu seiner Vorstellung dieses weiblichen Vornamens passen. »Julia, ich weiß nicht, ob du das verstehst, aber ich möchte nicht genommen werden, weil mein Vater seine Beziehungen spielen läßt oder ich einen Beamten bestochen habe. Ich will, daß man mich einstellt, weil ich gut bin. Wozu arbeite ich Tag und Nacht, wenn ich am Ende doch nur mit unlauteren Mitteln ankomme?«

Julia erwiderte seinen Blick fast mitleidig.

»Du bist total naiv. Spar dir deinen Edelmut doch für später auf, wenn du im trockenen sitzt.« Sie warf rasch einen Blick auf den Nachbartisch. Doch die Beamten dort waren in eine auf französisch geführte Debatte über die Qualität des Essens vertieft und nahmen von Mark und Julia keine Notiz. »Überhaupt finde ich deine moralische Überheblichkeit ziemlich arrogant. Du glaubst doch, daß Woodworth dich so oder so bevorzugt, nachdem du ihn in Brügge angeschleimt hast. Das ganze College hat ja darüber geredet.«

Damals in Brügge war sich Mark des Eindrucks nicht bewußt gewesen, den er mit seinem Verhalten gegenüber Woodworth auf seine Kommilitonen gemacht hatte. Erst später hatte ein Studienfreund vorsichtig darauf hingewiesen, daß bestimmte Studenten ihn als Streber ansahen und mieden. Aber jetzt war er angesichts Julias krasser Formulierung doch gekränkt. Ihm lag eine scharfe Antwort auf der Zunge, doch er besann sich eines Besseren.

»Ich hole uns einen Kaffee. Trinkst du noch immer schwarz?«

Als Mark mit dem Tablett zurückkam, hatte er sich beruhigt. Er verspürte auch eine gewisse Neugier, wie dieser Handschriftentrick funktionieren sollte.

»Und wie stellst du dir das vor, mit deiner Handschriftenprobe? Ich meine, die Testformulare werden doch vom Computer ausgewertet, und unterzeichnen soll man sie ja wohl nicht.«

»Na ja, du gibst den richtigen Leuten eine Probe deiner Handschrift, nur ein Blatt, aber du mußt natürlich genauso schreiben, wie du später im Test unter Streß schreibst. So ein Handschriftenbild prägt sich recht schnell beim Leser ein. Wahrscheinlich erkennen sie deinen Text dann auf Anhieb. Außerdem können sie ja immer auf deine Probe zurückgreifen, wenn sie sich nicht sicher sind.«

»Ja, aber welchen Text nehmen sie denn? Das ganze ist doch ein Ankreuztest.«

»Abgesehen vom Essay. Den mußt du per Hand schreiben. Du weißt ja, meistens sind das allgemeine Themen, da ist der Bewertungsspielraum sehr groß. Niemand kann wirklich überprüfen, ob der Kandidat korrekterweise eine so hohe Punktzahl erhalten hat. Ein schwaches Abschneiden beim Test für Allgemeinbildung oder in der Sprachprüfung kann so schnell ausgeglichen werden. So kommt man auf die Liste der Auserwählten. Und dann ist es nur noch Formsache, bis man genommen wird; jedenfalls wenn man interne Unterstützung hat.«

Mark schlürfte seinen Kaffee und blickte wieder aus dem Fenster.

»Mark, ich finde es auch nicht angenehm, solche Mittel einzusetzen. Aber was soll ich denn machen? Weißt du, wie hoch die Arbeitslosenquote für Betriebs- und Volkswirte in Spanien ist? Einmal davon abgesehen, daß man bei uns in Katalonien als Frau sowieso noch viel schlechtere Chancen hat. So eine Gelegenheit wie hier bietet sich mir doch nie wieder. Verstehst du das denn nicht?«

»Nimm's mir nicht übel, aber ich kann mich mit solchen Sachen irgendwie nicht abfinden. Das muß an meiner Erziehung liegen. – Laß uns nächste Woche mal wieder essen gehen, ja? Ich muß jetzt los.«

Mark machte sich auf den Weg zurück zum Gebäude der Kommission in der Rue de la Loi. Ihn erwartete noch ein langer Nachmittag, wenn er das Arbeitspensum schaffen wollte, das er sich vorgenommen hatte.

Um kurz nach zwanzig Uhr nickte Mark dem Pförtner zu, passierte die Sicherheitsschleusen und trat hinaus in die Rue de la Loi. Draußen war es schon fast ganz dunkel. Sein Wagen stand auf einem Behörden-Parkplatz schräg gegenüber, der eigentlich für hauptamtliche Mitarbeiter bestimmt war. ›Reserviert für Beamte der Europäischen Union mit besonderen Parkausweis. Unerlaubt parkende Fahrzeuge werden abgeschleppt!‹ Mark hatte sein Auto einfach dort geparkt, nachdem er mehrere vergebliche Runden durch die umliegenden Straßen gedreht hatte, ohne einen Parkplatz finden zu können. Schon gestern waren ihm die leeren Parkplätze aufgefallen, und heute morgen hatte er sich gesagt, daß er schließlich auch bei der EU arbeitete.

Ihm war nicht danach zumute, gleich nach Hause zu fahren. Christin hatte heute ohnehin ihr *High-Impact-Aerobic* und würde erst später kommen. Damit sie während der Zeit in Brüssel nicht außer Form geriet, hatte seine Freundin sich eine Monatskarte in einem Brüsseler Fitneßstudio gekauft. In Aachen besuchte Christin eine renommierte Ballettschule, und Mark hatte sich schon manches Mal gefragt, ob eigentlich das Ballett oder das Studium für sie im Mittelpunkt stand.

Das Gespräch mit Julia wollte Mark nicht aus dem Kopf gehen. Er ließ den Wagen stehen und schlenderte zur Brüsseler Altstadt. Er dachte an Julia, die er immer als Musterbeispiel einer selbstbewußten Frau gesehen hatte. Eine Frau, die ein unabhängiges Leben führte und sich nicht den jahrhundertealten Rollenklischees fügte. Und diese Frau beugte sich nun ohne weiteres, ja mit einer fast an Schicksalsfügung grenzenden Selbstverständlichkeit, diesen Manipulationsverfahren. Aber es war nicht nur die Enttäuschung über Julias Verhalten, die ihn innerlich so aufwühlte.

Die Europäische Union war für Mark immer eine Art utopischer Instanz gewesen, in der es Bestechlichkeit und Vetternwirtschaft nicht gab. Frieden – Wohlstand – Völkerverständigung. Vielleicht hatte er die hehren Ziele der europäischen Bewegung unbewußt mit den Zuständen innerhalb der EU-Behörden identifiziert. Vom Verstand her war ihm klar, daß es auch in der Verwaltung der EU Korruption, Mißgunst und Ineffizienz geben mußte; schließlich arbeiteten Menschen dort. Und Menschen waren zu allem fähig.

Dennoch war er bodenlos enttäuscht, nun von Julia so unvermittelt auf die Tricks gestoßen worden zu sein, mit denen das ausgeklügelte Rekrutierungsverfahren der EU unterlaufen werden konnte. Das umfangreiche Testprogramm, dem sich zur Zeit sein Freund Roberto ja unterzog, war für ihn immer eine Art Gewähr dafür gewesen, daß alles fair und mit rechten Dingen zuging. Natürlich war er sich darüber im klaren gewesen, daß es nützlich war für eine *Stage*, wie er sie jetzt absolvierte, einen Kontakt in der Kommission zu haben. Aber er wäre nie auf die Idee gekommen, bei der Aufnahmeprüfung, der er sich später selbst stellen wollte, durch unlautere Methoden wie diese Handschriftenmanipulation zu betrügen. Aber warum verspürte er eine solche Entrüstung gegenüber Julias Einstellung, diese Methoden fraglos hinzunehmen und für sich nutzbar zu machen? Fühlte er sich selbst benachteiligt, weil durch den Einsatz unfairer Mittel die Chancen für normale Bewerber wie ihn geschmälert wurden? Irgendwie ärgerte er sich auch über den Eindruck, den er auf Julia gemacht hatte. Seine Naivität hatte sie sichtlich amüsiert.

Der Autoverkehr zwang Mark, stehenzubleiben. Auf der Rue de la Régence herrschte noch reger Betrieb. In der Ferne konnte er die Silhouette des Justizpalastes erkennen. Das riesige Gebäude überschattete die ganze Umgebung und wirkte mit seiner Kuppel wie Festung und Kirche zugleich. Zum wiederholten Mal fragte Mark sich, wer mit einem solchen Monumentalbau eigentlich eingeschüchtert werden sollte, die Verbrecher, denen dort der Prozeß gemacht wurde, oder eher die Juristen, die dort ihrer Arbeit nachgingen?

Mark wandte sich ab und überquerte die Rue de la Regénce. Ihn zog es in die Marollen, das Altstadtviertel von Brüssel, in dessen Gassen er in das Treiben der beginnenden Nacht eintauchen konnte. Sollte er Woodworth wegen einer Handschriftenprobe angehen, wenn er sich um eine Position in der Kommission bewerben würde? Wenn er erst mal seinen Arbeitsplatz eingenommen hatte, würde niemand mehr danach fragen, wie er ihn eigentlich erhalten hatte. Mark ging an der Kirche Notre Dame du Sablon vorbei und bog nach rechts über den Place du Grand Sablon ab. Am Wochenende fand hier der Antiquitätenmarkt statt. Jetzt begannen sich gerade die Szenekneipen zu füllen.

Es war unfair, ja, genau das empfand Mark, wenn er an die Handschriftenmanipulationen dachte, von denen Julia ihm berichtet hatte. Seine Eltern hatten ihm keine ausgeprägt religiöse oder auch nur moralische Erziehung mitgegeben, aber ihren Kindern gegenüber hatten sie immer Fairneß gezeigt. Besondere Vergünstigungen hatte Mark sich immer erst verdienen müssen, und er hatte sich daran gewöhnt, nur solche Sachen richtig schätzen zu lernen, die er sich selbst erarbeitet hatte. Es war ein gewisser Stolz auf das eigene Leistungsvermögen, den er auf diese Weise schon in jungen Jahren entwickelt hatte. Sein ausgeprägter Leistungswille hatte ihm dazu verholfen, das normalerweise langwierige Jurastudium in der Mindeststudienzeit zu absolvieren, und seine Eltern waren nicht erstaunt gewesen, daß er anschließend eines der begehrten Stipendien für das Europa-College hatte ergattern können. Doch nun sah er sich mit dieser unerwarteten Klippe des Eingangstests konfrontiert, die man anscheinend auch als Spitzenstudent nur durch unlautere Tricks umschiffen konnte.

Mark war in den Marollen planlos mal links, mal rechts abgebogen und hatte mittlerweile die Orientierung verloren. Von dicht zusammenstehenden Grüppchen älterer Leute drang der eine oder andere Wortfetzen in *Bruxelois* an sein Ohr, jenem alten Dialekt, einer Mischung aus Französisch, Flämisch, Deutsch und verschiedenen Mundarten, der nur noch in diesem Stadtviertel gesprochen wurde.

Er ließ sich in Richtung Grand Place treiben, ohne über das Ziel seiner Wanderung nachzudenken. Nein, er würde sich nicht so weit erniedrigen, mit illegalen Manipulationen den Aufnahmetest zu umgehen! Mal davon abgesehen, daß er so etwas nicht nötig hatte, gab es noch jede Menge anderer Möglichkeiten, die ihm nach Abschluß seines Referendariats offenstanden. Er konnte bei einer großen Anwaltsfirma anfangen. Die internationalen Firmen aus England und den USA suchten hochqualifizierte Juristen und waren bereit, Gehälter zu zahlen, von denen auch die Euro-Beamten nur träumen konnten. Mit seinem guten Staatsexamen und dem Auslandstudium in Brügge würde er beste Chancen haben.

Vor Mark öffnete sich der weite Grand Place. Der Turm des Rathauses von Brüssel überragte alle anderen Gebäude. Mark stand schräg gegenüber dem neugotischen Brothaus, das aus unerfindlichen Gründen auch Maison du Roi genannt wurde, obwohl der König sich hier nie aufhielt. Das Pflaster des Platzes schimmerte durch die Fassadenbeleuchtungen fast golden. Aber Mark war heute nicht nach großartigen Monumenten zumute. Er bog gleich wieder rechts in eine Seitenstraße. Nach wenigen Schritten stand er plötzlich vor einer Gaststätte, aus der ein allgemeines Stimmgewirr nach draußen drang. Über dem Eingang prangte das Namensschild der Bierkneipe: *›La Mort Subite‹*. Der plötzliche Tod. Ein merkwürdiger Name für eine Gaststätte. Doch das Innere des Lokals sah durchaus einladend aus. Mark trat durch die Glastür und strebte gleich auf die Theke zu.

Der Gastraum war eine langgestreckte, von Säulen gesäumte Halle. Die schwungvollen Ornamente an den Säulen, das Linienspiel der Wandverkleidungen und der schwarzweiße Fliesenfußboden erregten Marks Aufmerksamkeit. Diese Gaststätte schien ihre Jugendstileinrichtung bis heute unverändert bewahrt zu haben. Brüssel war eine Schatzkammer für versteckte Überbleibsel des *Art nouveau*, auf den man in allen Teilen der Stadt noch unverhofft stoßen konnte. Mark nahm sich vor, mit Christin in diese Kneipe zurückzukehren. Seine Freundin liebte die verspielte Ornamentik des Jugendstils und würde von diesem Lokal sicher begeistert sein. Er bestellte *Geuze*, ein Spezialbräu, das man nur hier in Brüssel bekommen konnte.

Mark stürzte das leicht süßliche Bier hastig hinunter. Das Stimmengewirr dröhnte ihm in den Ohren. Plötzlich verspürte er ein Verlangen nach Christin. Mittlerweile mußte sie mit ihrem Fitneßtraining fertig sein. Er stellte sein Glas auf die Theke und schlängelte sich durch die Gruppen der herumstehenden Barbesucher zum Ausgang. Beim Verlassen des Lokals kam ihm noch mal der Name in den Sinn. ›Der plötzliche Tod‹. Seltsamer Name, aber anscheinend erfolgreich.

Anderntags saß Mark wieder vor dem Bildschirm und verglich die verschiedenen internen Entwurfsstadien einer Richtlinie der Kommission mit den protokollierten Kontakten zu Lobbying-Firmen. Eine bestimmte Tendenz hatte er bisher nicht feststellen können.

Das Telefon klingelte. »Büro Woodworth. Professor Woodworth erwartet Sie in seinem Büro. Kommen Sie doch gleich zu uns hoch. Zimmer achthundertzweiundvierzig. Achter Stock.« Mark wunderte sich über die fast mechanisch abgespulte Aufforderung der Sekretärin. Erinnerte sie sich nicht daran, ihm erst Anfang dieser Woche genau dieselbe Instruktion gegeben zu haben? Mark fand es faszinierend festzustellen, daß auch in Brüssel die Arroganz der Sekretärinnen diejenige der Chefs zu übertreffen schien.

Woodworth stand am Fenster und blickte über die Dächer des Stadtviertels. Draußen war ein herrlicher Herbsttag, die Sonne schien, und der Wind wehte vereinzelte Blätter durch die Straßen und Parks. Eigentlich war es zu schade, im Büro vor dem Bildschirm zu sitzen. Mark saß auf dem schwarzen Zweisitzer und fühlte sich unbehaglich. Der kleine Tisch stand zu nahe an dem Sofa, so daß er mit den Beinen an die Tischkante stieß. Wegen der vielen Akten und Papiere, die herunterzurutschen drohten, wagte er nicht, den Tisch etwas zurückzuschieben.

»Ich höre, Sie haben sich schon gut eingearbeitet. Maubeuge schien einigermaßen überrascht gewesen zu sein, daß Sie seine Frist für die Datenbanksache noch nicht einmal voll ausgeschöpft haben. Aber seien Sie vorsichtig, manche Leute kann man hier auch verärgern, indem man zu schnell arbeitet. Es kommt immer ganz darauf an.«

»Ja, Sir. Ich dachte nur, was ich vom Tisch habe, lenkt mich nicht unnötig ab.«

»Ich habe Sie wegen einer anderen Sache rufen lassen. – Keine Angst, bei der vertraulichen Recherche, um die ich Sie gebeten habe, erwarte ich so kurzfristig natürlich noch keine Resultate.«

Woodworth drehte sich um und ging auf die Sitzgruppe zu. Mark begegnete seinem Blick und registrierte den wohlwollenden, fast väterlichen Ausdruck, mit dem der Brite ihn betrachtete. Nachdem Woodworth sich auf dem Sessel Mark gegenüber niedergelassen hatte, fuhr er fort.

»Mark, ich möchte Sie für ein Stipendium zu einem Managementtraining vorschlagen. Ich wollte mich vorher nur versichern, ob Sie Interesse haben. Es geht um einen zweiwöchigen Kurs in Rhetorik und *Leadership*, speziell für Berufsanfänger oder solche, die kurz vor dem Einstieg ins Berufsleben stehen. Ich würde Ihnen eine Teilnahme sehr ans Herz legen. Für spätere Chancen bei den EU-Behörden kann sich das nur positiv auswirken. Sie wissen, wir legen hier viel Wert auf Zusatzqualifikationen. Und wie gesagt, der Kurs ist zwar sehr teuer, aber Sie würden ein Stipendium bekommen, das die Teilnahmegebühr, die Unterbringung und die Reisekosten abdeckt.«

»Wieso kostet der Kurs überhaupt Geld? Ist es keine behördeninterne Schulung?«

»Nein, wie Sie vielleicht wissen, vergibt die Kommission in vielen Bereichen Aufträge an externe Organisationen, wie Wirtschaftsprüfungsgesellschaften, Anwaltskanzleien oder Beratungsfirmen. Komplexe juristische Gutachten, Wirtschaftlichkeitsberechnungen oder überhaupt technische Expertisen, und auch solche Management-Seminare werden viel effizienter von externen Spezialisten gemacht als von einer großen, schwerfälligen Behörde wie der Kommission. Und es ist oft auch eine Frage der Kapazitäten. – Jedenfalls, wir haben Kontakt zu einer Management-Beratungsgesellschaft, die für uns Seminare und Schulungen durchführt, wie man sie intern nicht zustandebringen könnte. Wir hoffen, auf diese Weise einen direkten Draht zu den neuesten Managementmethoden zu halten. *Management by Objectives, Total Quality Management, Lean Management,* und so weiter. Verwaltung ist auch eine Frage der Menschenführung. *Leadership* ist gefragt. Und davon lernt man in Brügge – ohne das College kritisieren zu wollen – leider nichts. Wenn wir uns durchsetzen wollen mit der europäischen Sache, dann dürfen wir nicht auf die herkömmlichen Arbeitsmethoden der nationalen Behörden vertrauen. Wir müssen etwas Neues machen.«

»Das verstehe ich. Ich glaube, da besteht sicher Handlungsbedarf.«

»Sehr gut. Ich wußte, Sie würden Interesse haben. Bewerben brauchen Sie sich übrigens nicht. Für die Teilnahme – und auch das Stipendium – muß man von einem leitenden Beamten der EU-Behörden oder einem Professor des Europa-College vorgeschlagen werden. Die Entscheidung über die Teilnehmer trifft dann der Beirat der veranstaltenden Gesellschaft. Da ich selbst Beiratsmitglied bin, wird es keine Probleme geben. Der Träger des Kurses ist übrigens die *European Management Consulting Ltd*. Die Gesellschaft finanziert sich über die Teilnahmegebühren, wird aber auch durch Spenden aus der Industrie unterstützt. Der Kurs findet schon in drei Wochen statt, aber die Anmeldung wird ganz unbürokratisch laufen. Keine Bange, Sie bekommen natürlich Sonderurlaub für die zwei Wochen; offiziell bleibt die Kommission Ihre Dienststelle.«

»Wo findet der Kurs statt?«

»Das ist ein angenehmer Nebeneffekt an der Sache. Das Seminar wird in Südwest-England abgehalten. Die Firma hat dort ein Tagungshaus, ein kleines englisches Schloß. *Castle Drogo,* am Rande des Dartmoor, sehr schön gelegen.«

Mark fühlte sich etwas überrumpelt. Er war hin und her gerissen zwischen der Freude über die Ehre, die dieses Angebot bedeutete, und dem diffusen Eindruck, daß Woodworth eine ablehnende Antwort überhaupt nicht zulassen würde.

»Dann möchte ich mich für die Großzügigkeit bedanken. Ich nehme gerne teil.«

»Wenn Sie es sich noch überlegen wollen, sagen Sie es ruhig. Ein oder zwei Tage Zeit hätten Sie. Aber dann müßte ich Bescheid wissen.«

Ende Oktober würde Christin mit ihrem Studium in Aachen voll beschäftigt sein. An sich sprach nichts gegen diese kleine Abwechslung, die sich zudem in Marks Lebenslauf gut machen würde. Offenbar war diese Beratungsgesellschaft eine Art Eliteschule.

»Nicht nötig, ich denke, bei so einem guten Angebot muß ich nicht lange überlegen. Vielen Dank, Sir!«

Als er den Dank aussprach, schoß Mark Julias Bemerkung über sein Verhältnis zu Woodworth in Brügge durch den Kopf. Hatte sie vielleicht recht, daß er genau wie andere Beziehungen für sich zu nutzen wußte? Nein, wenn der Professor ihn jetzt mit Vergünstigungen bedachte, war das nur eine Anerkennung seiner Leistung am Europa-College, für die er wahrhaft geschuftet hatte. Mit Vitamin B hatte dies nichts zu tun.

»Sie bekommen demnächst eine schriftliche Einladung. Aber wir sehen uns sicher noch, bevor es losgeht. Ich freue mich, daß Sie jetzt richtig dabei sind, Mark.«

Woodworth erhob sich und begleitete Mark zur Tür. Die Sekretärin würdigte ihn keines Blickes, als er durch das Vorzimmer auf den Gang trat.

»Die Schweine haben mich abgelehnt. Mark, ich bin durchgefallen.« Die Stimme wurde durch den blechernen Klang des Anrufbeantworters verzerrt, doch der Beiklang von Verzweiflung, Hoffnungslosigkeit und Wut in Robertos Stimme war nicht zu überhören. Mark hatte sich an den Moment erinnert gefühlt, als Roberto, der damals gerade seit sechs Wochen in Köln studierte, ihm mitgeteilt hatte, daß sein Vater von der Mafia ermordet worden war.

Robertos Vater war Untersuchungsrichter gewesen und hatte die Ermittlungen gegen die Mafiosi in Palermo übernommen. Sein Vater hatte gewußt, daß es ein Leben unter ständiger Bedrohung und begleitet von den striktesten Sicherheitsvorkehrungen werden würde. Aber sein einziger Sohn Roberto war schon fast erwachsen, und seine Frau hatte ihn zu dem Schritt ermutigt. Die Angst lähmte Italien, und Robertos Mutter hatte die Bewegung *Frauen gegen die Mafia* mit Sympathie verfolgt. Als dann die Entscheidung über die Berufung nach Palermo anstand, wußte sie, daß sie ihrem Mann zur Seite stehen mußte. Auch Roberto hatte die Entscheidung seines Vaters damals gebilligt. Sein Vater war für ihn immer ein Vorbild gewesen. Seine Unbestechlichkeit und unbeirrbare demokratische Überzeugung, die er auch in seinem Amt Tag für Tag lebte, hatten Roberto tief geprägt. Später hatte er wie sein Vater Jura studiert und ursprünglich wie er ebenfalls Richter werden wollen. Doch dann hatte Roberto begonnen, sich für die europäische Integration zu interessieren. Die Perspektive einer beruflichen Zukunft in den Behörden der Europäischen Gemeinschaft war verlockend gewesen.

Dann hatte die Mafia den Autokonvoi seines Vaters durch eine gewaltige ferngezündete Bombe in die Luft gesprengt. Auch seine Mutter war in den Trümmern des gepanzerten Wagens gestorben, ebenso drei Beamte des Personenschutzes. Die Autobahnbrücke, auf der sich das Attentat ereignet hatte, war durch die Wucht der Explosion teilweise eingestürzt. Die Nachricht hatte damals in aller Welt Schlagzeilen gemacht; in Italien bedeutete sie eine herbe Ernüchterung aller Hoffnungen, der Staat könne der Bedrohung durch das organisierte Verbrechen doch noch Herr werden. Der rücksichtslose Bombenmord an Robertos Vater hatte allen italienischen Richtern und Polizeibeamten signalisiert: Wie gut man euch auch schützt – wenn wir wollen, kriegen wir euch doch!

Roberto hatte nach dem Attentat damals kurz bei Mark angerufen, bevor er nach Italien zurückgefahren war. Nachdem Roberto sich zwei Wochen lang nicht gemeldet hatte, begann Mark zu zweifeln, ob er überhaupt wieder nach Köln zurückkehren würde, um sein geplantes Studienprogramm abzuschließen. Doch nach vier Wochen ohne ein Lebenszeichen war Roberto wiedergekommen. Er sprach weniger als früher und lachte selten. Seinem Studium und besonders dem Erlernen der deutschen Sprache aber widmete er sich mit einer größeren Entschlossenheit als vorher. In nächtlichen Gesprächen mit Mark ließ er in Andeutungen erkennen, daß er den festen Entschluß gefaßt hatte, sein Jurastudium abzuschließen um danach in die Fußstapfen seines Vaters zu treten. Seine Eltern, die vielen anderen engagierten Kämpfer gegen die Mafia, durften einfach nicht umsonst gestorben sein. Er mußte den Kampf aufnehmen, alles andere wäre ihm undenkbar, ja unerträglich erschienen. Er hatte nichts; ihm war nichts geblieben außer ein paar entfernteren Verwandten, zu denen er keine Beziehung hatte.

Ein halbes Jahr vor dem Mord an seinem Vater war in Maastricht die Schaffung einer neuen europäischen Polizeibehörde zur Bekämpfung der organisierten Kriminalität beschlossen worden. Schon damals hatte Roberto sich interessiert gezeigt und über die Möglichkeit nachgedacht, sich dort zu engagieren. Er war überzeugt gewesen, daß die Bekämpfung des Mobs nur auf internationaler Ebene erfolgversprechend sein konnte. Nachdem er von der Beerdigung seiner Eltern zurückgekehrt war, beschrieb er Mark seine Absicht, sich nach Abschluß seines Studiums bei *Europol* zu bewerben, die bald ihren Dienst aufnehmen sollte. Mark hatte ihn ermutigt, schon weil er das Gefühl hatte, daß Roberto nach dem gewaltsamen Tod seiner Eltern irgendeine Vision brauchte, etwas, woran er sich klammern konnte, um nicht völlig unterzugehen.

Und Robertos Stimme hatte jetzt geklungen wie damals, so zerrüttet, zerbrochen, ohne Hoffnung. Ein Stich durchfuhr Mark, als er sich den Klang dieser Worte in sein Gedächtnis zurückrief.

»Ich bin durchgefallen. Komm ins *Cul-de-sac,* falls du Zeit hast. Ich bin jedenfalls dort.«

Mark setzte sich ins Auto und machte sich sofort auf den Weg in die Kneipe am Place du Grand Sablon. Für Christin hinterließ er einen Zettel mit einer Notiz, er sei mit Roberto unterwegs.

Roberto saß vor einem großen, fast leeren Bierglas. Im *Cul-de-sac* gab es noch einige unbesetzte Tische, denn für die Stammkundschaft der Kneipe, vorwiegend Studenten der beiden Brüsseler Universitäten, begann der Abend normalerweise nicht vor zehn Uhr. Mark klopfte seinem Freund leicht auf die Schulter und nahm auf dem Stuhl gegenüber Platz. Ihm war klar, daß es um Robertos Abschneiden in der Aufnahmeprüfung für die EU-Behörden ging. Offenbar war er abgelehnt worden.

»Ich hab' deine Nachricht abgehört. Nun erzähl mal, was passiert ist.«

»Was soll passiert sein? Ich bin durchgefallen, das ist alles.« Roberto nahm einen zerknüllten Briefbogen zur Hand und las vor: »›*Sehr geehrter Herr Lombardo! Trotz Ihrer hervorragenden Ergebnisse konnten Sie leider für das weitere Auswahlverfahren nicht berücksichtigt werden. Wir bitten Sie, dies nicht etwa auf Ihre mangelnde Qualifikation zurückzuführen. Angesichts der großen Zahl der Bewerbungen und der wenigen zu besetzenden Stellen müssen wir auch hervorragende Kandidaten ablehnen. Für Ihre Zukunft wünschen wir Ihnen alles Gute.*‹ Bla, bla, bla.«

Mark war überzeugt gewesen, daß Roberto seinen Weg in die Kommission oder die europäische Polizeibehörde machen würde. Wenn er das Bewerbungsverfahren mit Spannung verfolgt hatte, dann deswegen, weil er sich später selbst dem gleichen Verfahren zu stellen beabsichtigte und sich von Robertos Erfahrungen wertvolle Hinweise erhoffte.

»Aber das kann doch nicht wahr sein! Du sprichst perfekt Französisch, Englisch und Deutsch; deine Allgemeinbildung ist unschlagbar, ich glaub's einfach nicht. Hast du im Essay irgendwas Unopportunes geschrieben?«

»Frag mich nicht, es spielt so oder so keine Rolle mehr. Man kann den Bescheid ja doch nicht überprüfen lassen.«

Mark dachte wieder an die Zeit in Köln, als sie über *Europol* gesprochen hatten. Roberto war nach dem Schock über den Tod seiner Eltern so auf diese Idee der Bewerbung bei der europäischen Polizeibehörde *Europol* fixiert, daß er jetzt wieder völlig haltlos dazustehen schien. Die schleppende Stimme, der leere Blick erinnerten Mark an den Roberto, der von der Beerdigung seiner Eltern als anderer Mensch nach Deutschland zurückgekehrt war. Erst die Konzentration auf das Studium und die Perspektive, sich bei *Europol* gegen das organisierte Verbrechen zu engagieren, hatten Roberto allmählich seinen Elan und seinen Lebensmut wiedergegeben. All dies schien jetzt wieder dahin. Zudem schien Roberto es darauf anzulegen, sich in kürzester Zeit zu betrinken. Sein zweites großes Glas Bier war bereits fast geleert, während Mark gerade erst wenige Schlucke genommen hatte.

»Das Schlimme ist, daß man nur diese pauschale Antwort kriegt, nach all der Mühe. Eine Möglichkeit, irgendwie Widerspruch einzulegen, gibt es auch nicht. An sich ist es ja fraglich, ob das überhaupt zulässig ist. Aber was soll's, das ist jetzt eh alles egal.«

»Ich meine, du mußt auch bedenken, daß sich beim letzten Durchgang fünfzigtausend Bewerber gemeldet haben. Dabei waren gerade hundertachtzig Stellen zu besetzen. Da darf man sich einfach nicht zu große Hoffnungen machen. Wenn man da abgelehnt wird, sagt das gar nichts über deine persönlichen Fähigkeiten.«

»Ja, ja, und für die Zukunft wünschst du mir alles Gute. Bla, bla, bla.«

Mark fiel auf, daß seine Versuche, Roberto zu trösten, tatsächlich nicht viel besser waren als das Ablehnungsschreiben der Behörde. Er dachte an sein Revisions-*Password,* das ihm für die nächsten drei Wochen noch Zugang zu den gesamten Datenbeständen der Kommission gewährte. Die Prüfungsergebnisse wurden vom Computer ausgewertet und auf Datenträger gespeichert. Anders wären die Datenmengen bei fünfzigtausend Bewerbern pro Ausschreibung gar nicht zu bewältigen gewesen. Den vertraulichen Auftrag von Woodworth brauchte er gegenüber Roberto ja nicht zu erwähnen.

»Hör zu, ich kann morgen ja mal versuchen, ob ich deine Ergebnisse am Terminal einsehen kann. Dann weißt du zumindest, woran es gelegen hat.«

»Vergiß es einfach. Sei ein Freund und trink schneller, ich habe schon zwei Gläser Vorsprung.«

Mark glaubte nicht, daß Alkohol irgendein Problem zu lösen imstande war, aber manchmal half es einfach, wenn man sich für ein paar Stunden an das Problem nicht mehr erinnern konnte. Er nahm einen großen Schluck und bestellte noch zwei Glas Bier. Die Kneipe begann sich langsam mit Gästen zu füllen.

2. Kapitel

Gefährliche Computerspiele

Viele Europäer, die die Institutionen der Europäischen Gemeinschaft nicht unmittelbar aus eigener Anschauung kennen, werden standhaft leugnen, daß ›Lobbying‹ in Brüssel vorkommt. Andere werden zugeben, nicht ohne peinlich berührt zu sein, daß es ›Lobbying‹ in der EG tatsächlich gibt. Einige wenige werden sogar dunkel auf unaussprechliche Verbindungen zwischen europäischen Lobbyisten und Mafiosi oder anderen Unterweltfiguren hinweisen. Nur wenn man die Frage des Lobbyings mit Eurokraten aus Brüssel und gewählten Mitgliedern des Europäischen Parlaments erörtert, hört man unumwundene Bestätigungen der Existenz, ja der Legitimität, des Lobbyings in der Europäischen Gemeinschaft.

James N. Gardner, Effective Lobbying in the European Community, Deventer 1991

Der Airbus A 310 der Air France schien über der Landebahn zu schweben. Es war gerade eben hell geworden, so daß Jean Cavalier die Morgenmaschine aus Paris sehen konnte, die in diesem Moment auf der Piste des internationalen Flughafens von Brüssel aufsetzte. Die Luft war so klar, daß er die kleinen Qualmwölkchen ausmachen konnte, die hinter den Reifen aufstiegen, als diese das erste Mal den Boden berührten.

Jean Cavalier war ein mittelgroßer Franzose von neununddreißig Jahren, er hatte dunkles Haar und einen Oberlippenbart. Von seiner Figur her hätte man ihn durchaus für unter dreißig schätzen können, doch er hatte die ungesunde Haut eines starken Rauchers. Jeder, der ihm ins Gesicht sah, hätte ihn eher auf fünfundvierzig geschätzt. Er trug Jeans und eine kurze, schwarze Lederjacke. Darunter schaute ein gemustertes Hemd hervor, dessen obere geöffnete Knöpfe den Blick auf reichlich Brusthaar freigaben. Zwischen seinen Lippen glomm eine filterlose Zigarette. Die Hände hatte er in die Taschen seiner Jeans vergraben. Cavalier war unrasiert, und er fror. Auf der Besucherplattform des Flughafens war es zugig und kalt. Er war früh aufgestanden, um die Morgenmaschine aus Paris abzupassen. Dabei war niemand an Bord, den er erwartete. Aber die Maschine brachte die aktuellen Morgenzeitungen aus der französischen Hauptstadt, die neuesten Ausgaben von *Le Monde, Le Figaro* und *Libération,* der etablierten Tagespresse Frankreichs. Und sie brachte die neueste Nummer des *InfoMatin,* der Zeitung, für die er seit wenigen Wochen als freier Mitarbeiter schrieb.

Cavalier war Journalist. Nach dem *baccalauréat,* dem französischen Abitur, hatte er an der Universität von Rennes Politik studiert und mit der *licence* einen ersten Hochschulabschluß erworben. Schon während des Studiums hatte er begonnen, sich als Journalist zu betätigen, indem er für die *Gazette Bretonne,* die bodenständige Lokalzeitung in Rennes, kleinere Artikel schrieb. Nach dem Studium in Rennes hatte er sich auf die Aufnahmeprüfung für die *École normale supérieure* vorbereitet. Um an dieser Elitehochschule in Paris angenommen zu werden, mußte man erst das strenge Ausleseverfahren, den *concours,* bestehen. Aber wenn man einmal akzeptiert war, würde man das Studium auch erfolgreich absolvieren. Wegen der rigorosen Selektion bei der Zulassung der Studenten war die Durchfallquote der französischen Elitehochschulen verschwindend gering. Mit dem *diplôme* einer der *Grandes Écoles* standen einem praktisch alle Türen offen. Cavalier glaubte, bei einer der bedeutenden Tageszeitungen, am besten bei *Le Monde*, eine Stelle finden zu können. Doch dann kam alles anders.

Er versagte beim *concours* und wurde nicht als Student zugelassen. Ihm blieb nichts übrig, als bei der *Gazette Bretonne* als freier Mitarbeiter weiterzumachen. Das Geld für eine zweite sorgfältige Vorbereitung auf den *concours* hatte er nicht. Gelegentlich verfaßte er einen Beitrag und schickte ihn per Fax an die Pariser Redaktion von *Le Monde* oder *Libération*. Doch meist erhielt er nicht einmal eine abschlägige Antwort. Seine Texte wurden nie gedruckt, wahrscheinlich noch nicht einmal gelesen. Wer den Olymp des französischen Zeitungswesens erklimmen wollte, der mußte eben mindestens ein *diplôme* einer der *Grandes Écoles* aufweisen können. Artikel von Autoren aus der Provinz galten nichts.

Nachdem Cavalier sich jahrelang als freier Mitarbeiter mit frustrierenden Berichten über lokale Agrarausstellungen, Verkehrsunfälle, Vereinsjubiläen und Sportfeste durchgeschlagen hatte, bot man ihm eine feste Stelle bei der *Gazette Bretonne* an. Er akzeptierte, weil er keine bessere Alternative hatte. Aber im Grunde seines Herzens empfand er Abscheu gegenüber den bornierten Themen seiner Zeitung und eiskalten Haß wegen der Ignoranz der etablierten Pariser Presse. Auch nach Jahren fühlte er sich in Rennes nicht zu Hause. Er wartete auf seine Chance, wollte sich nicht damit abfinden, daß er als Provinzreporter einer Lokalzeitung enden sollte. Zwar hatte er es aufgegeben, Artikel an *Le Monde* zu schicken, aber er war fest entschlossen, es diesen arroganten, bornierten Spießern zu zeigen; wenn er nur wüßte, wie.

Als dann Anfang der neunziger Jahre die Auflagen der überregionalen Tageszeitungen zu sinken begannen, gerieten die Aushängeschilder des französischen Journalismus in eine tiefe Krise. Immer mehr Leser gaben den elektronischen Medien den Vorzug und sparten sich die Lektüre der anspruchsvollen und nicht besonders leserfreundlichen überregionalen Presse. Cavalier verfolgte diesen Prozeß mit Genugtuung.

Als er von der bevorstehenden Gründung des *InfoMatin* hörte, war er sofort begeistert. Diese Zeitung sollte nach einem völlig neuen Konzept hergestellt werden. Kurze Artikel, Farbfotos, viele Grafiken und wenig Kommentar sollten die vom Fernsehen verwöhnten jungen Leser zurückgewinnen, die lieber die abendlichen *Top News* im Fernsehen guckten, aber durchaus bereit waren, für die Fahrt in der *Métro* eine kurzweilige Lektüre zu kaufen – wenn sie nicht zu teuer war. Das kleinformatige, preisgünstige Blatt verstand sich als zusätzliche Informationsquelle für den jungdynamischen Städter zwischen achtzehn und dreißig, der mal kurz einen Blick in eine attraktiv aufgemachte Zeitung werfen wollte, ohne tiefschürfende Analysen der neuesten Winkelzüge der Pariser Politik zu studieren. Der *InfoMatin* wurde in einem Vorort von Paris produziert, was die Herstellungskosten enorm senkte. Die wenigen festangestellten Redakteure schrieben mit Hilfe eines modernen Computersystems direkt ins Layout, ohne Umweg über Umbruch oder Setzer. Dies sicherte dem Blatt eine bisher unbekannte Aktualität und erwies sich als besonders kostengünstig. Die etablierte Presse wetterte gegen die Neugründung. In der *Libération,* die sich am meisten durch die neue Zeitung bedroht sah, konnte man lesen, daß der *InfoMatin* der Traum eines Marketingmenschen sei, eine Zeitung ohne Journalisten zu machen.

Doch Cavalier sah dies anders. Er sah in der Gründung dieser Tageszeitung seine langerwartete Chance. Obwohl es ihm nicht gelungen war, einen der wenigen festen Jobs in der Redaktion zu ergattern, kündigte er seinen Vertrag bei dem Provinzblatt in Rennes und ging als freier Mitarbeiter nach Brüssel. Der InfoMatin leistete sich nicht die kostspieligen Korrespondentennetze der etablierten Zeitungen. Man verwendete im wesentlichen Agenturmeldungen und stützte sich ansonsten auf die Berichte freier Journalisten, die nur dann bezahlt werden mußten, wenn sie wirklich etwas produzierten. Für Cavalier war dies ein großes Wagnis. Er hatte seine gesicherte Position bei der *Gazette Bretonne* aufgegeben, ohne eine Garantie erhalten zu haben, beim InfoMatin überhaupt genügend zu verdienen. Dennoch hatte er nicht gezögert. Dies war seine Chance, diese Zeitung hatte Zukunft, und er wollte dabeisein, wenn sie der arroganten, alteingesessenen Tagespresse langsam die Auflage weggrub und die Leser abjagte. Er würde sich als freier Korrespondent bewähren und früher oder später eine feste Stelle in der Redaktion erkämpfen. Sein Instinkt für gute Geschichten hatte ihn schon in Rennes nie im Stich gelassen.

Nachdem Cavalier beobachtet hatte, wie der Airbus langsam von der Landebahn zum Terminal gerollt war, ging er ohne Eile von der Besucherplattform über die Treppen hinunter zur Abfertigungshalle. Hier war es so früh am Morgen noch leer. Wenige Reisende transportierten ihr Gepäck mit Kofferkulis zu den Check-in-Schaltern. In einem kleinen Stehcafé, schräg gegenüber dem Zeitungskiosk, bestellte er einen Café noir und ein Croissant. Während er seinen Café aus dem Plastikbecher schlürfte, wartete er auf die Auslieferung der Zeitungen. Diese Prozedur hatte sich für ihn, seit er in

Brüssel tätig war, zu einer Art morgendlichem Ritual verfestigt.

In der belgischen Hauptstadt konnte man den *InfoMatin* nur am Flughafen erhalten, denn die neue Zeitung wurde nicht international vertrieben. Die wenigen Exemplare, die mit der Morgenmaschine aus Paris kamen, waren rasch ausverkauft. Ihm kam es darauf an, seine Artikel sofort nach ihrem Erscheinen so in Augenschein zu nehmen, wie sie tatsächlich im Druck herauskamen. Es nützte ihm nichts, von der Redaktion ein Fax von der entsprechende Seite übermittelt zu bekommen. Er mußte sehen, ob der Beitrag angemessen im Layout dargestellt wurde oder etwa unter ›ferner liefen‹ in eine Ecke gequetscht worden war.

Als der Kioskverkäufer endlich die Zeitungsbündel heranschleppte, kaufte Cavalier als einer der ersten ein Exemplar von *Le Monde* und von *InfoMatin*. Hastig blätterte er durch die Seiten. Das vierundzwanzigseitige kleinformatige Heft enthielt neben Farbfotos und Grafiken meist kurze Texte. Kleine Kommentare und Analysen waren eher auf den hinteren Seiten eingestreut. Der Käufer sollte nicht das Gefühl haben, zuviel lesen zu müssen. Wem nach Meinung und Hintergrund zumute war, dem würde es nichts ausmachen, etwas zu blättern. Auf Seite elf fand Cavalier endlich seine Glosse. Sie war in einem eigenen, länglichen Kasten eingerahmt und gut herausgekommen. Er steckte sich eine neue Zigarette an. Nervös scannte er durch die Zeilen, um zu prüfen, ob die Redaktion etwa seinen Text geändert hatte.

MIT VITAMIN B IN DIE KOMMISSION

Von unserem Brüsseler Korrespondenten
J. Cavalier

Daß in Brüssel praxisferne Technokraten an einem Europa des nächsten Jahrtausends basteln, das leider nicht funktionieren wird, wissen wir in Frankreich spätestens seit dem entschlossenen Aufbegehren der französischen Bauern auf den Straßen unseres Landes. Nun gibt die Zentrale der EU selbst ein treffliches Beispiel für die Vergeblichkeit des Versuches, in Brüssel alles besser machen zu wollen.

Wegen der Kritik an der Einstellungspraxis in den nationalen Behörden hatte die EU-Kommission ein ausgeklügeltes Bewerbungsverfahren ausgedacht, mit dem Mauscheleien und Vetternwirtschaft ein Riegel vorgeschoben werden sollte. So wollte man garantieren, daß ja kein Bewerber aus Griechenland oder Dänemark gegenüber einem Absolventen der Sorbonne wegen seiner Herkunft benachteiligt würde. Der Einsatz an Menschen, Formularen und EDV-Ausrüstung sprengte dabei die Vorstellungskraft noch der kühnsten Visionäre. Von den Kosten in Höhe von 2.000.000 Francs zur Auswahl von 100 Kandidaten aus einer unübersehbaren Flut von Bewerbungen wollen wir an dieser Stelle gar nicht sprechen.

Nun aber zeigt sich, daß gegen Korruption und Kungelei so schnell kein Kraut gewachsen ist: Bei der Bewerbung um eine der hochdotierten EU-Stellen schiebt man den richtigen Personen eine Probe seiner Handschrift über den Schreibtisch, und die aufwendige Apparatur mit computergelesenen Ankreuztests, anonymer Auswertung und Geheimnummern wird zur Farce. Anhand der Handschrift erkennt der Prüfer seinen Günstling und sorgt zuverlässig dafür, daß dieser alle Klippen der Gleichheit sicher umschifft. Man fragt sich: Bezahlen wir Franzosen dafür so hohe EU-Beiträge, damit der so finanzierte technische Aufwand schließlich doch ad absurdum geführt wird? Sollte dies etwa symptomatisch für die Vorgehensweise der EU sein? Oder was steckt sonst dahinter? – Andererseits kann man beruhigt feststellen: Vitamin B wirkt auch gegen Eurosklerose!

Cavalier bildete sich nicht ein, mit dieser kurzen Glosse eine weltbewegende Enthüllung zustande gebracht zu haben. Es war mehr oder weniger bekannt, daß man mit Beziehungen bessere Chancen bei den EU-Behörden hatte. Aber die Stimmung in Paris war zur Zeit eher gegen Brüssel gerichtet, kleine Seitenhiebe über Unzulänglichkeiten der Europäischen Union kamen gut an. Und Cavalier spürte, daß mehr an den Handschriftenmanipulationen war, als er bisher wußte. Sein Instinkt sagte ihm, daß er dort weiterbohren mußte.

Vielleicht würde die kleine Glosse eine unerwartete Reaktion provozieren. Es wäre nicht das erste Mal gewesen, daß mit einer fast unverfänglichen Kurzmeldung eine Kette von Dementis, Leserbriefen und überstürzten Aktionen ausgelöst wurde, die schließlich in einem großen Knüller gipfelte. Cavalier war zufrieden. Sein Artikel war praktisch unverändert übernommen worden. Die Grafiker hatten sogar eine blaue Europaflagge als Illustration eingebaut, was den Beitrag optisch aufwertete. Er drückte die Zigarette aus, raffte seine Ausgabe des *InfoMatin* zusammen und ging in Richtung der Kurzzeitparkplätze vor dem Flughafengebäude.

Mark schaltete das Terminal ab und rieb sich die rotunterlaufenen Augen. Sein Kopf dröhnte, nachdem er nahezu acht Stunden ununterbrochen den Bildschirm angestarrt und auf die Tastatur eingehämmert hatte. Doch die Gelegenheit war günstig gewesen. Das Gebäude der Kommission war inzwischen verlassen. Auf den Gängen war es still geworden, nachdem auch die letzten unentwegten Beamten gegen sieben Uhr ihre Büros verlassen hatten. Mario war bereits um vier Uhr gegangen, um sich vor der heutigen Fete im Atomium noch ein bißchen auszuruhen – es sollte offenbar wieder eine lange Nacht werden. Mark hatte versprochen, später auch noch vorbeizukommen, aber zuerst hatte er etwas zu erledigen gehabt, das keinen Aufschub duldete.

Als er sich nach dem Mittagessen an den Computer gesetzt hatte, wollte er eigentlich nur kurz die Ergebnisse des letzten Einstellungstests abfragen, um Roberto, der ebenfalls zur Atomium-Party kommen wollte, zumindest einen ersten Bescheid geben zu können. Nach dem verzweifelten Trinkgelage vom letzten Dienstag, das damit geendet hatte, daß Mark den völlig betrunkenen Freund mit Mühe nach Hause gebracht hatte, glaubte er irgendeine Meldung mitbringen zu müssen, die Roberto das Ergebnis wenigstens begreiflicher machen würde. Alles war besser als diese ohnmächtige Verzweiflung, ohne jedes konkrete Wissen, woran es eigentlich gelegen hatte.

Die Recherche hatte sich als schwieriger erwiesen, als er erwartet hatte. Nur mit dem *Password* und Robertos Namen war noch nicht viel erreicht.

Aus Gründen der Anonymität war jedem Bewerber eine Identifizierungsnummer zugeteilt worden. Aber Roberto hatte sich an seine Nummer nicht mehr erinnert. So hatte Mark zunächst einige Zeit mit der Suche nach der entsprechenden Datei verbracht, in der die Zuordnung der Nummern und Namen vermerkt und vor unbefugtem Zugriff geschützt war. Aus offensichtlichen Gründen war diese Datei mit einem besonderen *Password*-Schutz versehen gewesen. Als die Aufforderung zum Eingeben der besonderen Berechtigung auf dem Bildschirm erschienen war, hatte er zuerst einige Momente nervös vor dem Terminal gesessen. Der EDV-Techniker hatte ihm Anfang der Woche erklärt, daß wiederholte Fehleingaben vom System aufgezeichnet und zentral gemeldet würden. Auf diese Weise sollte verhindert werden, daß Unbefugte mit *Passwords* herumexperimentierten und sich so Zugang zu vertraulichen Daten verschafften.

Aber Woodworth hatte ihm dieses ominöse Revisions-*Password* zuteilen lassen, mit dem er freien Zugriff auf alle Bereiche des Computersystems hatte und ungehindert – unbemerkt – herumstöbern konnte. Woodworth hatte selbst gesagt, daß sein Rechercheauftrag vertraulich sei und niemand in der Behörde davon erfahren dürfe. Dann müßte er eigentlich auch auf die Prüfungsdokumentation Zugriff nehmen können. Natürlich gab es die Möglichkeit, *Passwords* auf bestimmte Bereiche eines Systems zu beschränken, aber andererseits wäre es schwierig gewesen, für den Auftrag, den er von Woodworth erhalten hatte, eine präzise Begrenzung zu definieren. ›j8wrzt642‹. Er hatte sein *Password* eingegeben, und es war ihm sofort Zugriff auf die Datei erlaubt worden. Mit Hilfe der Suchroutinen des Programms hatte er Robertos Namen schnell unter den fünfzigtausend Bewerbern herausgefunden.

Mark starrte ungläubig auf den Bildschirm. Er ließ sich die Werte ausdrucken und brütete lange über dem

Zettel mit den Zahlen. Er überprüfte erneut, ob er die richtige Identifizierungsnummer erwischt hatte. Aber es gab keinen Zweifel, er hatte sich Robertos Resultate ausdrucken lassen. Nach einem weiteren Moment unentschlossenen Zögerns führte er ein kurzes Telefongespräch mit dem zentralen Archiv der Kommission, das in einem anderen Gebäude untergebracht war. Er hatte Glück, dort noch jemanden zu erreichen. Das Gespräch dauerte nur wenige Minuten. Nachdem er aufgelegt hatte, flogen seine Finger über die Tastatur. Er bemerkte nicht mehr, wie schnell die Zeit verging, während er sich durch die Verästelungen des Computersystems hangelte und hin und wieder die Hardcopy-Taste betätigte, die ihm einen Ausdruck der aktuell angezeigten Bildschirmseite verschaffte.

Mittlerweile war es zehn Uhr geworden, und neben dem Tintenstrahldrucker hatte sich ein kleiner Stoß von DIN-A4-Seiten angesammelt. Nach einem Blick auf die Uhr war ihm plötzlich klar, daß er viel zu spät dran war. Eigentlich war er für halb neun mit Christin und Roberto im Atomium verabredet gewesen. Christin würde bestimmt genervt zwischen den langweiligen Juristen und ›Euro-Spinnern‹ sitzen und auf ihn warten. Oder schlimmer noch: Sie würde vielleicht einen Streit mit Roberto über Sinn und Unsinn von Maastricht vom Zaun brechen.

Mark zögerte einen Moment mit den Ausdrucken in der Hand, unentschlossen, ob er sie mitnehmen sollte. Dann gab er einem Impuls nach und legte sie einfach unter die Schreibunterlage auf seinem Tisch. Die einfachsten Verstecke waren immer noch die besten. Jedenfalls wollte er diese Zettel nicht mit auf eine Party mit sechshundert *Stagiaires* nehmen. Er hastete über den Flur zu den Fahrstühlen. Als sich die Fahrstuhltür öffnete, stand er plötzlich vor Maubeuge. Sein Ausbilder blickte ihn erstaunt an.

»So spät noch im Büro? Ich dachte, heute sei die belgische Feier für die Praktikanten? Gehen Sie dort gar nicht hin?«

Mark trat in den Fahrstuhl. Er fühlte sich überrascht und ertappt, merkte, wie er rot wurde und begann zu stammeln.

»Ja. Nein. Ich wollte gerade los. Ich meine, ich hatte noch zu tun.«

»Zu tun? Was war denn so wichtig, daß Sie am Freitagabend noch so spät arbeiten?«

»Nichts. Ich meine, eine Eilsache, ich hatte die Zeit vergessen.«

»Wissen Sie was, kommen Sie doch am Montag mal in mein Büro, ich möchte mich mal in Ruhe mit Ihnen unterhalten.«

Die Aufzugskabine kam zum Stehen, und die Tür öffnete sich. Mark ließ Maubeuge den Vortritt.

»Ja, gerne. Guten Abend, Monsieur Maubeuge!«

In der Eingangshalle kam der Wachmann auf Mark zu.

»Monsieur Kemper, Ihr Wagen steht auf einem reservierten Parkplatz. Bitte parken Sie doch nächste Woche woanders. Sonst schleppt man Sie womöglich noch ab!«

Mark stammelte eine Entschuldigung und rang sich ein freundliches Lächeln ab. Maubeuge hatte nicht gewartet und war schon im Begriff, das Gebäude zu verlassen.

Mark parkte seinen Wagen an einer Zufahrt zum Park. Das Atomium war im *Parc des Expositions* am Rande der Stadt gelegen. Die Umrisse der riesigen Stahlkonstruktion waren durch die Bäume hindurch sichtbar und zeichneten sich vor dem klaren Nachthimmel ab. Das Atomium war 1958 für die Weltausstellung als Symbol des Fortschritts und des heranbrechenden Atomzeitalters errichtet worden. Die acht metallenen Kugeln und ihre schlanken Verbindungsgänge ragten für den Betrachter gigantisch in die Höhe. Die Konstruktion war über hundert Meter hoch und sollte einen guten Blick über Brüssel ermöglichen.

Vor der untersten Kugel, die auf einem Fundament am Boden ruhte, hatte sich eine Menschentraube gebildet. Junge Leute in lockerem Party-Outfit standen mit Gläsern und Zigaretten in den Händen in kleinen Grüppchen zusammen. Erst jetzt wurde Mark bewußt, daß er noch Jackett und Krawatte trug und offenbar schon wieder *overdressed* war.

Merkwürdig, auf was für Ideen die Leute kommen, wenn es gilt, eine originelle Party zu veranstalten, schoß es Mark durch den Kopf. Die staatlichen Museen in Belgien waren angesichts der Wirtschaftskrise im Lande in Geldnot, und so war man vor kurzem auf die Idee verfallen, Räume in Museen und historischen Gebäuden für private Veranstaltungen zu vermieten. Auf diese Weise sollten die hohen Defizite der staatlichen Kultureinrichtungen vermindert werden. Mark ging an den Partygästen vorbei zum Eingang. In einer der Gruppen sah er Julia stehen, die sich angeregt mit einem jungen Mann unterhielt, den er nicht einordnen konnte. Niemand schien besonders von ihm Notiz zu nehmen. Gesprächsfetzen in Englisch, Spanisch, Französisch und Italienisch drangen an sein Ohr. Offenbar war die ach so kosmopolitische, welterfahrene und abgeklärte Clique der Euro-*Stagiaires* mal wieder unter sich. Christin würde entzückt sein. Unmittelbar vor dem Eingang fühlte er eine Hand an seinem Ellenbogen.

»Hast du es doch noch geschafft, dich vom Schreibtisch loszureißen! Hier ist eine Bombenstimmung, kann ich dir sagen!«

Mario war offenbar schon recht angeheitert und machte Anstalten, Mark in den Kreis von Partygästen zu ziehen, von dem aus er seinen Zimmerkollegen erblickt hatte.

»Hallo, Mario, ich will erst mal nach oben und den Ausblick genießen. Wir sehen uns später.«

Mark entzog sich Marios Einladung und trat durch die Eingangstür ins Innere des Atomiums. Dort wunderte er sich über die kahle Innenausstattung, die beinahe fahlen, hellblauen Wände, die nackten, mit Alufolie verkleideten Rundungen der Verbindungsrohre. Alles wirkte irgendwie billig, oder dadurch schon fast wieder skurril. Man fühlte sich zurückversetzt in eine Science-fiction-Serie aus den sechziger Jahren. Andererseits waren die Räume innen überraschend großzügig. Die Kugeln hatte immerhin einen Durchmesser von achtzehn Metern und besaßen jeweils zwei getrennte Ebenen. Das Atomium diente als naturwissenschaftliches Museum. Offenbar hatte man die Nebenkugeln abgesperrt, um die Party auf die Eingangskugel, die zentrale Kugel und die oberste Kugel zu beschränken. Mark hatte sich mit Christin und Roberto in der oberen Kugel verabredet. Der Ausblick über das nächtliche Brüssel war attraktiver als die ganze Feier.

Als sich die Fahrstuhltür zur mittleren Kugel öffnete,

zuckten Mark Stroboskopblitze entgegen. Die tiefen Bässe der Techno-Musik dröhnten in seinen Ohren. Rauchschwaden waberten in die Liftkabine. Seltsamerweise hatte man diese Lautstärke unten vor dem Eingang nicht wahrgenommen. Aber immerhin mußte er jetzt bereits fünfzig Meter über dem Erdboden sein. Die Fahrstuhltür schloß sich wieder. Oben angekommen fand er sich auf der Aussichtsplattform des Atomiums. Durch die merkwürdig geschnittenen Fenster bot sich ihm ein faszinierender Blick über das Lichtermeer Brüssels. Er konnte den angestrahlten Koloß des Justizpalastes in der Ferne erkennen. Auch die neu gereinigte Frontfassade der Kathedrale Saint-Michel war zu sehen. Mark riß sich von dem Panorama los. In der Mitte des Raumes stand ein Buffet, das aber schon weitgehend geplündert war.

Von Christin oder Roberto gab es keine Spur. Über eine Treppe stieg Mark noch einen Stock höher zum Restaurant hinauf. Für die Party hatte man das Restaurant zu einer Art belgischen Kneipe umgestaltet. Die Papierfahnen und Girlanden in den belgischen Nationalfarben erinnerten ihn an die deutsche Flagge: Schwarz-Rot-Gold. Es gab viele Tische, an denen Gäste mit Bierkrügen saßen. Die Luft war verqualmt. Über unsichtbare Lautsprecher wurde langsame, etwas verzerrte Popmusik gespielt. Einige Paare tanzten engumschlungen im hinteren Bereich des Raumes. Mark konnte zu seinem unwillkürlichen Mißfallen Christin ausmachen, die sich in den Armen eines mittelalten Mannes wiegte, der wie ein Franzose aussah. An der Theke entdeckte er Roberto, der mit dem Rücken zur Bar stand und sich auf sein Bierglas konzentrierte. Zielstrebig ging er auf ihn zu.

»Ciao, Roberto, mit wem tanzt denn Christin da?«

»Der Typ hat sie gerade vor fünf Minuten aufgefordert. Ich glaube, sie war genervt, weil du nicht kamst und hier fast nur Euro-Beamte rumlaufen. Was kommst du auch so spät?«

»Ich habe deine Ergebnisse im Computer nachgesehen. Ob du's glaubst oder nicht, bei der Allgemeinbildung und dem Sprachtest hast du super abgeschnitten.«

»Weißt du was, Mark, das ist mir jetzt ein richtiger Trost!« Roberto setzte sein Bierglas an die Lippen und nahm einen kräftigen Schluck.

»Nun hör doch erst mal zu, was ich zu sagen habe! Der Essay hat dich reingerissen.«

»Wie bist du überhaupt an die Noten gekommen, ohne meine Identitätsnummer?«

»Tja, das war gar nicht so schwer. Irgendwo mußte ja die Zuteilung der Nummern und Namen gespeichert sein. Und bei fünfzigtausend Bewerbern liegt es nahe, daß die Liste im Computer gespeichert ist. Wie gesagt, im Allgemeinbildungstest hast du neunundneunzig Prozent, das ist das beste Ergebnis, das außer dir nur noch ganz wenige geschafft haben.«

»Der Test war nun auch nicht gerade schwierig. Fragen über Sport und Oper, wer soll da denn überhaupt was falsch machen.«

Roberto spielte auf das breite Spektrum der Fragen des Ankreuztests über Allgemeinbildung an, die tatsächlich über Geschichte und Politik, Naturwissenschaften und Kultur bis zum Sport reichten.

»Und im Sprachtest liegst du mit einundneunzig Prozent auch ganz oben. Daran hat es also nicht gelegen. Aber im Essay war das Ergebnis ganz anders. Du hast nur siebenundzwanzig Prozent bekommen, damit bist du glatt durchgefallen. Du weißt ja, wer in einem

Prüfungsteil unter dreißig Prozent landet, fliegt raus, egal, wie gut die anderen Teilergebnisse sind.«

»Siehst du, ich hab' den Essay verhauen, denen paßte meine Auffassung nicht, die zensieren da deine Meinung!«

»Dachte ich zuerst auch, aber dann hab' ich mir deinen Essay mal genauer angesehen.«

»Wie denn das? Warst du im Archiv?«

»Ach was, die Testunterlagen werden überhaupt nicht archiviert. Was soll die Kommission denn mit Hunderttausenden von Essays pro Jahr anfangen? Nein, ich war nicht im Archiv, und an die Originaltexte der Bewerber wäre ich auch nicht rangekommen. Statt dessen habe ich mich erkundigt, was mit den handgeschriebenen Essays eigentlich geschieht, und du glaubst es nicht: Seit neuestem werden sie automatisch in den Zentralrechner eingelesen, ein Experiment, um die Papierberge zu verkleinern und das Bewerbungsverfahren zu rationalisieren. Ein neues Programm erfaßt die Texte in ihrer originalen Handschrift, und der Prüfer kann sich alles auf dem Bildschirm ansehen. Dafür wurde extra ein neues Papier mit gelben und hellblauen Linien entwickelt, vielleicht erinnerst du dich?«

»Kann sein, und weiter?«

Robertos deprimiertes Desinteresse schien verschwunden. Er hatte sein halbleeres Bierglas vergessen und hing an den Lippen seines Freundes.

»Das heißt, die Essays waren alle auf Datenträger verfügbar. Ich konnte deinen Text laden und am Bildschirm lesen. Es sieht aus wie deine Handschrift, eine Art datenreduzierte Fassung, die der Computer erstellt hat, so ähnlich wie ein Zeitungsfoto im Verhältnis zu einem richtigen Foto. Und jetzt das Problem: Dein Essay ist einsame Spitzenklasse, Stil und Aufbau sind wirklich gut gelungen. Inhaltlich liegst du voll auf der Linie, die von der Kommission erwartet wurde.«

»Was weißt du denn, was die erwarten? Offenbar hielt der Prüfer meinen Text für Müll, sonst hätte er mich kaum durchfallen lassen.«

»Nein, du verstehst nicht: Ich habe mir den Prüfervermerk angesehen, in dem die Kommission beschreibt, was zu den einzelnen Essaythemen erwartet wird, wie die Prüfer was bewerten sollen.«

»Also, jetzt sag mir mal, wie du an all die Infos rankommst. Hat denn in der Kommission jeder Zugriff auf den gesamten Datenbestand, oder was?«

»Dazu später, jetzt hör erst mal zu. Nach dem Prüfervermerk hast du alle wesentlichen Aspekte des Themas angesprochen. Du hast die Gegenpositionen abgewogen und bist zu einem vertretbaren, eigenen Standpunkt gekommen. Du hast ja sogar eine gelungene Schlußpointe gesetzt mit der Verknüpfung von Erweiterung und Vertiefung der EU.«

»Wenn das so ist, warum habe ich dann nur siebenundzwanzig Prozent?«

»Eben, das frage ich mich auch. Selbst der mißgünstigste Prüfer hätte dir immer noch fünfzig bis sechzig Prozent geben müssen. Irgendwas stimmt da nicht, wahrscheinlich eine Ziffernverwechslung bei der Dateneingabe oder ein Zahlendreher. Vielleicht hattest du zweiundsiebzigProzent statt siebenundzwanzig.«

Roberto nahm einen Schluck Bier und sah Mark über den Rand seines Glases skeptisch an. Er schien sich wieder an sein Vorhaben zu erinnern, das Glas möglichst schnell zu leeren.

»Irgendwas stimmt mit diesem ganzen Bewerbungsverfahren bei der Kommission nicht, das ist doch schon zu einer Art Geheimwissenschaft geworden.«

»O hört, hört, da hat jemand meine Glosse im *InfoMatin* gelesen. Ich wußte auch, daß mit den Einstellungstests was faul ist. Aber daß die jetzt schon gezielt Leute durchfallen lassen, die ihnen nicht passen, das schlägt dem Faß den Boden aus.«

Hinter den beiden stand Jean Cavalier, neben ihm Christin. Mark erkannte in ihm den mittelgroßen Mann, mit dem Christin getanzt hatte. Christin blinzelte zunächst keck, doch dann erschrak sie, als sie Marks sichtlich geschockten Gesichtsausdruck sah.

»Wer sind Sie denn? Was mischen Sie sich hier in persönliche Gespräche unter Freunden ein!« entgegnete Mark unwirsch.

»Keine Panik, ich nenne natürlich keine Namen. Ich schreibe für den *InfoMatin*, und, wie gesagt, ich dachte, Sie hätten meinen Artikel vom Vortag gelesen. Im übrigen wollte ich mich nicht einmischen. Ich bringe Ihnen nur Ihre entzückende Freundin zurück, die mir die Gunst eines Tanzes gewährt hat.« Cavalier blickte kurz zu Christin und fuhr dann fort: »Aber mal im Ernst, mit dem Bewerbungsverfahren bei der Kommission stimmt doch wirklich etwas nicht. Da müßte man mal kräftig auf den Busch klopfen.«

»Dann klopfen Sie mal schön, aber ohne mich! Ich glaube, das Problem der Kommission liegt eher bei der französischen Presse, die kein gutes Haar an der gegenwärtigen Europapolitik lassen will.« Mark wandte sich Christin zu und machte Anstalten wegzugehen, aber Cavalier packte ihn am Ellenbogen und hielt ihn zurück.

»Sehen Sie denn nicht, daß da offenbar gezielt manipuliert wird? Ihr Freund wurde absichtlich rausgekickt, weil er der Kommission nicht genehm war. Mann, das ist doch ein Knüller!«

»Wir sprechen hier über einen Verwaltungsfehler, während Sie Ihren Phantasien über Schlagzeilen und Auflagensteigerungen nachhängen.«

Mark riß sich los und ging wütend weg, nachdem er Roberto noch zugeraunt hatte, daß er am Montag etwas in seiner Sache unternehmen wolle. Christin holte Mark erst am Fahrstuhl ein. Die beiden fuhren wortlos nach unten. Christin spürte, daß Mark über die Begegnung mit Cavalier sehr aufgebracht war. Erst im Auto auf der Rückfahrt ins Stadtzentrum sprach sie ihn an.

»Bist du sauer, weil ich mit dem Typ getanzt habe?«

»Ach, darum geht es doch überhaupt nicht. Aber mußtet ihr euch so von hinten anschleichen? Wenn bekannt wird, daß ich interne Informationen an die Presse weitergebe, kann ich jede Aussicht auf einen Job in Brüssel vergessen. Und dieser Typ scheint es ja auf Sensationsberichterstattung angelegt zu haben. Wenn ich nur wüßte, wieviel er mitgehört hat. Gezielte Manipulation der Einstellungsverfahren, der Mann sieht doch Gespenster!«

»Und wenn was daran ist?«

»Jetzt fängst du auch noch an. Ich werde Montag mit Woodworth sprechen. Vielleicht klärt sich alles auf. Wahrscheinlich wird er ungehalten darüber sein, daß ich einfach die Resultate für Roberto nachgesehen habe, aber ich glaube, das bin ich Roberto schuldig.«

»Mach dir keine Sorgen wegen dem Journalisten. Der muß seine Quellen auch schützen. Wenn der seinen Informanten bloßstellt, sagt dem doch kein Mensch mehr etwas.«

»Siehst du, jetzt bin ich schon ein Informant. Aber ich wünschte, du hättest recht bezüglich des Quellenschutzes – mir sah der Typ eher rücksichtslos aus.«

»Ich weiß gar nicht, was du hast, der war doch ganz

nett – wohl eifersüchtig, weil er mich zum Tanzen aufgefordert hat?«

Mark blickte nur stur geradeaus und lenkte der Wagen durch die Brüsseler Innenstadt. Nach wenigen Minuten hatten sie sein Apartment in der Rue de Locht erreicht.

Als Mark am Montag morgen gegen halb neun das Gebäude der Kommission in der Rue de la Loi betrat, beschlich ihn ein ungutes Gefühl. Dies war erst die zweite Woche in seinem Praktikum, und doch schien es ihm, als schwebe bereits ein Schatten über seiner Tätigkeit in der Behörde. Er hatte sich vorgenommen, Woodworth auf den Fehler in Robertos Bewertung anzusprechen, fragte sich aber gleichzeitig, ob Woodworth vielleicht äußerst gereizt auf seine Anmaßung reagieren könnte, das geheime Revisions-*Password* für eigene Zwecke zu gebrauchen. Dann war da noch die Verabredung mit Maubeuge, der ihm mehr Aufmerksamkeit widmete, als ihm im Moment lieb war. Sollte er etwa Verdacht geschöpft haben, weil Mark so lange am Bildschirm gesessen hatte? Ahnte Maubeuge, daß er von Woodworth die Aufgabe bekommen hatte, in der Generaldirektion III nach einem Maulwurf der Industrie zu fahnden? Warum hatte Maubeuge ihn am Freitag abend so mißtrauisch angesehen? Oder bildete er sich das alles nur ein?

Auf seinem Schreibtisch fand er einen Zettel, der offenbar von einer Sekretärin stammte und ihn aufforderte, sogleich am Morgen bei Maubeuge vorzusprechen. Mario war noch nicht da, offenbar benötigte er eine längere Erholungsphase nach dem anstrengenden Party-Wochenende. Um die Sache hinter sich zu bringen, machte Mark sich auf den Weg zum Dienstzimmer seines Ausbilders, das sich eine Etage höher befand. Maubeuge saß am Schreibtisch, ein Diktiergerät in der Hand, und schien zu überlegen. Er winkte Mark herein und erhob sich von seinem Stuhl. In diesem Moment erschien eine Sekretärin in der anderen Tür, die zum Nebenzimmer führte.

»Monsieur Maubeuge, das Fax von RTL kommt gerade rein. Wollen Sie es gleich sehen?«

Maubeuge stoppte auf halbem Weg zu Mark und wandte sich seiner Sekretärin zu. »O ja, natürlich, ich komme«, antwortete er, plötzlich angespannt.

»Es dauert nicht lange, nehmen Sie doch schon Platz, Monsieur Kemper.«

Maubeuge eilte durch die Tür zu dem Nebenraum, aus dem jetzt das Geräusch eines Telefaxgerätes zu hören war. Die Sekretärin folgte und ließ die Tür angelehnt. Mark fand sich allein in einem Büro, das als Musterbeispiel für ein durchorganisiertes Arbeitszimmer hätte gelten können. Auf Maubeuges Schreibtisch befanden sich neben dem Telefon und dem Diktiergerät nur der Vorgang, den er anscheinend gerade bearbeitete, sowie jeweils ein Eingangs- und ein Ausgangskorb. Hinter dem Schreibtischstuhl waren die Akten sorgfältig auf eine Weise gestapelt, der eine gewisse Systematik zugrunde zu liegen schien. Es gab keine aufgeschlagenen und gestapelten Aktenberge, keine wahllosen Haufen von Kopien, keine Bücherstapel, wie sie in Woodworths Büro jede Freifläche bedeckten. Der Aktenschrank enthielt einige Standardwerke der Volkswirtschaftslehre und der Verwaltungswissenschaft, die aber ordentlich hinter Glas sortiert waren.

Statt einer bequemen Sitzecke befand sich vor dem Fenster ein ovaler Arbeitstisch mit vier Stühlen. Auf dem

Tisch erblickte Mark ein kleines gebundenes Buch mit dunkelblauem Lederrücken und Goldprägung. Jemand hatte die schöne, antiquarische Ausgabe mit einigen selbstklebenden Zettelchen versehen, die seitlich aus dem Buch herausragten und auf denen handschriftliche Notizen zu erkennen waren. Diese gelben Selbstklebenotizen wirkten an dem stilvollen, in Leder gebundenen Buch mit Goldschnitt billig und geschmacklos.

Mark ergriff das Buch und las den Titel auf dem Rücken: ›Der Fürst‹ von Niccolò Machiavelli. Der italienische Philosoph war Mark aus der Vorlesung in Verfassungsgeschichte ein Begriff. ›Der Fürst‹ war sein Hauptwerk und wurde von vielen als eine Rechtfertigung der rücksichtslosen Machtpolitik gelesen. Moral und Recht hatten zurückzutreten, wenn der politisch Handelnde die Interessen des Staates, des Fürsten, durchsetzen wollte. Der Fürst darf alles. Wie kam der biedere Praktiker Maubeuge zu einem Philosophen der Renaissance? Mark öffnete das Buch bei einem der gelben Zettel, auf dem jemand das Wort ›Praxisbezug‹ mit Tinte vermerkt hatte. Sein Blick fiel auf eine mit Bleistift angestrichene Passage:

> *Da es aber meine Absicht ist, etwas* Brauchbares *für den zu schreiben, der Interesse dafür hat, schien es mir zweckmäßig, dem wirklichen Wesen der Dinge nachzugehen als deren Phantasiebild.*

Das Wort ›Brauchbares‹ war dick mit Bleistift unterstrichen. Mark tat es weh, das alte Buch so mißhandelt zu sehen. Er blickte irritiert zur angelehnten Tür des Nebenzimmers. Warum hatte Maubeuge gerade diese Stelle angestrichen? Er schlug beim nächsten gelben Zettel nach, auf dem ›Ministerrat‹ notiert war, und las:

Ein kluger Herrscher kann und darf daher sein Wort nicht halten, wenn ihm dies zum Nachteil gereicht und wenn die Gründe fortgefallen sind, die ihn veranlaßt hatten, sein Versprechen zu geben.

Ein paar Seiten weiter klebte der nächste Zettel. Mark las mit wachsendem Erstaunen die unterstrichene Passage:

Demnach ist festzuhalten, daß bei der Aneignung eines Staates der Eroberer alle Gewalttaten in Betracht ziehen muß, die zu begehen nötig sind, und daß er alle auf einen Schlag auszuführen hat, damit er nicht jeden Tag von neuem auf sie zurückzugreifen braucht, sondern, ohne sie zu wiederholen, die Menschen beruhigen und durch Wohltaten für sich gewinnen kann.

Aus dem Nebenraum hörte er die gehobene Stimme Maubeuges: »Bestätigen Sie das Interview. Diesem Gerücht müssen wir mit aller Entschiedenheit entgegentreten, das könnte sonst irreparablen Schaden anrichten. Nicht auszudenken.«

Marks Neugier war durch die markierten Passagen geweckt worden. Er schlug eine weitere Stelle auf und wollte gerade zu lesen beginnen:

Wer politisch handelt, muß auch Böses tun …

Plötzlich stand Maubeuge mitten im Zimmer. »Wir haben wieder Ärger mit der Presse. So ein Pariser Groschenblatt hat eine Polemik über unsere Einstellungsverfahren gebracht, und jetzt stürzen sich die etablierten Medien darauf. Wir müssen gegensteuern. – Ah, Sie haben sich den Machiavelli gegriffen.«

Mark zuckte leicht zusammen und legte das Buch zugeschlagen auf den Tisch.

»Nein, nein, lassen Sie nur, das lese ich in der Mittagspause, um mich zu entspannen. Erstaunlich, welche Einsichten der Mann schon im 16. Jahrhundert gewonnen hatte. Dafür braucht unsereiner heutzutage noch Jahre seines Arbeitslebens. Aber egal, ich will Sie nicht mit Philosophie langweilen.«

Maubeuge wies auf den Stuhl, der vor seinem Schreibtisch stand. Offenbar wollte er den Tisch zwischen sich und seinem Gesprächspartner wissen. Mark ließ sich umständlich auf dem Stuhl nieder, während Maubeuge um den Schreibtisch herumging. Hatte er mit dem Aufschlagen des Buches schon wieder einen *faux pas* begangen? Als er Maubeuge in die Augen sah, wirkte er ernst und besorgt.

»Monsieur Kemper, ich muß Sie fragen, was Sie Freitag nacht noch so spät im Büro gemacht haben.«

Mark durchzuckte es innerlich. Mit einem so nachforschenden und direkten Ton hatte er nicht gerechnet.

»Ich hatte eine eilige Sache für Professor Woodworth zu machen. Nicht so eilig, daß ich am Freitag noch so lange hätte bleiben müssen, aber ich hatte wohl die Zeit vergessen, sehr spannende Rechtsfragen, Sie verstehen, ich kam zu spät zur *Stagiaires*-Party.«

»Verstehen Sie mich nicht falsch, ich will Ihnen nicht untersagen, für Professor Woodworth zu arbeiten. Aber es schadet einfach dem Arbeitsklima, wenn bestimmte Leute so viel Zeit einsetzen, daß die anderen das Gefühl haben, mithalten zu müssen. Wenn ich als Ihr Vorgesetzter länger arbeite, ist das etwas anderes. Sie sind zur Ausbildung hier, nicht um Rekorde im Aktenwegarbeiten aufzustellen. Genießen Sie doch ein wenig die Zeit in Brüssel, ist doch eine interessante

Stadt. Was ich sagen will: Lassen Sie es etwas langsamer angehen, das wird nichts schaden.«

Mark war irritiert. Nach der inquisitiven Nachfrage kam nun ein fast versöhnlicher Ratschlag.

»Vielen Dank für den Hinweis, Monsieur Maubeuge.«

»Noch Fragen?«

Ihm schoß die Sache mit Robertos Bewertung durch den Kopf, doch darauf konnte er Maubeuge schon wegen des *Passwords* unmöglich ansprechen. Er hätte gern wegen des Machiavelli nachgefragt, etwa, warum auf dem gelben Zettel ›Ministerrat‹ vermerkt war, doch er verkniff sich die Frage.

»Dann an die Arbeit. Je mehr Sie heute morgen schaffen, desto früher können Sie abends gehen. Wer bis in die Nacht arbeitet, ist oft bloß unfähig, seine Aufgaben systematisch und stringent in der normalen Arbeitszeit zu bewältigen.«

Mark bedankte und verabschiedete sich. Als er das Büro seines Ausbilders verließ, spürte er, wie Schweißtropfen an seinem Oberkörper hinunterrannen. Innerlich dachte er schon an das Gespräch mit Woodworth, das noch vor ihm lag.

Die Sekretärin hatte ihn sofort zu Woodworth durchgewinkt, nachdem er sich zuvor telefonisch angemeldet hatte. Nun saß er seinem Mentor in der Sitzecke schräg gegenüber. Woodworth saß merkwürdig aufrecht in dem bequemen Sessel, seine Erscheinung hatte etwas Steifes, typisch Britisches.

»Professor Woodworth, Sie sagten, wenn es ein Problem gebe, egal, was es sei, sollte ich zuerst zu Ihnen kommen.«

Woodworth zog die Augenbrauen hoch und blickte Mark unverwandt in die Augen.

»Ja, natürlich, bitte?«

Mark hatte das ganze Wochenende darüber gegrübelt, ob er Woodworth von seiner Entdeckung berichten sollte. Wie würde sein Mentor auf das Eingeständnis reagieren, daß er das *Password* für andere Zwecke mißbraucht hatte? Hatte es überhaupt Zweck, ihn darauf anzusprechen, konnte Woodworth überhaupt Einfluß auf das Bewerbungsverfahren nehmen? War die vage Chance, daß Roberto vielleicht doch nicht im schriftlichen Vorverfahren abgewiesen wurde, es wert, einen Bruch mit dem Mann zu riskieren, dessen Vertrauen er auf so mühsame Weise errungen hatte und der vielleicht sein Sprungbrett für eine Karriere in den EU-Behörden sein könnte? Doch wie sollte er sonst seinem Freund helfen?

Eine Möglichkeit, formell Einspruch gegen die Ablehnung zu erheben, gab es nicht. Wenn Roberto sich selbst an die Kommission wandte, würde man ihn als Querulanten abwimmeln. Und die Bewertung war doch offenbar fehlerhaft, ein Zahlendreher mußte die Erklärung sein, deswegen konnte doch jemand wie Roberto nicht scheitern. Vielleicht hatte auch Cavalier recht, daß es Manipulationen bei der Bewertung gegeben hatte. Dann könnte sich Marks Aufmerksamkeit als nützlich für die Kommission erweisen, und Woodworth wäre ihm möglicherweise sogar dankbar, daß er ihm die Sache zur Kenntnis gebracht hatte. Noch gestern war Mark sich sicher gewesen, daß Woodworth Verständnis für sein Vorbringen haben würde. Doch als er ihm nun gegenübersaß, erschien ihm dies nicht mehr so klar. Aber dafür war es jetzt zu spät. Es gab kein Zurück mehr. Mark räusperte sich und begann zu sprechen.

»Sie hatten mir diesen vertraulichen Rechercheauftrag gegeben. Mit dem *Password*.«

Woodworth zog erneut die Augenbrauen hoch und schien noch aufrechter zu sitzen als zuvor.

»Nun ja, ich habe schon einiges durchgesehen, ohne allerdings bisher konkrete Hinweise gefunden zu haben. Deswegen bin ich nicht hier.«

»Worum geht es dann? Wenn Sie einen Verdacht haben, sprechen Sie ihn ruhig aus, ich werde schon keine vorschnellen Schlüsse ziehen.«

Mark leitete seinen Bericht mit Robertos Ablehnung beim Einstellungstest ein und beschrieb die Verzweiflung seines Freundes. Er berichtete über seine Nachforschungen mit Hilfe des *Passwords*, schilderte das Mißverhältnis zwischen Inhalt und Bewertung des Essays, schlug schließlich als Erklärung ein Versehen bei der Notierung der Werte vor. Als er geendet hatte, suchte er die Augen des Generaldirektors.

Woodworths Gesicht war starr und unbeweglich geworden. Er blickte an Mark vorbei auf das mit Papieren überhäufte Regal. Irgendwie kalt, dachte Mark, der versuchte, in den Zügen seines Gegenübers abzulesen, wie er reagieren würde. Woodworth saß unbeweglich in seinem Sessel. Nach einem langen Moment des Schweigens erhob er sich und ging zum Fenster. Während er nach draußen auf den *Parc de Bruxelles* blickte, brach er sein Schweigen, das Mark endlos erschienen war.

»Es war gut, daß Sie damit direkt zu mir gekommen sind. Ich gehe doch recht in der Annahme, daß Sie sonst niemanden in der Kommission informiert haben? Diese Einstellungsfragen sind nämlich äußerst sensible Angelegenheiten.«

Mark verspürte einen Stich bei dem Gedanken an

den Journalisten Cavalier, der sein Gespräch mit Roberto mitgehört hatte, aber er nickte nur.

»Ich werde mich der Sache annehmen. Sagen Sie Ihrem Freund, daß in seinem Fall alles getan wird, was möglich ist. Hauptsache, die Angelegenheit bleibt vertraulich. Nicht auszudenken, was passiert, wenn die Presse davon Wind bekommt. Das könnte auch Ihrem Freund nur schaden.«

Woodworth ging zu seinem Schreibtisch hinüber und begann eine Telefonnummer einzutippen, dann besann er sich eines Besseren und sagte: »Sie erwähnten, daß Sie Ausdrucke gemacht hätten. Seien Sie so gut und bringen Sie sie selbst zu mir. Aber benutzen Sie nicht die Hauspost. Ich möchte mir zunächst einen persönlichen Eindruck verschaffen, bevor ich den verantwortlichen Abteilungsleiter zur Rede stelle.« Woodworth legte den Telefonhörer wieder auf.

»Und – bitte – beschränken Sie sich in Zukunft auf Ihre Aufgabe, wenn Sie das Revisions-*Password* verwenden, Mister Kemper.«

Der distanzierte, kühle Ton klang Mark schrill in den Ohren. Woodworth hatte ihn bei seinem Nachnamen genannt, nachdem er ihn sonst schon seit langer Zeit vertraulich mit dem Vornamen angeredet hatte.

Zurück in seinem Büro zögerte Mark einen Moment, bevor er nach den Ausdrucken unter seiner Schreibunterlage griff. Was sollte er Woodworth sagen, wenn Sie nun weg wären? Doch der kleine Stoß DIN-A4-Seiten lag unberührt auf seinem Schreibtisch. Auf dem Weg zu Woodworths Büro kam er an dem Kopierer auf seinem Flur vorbei. Er gab einem plötzlichen Impuls nach und legte die Zettel in den automatischen Einzugsschacht. Nachdem er die Kopien unter die Schreibunterlage in seinem Zimmer gesteckt hatte, beeilte er sich, zum Büro des Generaldirektors zu kommen. Woodworth telefonierte gerade, als er den Raum betrat. Er winkte ihn herein, blickte kurz auf die Papiere und bedankte sich mit einem Nicken.

Zur Mittagszeit schlenderte Mark in Gedanken versunken durch die Rue de Trèves in Richtung Parlamentsgebäude. Nach dem Gespräch mit Woodworth hatte er sich nicht mehr richtig auf seine Arbeit konzentrieren können. Kurz nach zwölf war er losgegangen, um in der Kantine des Parlaments zu essen. Er bemerkte den dunkelhaarigen, mittelgroßen Mann in Lederjacke und Jeans nicht, der ihm folgte und langsam zu ihm aufschloß. Als der Mann auf gleicher Höhe mit Mark war, sprach er ihn an.

»Ich muß mit Ihnen reden. Zigarette?«

Mark schrak aus seinen Gedanken auf und erblickte Jean Cavalier, der ihm eine offene Packung starker, filterloser Zigaretten entgegenhielt.

»Ich rauche nicht!«

»Es tut mir leid wegen gestern, ich habe nur zufällig gehört, wie Ihr Freund den EG-Einstellungstest erwähnte, da glaubte ich, Sie redeten über meinen Artikel. Ich wollte mich wirklich nicht anschleichen.«

»Schon gut, war nicht so gemeint. Aber Sie scheinen mir ja schon wieder nachzustellen. Woher wußten Sie denn, wo ich arbeite?«

»Na ja, Ihr Freund hat es mir verraten. Aber das ist ja kein Geheimnis, oder?«

»Nein, das nicht.«

»Ich möchte mich gerne mit Ihnen unterhalten. Kommen Sie, ich lade Sie zum Essen ein.«

»Ich habe keinen Hunger, außerdem möchte ich lieber spazierengehen.«

»Spazieren. Auch gut. Ich begleite Sie.«

Mark zuckte mit den Achseln und ging weiter. Cavalier hielt mit ihm Schritt und zündete sich eine Zigarette an. Nachdem er einmal tief inhaliert hatte, fuhr er fort.

»Wissen Sie, ich habe über den Fall Ihres Freundes nachgedacht. Wenn Sie mich fragen, sieht das überhaupt nicht nach einem Verwaltungsfehler aus. Es riecht vielmehr nach Korruption. Jemand wollte Ihren Freund rauskicken.«

»Woher wollen Sie das denn wissen? Dafür gibt es nicht den geringsten Anhaltspunkt.«

»Denken Sie doch mal nach! Die EU-Behörden stellen zur Zeit doch Hunderte von Leuten ein: für die Wettbewerbseinsatzgruppe hier in Brüssel, für das neue Markenamt in Alicante, für das Europäische Umweltamt in Kopenhagen, für *Europol* in Den Haag und die Währungsbehörde in Frankfurt. Wer hier gezielt seinen Einfluß geltend macht, der hat morgen die Fäden in der Hand!«

»Sie sehen Gespenster!«

»Oder Sie wollen es nicht wahrhaben. So, wie der Fall liegt, wurden die Resultate Ihres Freundes gezielt manipuliert. Das kann doch kein Zufall sein. Der Essay ist der einzige Prüfungsteil, bei dem eine genaue Kontrolle der Bewertung schwierig und aufwendig ist. Die *Multiple-choice-Tests* werden ja automatisch vom Computer ausgewertet. Normalerweise wäre die falsche Bewertung des Essays nie aufgefallen. Man muß sich fragen, wer die Resultate manipuliert hat. Wer könnte so etwas tun? Persönliche Rache kommt kaum in Betracht. Und auch andere persönliche Motive, wie sie vielleicht bei den Leuten eine Rolle spielen mögen, die sich mit einer Handschriftenprobe durch den Test mogeln wollen, scheiden aus. Wenn Sie mich fragen, wollte jemand verhindern, daß Ihr Freund bei *Europol* anfängt. Vielleicht wollen die nördlichen Staaten verhindern, daß Bewerber aus Italien und Spanien sich bei *Europol* breitmachen. Vielleicht wollen die Deutschen ihre eigenen Leute einschleusen und *Europol* unter ihre Kontrolle bringen; Ihre Landsleute hatten doch schon immer ein Faible für den Polizeistaat. Und dann hatten sie Angst, daß Ihr Freund sich gegen die deutschen Kandidaten durchsetzt. Ich meine, nicht umsonst ist *Europol* in Den Haag angesiedelt worden.«

»Das haben die doch gar nicht nötig. Wenn die Deutschen bestimmte Leute nicht bei *Europol* haben wollen, dann sagen sie es einfach. Die machen sich doch nicht den Umstand, erst irgendwelche Testergebnisse zu manipulieren.«

»Ich behaupte ja nicht, schon alles zu wissen. Aber was ich weiß – was Sie wissen –, riecht nach Schiebung. Da kann man doch nicht einfach die Sache auf sich beruhen lassen, nur weil einem im Moment die plausible Erklärung fehlt.«

»Wenn man mich hier mit Ihnen sieht, werde ich auch Schwierigkeiten haben, eine plausible Erklärung zu finden.«

»Sie überschätzen meinen Bekanntheitsgrad, Monsieur Kemper. Außerdem, wenn Sie mir helfen, garantiere ich Ihnen absolute Diskretion. Ihren Namen halte ich aus allem heraus. Als Journalist habe ich sogar ein Zeugnisverweigerungsrecht, um meine Quellen zu schützen.«

»Das können Sie gleich wieder vergessen. Sie jagen doch Hirngespinsten nach. Ich ruiniere doch nicht meine Karriere für solche Phantastereien.«

»Und wenn ich recht habe? Wollen Sie in einer Behörde arbeiten, die korrupter ist als die Verwaltung von Sizilien? Ist das Ihre europäische Idee? – Ich mache Ihnen einen Vorschlag: Wir suchen gemeinsam an Ihrem Terminal nach Beweisen. Wenn wir nichts finden außer dieser Sache mit Ihrem Freund, vergessen wir die Angelegenheit, und die Story ist für mich gestorben. Wenn wir allerdings Beweise für weitreichendere Manipulationen finden, dann überlegen wir, wie wir weiter vorgehen. Ich meine, dann würden Sie doch nicht ernsthaft dafür plädieren, alles unter den Teppich zu kehren, oder?«

Mark dachte an Woodworth, der offenbar schon extrem indigniert darüber gewesen war, daß er überhaupt nach den Testresultaten geguckt hatte. Was würde er sagen, wenn er nun sah, wie Mark sich mit einem Journalisten gerade der Zeitung darüber unterhält, die es sich zur Aufgabe gemacht hatte, gegen die Europäische Union zu Felde zu ziehen? Er war genervt von dem aufdringlichen Franzosen, der es sich offenbar in den Kopf gesetzt hatte, ihm die Mittagspause zu verderben.

»Und ich sage, vergessen Sie es. Sie denken nur an Ihre Story im *InfoMatin*, was für Schicksale hinter so einer Sache stecken, ist Ihnen doch völlig egal. Außerdem glaube ich Ihnen nicht, daß Sie Ihre Quellen schützen. Lassen Sie mich in Ruhe!«

Mark wandte sich brüsk von Cavalier ab und überquerte die Straße. Cavalier konnte nicht sofort folgen, weil er mehrere Autos abwarten mußte, die an der Ampel gerade anfuhren. Mark eilte schnellen Schrittes zurück zur Rue de la Loi, während Cavalier am Straßenrand stehenblieb und sich seine Zigaretten herauskramte. Er würde sich etwas anderes überlegen müssen, um an die begehrten Informationen zu kommen. Jetzt fühlte er, daß er den richtigen Riecher gehabt hatte. An der Sache war etwas dran. Und dieser einfältige Praktikant würde ihn nicht daran hindern, der Sache auf den Grund zu gehen.

Die vollbusige, langbeinige Blondine räkelte sich genüßlich auf dem französischen Bett. Der dunkle Teint ihrer nackten Haut hob sich von den blendendweißen Laken ab und wurde nur an wenigen Stellen von ihrem freizügigen, schwarzen Negligé bedeckt. Sie strich sich ihr langes hellblondes Haar aus dem Gesicht, zeigte ein strahlendes Lächeln und blinzelte Eddy herausfordernd zu. Eddy ging von der Tür, durch die er soeben den Raum betreten hatte, geradewegs auf das Bett zu. Doch schon nach wenigen Schritten blieb er unvermittelt stehen und drehte sich zuerst nach links, dann nach rechts. Mit äußerster Aufmerksamkeit musterte er die Wände des Zimmers, die in einem merkwürdigen Hellgrün getüncht waren.

Er ging zum Fenster und blickte nach draußen auf den leeren, halbdunklen Hinterhof, der ein Stockwerk tiefer verlassen dalag. Ihn schauderte bei dem Gedanken, was ihm in der Dunkelheit dort unten widerfahren könnte. Dann wandte er sich wieder der Frau zu. Als er sich dem Bett näherte, spürte er seine Erregung. Die Frau drehte sich von der Seite auf den Rücken und stützte sich mit beiden Ellenbogen nach hinten ab. Durch den dünnen Stoff des Negligés konnte Eddy ihre nackte, gebräunte Haut sehen. Sie spreizte leicht die Beine, warf den Kopf zurück und blickte Eddy tief in die Augen.

Plötzlich klingelte es an der Tür. Eddy schrak zusammen, ließ aber kein Auge von der Frau. Vielleicht war es nur ein Klingelstreich. So etwas kam hier in der Nachbarschaft öfter vor. Er überlegte, wie er die Frau ansprechen könnte. Oder sollte er sich gleich zu ihr legen?

Es klingelte wieder an der Tür, diesmal heftiger, länger. Eddy machte zwei, drei Schritte auf die langen, gespreizten Beine zu, dann stand er am Bettrand. Noch immer hatte niemand auch nur ein Wort gesprochen. Es herrschte eine knisternde Spannung in dem hellgrünen Zimmer.

Die Klingel schrillte jetzt ohne Unterbrechung. Der ungebetene Besucher schien nicht aufzugeben. Woher wußte er, daß Eddy zu Hause war? Wer klingelte überhaupt so spät am Abend? Eddy bekam selten Besuch, aber so spät hatte ihn noch nie jemand am Computer gestört. Er speicherte mit wenigen routinierten Tastengriffen den Spielstand. Es war nicht leicht gewesen, den gefährlichen Weg ins hellgrüne Zimmer zu finden. Er blickte ein letztes Mal auf den Bildschirm:

Wollen Sie wirklich das Spiel beenden? Drücken Sie J, um zu DOS zurückzukehren, N, um weiterzuspielen.

Eddy hämmerte die ›J‹-Taste seines Computers nach unten und stand widerwillig von seinem Stuhl auf. Der Besucher war mittlerweile in eine Art Rhythmus verfallen und klingelte in kurzen, schrillen Stößen. Eddy ging zum Eingang und stieß genervt die Tür auf. Vor ihm stand Jean Cavalier.

Der Journalist blickte auf einen blassen, schlanken Mittzwanziger in T-Shirt und Jeans. Die halblangen Haare seines Gegenübers waren ungewaschen und fettig. Er trug eine billige Brille, deren unförmiges Stahlgestell durch die dicken Gläser noch plumper wirkte. Am Hals und auf der Stirn waren aufgekratzte, zum Teil entzündete Pickel zu sehen. Cavalier sprach zuerst:

»Eddy de Groof?«

»Ja, und?«

»Ich bin Journalist, suche jemanden, der mir erzählen kann, was einen guten Hacker ausmacht.«

»Was heißt schon Hacker, jeder ist ein Hacker, der einen PC und ein Modem hat – wenn er nur will.«

»Gut, dann bin ich an der richtigen Adresse.«

Cavalier machte Anstalten, an Eddy vorbei einzutreten, doch der versperrte ihm den Weg, indem er seinen Arm quer gegen den Türrahmen streckte.

»Wer sind Sie? Und was wollen Sie von mir?«

»Können wir das nicht drinnen besprechen? Ich habe deine Adresse von dem Software-Laden im Universitätsviertel. Der Verkäufer dort meinte, du seist der totale Computerfreak. Ich mache eine Reportage für eine französische Zeitung. Es springt auch ein bißchen Geld dabei heraus.«

Eddy ließ den Arm sinken. Seit er sein Informatikstudium abgebrochen hatte, schlug er sich mit Gelegenheitsjobs für kleine Computerfirmen durch. Sein Geschick im Umgang mit Computern und Programmen war zwar beachtlich, aber die Firmen zahlten schlecht, so daß Eddy stets knapp bei Kasse war. Und nicht zuletzt verbrauchte er sowieso das meiste Geld für neue Speicherchips, Soundkarten oder Programme. Ganz zu schweigen von der hohen Telefonrechnung, die durch die Nutzung der Telefonverbindung zum Datentransfer jedesmal in horrende Höhen stieg.

»Kommen Sie rein.«

Cavalier betrat den engen Flur der kleinen Einzimmerwohnung. Eddy wies im Wohnraum auf den billigen, wackeligen Schreibtischstuhl, der vor einer Arbeitsplatte stand, die auf zwei hölzernen Böcken ruhte. Auf der Platte befanden sich zwei Bildschirme, von denen einer auf einem flachen Desktop Computer stand, während der andere direkt auf der furnierten Spanplatte ruhte. Links und rechts neben dem eingeschalteten Monitor befanden sich zwei kleine Lautsprecher, deren Kabel in wirren Verschlingungen zu dem Desktop Computer führten. Neben dem Tisch stand turmartig ein Tower-PC, von dem viele Kabel hinauf zu den Bildschirmen, zum anderen Computer, zur Steckdose und zur Telefonbuchse führten. Die Arbeitsplatte war mit Disketten, Broschüren und farbigen Computer-Magazinen übersät. Dazwischen konnte man gerade noch eine Microsoft Mouse sehen, deren Kabel im Gewühl verschwand. Direkt vor dem Stuhl stand ein schwarzer Joystick, der mit seinen roten Tasten an den Steuerknüppel eines Hubschraubers erinnerte.

Cavalier drehte den Schreibtischstuhl vom Tisch weg in den Raum und setzte sich. Dieser Stuhl schien die einzige Sitzgelegenheit im Zimmer zu sein. Überhaupt war die Wohnung äußerst spartanisch eingerichtet. Neben der Computerausrüstung gab es noch ein einfaches, etwas instabil wirkendes Holzregal mit Büchern und einer alten Stereoanlage. Auf dem Fensterbrett standen verloren zwei kleine Kakteen in Plastiktöpfen. Wahrscheinlich die einzige Pflanzenart, die hier eine Überlebenschance hat, dachte Cavalier. An der Wand gegenüber dem Fenster stand ein ungemachtes Bett, auf dem sich Eddy niederließ. Seine persönlichen Gegenstände und seine Wäsche schien er in großen Pappkartons aufzubewahren, die auf beiden Seiten des Bettes nebeneinander standen und zum Teil gestapelt waren. Wenn nicht alles so verstreut und verstaubt gewesen wäre, hätte man glauben können, daß er gerade erst vor wenigen Tagen eingezogen war, so provisorisch wirkte die ganze Wohnung.

Cavalier sprach von den Schlagzeilen der letzten Jahre, von Hackern, die in den Zentralrechner der NASA eingedrungen waren, von den Sicherungsvorkehrungen, die Behörden und Konzerne getroffen hatten. Nach und nach gelang es ihm, Eddy aus der Reserve zu locken. Er hörte sich dessen Erfahrungen in den weltumspannenden Datennetzen an, nickte interessiert, wenn dieser über virtuelle Realität sprach, über künstliche, am Computer entstandene Welten, die der wirklichen Welt in nichts nachstünden. Als Eddy sich in Fahrt zu reden begann, lenkte Cavalier das Gespräch wieder behutsam auf die Hacker.

»Die EU-Kommission soll ja einen riesigen Zentralrechner haben. Könntest du in den eindringen?«

»Klar könnte ich das. Ich will es aber nicht.«

»Hacker ist doch ein Beruf mit Zukunft. Damit kannst du berühmt werden. Wie die Typen vom Chaos-Computerclub aus Hamburg, die haben auch mal so angefangen, jetzt sind sie Stars und werden von Konzernen beauftragt, die Sicherheit der Systeme zu überprüfen.«

»Kann sein, aber was nützt der Ruhm, wenn man im Knast landet?«

»Dazu müßte erst mal Anzeige erstattet werden. Wenn es uns gelingt, dort einzudringen, wird die Kommission sich hüten, die Sache von sich aus bekanntzumachen. Im übrigen kann mich als Journalist niemand zwingen, meine Quellen zu offenbaren. Wenn du mir hilfst, fällst du mit unter den Schutz der Pressefreiheit. Und wie gesagt, ein paar tausend Francs Spesen sind für dich in jedem Fall drin.«

»Wenn schon. Der Aufwand wäre so oder so zu hoch. Die *Password*-Schutzsysteme werden immer komplizierter. Mit meinem Rechner könnte es Tage oder Wochen dauern, bis ich den *Password*-Schutz umgangen habe. Womöglich wird man erwischt, bevor man überhaupt im System drin ist.«

»So lange dauert das? Geht das nicht schneller?«

»Klar geht es schneller, wenn man das *Password* kennt.«

»Ohne *Password* ist nichts zu machen?«

»Na ja, vielleicht kommen Sie an jemanden heran, an einen Beamten, der in der Kommission arbeitet. Die meisten Leute schreiben sich ihr *Password* irgendwo auf, weil sie Angst haben, sie könnten es vergessen.«

Cavalier zögerte einen Moment. Dann sprang er impulsiv auf und verabschiedete sich.

»Alles klar, morgen abend um die gleiche Zeit bin ich wieder da.«

Cavalier ging durch den schmalen Flur hinaus. Nachdem die Tür ins Schloß gefallen war, wandte Eddy sich wieder seinem Computer zu. Die Frau im hellgrünen Zimmer wartete auf ihn.

Christin blickte durch den Spion und sah Jean Cavalier vor der Tür stehen. Durch die Optik des Guckloches sah er merkwürdig gedrungen aus. Im ersten Moment war sie mißtrauisch. Was wollte der Journalist so früh am Nachmittag? Ihm mußte doch klar sein, daß Mark noch im Büro war. Oder wollte er etwa zu ihr? Doch als Cavalier eine komische Grimasse zog und verschmitzt lächelte, zerstreuten sich ihre Bedenken, und sie öffnete die Tür.

»Mark ist nicht da, der ist noch im Büro.«

»Ja, hallo, ich wollte eigentlich zu dir.« Cavalier hob beide Hände und trat einen Schritt zurück. »Keine Angst, ich will mich nicht aufdrängen. Es geht um die Sache mit Roberto. Dein Freund will einfach nicht wahrhaben, daß da etwas nicht stimmt. Und ohne ihn komme ich mit meinen Recherchen nicht weiter. Dieser ganze Europawahnsinn ist doch eine fixe Idee. Damit werden Sachen gerechtfertigt, die auf nationaler Ebene nie durchsetzbar wären.«

»Mag sein, daß du recht hast, aber eigentlich habe ich keine Lust, hier Europapolitik zu diskutieren.«

»Darum geht es auch nicht. Ich dachte nur, dir hört Mark eher zu als mir. Wenn ich mit ihm vernünftig reden will, schreit er mich an oder rennt weg. Ich möchte dir meinen Verdacht mal kurz schildern, vielleicht wärest du imstande, Mark aufzurütteln, bei ihm Bedenken zu wecken. Aber hier, so zwischen Tür und Angel, läßt sich das schwer erklären.«

Christin zögerte noch. Cavalier war an sich kein übler Typ. Mark wäre wohl nicht begeistert, wenn sie ihn einlassen würde. Aber sie konnte selbst entscheiden, mit wem sie sprach und mit wem nicht.

»Wenn du mich nicht in die Wohnung lassen willst, können wir auch gerne in ein Café um die Ecke gehen. Ich lade dich ein. Ich meine, falls du Angst vor mir hast.«

Er lächelte harmlos und zuckte wieder mit den Schultern, die Hände in den Taschen.

»Nein, ach was, komm nur rein. Aber ich habe nicht viel Zeit. Nachher will ich noch zum Training.«

Cavalier trat ein und ging durch den Flur in das trapezförmige Wohnzimmer. Seine Blicke glitten über den Arbeitstisch mit dem Computer.

»Was für einen Sport treibst du denn?«

Christin deutete auf einen Stuhl, über dessen Rückenlehne ein dunkles Jackett hing.

»Ballett, aber hier in Brüssel mache ich nur Aerobic und Gymnastik. Möchtest du was trinken? Tee?«

»O ja, ein Tee wäre nicht schlecht. Gerne.«

Cavalier haßte Tee. Er ließ sich auf dem Stuhl nieder und sah Christin nach, wie sie zur Küche ging. Christin trug enganliegende, schwarze Leggings und ein tailliertes schwarzes T-Shirt, das ihre Figur betonte. Cavalier tippte, daß sie unter dem T-Shirt keinen BH trug. Ihre schlanken, trainierten Beine zogen die Blicke des Franzosen an. Er zwang sich, ihr nicht nachzustarren. Sobald sich die Tür hinter ihr geschlossen hatte, war er wieder auf den Beinen und wandte sich dem Computer zu. Mit einem Griff hob er die Tastatur an, blickte darunter. Nichts. Er schaute unter die Schreibunterlage. Nur Zeitungsausschnitte. Aus der Küche hörte er Geschirr klirren. Er blickte unter den *mousepad*. Nichts. Er fühlte hinter den Bildschirm, unter dem Computergehäuse. Nichts. Gerade wollte Cavalier die obere Schublade des Schreibtisches öffnen, als er die Türklinke zur Küche hörte. Christin trug ein Tablett mit Teetassen, Teelöffeln und Zucker herein.

»Das Wasser kocht gleich, du kannst schon mal anfangen mit deiner Version.«

Cavalier schilderte seine Vermutung, daß jemand Roberto gezielt benachteiligt haben könnte. Er erwähnte seine Theorie, die Deutschen könnten sich über Manipulationen am Bewerbungsverfahren verdeckt Einfluß auf die Zusammensetzung von *Europol* verschaffen wollen. Christin hörte interessiert zu. Sie fühlte sich in ihrer Skepsis gegenüber der EU bestätigt, hatte das Gefühl, mit jemandem zu sprechen, der ihre Bedenken verstand und ähnlich dachte.

Aus der Küche ertönte das Pfeifen des Wasserkessels. Christin ging hinüber, um den Tee aufzugießen. Sofort öffnete Cavalier die Schublade. Kein Zettel. Sein Blick fiel auf das Regal, in dem er eine Diskettenbox ausgemacht hatte. Er öffnete die Box. Kein Zettel, keine Notiz auf den Diskettenlabels. Christin kam mit dem Tee aus der Küche.

»Nette Büchersammlung habt ihr hier. Hat Mark die auch alle gelesen?« Als Christin ihn verständnislos anschaute, setzte er nach: »Weißt du, als Journalist schreibt man ja ständig seine Geschichten, ich meine Artikel und so, aber man kommt überhaupt nicht dazu, mal ein richtiges Buch zu lesen.«

Cavalier setzte sich wieder und fuhr mit seinem Vortrag fort. Wie wichtig die Recherche sei. Was alles ans Licht kommen könnte. Nur über Mark habe er eine Chance, an die Informationen zu kommen. Daß er noch nie einen Informanten verraten habe. Christin schenkte den Tee ein.

»Ich habe Zucker gebracht. Du kannst auch Honig haben.«

»O ja, wenn es nichts ausmacht, hätte ich lieber Honig.«

Christin lächelte und stand auf, um den Honig aus der Küche zu holen. Cavalier hatte die ganze Zeit überlegt, wie er Christin noch mal ablenken könnte. Nun hatte sie selbst die Gelegenheit dazu angeboten. Doch er zögerte, wußte nicht mehr, wo er noch suchen sollte. Seine Hände berührten mehr zufällig das dunkle Jackett auf seinem Stuhl. Ohne nachzudenken ließ er die Hände in die Außentaschen gleiten. Er spürte einen kleinen Zettel in seiner rechten Hand.

Er zog das Stück Papier heraus und las: ›j8wrzt642‹. Das mußte es sein. Er hatte das *Password* gefunden.

Cavalier prägte sich die Kombination ein und ließ den Zettel zurück in die Tasche gleiten. Lässig nahm er seinen Kalender aus der Innentasche seiner Jacke und notierte das *Password*, als Christin gerade mit dem Honigglas zurückkam.

»Mir kam gerade eine Idee. Die muß ich sofort notieren, sonst vergesse ich sie wieder.«

Er steckte den Kalender weg und lächelte. Während er sich umständlich Honig in den Tee träufelte, nahm er sein Thema wieder auf.

»Versteh mich nicht falsch, ich will nicht, daß du Mark unter Druck setzt oder ihm damit auf die Nerven gehst. Aber wenn ihr die Sache besprecht, könntest du doch versuchen, ihm meine Argumente darzulegen. Ich meine, mir hört er ja nicht zu.«

»Ich glaube Mark muß selbst wissen, was er tut.«

»Sicher muß er das. Aber denk mal andererseits an die Folgen, wenn ich recht haben sollte mit meinem Verdacht. Dann wird es höchste Zeit, daß jemand die Sache stoppt. Sonst gute Nacht, Europa.«

»Ihr Journalisten seid wohl immer auf der Suche nach der ganz großen Geschichte, was?«

Die beiden diskutierten noch eine Weile. Christin fand zwar Gefallen an Cavaliers kritischen Anmerkungen, aber sie spürte auch, daß es im Verhältnis zu Mark illoyal wäre, sich einfach auf eine Anti-Europa-Haltung festlegen zu lassen. Ihre Antworten auf die bohrenden Fragen des Journalisten wurden nach und nach zurückhaltender. Als Cavalier seine Teetasse halb ausgetrunken hatte, erhob er sich, um zu gehen.

»Ich seh' schon, du bist auch nicht zugänglicher als dein Freund. Na ja, vielleicht tanzen wir mal wieder. Ich muß jetzt los, habe noch einen Termin. Danke für den Tee.«

»Wenn du Mark noch mal sprechen willst, mußt du dich beeilen. Ende nächster Woche fährt er nach England zu so einem Seminar. *European Management Consulting*. Wird von der Kommission bezahlt.«

»Ah, danke für den Tip. Gut zu wissen.«

Cavalier warf einen Blick auf die halbleere Tasse, als er sich erhob. Nachdem Christin die Tür hinter ihm geschlossen hatte, räumte sie den Tisch mit dem Teegeschirr ab. Sie wunderte sich einen Moment über den Journalisten, der zuerst ausgiebig seinen Tee mit Honig süßte, um die Tasse dann fast ungetrunken stehenzulassen. Komischer Typ, dachte sie noch, als sie ihre Sportsachen für das Training zusammensuchte. Mark würde sie besser nichts von seinem Besuch erzählen, der war schon so eifersüchtig genug. Ihr Blick fiel auf das dunkle Jackett, das über der Stuhllehne hing. Sie hatte vergessen, es heute zur Reinigung zu bringen. Es war zerknittert worden, als Mark sie letzte Woche nach dem Duschen so stürmisch umarmt hatte.

Cavalier fand den Block, in dem Eddy wohnte, nicht auf Anhieb wieder. Die Betonklötze in der Schlafstadt am Stadtrand von Brüssel glichen sich so sehr, daß er mehrere Runden fahren mußte, ehe er Eddys Hochhaus ausgemacht hatte. Schließlich hatte er das große *graffito* am Haus gegenüber wiedererkannt, das riesige rote Gesicht mit den drei schielenden Augen und dem großen Mund in einem schwarzumrandeten rechteckigen Kasten. Darunter taumelnde oder tanzende Figuren auf knallig orangefarbenem Grund, die mit der Sprühdose nur als Umriß gezeichnet waren. Über ihnen schwebten kopfüber andere, größere Tänzer, die ganz in Grün gehalten waren und von dem Hintergrund kraß abstachen. Zwischen den Figuren war ein gelber Kasten zu sehen, von dem eine Art Strahlung auszugehen schien. Das Wandgemälde bedeckte bis zur Höhe von über zwei Metern die ganze Außenwand des Wohnblocks. Ist das nun Vandalismus oder Kunst im öffentlichen Raum, dachte Cavalier, während er seinen Renault auf dem Gehweg parkte. Vor dem Hochhaus zwängte er sich durch ein Dickicht aus stehengelassenen Einkaufswagen und verbogenen Fahrrädern zur Eingangstür durch. Im Treppenhaus funktionierte das Licht nicht. Doch als er schließlich im zwölften Stockwerk vor der richtigen Tür stand, mußte er nicht lange klingeln. Eddy schien auf ihn gewartet zu haben und öffnete sofort die Tür.

Der bebrillte Computerfreak wirkte auf Cavalier wie ausgewechselt. Während er ihn vom ersten Besuch als abwesend und gleichgültig in Erinnerung hatte, stand jetzt ein freudig gespannter, ja aufgekratzter junger Mann vor ihm. Eddy ergriff sogleich die Initiative, verhandelte über seine Spesen, fragte Cavalier über die Art der Informationen aus, die er einsehen wollte. Nachdem der Journalist ausführlich über die Einstellungstests und die von ihm vermuteten umfangreichen Manipulationen berichtet hatte, wandte Eddy sich dem Computer zu.

»Das Gute ist, daß der Zentralrechner in Brüssel steht. Dadurch bleiben die Kosten für die Telefonverbindung im Rahmen.«

Er schaltete den PC neben dem Arbeitstisch ein und nahm einen Kugelschreiber zur Hand.

»Wie war noch mal das *Password*?«

Nachdem er die Antwort notiert hatte, war der Rechner einsatzbereit. Eddy lachte. »Ich habe selbst auch einen *Password*-Schutz. Aber meiner ist nirgends aufgeschrieben.«

Während Eddy sein eigenes *Password* eintippte, versuchte Cavalier auf dem Bildschirm die Kombination mitzulesen, bis ihm klar wurde, daß der Computer so eingerichtet war, daß er nur Sterne statt der wirklich gedrückten Tasten anzeigte; Cavalier hätte Eddy auf die Finger schauen müssen, um das *Password* zu erfahren.

»Wir werden Probleme mit den großen Datenmengen haben, die für die Bewerbungen verarbeitet und gespeichert werden. Das können wir unmöglich alles selbst durchlesen. Ich werde zuerst ein paar kurze Programme schreiben, mit denen wir den Datenbestand nach Auffälligkeiten durchsuchen können. Zuerst müssen wir atypische Fälle definieren, die verdächtig sind. So wie bei diesem Italiener, den Sie erwähnten. Dann lassen wir uns diese Fälle aussortieren und zu Listen zusammenstellen. Wenn wir dann Gemeinsamkeiten zwischen solchen Fällen finden, dann haben wir vielleicht eine Spur.«

»Wie bitte? Warum gucken wir uns die Daten nicht einfach an?«

»Wie lange soll das dauern? Allein ein Durchgang umfaßt fünfzigtausend Bewerber. Wissen Sie, wie lange wir brauchen würden, nur um nachzusehen, wer im Essay durchgefallen ist? Hinzu kommt, daß die Daten der einzelnen Prüfungsteile verknüpft werden müssen. Und wenn wir Gemeinsamkeiten zwischen abgelehnten Bewerbern finden wollen, müssen wir auch deren Bewerbungsunterlagen durchsuchen. Ähnlichkeiten in Herkunft, Ausbildung, Parteizugehörigkeit, politischer Einstellung, was weiß ich.«

»Na, dann mal los. Hört sich ja nach einer längeren Operation an.«

»Das ist typisch. Ihr Journalisten glaubt, *hacking* ist

ein Spaziergang, ein bißchen Elektronikspielerei, Super Mario von Nintendo, was? Mann, das ist knallharte Arbeit, eine Wissenschaft für sich. Nichts wißt ihr, nichts!«

Eddy machte sich an die Arbeit. Er starrte ununterbrochen auf den Bildschirm und hämmerte ausdauernd auf die Tastatur ein. Nach etwa drei Stunden, als Cavalier unruhig zu werden begann, drehte er sich um.

»Ich bin soweit. Jetzt wähle ich den Computer der Kommission an. Wie wäre es, wenn Sie mal Pizza und ein paar Liter Cola bestellten? Es wird eine lange Nacht werden, schätze ich. Ich meine, das geht doch wohl auf Spesen, oder nicht? Da drüben steht das Telefon. *Hot American* für mich.«

Nachdem Cavalier die Bestellung abgewickelt hatte, wählte Eddy den Computer der Kommission über das Telefon an. Das Rauschen und Tuten des Modems, mit dem die Signale des Computers so verändert wurden, daß sie über die Telefonleitung gesendet werden konnten, ließ Cavalier zusammenzucken. Dann starrte er auf den Bildschirm und verfolgte die einzelnen Schritte, mit denen Eddy sich Zugang zum EG-Zentralrechner verschaffte. Die verschiedenen Menüs und Sichtfenster, die in kaum nachzuvollziehender Schnelligkeit über den Bildschirm huschten, verschwammen bald vor seinen Augen. Er war froh, als es an der Tür klingelte. Cavalier nahm die Pizzabestellung entgegen und zahlte.

»In der Küche sind Messer und Teller. Schneiden Sie mir doch meine Pizza in Stücke, ich kann hier jetzt nicht aufhören.«

Eddy ließ den Bildschirm keinen Moment aus den Augen, während er die Pizzastücke in sich hineinstopfte und Cola aus der Dose trank. Cavalier hatte sich einen Teller und Besteck aus der Küche geholt und aß seine Pizza an einem Stapel Bananenkartons, den er als Tisch verwendete. Danach zündete er sich eine Zigarette an und inhalierte tief.

»Mann, der Qualm geht mir auf den Zeiger, machen Sie wenigstens die Luke auf.«

Cavalier öffnete das Fenster und blickte nach draußen in die wolkenverhangene Nacht. Beinahe hätte er die beiden Kakteen auf dem Fensterbrett umgestoßen. Er schob die kleinen Töpfe beiseite und lehnte sich hinaus. Nach dem schönen Wetter am Wochenende hatte es sich Anfang der Woche zunehmend bewölkt. Nun war bald mit Regen zu rechnen. Die meisten Lichter in den umliegenden Blocks waren bereits erloschen. Tief unten warf eine defekte Straßenlaterne unregelmäßige Lichtblitze auf das riesige orangefarbene Graffito mit den tanzenden Figuren. Von hier oben war der Lärm der nahen Autobahn deutlich zu vernehmen. Plötzlich hörte er von drinnen Eddys Stimme.

»Ich hab's gefunden. Jetzt kann es losgehen.«

»Was kann losgehen? Ich denke, du hast schon lange angefangen.«

»Mann, jetzt kann ich anfangen, die Daten der Bewerbungsverfahren zu analysieren. Wenn man in einem Computer drinnen ist, heißt das noch lange nicht, daß man auch die Infos findet, die man sucht. Wenn ich Sie richtig verstanden habe, suchen wir nach Kandidaten, die in den *Multiple-choice-Tests* sehr gut waren, aber wegen schlechter Noten im Essay dennoch abgelehnt wurden. Zwischen denen müssen wir dann Gemeinsamkeiten finden. Dazu verknüpfe ich die Informationen aus den Testergebnisdateien und den Dateien, in denen die Zuordnung von Namen und Identifizierungsnummern vermerkt ist, mit den

Lebensläufen und sonstigen Bewerbungsunterlagen der Kandidaten. Unglaublich, was die alles auf Datenträger haben. Da ist der Weg zum papierlosen Büro wohl nicht mehr weit.«

»Na ja, die Bewerber müssen ihren Lebenslauf und alle sonstigen Informationen auf maschinenlesbaren Bögen schreiben, die dann automatisch eingelesen werden, also ganz ohne Papier geht es doch noch nicht. Im Prinzip verlagern die doch den Verwaltungsaufwand nur auf die Bewerber, die müssen sich mit den umständlichen Formularen herumplagen.«

Eddys Hände flogen wieder über die Tastatur. Dann begann der Prozessor des Computers zu arbeiten. Das Modem funkte ohne Unterbrechung Daten hin und her. Auf dem Bildschirm passierte dagegen nichts. Eddy stand auf und holte sich eine neue Dose Cola aus dem Kühlschrank. Als er zurückkam, starrte Cavalier genervt auf den Bildschirm.

»Wie lange dauert das denn noch?«

»Das hängt davon ab, womit Sie zufrieden sind. Aber angesichts der Datenmengen, die ich durchkämmen muß, kann es schon noch ein paar Stunden dauern.«

Eddy knabberte an einem Stück kalter Pizza und nuckelte gedankenversunken an seiner Coladose. Cavalier ging wieder zum Fenster und blickte hinaus. Seit er aus der Bretagne nach Brüssel gekommen war, vermißte er das offene Land. Hier in Brüssel kam er selten aus der Stadt heraus, und die Enge der Häuserschluchten wirkte beklemmend auf ihn. In Rennes hätte er sich nie vorstellen können, daß er das weite Land vermissen würde, wenn er einmal in eine größere Stadt wechseln sollte; so sehr hatte er sich gewünscht, aus der Provinz zu einer der großen Zeitungen zu kommen. Ein kurzes melodisches Piepsen des Computers schreckte ihn aus seinen Gedanken auf.

»Hier ist die Auswertung des letzten Tests: Alle Personen, die im Essay ungewöhnlich in der Leistung abgefallen waren, sind nach verschiedenen Ordnungskriterien und Gemeinsamkeiten sortiert. Aber ich kann nichts erkennen. Keine ungewöhnlichen Häufungen. Deutsche sind genauso dabei wie Italiener oder Griechen. Ihre These, daß die Deutschen ihre Leute einschleusen wollen, läßt sich nicht halten. Auch bei Alter, bei Geschlecht und Vorbildung keine Gemeinsamkeiten. Ich weiß nicht, der Anteil solcher Ausreißer, die im Essay besonders schlecht waren, ist zwar mit fünf Prozent recht hoch, aber das kann auch am Testverfahren liegen. Vielleicht schneiden Leute, die in Ankreuztests gut sind, beim Essay tendenziell schlecht ab, weil sie sprachlich weniger begabt sind oder sich verausgabt haben. Ich meine, so eine Häufung von fünf Prozent sagt doch gar nichts aus.«

»Zeig her.«

Cavalier scannte durch die Zeilen auf dem Bildschirm. Eddys Programm hatte eine Zusammenstellung aller auffälligen Kandidaten, ihrer Ergebnisse und sonstiger Merkmale wie Geschlecht, Nationalität, Wohnort und Alter erstellt.

»Unser Problem ist, daß sich die eigentlichen Manipulationen – wenn es denn welche gibt – am Computer nicht nachvollziehen lassen. Solange wir nicht wissen, wonach wir suchen, werden wir es auch nicht finden.«

»Und wenn wir umgekehrt suchen? Ich meine, wenn die fünf Prozent systematisch benachteiligt wurden, dann müssen dafür doch andere fünf Prozent bevorzugt worden sein!«

»O. k., ich muß nach Leuten suchen, die im Essay

auffallend besser waren als in den Ankreuztests. Von denen nehmen wir dann diejenigen, die es gerade noch geschafft haben, weil unsere fünf Prozent im Essay so schlecht waren. Wenn das dann alles Deutsche oder Niederländer sind, hätten wir ein erstes Indiz.«

Nach weiteren eineinhalb Stunden meldete der Computer den Abschluß mit einem Piepton. Cavalier schreckte hoch. Er war halb liegend, halb sitzend auf dem Bett eingeschlafen. Er rieb sich die Augen und ging hinüber zum Bildschirm. Eddy war schon dabei, die Ergebnisse des zweiten Durchgangs zu studieren.

»Schon wieder nichts, keine Deutschen, keine Niederländer. Eigentlich überhaupt keine Gemeinsamkeiten. Das Ergebnis läßt sich noch am ehesten mit vereinzelten Manipulationen aufgrund persönlicher Bekanntschaften erklären. Aber nichts Systematisches.«

Eddy wechselte in rasendem Tempo von Bildschirmseite zu Bildschirmseite.

»Das heißt, warte mal.«

Vor den Ergebnissen poppte plötzlich ein anderes Fenster hervor. Wieder begann Eddy frenetisch auf die Tastatur einzuhämmern. Nach wenigen Sekunden erschien die Liste neu sortiert auf dem Bildschirm.

»Hier, gucken Sie sich das an.«

Eddy wies aufgeregt auf den Bildschirm. Cavalier verstand nichts und rieb sich wieder die Augen. Dann tastete er nach seinen Zigaretten.

»Mann, sehen Sie denn nicht? Das hier ist die Liste der Bevorzugten. Die Kandidaten, die vielleicht im Essay gepuscht wurden, damit sie die Prüfung bestehen. Mehr als die Hälfte von ihnen war bei einem Rhetorikseminar, hier, in der Spalte für Vorbildung steht es.« Eddy tippte mit dem Finger auf die Mattscheibe, dort stand in flimmernden Buchstaben: ›Seminar in multilingualer Rhetorik‹.

»Jeder zweite? Kann das Zufall sein?«

»Wohl kaum, es sei denn, vielleicht haben sie da gelernt, Essays zu schreiben.«

»Und die anderen? Ich meine die Benachteiligten, die im Essay so schlecht waren, was ist mit denen?«

Eddy führte einige Operationen am Rechner aus. Dann starrte er mit offenem Mund auf die neue Liste, die im großen Fenster angezeigt wurde.

»Das gibt's doch nicht. Von den Durchgefallenen waren auch viele bei dem Seminar, nicht ganz so viele wie bei den Bevorzugten, aber noch fast die Hälfte.«

»Die Bevorzugten und die Benachteiligten haben zusammen das gleiche Seminar besucht? Damit ist unsere Information ja wieder entwertet. Dann sagt das nichts aus. Vielleicht ist das Zufall, ich meine, vielleicht nehmen die meisten Leute, die sich für die EU bewerben, vorher an solchen Seminaren teil.«

»Das können wir schnell überprüfen.«

Eddy tippte wieder vor sich hin. Cavalier ging unruhig im Zimmer auf und ab. Nach einer Viertelstunde hatte er das Ergebnis der Recherche.

»Hier, die Bewerber mit unauffälligen Ergebnissen, egal ob starke oder schwache Punktzahlen, weisen kaum Teilnahmen an dem Seminar oder an ähnlichen Seminaren auf. Das heißt, mit unseren Suchkriterien, die Sie für Anzeichen einer gezielten Manipulation halten, haben wir fast alle Teilnehmer dieses Rhetorikseminars aussortiert.«

»Aber was heißt das nun? Damit kann ich doch nichts anfangen. Das ist doch keine Schlagzeile. Das will doch niemand wissen.«

»Na ja, ich würde sagen, die Lösung liegt nicht im

Computer der Kommission, sondern in dieser Firma, die das Seminar veranstaltet.«

»Welche Firma ist das?«

»Hier«, Eddy deutete wieder auf den Bildschirm: ›*European Management Consulting*, England‹.

Cavalier zerknickte die Zigarette, die er gerade anzünden wollte, zwischen den Fingern. Er richtete sich auf und trat vom Bildschirm des Rechners zurück.

»*European Management Consulting*, das ist doch das Seminar, zu dem dieser Deutsche fährt. Das gibt's doch nicht.« Cavalier sah Eddy an. »Hör zu, ich brauche Ausdrucke von diesen Listen. Und eine Diskette. Ich glaub', ich habe eine Spur.«

Der dunkle Fiat Punto schob sich im Schrittempo über die Stadtautobahn in Richtung Flughafen. Mark und Roberto waren in den Berufsverkehr geraten, der jeden Morgen zwischen sieben und acht Uhr den Autobahnring um Brüssel verstopfte. In den frühen Morgenstunden hatte ein leichter Nieselregen eingesetzt, und jetzt regnete es sich ein. Die Scheibenwischer verschmierten den Straßenstaub auf der Windschutzscheibe zu Schlieren. Zum wiederholten Mal betätigte Mark die Wisch-Wasch-Anlage des Fiat.

»Ich glaube, ich brauche neue Wischerblätter.«

Während Roberto nervös auf seine Armbanduhr schaute, redete Mark weiter. »Ich verstehe nicht, daß du gerade jetzt zurück nach Italien fährst, wo sich jeden Tag der Irrtum mit deiner Bewerbung aufklären kann. Woodworth hat gesagt, er kümmert sich darum.«

»Mark, ich will hier nicht tatenlos herumhocken. Ich wollte eigentlich schon lange zurück sein. Wenn sich etwas tut, wird man mich schon verständigen.«

»Weißt du schon, wie es weitergehen soll, wenn es bei der Ablehnung bleibt?«

»Jedenfalls geht es dann in Italien weiter und nicht in Brüssel. Außerdem fährst du ja morgen auch weg, zu diesem Management-Seminar. Ein Grund mehr, nicht länger hierzubleiben und Däumchen zu drehen.«

Mark bog nach rechts ab und ordnete sich auf den Autobahnzubringer ein, der zum Flughafen führte.

»Dieser Journalist läßt ja nicht locker. Der glaubt, ich helfe ihm dabei, die Kommission auszuspionieren, und faselt was von wilden Theorien, die Deutschen wollten heimlich die Macht in Europa an sich reißen.«

»Na ja, der muß auch leben. Wenn er keine Sensationen anbringt, wird er nicht gedruckt. Zur Zeit kommt ja alles gut an, was die EU irgendwie runtermacht.«

Mark mußte plötzlich an Maubeuge denken, der ihm gegenüber vor kurzem eine ähnliche Einschätzung geäußert hatte.

»Mein Ausbilder, von dem ich dir schon erzählt habe – weißt du, was für ein Buch der liest?«

Roberto zog fragend die Augenbrauen hoch.

»Machiavelli. Der Mann liest ›Der Fürst‹, richtig systematisch, mit Notizen und Unterstreichungen. Also, ich hab' darüber nachgedacht, irgendwie ist mir das suspekt. Immerhin hat der Mann eine Führungsposition inne. Wer weiß, was der sich insgeheim denkt.«

»Glaubst du, der plant den großen Umsturz?«

»Nein, aber immerhin gilt Machiavelli als Verteidiger der moralfreien Gewaltpolitik. Ich meine, Machiavelli wurde in diesem Jahrhundert schon öfter zur Rechtfertigung gewaltsamer Politik verwendet, gerade in Italien. Mussolini läßt grüßen.«

»Ach Mark, Machiavelli wird doch von den meisten völlig falsch interpretiert. Wenn man das Buch als

Anleitung zur rücksichtslosen Machtpolitik liest oder gar als Rechtfertigung zum Staatsstreich, dann hat man nichts verstanden. Machiavellis Text beschäftigt sich über weite Strecken mit moralischen Erwägungen einer vernünftigen Regentschaft. Wenn er über Gewaltpolitik schreibt, dann muß man das im Kontext seiner Zeit als kaltblütige Analyse der Realitäten lesen, nicht als Anleitung zur Nachahmung. Überhaupt: Machiavellis Bedeutung liegt ganz wesentlich darin begründet, daß ihm eine säkulare Politikanalyse abseits kirchlicher Heilsvorstellungen gelungen ist. Deswegen wurde das Buch auch so polemisch angegriffen.«

Mark wußte, daß er Roberto in diesem Punkt nicht das Wasser reichen konnte.

»Schön und gut, aber wer sagt, daß Maubeuge seinen Machiavelli richtig versteht? Ich meine, warum streicht er gerade die Stelle an, wo Machiavelli sagt, er wolle etwas ›Brauchbares‹ schreiben? Und warum notiert er ›Ministerrat‹ am Rand, wenn dort steht ›Ein kluger Herrscher darf sein Wort nicht halten‹?«

»Was weiß ich, vielleicht besteht da gar kein Zusammenhang, möglicherweise hat er den Zettel nur als Lesezeichen verwendet, ohne daß der Notiz eine Bedeutung zukommt. Ich meine, wie du mir den Typen beschrieben hast, ist der doch völlig harmlos.«

»Na ja, ich halte ihn nicht für korrupt, und dumm ist er auch nicht.«

Mittlerweile hatten sie die Zufahrt zum Flughafen erreicht. Mark folgte den Hinweisschildern zu den Kurzzeitparkplätzen und stellte den Wagen auf einem der letzten freien Plätze ab. Beim Aussteigen zogen die beiden Freunde die Kragen ihrer Jacken hoch, um sich vor dem Nieselregen zu schützen. Roberto holte seine

Sporttasche aus dem Kofferraum und warf sie sich wie einen Rucksack über die Schulter. Die beiden schlenderten in Richtung Abfertigungsterminal.

»Also, du reist ja wirklich mit leichtem Gepäck. Hör zu, in zwei Wochen bin ich wieder da. Warum kommst du dann nicht wieder? Wenn du das Motorrad mitbringst, könnten wir eine Tour machen, und bis dahin gibt es bestimmt auch Neuigkeiten von der Kommission. Okay?«

Robertos Flug war schon aufgerufen worden. Die beiden gingen zum Express-Check-in-Schalter der Alitalia, wo Roberto sofort seine *Boarding card* erhielt. Da er seine Tasche als Handgepäck mitnehmen konnte, gab es keine Verzögerungen mehr. Vor dem Zoll verabschiedeten sich die Freunde.

»Vielen Dank für deinen Einsatz, Mark, ich weiß das zu schätzen. Nur fehlt mir der Glaube daran, daß es etwas fruchten wird. Wir sehen uns, wenn du aus England zurück bist.«

Mit diesen Worten schritt Roberto durch die Paßkontrolle und reichte dem Beamten hinter dem Abfertigungsschalter seinen Reisepaß.

Mark und Christin standen engumschlungen am Gleis 8 des Brüsseler Nordbahnhofs. Hier fuhr der stromlinienförmige *Eurostar* ab, mit dem Mark über Lille durch den Kanaltunnel nach London fahren wollte. Von dort aus sollte es mit dem Intercity über Bristol nach Süd-west-England gehen, an den Rand des Dartmoor, wo das Castle lag, in dem das Management-Training abgehalten wurde.

»Gestern hat dieser Journalist noch mal angerufen. Hatte ich vergessen, dir zu sagen.«

»Das macht absolut nichts, ich lege keinen Wert darauf, ihn wiederzutreffen.«

Mark hatte Cavalier innerlich abgehakt. Er blickte nach vorn, freute sich auf den Rhetorikkurs und die Reise nach England.

»Und du fährst morgen nach Aachen zurück?«

»Tja, Montag geht das Semester wieder los. Ich habe diesen Herbst einige Scheine zu machen, darf gar nicht daran denken.«

»Ach was, du schaffst das schon. Und wenn ich zurück bin, komme ich zu dir.«

Christin bewohnte in Aachen eine kleine Wohnung, die Mark während des Studiums als Unterkunft gedient hatte. Wegen der günstigen Miete hatte er das Zweizimmerapartment nicht aufgeben wollen, und so war Christin von ihrem Studentenwohnheim dorthin gezogen, als Mark vor einem Jahr nach Brügge gegangen war. Die beiden küßten sich noch einmal, dann nahm Mark seinen schwarzen Schalenkoffer in die Hand und stieg in den Zug. Auf dem Gang drängten sich die Reisenden, und so dauerte es eine Weile, bis er zu seinem reservierten Platz in der ersten Klasse vorgedrungen war. Er öffnete das Fenster, als der Zug sich gerade in Bewegung setzte.

»Ich ruf' dich an, sobald ich da bin. Ciao!‹

Christin winkte und lief noch ein paar Schritte neben dem Waggon her. Schließlich schob Mark das Fenster wieder nach oben.

Er setzte sich auf seinen Platz in Fahrtrichtung und wollte gerade ein Buch hervorholen, als sich die Tür des Abteils öffnete. Bisher war er allein geblieben und hatte schon gehofft, eine ruhige Fahrt ungestört mit der Reportagensammlung verbringen zu können, die er sich extra vor der Abreise gekauft hatte. Ein Mann mit

Sonnenbrille und langem, hellen Mantel betrat das Abteil.

»Guten Tag, Monsieur Kemper! Nett, Sie zu treffen!«

Mark erkannte sofort die rauhe Stimme von Jean Cavalier, der sich offenbar etwas verkleidet hatte, damit er ihn im Bahnhof nicht bemerkte.

»Sie stellen mir immer noch nach? Ich dachte, Sie hätten es aufgegeben.«

»Im Gegenteil, ich habe Neuigkeiten. Und zwar solche, die Sie interessieren werden.«

»Vergessen Sie's. Ich verschaffe Ihnen keinen Zugang zum EU-Computersystem.«

»Oh, keine Bange, deswegen bin ich nicht hier. Dafür gibt es schließlich die Hacker. Die freuen sich, wenn sie einem den Code knacken dürfen. – Nein, ich habe mit Ihnen etwas zu besprechen, was Sie garantiert aufhorchen lassen wird.«

Cavalier hielt seine Zigarettenschachtel in der Hand und fingerte nach seinem Feuerzeug.

»Hier ist Nichtraucher.«

Der Journalist steckte sich eine Zigarette zwischen die Lippen, ohne sie anzuzünden, und setzte sich schräg gegenüber von Mark auf die Sitzbank. Er begann mit seinem Bericht, indem er schilderte, wie er den Hacker ausfindig gemacht und wie dieser für ihn die Daten aus dem Computer abgefragt hatte. Dabei unterschlug er, wie er das *Password*s erlangt hatte und baute Eddy statt dessen zu einem wahren Computergenie auf, der die kompliziertesten Sicherheitssysteme überwinden konnte. Mark reagierte zuerst wütend, weil er das Gefühl hatte, für Cavaliers unbefugtes Eindringen verantwortlich zu sein. Doch der ließ sich nicht unterbrechen. Er beschrieb, wie Eddy die Testresultate systematisch nach Auffälligkeiten durchsucht hatte.

Schließlich berichtete er von der Entdeckung, daß sowohl die offenbar gezielt Benachteiligten als auch die bevorzugten Bewerber vorher ein Seminar der *European Management Consulting Ltd.* besucht hatten. Cavalier zog die Ausdrucke hervor, die Eddy ihm angefertigt hatte, und hielt sie Mark unter die Nase.

»Woher wissen Sie, daß ich bei der *European Management Consulting* einen Kurs belegt habe?«

»Sie fragen zuviel, hören Sie mir doch erst mal zu. Ich verstehe noch nicht, was diese Firma mit den Manipulationen zu tun hat, aber irgendeine Verbindung muß es geben. Fast alle manipulierten Kandidaten waren bei diesem merkwürdigen Rhetorikkurs. Von den unauffälligen Teilnehmern dagegen war kaum jemand dort.«

»Das bedeutet doch nichts. Wenn alle Teilnehmer am Rhetorikkurs bevorzugt worden wären, dann hätten Sie ein Argument, aber so sagt das doch gar nichts aus!«

»Ich kann mir auch noch keinen Reim darauf machen, das gebe ich zu. Aber irgend etwas muß es doch bedeuten. Es kann doch kein Zufall sein, daß alle Teilnehmer entweder bevorzugt oder benachteiligt werden!«

Der Schaffner betrat das Abteil und verlangte nach den Fahrkarten. Bei Cavaliers Fahrschein stutzte er einen Moment.

»Sie haben nicht erste Klasse gelöst, Monsieur! Und dies ist ein Nichtraucherabteil!«

»Schon gut, ich setzte mich gleich um, wir haben noch ganz kurz etwas zu besprechen. Außerdem rauche ich gar nicht!«

Cavalier nahm die Zigarette aus dem Mund und rückte zum Fenster hin, so daß er Mark nun gegenübersaß. Der Schaffner verließ mürrisch das Abteil und schloß die Tür. Cavalier hob wieder an:

»Hören Sie zu: Sie halten die Augen offen während der Schulung, beobachten, so gut Sie es können. Ich versuche in der Zeit herauszufinden, wer hinter der Firma steckt. Ich meine, wer die Geschäftsanteile hält, woher das Geld kommt, wer dort angestellt ist und so weiter. Wenn Sie zurück sind, treffen wir uns und tauschen unsere Informationen aus. Sie verpflichten sich zu nichts. Halten Sie die Augen offen, das ist doch nicht zuviel verlangt!«

Mark wandte seinen Blick von Cavalier ab und sah aus dem Fenster. Die Landschaft draußen verschwamm vor seinen Augen. Der Journalist sagte nichts mehr. Er spürte, daß sein Gegenüber nachdachte und mehr Überzeugungsarbeit jetzt schädlich wäre. Nach einer langen Gesprächspause richtete Mark seinen Blick wieder auf Cavalier.

»Ich verspreche Ihnen nichts. Aber wenn ich zusage, die Augen offenzuhalten, kann ich dann erwarten, daß Sie bis zu meiner Rückkehr nichts über Ihren Fund veröffentlichen?«

»Abgemacht.«

»Wie gesagt, ich verpflichte mich zu nichts. Meinetwegen können wir uns treffen, wenn ich zurück bin. Vorausgesetzt, Sie halten solange still und setzen keine Gerüchte in die Welt, nur um die Auflage Ihrer bedauernswerten Postille zu steigern.«

Der Zug bremste plötzlich recht heftig. Vor den Fenstern waren graue Vorstadtsiedlungen zu sehen, Mietskasernen für die Industriequartiere des Nordens.

»Das ist Lille. Ich muß hier raus. Viel Spaß bei der Fahrt durch den Eurotunnel.«

Nachdem Cavalier in Lille ausgestiegen war, konnte Mark sich endlich seinem Buch widmen.

Er schlug es dort auf, wo er zu Hause sein Lesezeichen eingelegt hatte, als er den Bericht über Italien mit dem Titel ›Italienische Ausschweifungen‹ begonnen hatte. Er las:

Typisch italienisch. Was denn? Die Oper oder die Mafia? Der Cappuccino oder die Bestechlichkeit? Machiavelli oder Missoni? Jedesmal, wenn einer behauptet, dies oder jenes sei ›typisch italienisch‹, möchte man aufspringen vor Ungeduld, den Stuhl umwerfen und aus dem Zimmer laufen. Gibt es etwas Öderes als die ›Völkerpsychologie‹, diesen verschimmelten Müllhaufen von Stereotypen, Vorurteilen, idées recues? …

Er mußte unwillkürlich wieder an Maubeuge denken. Dessen Vorliebe für Machiavelli war wahrscheinlich nur ein Spleen, mit dem er sich seine trockene Arbeit in der Brüsseler Behörde etwas auflockerte.

Roberto hatte recht, es wäre geradezu absurd, annehmen zu wollen, ein nüchterner Technokrat wie Maubeuge würde sich durch die Lektüre eines Philosophen aus der Renaissance zu einem Staatsstreich animieren lassen. Auch mit Woodworth schien wieder alles im Lot zu sein. Mark hatte sich gestern von seinem Mentor verabschiedet, als er das Ergebnis seiner Recherche vorgelegt hatte, für die er mit dem Revisions-*Password* ausgestattet worden war. Woodworth war ihm wieder auf die gewohnte väterlich-freundliche Art begegnet, hatte auch erwähnt, daß Robertos Sache von dem zuständigen Abteilungsleiter persönlich überprüft werde, und hatte ihm beim Abschied alles Gute für das Seminar in England gewünscht.

Als Eddy am Abend von seinem Job nach Hause kam, standen die leeren Coladosen und die Pizzaschachteln von der vergangenen Nacht immer noch überall im Zimmer herum. Die kleine Wohnung wirkte dadurch noch verwahrloster als sonst. Doch Eddy kümmerte sich nicht um die Unordnung. Das konnte bis morgen warten. Er schnappte immer noch nach Luft. Jedesmal, wenn der Fahrstuhl defekt war, kosteten ihn die zwölf Stockwerke hinauf zu seiner Wohnung erhebliche Anstrengung.

Er holte eine Packung mit gefrorener Lasagne aus dem Tiefkühlfach und schob sie in die Mikrowelle. Während die Pasta auf Temperatur gebracht wurde, ging Eddy ins Wohnzimmer. Sein Blick fiel auf den Computer. Er schaltete den Terminal neben dem Tisch ein. Seit Cavalier aufgetaucht war, hatte er keine Gelegenheit mehr gehabt, sein Lieblingsspiel fortzusetzen. Nun befand er sich wieder im hellgrünen Zimmer. Die Lasagne war vergessen. Er stand mitten im Raum, zwei, drei Schritte vom Bett entfernt und starrte auf die langen, schlanken Beine. Die Frau auf dem Bett räkelte sich und blinzelte ihm aufreizend zu. Eddy war sich nicht sicher, was er tun sollte. Lauerte vielleicht doch irgendwo eine hinterhältige Gefahr? Sollte ihn die Frau möglicherweise nur ablenken?

Er blickte gerade zum Fenster, als die Tür krachend aufflog. Zwei Männer in dunkler Kleidung stürmten in das Zimmer. Der Größere packte Eddy von hinten, ehe er sich umdrehen konnte. Die eiserne Umklammerung raubte ihm den Atem. Er wollte schreien, bekam aber nur ein ersticktes Keuchen heraus. Er versuchte sich loszureißen, wand sich hin und her. Statt freizukommen, rutschte seine Brille vom Kopf, fiel zu Boden. Das Zimmer um ihn verschwamm zu einem Nebel von Farben und unscharfen Formen. Eddy hörte das Splittern und Knirschen der Gläser, als der Mann hinter ihm auf die Brille trat. Der andere, gedrungene Mann riß das Fenster auf und wischte die Kakteen vom Fensterbrett.

Eddy klammerte sich noch immer an die Tastatur seines Computers. Als der Hüne ihn in Richtung Fenster schleifte, spannte sich das Spiralkabel zum PC, bis der Stecker schnappend herausriß. Der Untersetzte packte Eddys Füße. Sie hoben ihn hoch, und der Hüne warf ihn mit einem brutalen Schwung auf das Fensterbrett. Eddy hatte jetzt seine Hände frei und ruderte wild umher. Er versuchte, irgendwo Halt zu finden, ergriff mit links den Fensterrahmen. Dann spürte er von hinten einen Stoß. Plötzlich drehte sich alles um ihn. Im Bauch fühlte er eine Sensation, ein irres Ziehen, er sah Farben, hörte Rauschen, dann nichts mehr.

In der Häuserschlucht war nur ein dumpfer Aufschlag zu hören, der sich zwischen den Wänden der Wohntürme und dem Motorengeräusch der Autobahn verlor. Der Mikrowellenherd vermeldete mit einem kurzen Klingeln, daß die Lasagne fertig war. Auf dem Bildschirm des Computers leuchtete ein längliches Dialogfenster auf:

> *Wollen Sie wirklich das Spiel beenden? Drücken Sie J, um zu DOS zurückzukehren, N, um weiterzuspielen.*

Die beiden Männer schlossen die Wohnungstür hinter sich und glitten geräuschlos die Treppe hinunter.

Unten vor dem Eingang lag Eddys Körper wie eine zerbrochene Marionette zwischen zwei umgestürzten Einkaufswagen. Ein Arm klemmte hinter dem Rücken, der andere stand in unnatürlichem Winkel vom Körper ab. Sein rechtes Bein war am Knie seitlich abgeknickt. Der Kopf wirkte äußerlich unversehrt, nur die offenen Augen starrten gebrochen in verschiedene Richtungen. Es war kein Blut zu sehen. Die flackernde Straßenlaterne tauchte die Szene in ein schauriges Licht.

Der gedrungene Mann ging auf den leblosen Körper zu und steckte einen gefalteten Zettel in die offene Brusttasche von Eddys Jackett. Dann verschmolzen die beiden Männer mit der Dunkelheit.

3. Kapitel

Die Rhetorik der Integration

> *Wie alle Gründungsakte sind auch die Verträge, die die Gemeinschaft schaffen, zu eng gefaßt, weil die Phantasie des Menschen begrenzt ist und weil zwischen den Kühnen und den Ängstlichen ein Kompromiß geschlossen werden mußte. Die wirtschaftspolitischen Bedürfnisse haben sich jedoch rasch den Raum erobert, den sie benötigen. Es gelang, dem neuen Organismus Eigenleben und Dynamik einzuhauchen, und so gewannen auch die Vertragsteile kräftiges Leben, die nur schüchtern und teilweise formuliert waren. Dem folgte die institutionelle Praxis zwar mit einer ganzen Anzahl von Sonderorganen, die der Vertrag noch nicht kennt, aber sie konnte doch nicht ganz Schritt halten und blieb weithin in den Anfängen stecken. Dieses Ungleichgewicht zwischen materieller und institutioneller Ordnung begründet einen Nachholbedarf.*
>
> *Walter Hallstein, Der unvollendete Bundesstaat, Düsseldorf 1969*

Am Spätnachmittag übergab Mark dem Busfahrer seinen Koffer und suchte sich einen Platz in dem zwölfsitzigen, dunkelroten Mercedes-Kleinbus, mit dem die Kursteilnehmer von der *St. David Station* in Exeter zum Tagungsort im Dartmoor gebracht werden sollten. Am Bahngleis waren sie vom Busfahrer, einem kleinen, knorrigen Mann mit hartem Gesichtsausdruck, empfangen worden, der ein bedrucktes Pappschild mit der Aufschrift ›*European Management Consulting*‹ getragen hatte, und es war klargeworden, daß neun Teilnehmer im selben Zug gefahren waren, ohne voneinander zu wissen.

Schon während der Bahnfahrt mit dem Intercity von

London nach Exeter hatte die braune Erde eine rötliche Färbung angenommen, an Stelle der Ziegel war Granit getreten, und rotbraune Kühe hatten auf Wiesen mit vielen Hecken gegrast, wo das saftige Gras und die üppige Vegetation von einem reicheren, wenn auch feuchteren Klima zeugte. Dann hatte sich jenseits der grünen Felder und der sanften Biegung eines Waldes in der Ferne ein grauer melancholischer Hügel erhoben, verschwommen und vage in der Entfernung wie eine phantastische Traumlandschaft: das Dartmoor.

Der Kleinbus fuhr am Stadtrand von Exeter auf die vierspurige Autostraße nach Okehampton und beschleunigte dröhnend auf die grünen Hügel zu. Wogendes Weideland stieg an beiden Seiten an, und alte Giebelhäuser lugten aus dichtem Laubwerk hervor, aber jenseits der friedlichen sonnigen Landschaft ragte dunkel gegen den Abendhimmel die lange, düstere Linie des Moors, unterbrochen von zerklüfteten, unheimlichen Hügeln.

Nach einer Weile bog der Bus in eine Seitenstraße ein und fuhr nun bergauf, durch tiefe, von den Rädern in Jahrhunderten ausgehöhlte Wege, mit steilen Böschungen auf beiden Seiten, die von feuchtem Moos und üppigen Hirschzungen überwuchert waren. Rostfarbenes Farnkraut und buntscheckige Brombeersträucher schimmerten im Licht der untergehenden Sonne. Immer weiter ansteigend überquerte der Kleinbus eine schmale Brücke aus Granit und fuhr einen lauten Bach entlang, der schäumend und tosend zwischen den grauen Felsblöcken bergab schoß. Sowohl die Straße als auch der Bach wanden sich durch eine dichte, mit Krüppeleichen und Tannen bewachsene Schlucht. Einige der Mitfahrer stießen bei jeder Wegbiegung Rufe des Entzückens aus. In ihren Augen war alles wunderschön, für Mark aber lag ein Hauch von Melancholie über der Landschaft, die so deutlich das Mal des schwindenden Jahres trug. Gelbe Blätter fielen auf den Bus nieder und bildeten einen dichten Teppich auf der Straße, die selten befahren zu werden schien. Mark hatte während der Zugfahrt über Cavaliers Bericht nachgedacht und war verunsichert, was er von dem Seminar zu erwarten hatte. Gab es einen Zusammenhang zwischen dem Rhetorikkurs und den Manipulationen, die der Journalist entdeckt hatte?

Der Bus hatte eine Steigung überwunden, und vor den Insassen ragte die weite Fläche des Moors auf, mit knotigen und schroffen *cairns* und *tors*. Ein kalter Wind wehte von ihnen herab und ließ Mark frösteln, obwohl doch die Fenster des Busses geschlossen waren. Was erwartete ihn in diesem Castle, das so abseits in der wilden Landschaft des Dartmoor gelegen war? Die Straße wurde schmaler und unwegsamer, verlief zwischen ausgedehnten rötlichen und olivfarbenen Abhängen, die mit riesigen Felsblöcken übersät waren. Hin und wieder fuhr der Bus an einem *Moorland-Cottage* vorbei, mit Dach und Mauern aus Stein, ohne Kletterpflanzen, die die schroffen Umrisse gemildert hätten.

Plötzlich sah Mark in eine Mulde hinab auf kultiviertes Land, das im Hintergrund steil in eine Schlucht abzufallen schien. Nach links hin eröffnete sich eine großzügige Einfahrt, die von beschnittenen Buschbäumen und Heidesträuchern gesäumt wurde und an einem Wald entlang in weiten Schwingungen in eine parkähnliche Landschaft hineinführte.

Der Kleinbus bog in diesen Weg ein und fuhr auf den farbenprächtigen Laubwald zu. Die Birken und Eichen schimmerten mit warmen Gelb- und Rottönen in den letzten Strahlen der Sonne. Hinter der Biegung erschien im Gegenlicht plötzlich das düstere, festungsartige Mauerwerk des Schlosses. Wuchtige, niedrige Türme aus großen Granitquadern mit breiten Zinnen hoben sich vom Abendhimmel ab. Der Bus stoppte wenige Momente später vor dem Hauptportal des *Castle Drogo*.

Im schwindenden Tageslicht wirkte der Eingangsturm des Schlosses finster und bedrohlich. Die graubräunlichen, stellenweise gescheckten Granitquader der Wände wurden hoch oberhalb der Eingangstür von schmalen, schießschartenartigen Fenstern durchbrochen. Darunter prangte das Steinrelief eines Löwen mit erhobener Tatze. Vom Vorplatz aus hatte man einen grandiosen Blick über die darunter liegende Schlucht mit hervorstehenden Felsformationen und wogendem Baumbestand. Unten im Tal war es bereits dunkel. In der Ferne hörte man einen Bach, der über Stromschnellen rauschte.

Die Teilnehmer wurden am Eingang von einem jungen Engländer empfangen, der sich als ›Barrymore, Manager des Anwesens‹ vorstellte und sie informierte, daß für acht Uhr ein Abendessen und anschließend eine Begrüßung durch den Leiter der Akademie vorgesehen war. Mark wurde von Barrymore als einer der ersten zu seinem Zimmer im ersten Stock geführt, während die anderen unten im Eingangsbereich warteten. Die Inneneinrichtung war im Gegensatz zu dem äußeren, fast mittelalterlich wirkenden Erscheinungsbild des Gebäudes überraschend modern gehalten. Die Eingangshalle und die Flure wurden mit Halogenspots beleuchtet. Die spärliche Möblierung bestand aus Designermöbeln aus schwarzem Stahl und schwarzlackiertem Holz. Wer feudale Wandteppiche und lederbezogene, versilberte Lehnstühle oder in Öl gemalte

Ahnenbilder und Kronleuchter mit Kerzen erwartet hatte, mußte sich enttäuscht sehen.

Die Tür zu seinem Zimmer stand offen. Mark stellte den Koffer ab und ging zum Fenster. Als der Manager sich mit einem Hinweis auf die anderen wartenden Teilnehmer entschuldigte, fragte Mark noch schnell: »Wo bekomme ich meinen Schlüssel?«

»Wir brauchen hier keine Schlüssel, Mr. Kemper. Das Castle liegt sehr abseits und wird zudem rund um die Uhr bewacht. Unser Personal ist absolut zuverlässig, und Ihnen als unseren Gästen vertrauen wir vollkommen. Falls Sie dennoch darauf bestehen sollten, wäre es mir ein Vergnügen, etwaige Wertsachen im Safe des Hauses für Sie zu verwahren.«

»Willkommen auf *Castle Drogo*! Willkommen bei der *European Management Consulting*.«

Der Kursleiter ergriff das Wort, nachdem das Abendessen beendet war und die Teilnehmer sich in Sesseln und Sitzgruppen im Kaminzimmer niedergelassen hatten.

»Mein Name ist Jan Willem van de Watering. Ich bin zwar nicht Jurist wie die meisten von Ihnen, aber ich bin sicher, daß wir voneinander lernen können.«

Im Kamin prasselte ein Holzfeuer, das dem Raum eine wohlige Atmosphäre verlieh. Hin und wieder sprangen knackend Funken hervor, die auf den Fliesen vor der Feuerstelle verglühten. Die Flammen tauchten die Gruppe junger Leute in ein warmes Licht. Es hatten sich rund fünfundzwanzig junge Männer und Frauen um den Kamin versammelt, die meisten von ihnen unter dreißig.

»Sie gehören zum ausgewählten Kreis von Teilnehmern, die von Seniormitgliedern der Kommission und des Europa-College für diesen Kurs vorgeschlagen wurden. Ich muß Ihnen wohl nicht sagen, daß es eine besondere Auszeichnung ist, hierher eingeladen zu werden. Wir wollen Ihre hervorragenden fachlichen Fähigkeiten um eine Komponente ergänzen, die in der herkömmlichen Universitätsausbildung gewöhnlich viel zu kurz kommt, die aber nicht zu unterschätzen ist, wenn es darum geht, in der Praxis das anzuwenden, wofür Sie die letzten Jahre studiert haben.«

Der Kursleiter machte bewußt eine Pause und ließ seinen Blick über die Zuhörer gleiten. Er sprach betont deutlich und akzentuiert, senkte am Ende jeden Satzes die Stimme und war sich der Wirkung seines Vortrages offenbar bewußt.

»Meine Damen und Herren, ich muß Sie bei dieser Gelegenheit allerdings vor übersteigerten Erwartungen an diesen Kurs warnen. In zwei Wochen wird niemand es zur rhetorischen Meisterschaft bringen können. Uns geht es hier in erster Linie darum, Sie auf den richtigen Weg zu bringen, Sie für Ihr eigenes Sprechverhalten, aber auch für Ihr soziales Verhalten im Rahmen von Führungsaufgaben zu sensibilisieren.«

Van de Watering hatte die Arme hinter dem Rücken verschränkt und wippte auf den Zehenspitzen. Er machte den Eindruck eines Mannes, der es gewohnt war, vor Gruppen zu sprechen, und der sich gern selbst reden hörte. Er war groß und hager und betonte seine Halbglatze dadurch, daß er die wenigen verbliebenen Haare von der Seite her über die kahle Kopfpartie gekämmt trug. Er hatte den leicht verschwommenen Blick eines Kontaktlinsenträgers. Wie die Teilnehmer war auch er leger gekleidet. Unter einem hellen Wollpullover schaute ein beigefarbenes Hemd mit einer naturfarbenen Wollkrawatte hervor. Offenbar versuchte er sich einen ländlichen Anstrich zu verleihen. Aber trotz seiner schulmäßigen Aussprache konnte man die Reste eines holländischen Akzentes erahnen.

»In der ersten Woche wird die Diagnostik für uns im Vordergrund stehen. Wir werden Sie auf Herz und Nieren abklopfen, um Sie richtig kennenzulernen. Keine Angst, wir untersuchen Sie nicht auf Krankheiten. Es geht uns vielmehr darum, Ihre rhetorischen Stärken und Schwächen kennenzulernen, damit wir das Schulungsprogramm optimal auf jeden einzelnen von Ihnen abstimmen können. Sie verstehen: Je genauer wir Sie kennen, desto mehr können wir für die Verbesserung Ihrer rhetorischen Fertigkeiten und Ihrer Führungsqualitäten tun.«

Wieder machte van de Watering eine Pause. Er fixierte scheinbar wahllos einzelne Gäste, bevor er weitersprach. Es war, als warte er darauf, daß seine Botschaft langsam bei den Zuhörern einsickere.

»Halten Sie also nichts zurück, versuchen Sie nicht, sich zu verstellen. Es liegt in Ihrem ureigenen Interesse, hier möglichst viel mitzunehmen, und dazu müssen Sie mit meinem Team und mir vertrauensvoll zusammenarbeiten. Je mehr wir in diesen zwei Wochen über Sie lernen, desto mehr werden Sie auch über sich selbst erfahren. Nur so können Sie von dieser Chance optimal profitieren. Lassen Sie sich von uns dabei helfen!«

Mark ließ seinen Blick über die Gruppe der Teilnehmer schweifen. Er versuchte, die Nationalität einzelner Gäste zu erraten. Anscheinend stellte der Teilnehmerkreis einen Querschnitt durch die verschiedenen Nationalitäten der EU dar. Er sah einen schwarzhaarigen Mann mit dunklem Teint, den er als Italiener verbuchte, dann eine rotblonde Frau mit Sommersprossen, für die

Dänemark als Herkunftsland in Frage kam, und gleich dahinter einen grinsenden, etwas dicklichen Mann mit dunklen Haaren, den er für einen Iren hielt. Jeder einzelne wirkte auf seine Art selbstbewußt und von sich überzeugt. Die Auslese jungen Führungsnachwuchses, die die EU zu fördern gedachte. Und er gehörte dazu. Mark horchte auf, als van de Watering fortfuhr:

»Nach modernen wissenschaftlichen Erkenntnissen ist es grundfalsch zu versuchen, jeden Teilnehmer in ein vorgefertigtes rhetorisches Schema zu pressen. Es kommt im Gegenteil darauf an, daß Ihre vorhandenen wertvollen Fähigkeiten erkannt, ausgebaut und optimiert werden. Gleichzeitig sollten Sie lernen, eher ungünstige Aspekte Ihres Auftretens und spontanen sozialen Verhaltens zu kontrollieren und umzuformen. Doch auch das kann nur im individuellen Ansatz gelingen.«

Mark dachte an die peinlichen Rollenspiele, die er im Psychologieunterricht in der Oberstufe mitmachen mußte. Hoffentlich erwarteten ihn hier keine Pflichtübungen, bei denen es nur darum ging, irgendwelche Psychotheorien zu bestätigen, ohne daß man als Proband dabei eine verwertbare Erfahrung machte. Der Kursleiter schien sich in Fahrt zu reden. Er begleitete seine Ansprache jetzt mit fließenden, wohlbemessenen Gesten, die aber einstudiert wirkten und dadurch ihren Effekt zum Teil wieder einbüßten.

»Wir arbeiten mit den neuesten wissenschaftlichen Erkenntnissen und Methoden. Bitte, lassen Sie sich nicht von unserer Analytik und Diagnostik abschrecken. Sie dient schließlich Ihrem persönlichen Fortschritt. Entspannen Sie sich, genießen Sie es einfach, im Mittelpunkt zu stehen!«

Van de Watering wünschte den versammelten Teilnehmern noch einen guten Abend, dann löste sich die offizielle Versammlung in kleine Gesprächsgrüppchen auf. Man nahm einen Drink und genoß die gemütliche Atmosphäre im Kaminzimmer. Mark war von der Reise erschöpft. Nachdem er zwei Bier getrunken hatte, ging er als einer der ersten auf sein Zimmer.

»Ein Beispiel für das große Demokratiedefizit in der EU ist die Geheimhaltungspolitik des Ministerrats. Die Sitzungsprotokolle sind geheim, und niemand weiß, was auf diesen Treffen wirklich beschlossen wird. Dabei hat der Ministerrat mehr Kompetenzen als jedes nationale Parlament. Man stelle sich vor, die französische Nationalversammlung oder der Bundestag würden nur unter Ausschluß der Öffentlichkeit tagen!«

Mark schoß sofort eine polemische Antwort durch den Kopf, aber er zwang sich, die Stellungnahme seines Gegenüber nachzuvollziehen. Van de Watering hatte die Teilnehmer für eine rhetorische Übung in Paare aufgeteilt. Die Aufgabe bestand darin, dem Partner zuerst genau zuzuhören und dessen Äußerung knapp, aber präzise zusammenfassend wiederzugeben, bevor man zur Entgegnung ansetzte. Dies war nicht einfach, weil die meisten Menschen über ihrem Drang zur Darstellung der eigenen Position oft dazu neigten, überhaupt nicht genau hinzuhören. Auch Mark war überrascht, wie schwer es ihm fiel, mit seiner Meinung nur für einen Moment zurückzuhalten.

»Sie bezeichnen die Geheimhaltung der Dokumente des Ministerrats als Beispiel für das Demokratiedefizit in der Europäischen Union«, antwortete er. »Sie vergleichen sie mit der Öffentlichkeit der Beratungen der nationalen Parlamente. – Aber ich bitte Sie! Der Ministerrat hat doch schon seit 1994 eine Regelung über den

Zugang zu Ratsdokumenten getroffen! Jedermann ist antragsberechtigt und erhält gebührenfrei Einsicht in die Akten, und das in einem geregelten Verfahren. Das kann man doch wohl kaum als Geheimhaltungspolitik bezeichnen!«

Sein Gegenüber grinste bei Marks Entgegnung und nickte fast unmerklich. Offenbar hatte er mit einer solchen Antwort gerechnet. In der morgendlichen Einführungsrunde, die auf Video aufgezeichnet worden war, hatte er sich als Victor Rousson vorgestellt. Er kam aus Paris, wo er vor kurzem sein Jurastudium an der *Sorbonne* abgeschlossen hatte. Victor wirkte in seiner etwas abgetragenen Kleidung nicht wie der typische Jurist. Offenbar hatte er mit Hilfe von Stipendien studiert und war auch jetzt noch knapp bei Kasse. Aber er trat mit der Unbefangenheit eines Hochbegabten auf, der sich seiner Fähigkeiten bewußt war. Er blickte Mark durch seine billige Kassenbrille unverwandt an. Ihm schien es keinerlei Probleme zu bereiten, Marks Erwiderung zunächst pointiert wiederzugeben.

»Sie verweisen auf den Ratsbeschluß vom 20. Dezember 1993, um zu suggerieren, jedermann könne Einblick in die Verhandlungen des Ministerrats der EU nehmen und so zumindest im nachhinein kontrollieren, was dort über die Köpfe der nationalen Parlamente hinweg ausgekocht wurde. Dabei übergehen Sie natürlich geflissentlich die ellenlange Liste der Ausschlußgründe, unter denen jedermann der Zugang zu den Dokumenten – ohne Begründung – verweigert werden kann. Diese Liste liest sich nämlich eher wie eine Hitliste der interessantesten und kontrollbedürftigsten Gebiete: öffentliche Sicherheit, Währungsstabilität, Rechtspflege, Industriegeheimnisse, Interessen der Organe der EU und so weiter, und so fort!«

Mark wollte sich gerade über die entstellende Wiedergabe seiner Entgegnung aufregen, als van de Watering von hinten an ihn herantrat.

»Mister Kemper, Sie sind an der Reihe!«

Er folgte dem Kursleiter in den Nebenraum, wo dieser ihn bat, an einem Tisch Platz zu nehmen.

»Dies soll die Simulation einer Verhandlungssituation werden, wie Sie Ihnen später tagtäglich begegnen kann. Aber heute wollen wir uns nicht allein auf Ihre eigenen Beobachtungen verlassen. Wir wollen nebenbei ein paar Daten erheben, die uns verstehen helfen, wie Sie ganz persönlich auf verschiedene Reize reagieren. Dadurch lernen wir Sie besser kennen und sind dann in der Lage, Ihnen konkrete Tips zu geben, wie Sie Ihr Auftreten verbessern können.«

Zwei jüngere Männer, die der Kursleiter am Morgen als Assistenten vorgestellt hatte, traten an Mark heran, während van de Watering weitersprach.

»Wir messen Ihre Pulzfrequenz, wie im Sportunterricht, das kennen Sie wahrscheinlich schon. Lassen Sie sich von den paar Kabeln nicht irritieren.«

Einer der Assistenten knöpfte Marks linken Hemdsärmel auf und schob den Stoff nach oben.

»Das dient zur Erfassung des Blutdrucks. Dürfte Ihnen vom Arzt her bekannt sein. Keine Angst, wir machen hier keine Experimente. Stellen Sie sich vor, Sie sollten mit mir verhandeln. Ich stelle Ihnen provozierende Fragen oder mache Ihnen ein paar unangenehme Vorwürfe. Sie versuchen, angemessen zu reagieren, aber nicht nur rein inhaltlich, Sie versuchen auch, sich sprachlich geschickt darzustellen. Und bleiben Sie sachlich. Wir wollen nicht Ihre Fähigkeit zum Pöbeln testen, sondern Ihre rhetorischen Dispositionen.«

Van de Watering nahm Mark gegenüber am Tisch

Platz. Eine Halogenlampe, die an einem langen, dünnen Kabel von der Decke herunterhing, erhellte nur den Tisch, während der restliche Raum im Halbdunkel blieb. Schwere dunkle Vorhänge sperrten das Tageslicht aus. Die beiden jungen Männer hatten mit routinierten Handgriffen noch zwei weitere, nahe beieinanderliegende Meßstationen am Arm mit Pflaster angeklebt und waren in den Hintergrund getreten. Der Kursleiter kam nicht gleich zur Sache, sondern begann erst einmal zu plaudern. Immer wieder stellte er Mark belanglose Fragen, die dieser freundlich und knapp beantwortete. Nach einiger Zeit blickte van de Watering auf einen Zettel, der vor ihm auf den Tisch lag, und begann mit dem eigentlichen Programm.

Am Nachmittag ging Mark zusammen mit Victor einen schmalen Pfad am Hang zum River Teign entlang. Diesen Weg hatte, wie Barrymore ihnen geflissentlich mitteilte, der Erbauer des Schlosses eigens anlegen lassen, damit er sich in der Nähe des Gebäudes bequem die Füße vertreten und dabei einen grandiosen Ausblick genießen konnte. Die beiden hatten ihre Sitzung mit van de Watering schon hinter sich, während der größere Teil der Kursteilnehmer noch wartete und sich die Zeit mit rhetorischen Übungen vertrieb. Mark lenkte das Gespräch auf das soeben durchgestandene Interview.

»Schon originelle Methoden, die hier verwendet werden. Manche Fragen haben mich regelrecht provoziert. Besonders diese Unterstellungen. Man hätte meinen können, er meinte es ernst.«

»Na ja, er hat ja vorher angekündigt, was auf einen zukommt. Aber überrascht war ich dann doch, was für eine Wirkung man auf derartige Provokationen zeigt, selbst wenn man weiß, daß alles nur ein Rollenspiel ist.«

»Hat er dich auch gefragt, wie du reagieren würdest, wenn dir jemand ganz offen einen Umschlag mit Bargeld über den Tisch reicht? Oder diese indirekte Frage nach deiner Korrumpierbarkeit, nach dem Motto ›jeder hat seinen Preis‹?«

»Ja, aber ich fand eigentlich die Fragen unangenehmer, die das persönliche Umfeld betrafen, du weißt schon: Wenn Eltern oder Freunde in Verhandlungen hineingezogen werden und man am Ende nicht mehr unvoreingenommen entscheidet.«

Die beiden waren am Ende des schmalen Pfades angelangt. Vor ihnen gabelte sich der Weg. Steil führte ein Pfad über grobe Treppenstufen bergab in das Tal. Auf halber Höhe des Hanges konnte man eine Gruppe Dartmoor-Ponies grasen sehen. Sanft und in weitem Bogen führte der andere Pfad zurück zur Zufahrt und zum Schloß.

Victor und Mark kehrten in stillem Einverständnis um und gingen den Weg zurück, den sie gekommen waren. Die Sonne stand jetzt schon tiefer, und es waren dunkle Wolken aufgezogen. Als sie wieder vor der Südfassade des Castle standen, fiel Mark die klare geometrische Gliederung der Mauer mit den länglichen, schmalen Fenstern auf. Von hier wirkte das Gebäude nicht mittelalterlich, sondern vielmehr zeitgenössisch, als habe der Erbauer bewußt Stilelemente verschiedener Epochen vermischt, um zu einem eigenständigen Ganzen zu gelangen. Tatsächlich war das Bauwerk erst Anfang dieses Jahrhunderts von dem bekannten englischen Architekten Lutyens errichtet worden, der offenbar versucht hatte, die Wünsche des Bauherrn nach einer mittelalterlichen Festung mit seinen Ideen für ein elegantes und neuartiges Landhaus zu kombinieren. Herausgekommen war eine Mischung, die man als postmodern bezeichnen konnte. Die damals verwendeten Granitsteine sahen aus der Ferne fast wie neuartige Verblendungselemente aus, wie sie heutzutage bei Stahlbeton-Neubauten Verwendung fanden. Auch dieses Bauwerk gibt vor, etwas anderes zu sein, als es wirklich ist, dachte Mark.

»Bin ich froh, endlich für ein paar Stunden aus dieser Rhetorik-Mühle rauszukommen. Manchmal überkommt mich das Gefühl, daß die uns da einer Art Gehirnwäsche unterziehen!«

Anne-Marie setzte ihre Teetasse ab und blickte in die Runde. Sie strich ihr langes, dunkles Haar zurück und warf Mark einen herausfordernden Blick zu.

»Oder was meinst du?«

Mark hatte den freien Sonntag genutzt, um zusammen mit Victor und drei anderen Kursteilnehmern einen Ausflug in die Umgebung zu machen. Von Drewsteignton, einem kleinen Dorf in der Nähe des Schlosses, hatten sie einen Linienbus nach Exeter genommen und waren dort in einen anderen Bus nach Newton Poppleford, einem Ort in der Nähe der Küste, umgestiegen. Nun saßen sie zu fünft um einen wackeligen Tisch und genossen den berühmten *Cream Tea. Cream Tea* war nicht einfach englischer Tee mit Sahne, sondern ein besonderes Teegedeck, zu dem neben gutem Tee noch *Scones*, ein wohlschmeckendes Teegebäck, sowie doppeltfetter Rahm, der *Devon Clotted Cream,* und zusätzlich Erdbeermarmelade gehörten. Die bereits mit Butter bestrichenen *Scones* waren zunächst mit *Clotted*

Cream und sodann mit Marmelade zu belegen; eine sehr wohlschmeckende Mischung, die allerdings durch die fette *Cream* auch sehr kalorienhaltig war. Neben Mark saß Paul, ein freundlicher Ire, der Mark bereits bei der Einführungsveranstaltung ins Auge gefallen war. Er mampfte schon den zweiten *Scone* in sich hinein.

Als er seinen Mund halbwegs leer hatte, entgegnete er auf Anne-Maries Bemerkung: »Ich weiß gar nicht, was du hast. Wir sind doch bestens untergebracht, müssen nichts bezahlen und lernen sogar noch was dazu. Besser kann es doch nicht kommen!«

»He, die zweite Kanne ist nur voll Wasser, da fehlt der Tee!«

Paul blickte mitleidig zu Alexandra hinüber, die mit den Teekannen hantierte und den Deckel der zweiten Kanne geöffnet hatte, die von der Bedienung vor ihr auf den Tisch gestellt worden war.

»Alex, nein, du mußt das heiße Wasser aus der zweiten Kanne in die Kanne mit den Teebeuteln umgießen, sobald sie geleert ist. Der zweite Pott dient nur zum Nachfüllen!«

Als Ire kannte er sich mit den Teesitten in England bestens aus. Schließlich übertrafen die Iren die Engländer noch, was den Teekonsum anging. Alexandra dagegen sammelte ihre ersten Erfahrungen in dieser Hinsicht. In ihrer griechischen Heimat herrschten andere Trinkgewohnheiten. Auch die *Scones* mit der fetten *Cream* verschmähte sie. Wahrscheinlich fürchtete sie die Kalorien. Die schlanke Anne-Marie dagegen hielt sich nicht mit Kalorienzählen auf und langte kräftig zu. Wenn man ihre nahezu perfekte Figur betrachtete, war man überrascht, sie so herzhaft essen zu sehen. Sie kam aus Österreich und sprach mit einem merkwürdigen Akzent Englisch, den Mark zunächst für oberbayerisch gehalten hatte. Pauls Antwort auf ihren Einwurf schien sie nicht zu befriedigen.

»Ich meine, auch wenn es nichts kostet, sollte man irgendwie Einfluß darauf nehmen können, was man lernt. Hier ist alles so fremdbestimmt, alles läuft nach Plan ab, da fehlt mir der Raum für eigene Kreativität!«

Mark verspürte wenig Lust, sich an der Diskussion um die Qualitäten des Kurses zu beteiligen. Er genoß die Atmosphäre in dem urigen englischen Teehaus. Als er seine Arme ausstreckte, stieß er fast an die Querverstrebungen, die den engen Raum unterteilten.

Das Lokal war in einem alten, etwas schiefen Fachwerkhaus untergebracht. Die Zwischenwände waren bis auf die Fachwerkbalken entfernt worden, so daß ein großer, aber wegen der niedrigen Decke trotzdem nicht geräumig wirkender Bereich entstanden war. Der *Cream Tea* galt als eine Art Geheimtip und war ihnen von Barrymore, dem Manager des Castle, empfohlen worden. Offenbar handelte es sich um einen alten Familienbetrieb, der heute noch die gleiche Qualität bot wie schon vor Generationen. Während in der Teeküche die Großmutter die Bestellungen koordinierte, huschten die Enkel von Tisch zu Tisch und servierten riesige Berge von *Clotted Cream*, die selbst der hungrigste Esser nicht komplett vertilgen konnte. Victor sah so aus, als hätte er dennoch vor, es zu versuchen.

»Ich glaube, Barrymore hatte recht. Jedenfalls ist dieser *Cream Tea* besser als alles, was uns bisher im *Castle Drogo* serviert wurde. Aber wir sollten nicht immerzu über den Kurs reden. Die Rhetorik hat uns ohnehin spätestens morgen früh wieder. Laßt uns doch die Freizeit genießen und über was Interessantes sprechen!«

Am Abend schloß Mark erschöpft die Tür seines Zimmers und warf sich auf das Bett. Der Ausflug hatte bis in den späten Abend gedauert und war am Ende sehr anstrengend gewesen. Auf dem Rückweg waren die fünf noch in einem Pub in Exeter eingekehrt. Besonders Victor und Paul hatten dem englischen *Lager* dabei vielleicht etwas zu sehr zugesprochen. Nur mit knapper Not war es ihnen gelungen, den letzten Bus zum Castle noch zu erreichen. Es war für Mark eine große Erleichterung gewesen, der Abgeschlossenheit des Seminars wenigstens für ein paar Stunden entfliehen zu können. Nachdem er kurze Zeit regungslos auf dem Bett gelegen hatte, griff er nach seinem Buch, das er am vergangenen Abend auf den Nachttisch gelegt hatte.

Er tastete die Oberfläche des Tisches ab, bekam aber den Band nicht zu fassen. Verwundert drehte er sich um und blickte auf die leere Tischplatte. Das Buch war verschwunden. Mark richtete sich auf, blickte um sich. Einen Moment später entdeckte er es auf der Kommode, die an der gegenüberliegenden Wand stand. *Ach Europa!* Der Titel löste bei ihm immer noch eine Art Neugier aus, obwohl er mittlerweile bereits die Hälfte der Essays gelesen hatte.

Er war sich absolut sicher, daß er den Band dort nicht abgelegt hatte. Gestern abend hatte er bis zum Einschlafen gelesen und die Essaysammlung auf den Nachttisch gelegt. Heute morgen war ihm keine Zeit geblieben, das Buch auch nur anzufassen, so daß es immer noch am selben Platz hätte liegen müssen. Es sei denn – jemand war in seinem Zimmer gewesen!

Er erinnerte sich an den Spruch des Managers, Zimmerschlüssel seien nicht nötig. Hatte man seine Sachen durchsucht? Vielleicht etwas gestohlen? Er sprang auf und zog seinen Koffer unter dem Bett hervor. Das Zahlenschloß stand auf neunhundertneunundneunzig, wie er es vor einer Woche nach dem Auspacken eingestellt hatte. Im Kleiderschrank befand sich alles an seinem Platz. Auch seine persönlichen Sachen in der Kommode, sein Kalender mit den Adressen, die Eurocheques, seine Schreibutensilien lagen ordentlich in der Schublade. Niemand hatte seinen teuren *Mont-Blanc*-Füller weggenommen, den er von seinen Eltern geschenkt bekommen hatte. Vielleicht war es nur die Putzfrau gewesen, die beim Staubwischen das Buch woanders hingelegt hatte. Die Müdigkeit ergriff wieder Besitz von Mark. Er ließ sich auf das Bett sinken und verfiel bald in einen unruhigen Halbschlaf.

»Natürlich sind die Sprachen aller Mitgliedstaaten formal gleichberechtigte Amtssprachen der Europäischen Union. Aber gerade angesichts der kürzlichen Erweiterungen um die skandinavischen Länder und der sich abzeichnenden Osterweiterung müßte doch für jeden offenkundig geworden sein, daß das Französische als Arbeitssprache …«

»Hören Sie doch auf mit Ihrer frankophilen Apologetik! Als nächstes verkaufen Sie uns, wir bräuchten eine EU-Verordnung zur Reinhaltung der französischen Sprache auf Unionsebene!«

»Ich bitte Sie, lassen Sie mich doch erst einmal …«

»Der französischen Spracharroganz muß endlich ein Riegel vorgeschoben werden!« Van de Watering war aufgesprungen und schrie Victor förmlich an, der verunsichert in die zuhörende Gruppe blickte und nach Worten rang. Er war als erster Freiwilliger nach vorne getreten, um eine spontane Rede zu halten, nachdem der Kursleiter dazu aufgefordert hatte, sich in freiem

Vortrag vor einem unwilligen Publikum zu erproben. Victor setzte erneut an.

»Monsieur …«

»Was heißt hier ›Monsieur‹? Wir sind in England! Es heißt ›Mister‹!«

Obwohl van de Watering vorher angekündigt hatte, die Redner durch Zwischenrufe unterbrechen und verunsichern zu wollen, hatte Mark nicht mit einer solchen Vehemenz gerechnet. Er beobachtete Victor, der mit gerötetem Gesicht hinter dem Rednerpult stand und offenbar völlig aus dem Konzept geraten zu sein schien.

»Dies ist ein typisches Beispiel dafür, wie man es als Redner nicht machen sollte. Gehen Sie niemals direkt auf einen aggressiven Zwischenrufer ein, sondern bemühen Sie sich, den Fluß Ihrer Rede beizubehalten und den anderen als Störer dastehen zu lassen.«

Van de Watering war ans Pult getreten und hatte Victor mit einer versöhnlichen Geste auf einen nahen Sitzplatz und damit aus der Schußlinie gewiesen.

»Es muß Ihnen gelingen, die Zuhörer so mit Ihrem Vortrag zu fesseln, daß sie den Zwischenrufer als Querulanten ansehen. Wenn aus dem Publikum eine Unmutsäußerung über den Zwischenrufer kommt, sind Sie sofort der Sieger! Aber das erreichen Sie auf keinen Fall damit, daß Sie eine Diskussion beginnen! – Okay, machen wir weiter, bitte scheuen Sie sich nicht, bei der nächsten Rede auch selbst einen kleinen Einwurf zu machen!«

Van de Watering blickte kurz in die Videokamera im Hintergrund, die die ganze Szene unbestechlich aufgenommen hatte, und ging dann zurück in die Zuschauerreihen.

Mark und Victor schlenderten durch den terrassenförmig angelegten Rosengarten des Schlosses, der sich nördlich des Gebäudes den Hang hinauf erstreckte. Die beiden hatten es sich zur Angewohnheit gemacht, nach dem Mittagessen zusammen einen Rundgang über das Anwesen zu machen. Nachdem die erste Woche ihres Aufenthalts bereits vergangen war, kannten sie sich recht gut auf dem Gelände aus. Heute strebten sie dem Krocketplatz zu, der auf dem höchsten Punkt des Grundstücks angelegt und von hohen Hecken eingefaßt war. Zu Mittag hatte es Schweinebraten mit Apfelmus gegeben, ein typisches Gericht für Devon. Aber nun lag ihnen das Essen schwer im Magen, und die beiden hatten Mühe, den ansteigenden Weg durch den Park zu bewältigen.

Mark und Victor genossen ihre gemeinsamen Spaziergänge als eine Art Erholung von der oft angespannten Atmosphäre des Seminars. Auf diese Weise hatte sich schnell eine vertraute Stimmung eingestellt, sobald sie allein waren, und sie scheuten sich nicht, Kritik an den Sitzungen zu äußern.

»Also, ehrlich gesagt, diese Schreianfälle von van de Watering finde ich nicht normal. Als er dich bei deinem ersten Vortrag dermaßen rigide unterbrochen hat, wäre ich fast dazwischengegangen. Ich meine, er muß sich doch auch mal überlegen, wie so was auf den jeweiligen Teilnehmer wirkt.«

»Ach, Mark, laß nur. Ich glaube, ich habe letztlich auch was daraus gelernt. In dem Moment hätte ich heulen können, aber im nachhinein, denke ich, hat er vielleicht recht, daß man nur dann etwas wirklich versteht, wenn man es realistisch durchgespielt hat.«

»Aber wir sind doch keine Versuchskaninchen. Ich meine, es gibt auch Grenzen!«

Die beiden hatten den höchsten Punkt des Parks erreicht und traten auf die ebene Fläche aus bestem englischen Rasen, die im Sommer als Krocketfeld diente. Hier oben herrschte durch die grünen Heckenwände eine Abgeschlossenheit und Stille, die den hektischen Seminarbetrieb weit entfernt erscheinen ließ.

Mark dachte unvermittelt an die Führung durch das Castle und über das Gelände, die Barrymore am zweiten Tag ihres Aufenthalts veranstaltet hatte. Er hatte erzählt, daß die Deutsche Wehrmacht im zweiten Weltkrieg nach einer erfolgreichen Invasion *Castle Drogo* als Sommersitz für den Statthalter Hitlers in England eingeplant hatte. Barrymore hatte dies in einer Weise mitgeteilt, als wäre das ein besonderer Qualitätsbeweis des Schlosses.

Sie standen jetzt mitten auf dem Grün des Krocketplatzes. Während der vergangenen Woche hatten die Laubbäume in der Umgebung des Castle die meisten ihrer Blätter eingebüßt. Ein Herbststurm in der letzten Nacht hatte endgültig mit der schillernden Farbenpracht des Waldes aufgeräumt. Aber hier oben, umgeben von den immergrünen Hecken und dem kräftigen englischen Rasen, hatte Mark den Eindruck, die Vegetation könne sich doch erfolgreich gegen den nahenden Winter behaupten.

Mark trat an Victor heran und blickte ihn direkt an. »Glaubst du, daß die Aufzeichnungen über die Vorträge irgendwie für die spätere Auswahl bei Bewerbungen für die EU-Behörden benutzt werden?«

»Wie kommst du denn darauf? Die *European Management Consulting* ist doch eine private Firma. Ich glaube kaum, daß die ihre Unterlagen so ohne weiteres den EU-Behörden zur Verfügung stellen.«

»Na ja, aber interessant wäre es für die Auswahlentscheidung schon, oder nicht?«

»Ich glaube, man sollte diesen ganzen Hokuspokus mit der Rhetorik auch nicht überschätzen. – Laß uns zurückgehen, die nächste Sitzung beginnt gleich.«

»Mark, ich weiß, Sie sehen unsere Bemühungen hier eher skeptisch. Aber warum versuchen Sie nicht – wenn Sie schon einmal da sind –, soviel mitzunehmen wie möglich?«

Van de Watering war während der nachmittäglichen Kaffeepause an Mark herangetreten, als dieser allein am Fenster des Kaminzimmers gestanden und hinaus in die weite Schlucht des River Teign geblickt hatte. Draußen regnete es unablässig, zudem peitschte ein scharfer Wind die Tropfen an die Fensterscheiben.

Eineinhalb Wochen waren bereits vergangen, ohne daß er das Gefühl hatte, etwas Entscheidendes gelernt zu haben. Langsam sehnte er sich zurück nach Brüssel, er vermißte die Ruhe und Abgeschlossenheit seines Apartments – und er freute sich auf ein Wiedersehen mit Christin. Die Bemerkung des Kursleiters schreckte ihn aus seinen Gedanken auf.

»Nein, Sir, wirklich, Sie täuschen sich. Mit gefällt der Kurs sehr gut. Ich glaube nur, ich bekomme langsam etwas Heimweh!«

Van de Watering lächelte unverbindlich. »Wissen Sie, ich hatte schon manchmal Kursteilnehmer, die zunächst skeptisch waren und die Nützlichkeit solcher Übungen bezweifelten. Naturgemäß litt auch ihr Engagement im Kurs unter dieser Einstellung. Nun ja, ich konnte ihnen dennoch die entscheidenden Grundregeln beibringen. Später waren es genau diese Teilnehmer, die am meisten von dem Seminar profitiert hatten. Nachdem sie erst mal in der praktischen Arbeit standen, erkannten sie den Wert der hier vermittelten Fertigkeiten, und sie bedankten sich, riefen mich an oder schrieben mir. Wissen Sie, diese Erfahrungen motivieren mich immer wieder, mich besonders um die eher skeptischen Gäste zu kümmern, bei denen noch nicht feststeht, wohin die Entwicklung gehen wird.«

»Ich verstehe, Sir. Es freut mich, daß Sie so erfolgreich waren. Bestimmt zeigen sich auch bei uns hier solche positiven späten Effekte. Aber ich zähle mich nicht zu den skeptischen Teilnehmern. Ich meine, mir gefällt nicht alles, was wir hier machen, aber insgesamt sehe ich das Seminar als einmalige Chance, etwas für die Berufspraxis zu lernen.«

Der Kursleiter trat näher an ihn heran, senkte die Stimme und blickte dabei Mark in die Augen.

»Wissen Sie, irgendwann muß sich jeder entscheiden, ob er etwas in seinem Leben erreichen will, Teil von etwas Großem sein will oder einfach nur so vor sich hin vegetieren möchte, unbedeutend, als kleine Nummer unter Millionen. Die europäische Sache ist da schon eine echte Perspektive, meinen Sie nicht auch?«

»Ja, Sir, ganz sicher, Sir.«

Auf dem großen Monitor flimmerte die Videoaufnahme von Victors Abschlußrede. Van de Watering hatte die Teilnehmer am vergangenen Abend geradezu emphatisch auf diese abschließende Probe eingestimmt.

»Beweisen Sie uns allen und sich selbst, was Sie gelernt haben. Halten Sie eine Rede, die mitreißt und die Zuhörer einnimmt. Liefern Sie Ihr Gesellenstück ab! Enttäuschen Sie mich nicht!«

Die Reden waren parallel in zwei Sälen gehalten und auf Video aufgezeichnet worden. Nun, am Nachmittag des letzten Tages, verfolgten die versammelten Teilnehmer die Aufzeichnung am Bildschirm, während van de Watering im Wechsel der etwa zehnminütigen Vorträge von Person zu Person wechselte und dem jeweils gezeigten Redner Kommentare ins Ohr flüsterte. Die fünfundzwanzig Anwesenden, die sich auf bequemen Stühlen im sogenannten *media-room* versammelt hatten, saßen locker um den Fernseher gruppiert und starrten wie gebannt auf den Bildschirm.

Mark war unkonzentriert. Er sah seinem eigenen Videoauftritt mit unguten Gefühlen entgegen, nachdem ihm die Rede am gestrigen Abend nach eigenem Dafürhalten eher mißlungen war. Immer wieder erwischte er sich dabei, wie sein Blick vom Fernseher weg über die Gruppe der Zuschauer streifte. Erneut war sein Blick bei van der Watering hängengeblieben, der gerade neben Victor hockte und ihm etwas zuraunte. Einzelne Wortfetzen drangen zu ihm durch. Unwillkürlich neugierig geworden, versuchte er, sich auf die Kommentare des Akademieleiters zu konzentrieren.

»… verbesserte Körperhaltung … schöne Pause … Blick noch zu unsicher …«

Obwohl die Entfernung zu van de Watering nur zwei Schritte betrug, übertönte die Videoaufnahme doch das meiste. Mark beobachtete den Akademieleiter, wie er zum nächsten und übernächsten Zuschauer wechselte.

»… Stimme … nuscheln nicht mehr … sehr schön …«

Mark kam es vor, als sagte van de Watering bei jeder Person im Grunde dasselbe, als spulte er einen einstudierten, auswendig gelernten Text ab, den er von Teilnehmer zu Teilnehmer nur leicht abänderte, der aber im Grunde so nichtssagend und allgemein gehalten war, daß niemand die pauschale Beurteilung bemerkte. Mark fühlte auf einmal ein tiefes Mißtrauen gegen diesen Mann, der in den vergangenen zwei Wochen soviel von ihm erfahren hatte, von dem er aber noch immer so gut wie nichts wußte.

Plötzlich erschien Marks Gesicht auf dem Monitor. Van de Watering näherte sich Mark und hockte sich neben seinen Stuhl. Mark starrte pflichtschuldigst auf den Bildschirm und verfolgte seine Rede. Er haßte Aufzeichnungen von sich selbst und erwartete einen kritischen Kommentar des Akademieleiters.

»Wer sagt's denn, Ihre Körperhaltung ist doch schon viel besser geworden. – Sie sollten vielleicht seltener nach unten blicken, aber sonst geht es schon sehr gut. Ja, Ihre Stimme geht am Ende perfekt nach unten, da hört man gerne zu. Sehr schön, Mr. Kemper. Wenn Sie jetzt auch noch an das glauben, was Sie sagen, wird aus Ihnen noch ein großer Redner!«

Der dunkelrote Kleinbus rollte die Abhänge des Dartmoor in Richtung Exeter, Bahnhof und Intercity. Mark und Victor saßen nebeneinander und blickten hinaus auf die unwirtliche Landschaft, die in dem seit Tagen andauernden Regen jeden Reiz verloren zu haben schien.

Mark war froh, endlich wieder nach Brüssel zu kommen, um seine Arbeit in der Kommission fortsetzen zu können. Es empfand die letzten zwei Wochen eher als Zeitverschwendung, weniger als einen großen Schritt in Richtung rhetorischer Meisterschaft. Daran konnte auch van de Waterings versöhnlicher Kommentar zu seiner Abschlußrede nichts mehr ändern.

»Gestern bei der Vorführung der Videos hatte ich das Gefühl, daß van de Watering allen genau das gleiche erzählte. So, als ob er uns zum Schluß wohlstimmen wollte, damit wir nichts Schlechtes über seinen Kurs verbreiten.«

»Vielleicht siehst du alles ein wenig zu kritisch. Ich meine, van de Watering hat sich eigentlich doch enorm viel Mühe mit uns gegeben. Er war nicht immer gerade nett, aber das ist wohl auch nicht sein Job. Ich glaube, du solltest alles erst einmal etwas sacken lassen. Vielleicht denkst du in ein paar Tagen ganz anders über den Kurs.«

»Jedenfalls bin ich froh, daß er vorbei ist. Bei meiner *Stage* in der Kommission ist mir doch wohler. Da hat man mit handfesten, echten Fällen zu tun und muß sich nicht auf immer neue Spielchen einlassen, die letztlich doch nur einen fragwürdigen Ertrag haben. Ich meine, was mich genervt hat ist, daß es inhaltlich ganz egal war, was man sagte, Hauptsache, man verpackte es gut. So was gefällt mir einfach nicht.«

Victor nestelte in seiner Manteltasche und brachte umständlich eine etwas mitgenommene, billige Visitenkarte hervor.

»Na, dann viel Spaß in Brüssel! Hier, meine Adresse in Paris. Falls es dich mal dorthin verschlägt, melde dich. Dann können wir mit der gebührenden Distanz bei einem Glas Rotwein diskutieren, ob sich der Aufwand mit dem Seminar gelohnt hat. Ich meine, ob es umsonst war, darüber kann man streiten, aber es hat doch jedenfalls nichts gekostet, oder?«

Mark mußte über das Wortspiel des Franzosen lachen. Er steckte die Visitenkarte ein und suchte nach einem Zettel, um seine Adresse für Victor zu notieren. Er hatte selbst keine Visitenkarten.

In dem Gewimmel auf dem Brüsseler Nordbahnhof fiel es Mark zunächst nicht auf, daß Cavalier neben ihm herging.

»Na, immer noch der überzeugte Europäer ohne Furcht und Tadel?«

»Ich fasse es nicht – lassen Sie mich in Ruhe!«

Mark blickte stur geradeaus und ging mit unverminderter Geschwindigkeit weiter. Während des Seminars hatte er hin und wieder an Cavalier und die Abmachung mit dem Journalisten gedacht. Aber als der *Eurostar*-Zug im Brüsseler Nordbahnhof eingelaufen war, hatte er nur noch sein Apartment in der Rue de Locht im Sinn gehabt. Allein sein, Ruhe haben. Während der zwei Wochen im Dartmoor hatte er das Gefühl gehabt, als hätte er ununterbrochen unter Kontrolle gestanden. Jetzt sehnte er sich nach seiner Wohnung. Und nun diese Störung, diese unliebsame Erinnerung an das Problem mit dem Bewerbungsverfahren der Kommission, dem Verdacht, es werde manipuliert und gefälscht. Instinktiv zog Mark den Kopf ein und hoffte, Cavalier würde von allein verschwinden. Am Taxistand blickte Mark dem letzten davonfahrenden Taxi nach. Vor ihm hatte sich schon eine Schlange gebildet. Er machte Anstalten, sich einzureihen.

»Kommen Sie, die Taxen sind sowieso alle weg. Mein Wagen steht gleich da vorne im Halteverbot!«

Mark rang sich zu einer Antwort durch. »Ich habe keine Zeit, ich will nach Hause!«

»Da erwartet Sie niemand, Ihre Freundin ist doch in Aachen.«

»Was fällt Ihnen eigentlich …«

»He, he, nicht, was Sie denken! Ich mußte doch irgendwie herauskriegen, wann Sie zurückkommen. Ich habe nur angerufen und nachgefragt, wann Ihr

Zug einläuft. Nun kommen Sie schon, ich fahre Sie heim.«

Mark hob seinen Koffer und folgte Cavalier zu dessen Wagen, der nur wenige Schritte neben dem Taxistand geparkt war. Nachdem sich der Journalist in den fließenden Verkehr eingeordnet hatte, sagte Mark: »Wir können es kurz machen. Sie sind mit Ihrer Theorie auf dem falschen Dampfer. Das Seminar war eine ganz normale Veranstaltung, vielleicht ein bißchen zu viel High-Tech-Aufwand, aber kein Anlaß zur Beunruhigung. Eben ein Rhetorikkurs: Niemand interessiert sich dafür, *was* man sagt, Hauptsache, man betont es schön und geht am Ende des Satzes mit der Stimme hinunter.«

Cavalier bog nach rechts ab und ordnete sich auf der Rue Royale ein.

»Was soll denn das? Wo fahren Sie hin? Ich will nach Hause!«

»Ein kurzer Abstecher zu einer Freundin von mir. Wird Ihnen gefallen.«

»Glauben Sie nicht, daß ich gegenüber Ihren Kollegen jetzt auspacke und die Kommission anschwärze. So läuft das nicht!«

»Ich sagte Freundin, nicht Kollegin. Die Frau, zu der wir fahren, ist nicht von der Presse. Sie ist Diplompsychologin. Wir kennen uns aus Rennes, haben beide dort studiert. Während Sie in England waren, habe ich meine eigenen Nachforschungen betrieben. Dadurch bin ich auf eine Idee gekommen: Sie berichten nur über den Kurs als solches, was man Sie gefragt hat, welche Übungen gemacht wurden und so weiter. Meine Freundin weiß bis jetzt nichts von meinem Verdacht. Ich habe ihr erzählt, daß ich an einer Reportage über Rhetorikseminare für Manager arbeite. Daß ich aufdecken will, daß diese Kurse nichts nützen und nur Geldmacherei sind. Dazu bräuchte ich ihre Hilfe, um meine Argumentation zu untermauern, daß die Veranstalter Scharlatane seien. Verstehen Sie? Wenn Sie ihr von dem Seminar erzählen, ohne den Veranstalter oder den Rahmen zu erwähnen, verraten Sie nichts. Aber dafür erhalten wir eine fachliche Einschätzung über das Seminar. Ich habe da so eine Idee.«

»Was haben Sie denn Brisantes herausgefunden, daß Sie jetzt mit Psychoanalyse kommen?«

»Später, mein Freund, später. Ich will Sie nicht beeinflussen. Zuerst sind Sie am Zug.«

Die beiden gingen durch ein dunkles, enges Treppenhaus in den zweiten Stock hinauf. Die Holzstufen knarrten unter den Schritten der beiden Männer. An der Wohnungstür erwartete sie eine mittelgroße, schlanke Frau in Jeans und Pullover, die Cavalier als Marianne Le Dain vorstellte. Der Journalist und die Frau gaben sich Küßchen auf die Wange, während Mark es vorzog, der Gastgeberin die Hand zu reichen. Mark glaubte, eine gewisse Vertrautheit zwischen Cavalier und der Frau auszumachen. Vielleicht waren die beiden früher einmal ein Paar gewesen? Die Psychologin geleitete ihre Gäste über einen vollgestellten Flur in ein helles, mit Topfpflanzen und kleinen Bäumen gefülltes Zimmer, dessen Wände mit Bücherregalen bedeckt waren. Der Raum hatte eine sehr hohe Decke, die mit sorgfältig restauriertem Stuck geschmückt war. Nachdem die drei auf einer Sitzgruppe Platz genommen hatten, die von einer riesig wirkenden Zimmerlinde überschattet wurde, ergriff der Journalist das Wort.

»Vielen Dank, daß du dir die Zeit nimmst, Marianne. Ohne eine fachliche Einschätzung komme ich einfach nicht weiter. Es wird ja so schon immer auf uns Journalisten rumgehackt, daß wir nur über Dinge schrieben, von denen wir keine Ahnung hätten.«

Mark sah die Französin an, die ihm gegenüber mit neugieriger Miene auf der Kante eines Leinensessels hockte. Gegenüber Psychologen fühlte er sich immer unangenehm befangen, er konnte sich von dem Gefühl nicht befreien, daß er durchschaut werde. Jede Reaktion konnte als unbewußte Äußerung eines Unbehagens oder einer Unsicherheit gedeutet werden. Der strenge Blick der Frau, die Mark hin und wieder kurz fixierte, ihn zu mustern schien, schüchterte ihn etwas ein. Mark fühlte sich an seine Schulzeit erinnert. Er hätte Le Dain wohl als Lehrerin eingeschätzt. Sie hatte etwas Inquisitives und Belehrendes in ihrem Blick. Das blasse Gesicht wurde von den dunklen, ausdrucksstarken Augen bestimmt, die dunklen Ränder darunter deuteten auf zu viele Arbeitsstunden hin. Ihr schwarzes Haar fiel schulterlang und glatt herab, sie war zurückhaltend geschminkt und trug keinen Schmuck außer einem kleinen silbernen Ring im rechten Ohr. In ihrer schlichten Kleidung wirkte sie jünger, als sie tatsächlich war. Mark fiel auf, daß sie einen wahrscheinlich selbstgestrickten Pullover trug. Er unterdrückte eine spöttische Bemerkung von strickenden Psychologiestudentinnen.

»Der junge Mann hier wird ein wenig über sein Rhetorikseminar berichten. Vielleicht kannst du mir dann eine Einschätzung geben, was fachlich von diesem Kurs zu halten ist. Ich meine, ob er sein Geld wert war, ob die Teilnehmer etwas gelernt haben, nach welchen Methoden vorgegangen wurde, vielleicht nach veralteten oder nicht anerkannten Verfahren. Mich interessiert praktisch alles, was ungewöhnlich oder bemerkenswert an diesem Seminar ist.«

»Nun gut, dann fangen Sie mal an. Erzählen Sie mir zunächst einfach, was man alles mit Ihnen veranstaltet hat. Ich stelle dann später noch konkrete Fragen.«

Mark begann mit den Vorstellungsstatements vor laufender Videokamera und berichtete dann über die rhetorischen Übungen, bei denen es darum ging, die Stellungnahme des Gegenüber zunächst zusammenzufassen, bevor man zur Antwort überging. Bei diesen einleitenden Schilderungen lächelte die Psychologin leicht gelangweilt, so als ob sie dies alles schon zum hundertsten Mal höre. Als Mark dann zu den Einzelsitzungen mit van de Watering überging und schilderte, wie ihm Elektroden angelegt wurden und der Blutdruck gemessen worden war, horchte die Frau auf. Sie ließ sich die technischen Apparaturen im Detail beschreiben und verfolgte Marks Schilderung des folgenden Interviews mit voller Konzentration.

Mark fuhr mit den vielen Sprechübungen und Vorträgen fort, berichtete über die Streitgespräche und Konfliktlösungsaufgaben, die in kleinen Gruppen durchgeführt wurden und stets auf Video aufgenommen worden waren. Als Mark auf die Angewohnheit des Akademieleiters zu sprechen kam, die Teilnehmer während der Vorträge zu unterbrechen und zu provozieren, wollte sie Einzelheiten über die Umstände und die Gesprächsinhalte wissen. Nachdem Mark auch die Abschlußsitzungen rekapituliert und seinen Eindruck zum besten gegeben hatte, daß der Akademieleiter allen Teilnehmern mehr oder weniger das gleiche mit auf den Weg gegeben hatte, erhob sich die Psychologin und ging hinüber zu einem der Regale. Sie zog ein Buch heraus und blätterte herum, nahm ein anderes Buch zur Hand und las einen Absatz. Nach wenigen Minuten kehrte sie zur Sitzgruppe zurück und blickte Cavalier einen Moment lang an.

»Und wer hat diese Veranstaltung als Rhetorikseminar verkauft?«

Cavalier wand sich unangenehm berührt in seinem Sessel. »Tut mir leid, ich kann dir nichts darüber sagen. Unser junger Freund hier arbeitet nur unter der Bedingung mit mir zusammen, daß ihm vollständige Anonymität zugesichert wird. Du kennst das ja, Quellenschutz und so. Außerdem ist die Story ganz heiß, da möchte ich jetzt keine Details auspacken. Aber soll deine Frage heißen, daß irgendwas mit dem Kurs nicht stimmt?«

»Allerdings! Jedenfalls ging es den Veranstaltern offenbar weniger darum, die rhetorischen Fähigkeiten der Teilnehmer zu verbessern, als vielmehr möglichst viel über sie herauszufinden.«

Mark erinnerte sich an die Begrüßungsrede van de Waterings. »Der Kursleiter hat am Anfang gesagt, je mehr er über uns wisse, desto besser sei er in der Lage, uns beizubringen, wie wir unser Sprechverhalten optimieren können.«

»Tut mir leid, aber damit kann man das Vorgehen, das Sie beschrieben haben, nicht befriedigend erklären. Der Zweck ist eindeutig ein anderer. Ist Ihnen nicht aufgefallen, daß man Sie da quasi an einen Polygraphen angeschlossen hat? Hat man Ihnen denn erzählt, was für Daten erhoben wurden, was für Schlüsse daraus zu ziehen seien?«

»Äh, nein, dazu ist es nicht gekommen. Wir waren auch immer so eingespannt, daß wir gar keine Zeit hatten, danach zu fragen.«

Cavalier horchte auf und schaltete sich in das Gespräch ein. »Moment, Marianne, was meinst du mit Polygraph, was ist das?«

»Ich meine einen Mehrphasenschreiber, der Blutdruck, Pulsfrequenz, Leitfähigkeit der Haut, Pupillenerweiterungen und so weiter aufzeichnet. Dies sind Parameter, die Aufschluß über den Zustand des vegetativen Nervensystems geben, Meßwerte, die sich der willentlichen Beeinflussung durch die Testperson entziehen. Wenn es bei mehreren dieser Werte auf bestimmte Fragen oder Reize spontane Veränderungen gibt – Ausschläge –, dann kann man Rückschlüsse ziehen, warum der Proband gerade dort so heftig reagiert. Ich glaube, ihr Presseleute nennt so ein Gerät Lügendetektor.«

»Lügendetektor! Du meinst, die haben alle Teilnehmer stundenlang Lügendetektortests unterzogen, ohne dies überhaupt offenzulegen?«

»Wenn du mich fragst, war das ganze Seminar nichts anderes als ein einziger Ausforschungstest. Der Lügendetektor bildet da nur eine Facette unter vielen. Fast alle Sitzungen sind auf Video aufgezeichnet worden, es wurden immer wieder Konfliktsituationen inszeniert, in denen die Teilnehmer Entscheidungen treffen mußten und ihnen Reaktionen abverlangt wurden, die zusammengenommen sehr viel über ihre Persönlichkeitsstruktur verraten. Man könnte sagen, es ging den Veranstaltern in erster Linie darum, die moralischen und ethischen Dispositionen der Probanden zu erkunden. Die Rhetorik diente eher als Vorwand.«

Cavalier war ganz Ohr.

»Moralische Dispositionen? Du meinst, wozu die Teilnehmer bereit wären oder nicht? Ob sie Skrupel haben, egoistisch sind, solche Sachen?«

»Genau, das könnte man sagen.«

Mark rutschte unbehaglich auf seinem Sessel hin und her.

»So habe ich es noch gar nicht betrachtet. Wir wurden dort auch unablässig beschäftigt. Für mich stand immer im Vordergrund, die nächste Aufgabe möglichst ohne größere Panne zu bewältigen.«

»Das scheint mir genau die Strategie der Veranstalter gewesen zu sein. Wenn man ein reines Rhetoriktraining gewollt hätte, wären derartig aufwendige Persönlichkeitserforschungen nicht nötig gewesen. Im Gegenteil, bei Ihrem Kurs ging die Diagnostik auf Kosten der Übungszeit für das Sprechen. Ich frage mich, was sich die Veranstalter von einer solch detaillierten Ausforschung der Teilnehmer versprochen haben. Kann es sein, daß es sich um eine Art verdeckten Einstellungstest handelt?« fragte die Psychologin.

Cavalier blickte vielsagend zu Mark herüber, bevor er antwortete.

»Tja, nichts ist unmöglich. Kann sein, daß es so ist. Tut mir leid, daß ich dir jetzt nicht mehr sagen kann. Ich schicke dir ein Exemplar, sobald die Story raus ist. Aber das kann noch etwas dauern. – Jedenfalls hast du uns sehr geholfen. Wir wollen dich nicht länger aufhalten.«

Während Cavalier Anstalten machte aufzustehen, blieb Mark wie unter Schock regungslos sitzen. Er sah plötzlich das Seminar mit ganz anderen Augen. War er in England immer darauf bedacht gewesen, bei den Übungen eine möglichst gute Figur zu machen, so überlegte er nun, was er alles unbewußt von sich preisgegeben hatte, als er vor den Videokameras agierte oder an den Polygraphen angeschlossen war. Die Fragen, bei denen oft auch ethische Grundeinstellungen eine Rolle spielten, sah er jetzt in einem ganz anderen

Licht. Die Anspielung auf das Bestechungsgeld war natürlich keine spontane Plauderei gewesen, sondern ein bewußt eingesetzter Test. Wie hatte er nur so naiv sein können, die wahre Funktion des Seminars, die für die Psychologin so offensichtlich war, völlig zu übersehen?

»Kommen Sie, wir haben noch etwas vor. Oder wollen Sie hier den ganzen Tag sitzen bleiben?«

Mark schreckte aus seinen Gedanken hoch und rappelte sich aus dem tiefen Sessel auf. Während Cavalier noch Küßchen mit der Psychologin austauschte, murmelte er ein dumpfes »Au revoir« und ging mit zögernden Schritten Richtung Wohnungstür.

Cavalier steuerte den Wagen die Rue de la Loi entlang stadtauswärts. Einen Moment lang glaubte Mark, der Journalist wolle zum Gebäude der Kommission. Doch er fuhr, ohne das unscheinbare Bürogebäude eines Blickes zu würdigen, weiter durch den dichten Verkehr, überquerte den Rond Point Schuman und bog auf die Avenue d'Auderghem ein. Auf der Autobahn beschleunigte er den Peugeot dröhnend über die zulässige Höchstgeschwindigkeit von hundertzwanzig Stundenkilometern hinaus. Mark sah Cavalier fragend an.

»Ein kurzer Ausflug, um klarer zu sehen. Ich glaube, Sie könnten etwas frische Luft vertragen. Anschließend fahre ich Sie nach Hause.«

Mark war nach dem Schockerlebnis bei der Psychologin immer noch nicht richtig zu sich gekommen. Bisher hatte er den Journalisten für einen Fanatiker gehalten, dem es nur um seine Story ging, den die Wahrheit dabei weniger interessierte als die erhoffte Auflage seiner Zeitung. Doch jetzt war er plötzlich verunsichert.

Er wußte nicht, welche Schlüsse aus der Tatsache zu ziehen waren, daß die Veranstalter des Seminars im Dartmoor offenbar mit Hintergedanken am Werk gewesen waren. Ihm war es recht, daß Cavalier anscheinend nicht vorhatte, sich sofort von ihm zu verabschieden. Der Franzose verließ schon nach wenigen Minuten die Autobahn und fuhr nun über eine Landstraße Richtung Süden.

»Wo wollen Sie denn hin?«

»Es dauert nicht mehr lange, wir sind gleich da!«

Mark blickte nach draußen auf die vorüberfliegende Landschaft. Leicht hügeliges Ackerland wechselte sich mit kleineren Waldstücken und Viehweiden ab. Am Straßenrand erschien eine Hinweistafel mit der Aufschrift ›Belle-Alliance‹.

»Na, sagt Ihnen der Name was?«

Mark blickte den Franzosen verständnislos an. Nach wenigen Minuten erschien eine weitere Tafel, auf der ›Butte du Lion‹ geschrieben war. Cavalier bog nach rechts ab und fuhr eine kurvige Landstraße entlang. Hinter blattlosen Bäumen konnte Mark eine Art grüner Erdpyramide von vielleicht fünfzig Meter Höhe ausmachen, auf der ein Löwendenkmal stand. Der Journalist brachte den Wagen wenig später vor einem runden, weißen Gebäude ruckartig zum Stehen. Er deutete auf den Schriftzug oberhalb des Eingangs.

»Ich dachte, ihr Deutschen nennt diesen Ort nach dem Hauptquartier von Blücher ›Belle-Alliance‹. Wir sind einen kleinen Umweg gefahren, dadurch kamen wir an Belle-Alliance vorbei und nicht an dem Dorf, nach dem Wellington diese Felder benannte.«

»Blücher, Wellington – Cavalier, haben Sie Fieber oder was?«

Wieder deutete der Franzose grinsend nach draußen. Mark blickte irritiert durch die Windschutzscheibe des Peugeot und las zu seinem Erstaunen die Schrift, auf die Cavalier ihn hatte hinweisen wollen: ›BATAILLE DU WATERLOO‹ stand dort in großen Blockbuchstaben über der Tür. Die beiden befanden sich vor dem Gebäude, welches das Panoramagemälde der Schlacht enthielt, in der Napoléon 1815 nach jahrelanger Herrschaft über ganz Europa endgültig von den vereinigten Streitkräften der Engländer, Niederländer, Hannoveraner und Preußen besiegt worden war. Der riesige grüne Hügel mußte demnach jenes Denkmal sein, das die Verbündeten nach ihrem Sieg hatten errichten lassen, der ›Butte du Lion‹. Mark war nicht bewußt gewesen, daß sich die Schlachtfelder von Waterloo so nahe bei der belgischen Hauptstadt befanden.

»Kommen Sie, wir wollen ein wenig frische Luft schnappen. Wird Ihnen guttun!«

Cavalier ging voran zum Eingang des Butte de Lion und kaufte zwei Karten. Die alte Frau im Kartenhäuschen sagte mürrisch: »Wir schließen in einer Stunde. Wenn Sie nicht rechtzeitig runterkommen, machen wir einfach dicht!«

Die weiße Steintreppe führte gerade nach oben. Um diese Jahreszeit war das Denkmal verlassen. Mark versuchte sich die Touristenströme auszumalen, die während der Reisezeit hier einfielen und den Aufstieg die Treppe hinauf antraten. Nachdem sie ein Stück schweigend die Stufen hochgestiegen waren, erinnerte sich Mark an Cavaliers Andeutung, daß er etwas herausgefunden habe.

»Sie wollten mir erzählen, was Sie recherchiert haben.«

Cavalier schnaufte unter der Anstrengung des Treppensteigens.

»Vorher sollten wir kurz zusammenfassen, wie wir das Seminar bewerten, von dem Sie heute zurückgekommen sind. Gehe ich recht in der Annahme, daß sich Ihre Einschätzung über diese Veranstaltung während der letzten Stunde grundlegend geändert hat?«

»Kommen Sie, ich bin ziemlich geschockt über das, was Ihre Diplompsychologin erzählt hat. Ich will gar nicht bestreiten, daß sie mit ihrer Analyse recht hat. Aber jetzt sind Sie dran, die Karten offenzulegen! Was haben Sie herausgefunden, daß sie dieses Gespräch mit der Psycho-Tante schon arrangiert hatten, bevor Sie überhaupt wußten, was ich erlebt hatte?«

»Heißt das, daß wir uns einig darüber sind, daß man Sie in diesem Castle nach Strich und Faden ausgeforscht hat? Daß diese ganze Veranstaltung nur dem Zweck diente, die Teilnehmer darauf zu testen, ob sie bestechlich sind, ob sie für Geld über Leichen gehen, ob sie sich von ethischen Grundsätzen nicht irritieren lassen, wenn es um Macht und Erfolg geht?«

»Mag sein, daß es so war, aber wieso waren Sie sich Ihrer Sache so sicher?«

»Tja, ich war auch nicht untätig, während Sie das Dartmoor unsicher gemacht haben. Dachte mir, da diese *European Management Consulting* ja privat organisiert ist, daß ich hinter die Finanzierung dieses Ladens kommen muß, um zu verstehen, wer dahintersteckt. Also habe ich ein paar Erkundigungen eingezogen. Wissen Sie, ich habe Freunde bei der Polizei, eine Hand wäscht die andere, Sie verstehen. Na ja, echte Beweise konnten die mir auch nicht liefern, aber Ihre feine *European Management Consulting Ltd.* wird schon seit einiger Zeit von der Geldwäsche-Sonderkommission des *Scotland Yard* observiert. *Money Laundering Task Force*. Man kann ihnen bisher nichts anhängen, aber es gibt Anhaltspunkte dafür, daß deren Geld vornehmlich aus dunklen Quellen kommt. Wahrscheinlich organisierte Kriminalität. Profite aus dem Drogenhandel, Subventionsbetrug, Waffengeschäft, dem unerlaubten Glücksspiel. Die Aufzählung ließe sich fortsetzen. Man kann nichts beweisen, aber wer sonst hätte einen Grund, die Herkunft seiner Gelder zu verschleiern?«

»Ich denke, die finanzieren sich über ihre Kursgebühren?«

»Höchstens teilweise, die Einnahmen stehen in keinem Verhältnis zu den Ausgaben. Haben Sie mal überschlagen, was diese ganze Apparatepsychologie so kosten muß? Tatsächlich decken die Teilnehmergebühren gerade mal die Kosten der Anreise, die Sie ja nicht selbst tragen mußten, oder?«

»Stimmt, aber was heißt hier Geldwäsche? Wenn das zutrifft, müßte man die Firma doch mit der neuen Geldwäschegesetzgebung nageln können.«

»Ich dachte, Sie hätten Jura studiert? Na ja, ich habe mich schlau gemacht. Man sagt mir, daß die Geldwäschegesetze nur an Bargeld anknüpfen. Wenn Schwarzgeld von ausländischen Konten auf ein europäisches Bankkonto überwiesen wird, greifen die ganzen Vorkehrungen nicht ein. Aber das ist noch nicht alles. Ich war auch in London, bin dort ins *Companies House* gegangen. Bei euch in Deutschland heißt das, glaube ich, Handelsregister. Habe mir die Registerauszüge angesehen. Ihre feine *European Management Consulting Limited* ist eine *shell-company*, nichts als eine leere Hülle. Vor drei Jahren war das noch eine praktisch zahlungsunfähige Beratungsgesellschaft für Finanzdienstleistungen. *Anlagemanagement und Vermögensberatung*. Sie kennen diese Masche. Man macht auf Börsenmakler, Finanzexperte – *Wall Street* –, und die Zahnärzte und Orthopäden werfen Sie mit Geld zu. Die Gesellschaft hatte sich bei dem Börsenkrach 1987 verspekuliert und dümpelte seitdem vor sich hin. Bis vor drei Jahren eine Firma mit Sitz auf den Bahamas, eine *European Investments Ltd.*, alle Anteile kaufte, die Schulden bei Investoren und Banken beglich und das Management komplett auswechselte. Als Geschäftsführer ist keine Person, sondern eine andere Gesellschaft namens *Euro Holdings SA* mit Sitz in Panama eingetragen! Tja, der Registerauszug liest sich wie ein Fortsetzungsroman. Kaum war der Verkauf der Geschäftsanteile eingetragen, wurde die Satzung geändert. Der Gesellschaftszweck ist jetzt die Beratung europäischer Unternehmen und Institutionen auf dem Gebiet des Management und angrenzender Bereiche. Allgemeiner geht es kaum noch. Der Name wurde geändert in *European Management Consulting*. Da hat jemand eine Gesellschaft praktisch aus dem Nichts geschaffen, hat eine leere Hülle genommen und über verschlungene Pfade durch überseeische Kanäle die Kontrolle erlangt. Niemand weiß, wer dahintersteckt, die Gesellschaft veröffentlicht keine Berichte oder Bilanzen. Es ist mir nicht gelungen, den Namen einer einzigen richtigen Person mit der Firma zu verbinden, überall Holding-Gesellschaften, Anwaltskanzleien, Trustees, niemand kann Auskunft geben, niemand ist zuständig. Für eine Firma, die praktisch ausschließlich defizitäre Aufträge von den EU-Behörden erhält, ist das äußerst ungewöhnlich. Es gibt einen Beirat, in dem Beamte der Kommission und des Europa-College sitzen. Aber die haben überhaupt keine Befugnisse, sie schlagen die Teilnehmer zu den Seminaren vor, haben aber weder Einblick in die Interna noch irgendwelche Stimmrechte. Wenn Sie mich fragen, ist diese *European Management* eine Tarnfirma, mit der ganz andere Ziele verfolgt werden.«

Als die beiden Männer die Spitze des Denkmalsberges erreicht hatten, mußte Cavalier verschnaufen, bevor er weiterreden konnte. Oben auf dem Butte du Lion herrschte ein scharfer Wind. Mark hatte für die Bahnfahrt nur eine dünne Windjacke angezogen, die gegen den kalten Wind wenig Schutz bot. Doch auch Cavalier hatte den Kragen seiner Lederjacke hochgeschlagen und schien zu schlottern. Man hatte einen weiten Blick über die Felder und Weiden der Umgebung. Mark erschien es unvorstellbar, daß dort unten die Entscheidungsschlacht zwischen Napoléons Armeen und den Streitkräften der verbündeten Engländer und Deutschen getobt haben sollte.

Cavalier hatte sich wieder erholt. »Schließlich habe ich eine Auskunftei bemüht, Sie wissen schon, so eine Firma, die Informationen über die Bonität und Zahlungsfähigkeit von Unternehmen verkauft. In dem Bericht standen nur die nichtssagenden Angaben, die ich schon aus dem *Companies House* kannte. Aber die Einstufung der Kreditwürdigkeit war interessant: dreimal A! Bedeutet beste Bonität. Und das von einer Firma, die vor drei Jahren technisch bankrott war und seitdem keine nennenswerten Umsätze mehr gemacht zu haben schien. Wenn Sie mich fragen, das riecht förmlich nach Geldwäsche.«

Der Journalist machte eine Pause und starrte in die Ferne. Langsam begann die Dämmerung einzusetzen. Es wurde Zeit, mit dem Abstieg zu beginnen, schon weil die Treppenstufen im Dunkeln schlecht zu sehen sein würden. Cavalier ging einige Schritte von der Treppe weg und deutete nach Osten.

»Von dort drüben kamen die Preußen unter Gneisenau. Ohne sie hätten die Engländer keine Chance gehabt. Erst die Verfolgung des fliehenden französischen Heeres durch die preußische Armee hat die Niederlage Napoléons besiegelt. Wenn Sie mich fragen, erhält dieser Wellington völlig unberechtigterweise den Ruhm für diesen Sieg. – Aber egal, was ich Ihnen sagen wollte, ist folgendes: *Es findet heute eine neue Schlacht um Europa statt.* Aber das Schlachtfeld sind nicht diese Felder hier«, Cavalier machte eine ausgreifende Armbewegung, »sondern die Bürokorridore der Euro-Behörden in Brüssel. Und die Staaten bekämpfen sich diesmal nicht gegenseitig. Diesmal kommt der Angriff aus einer anderen Richtung. Organisierte Kriminalität. Die Mafia setzt zum großen Sprung an. Wenn wir nicht aufpassen, dann hat der Mob bald nicht nur Süditalien und Marseille, sondern ganz Europa im Griff. *Europol* ist gegründet worden. Schön. Eine Offensive gegen das Verbrechen auf Europaebene. Das läßt sich gut verkaufen. Aber was wir entdeckt haben, kann nicht nur die Vergeblichkeit dieser Bemühungen bedeuten, sondern viel schlimmer: Die Mafia infiltriert gezielt die neuen Behörden der Europäischen Union! Erinnern Sie sich, was ich Ihnen vor vierzehn Tagen gesagt habe? Auffällige Manipulationen der Testergebnisse gab es nur bei Bewerbern, die an den bewußten Rhetorikseminaren teilgenommen hatten. Entweder zum Positiven oder zum Negativen. Über die Einstellungstest werden diejenigen Bewerber eingeschleust, die sich während der sogenannten Rhetorikseminare als manipulierbar, skrupellos und bestechlich erwiesen haben. Dagegen werden solche Leute aussortiert, die ethische Grundsätze haben und sich nicht kaufen lassen würden.«

Der Journalist suchte hinter dem Sockel des Denkmals Schutz, um sich eine Zigarette anzuzünden.

»Im Falle Ihres Freundes Roberto war keine Überprüfung nötig, denn dessen Anti-Mafia-Haltung war wegen seines Vaters ja allgemein bekannt. Wenn wir nichts unternehmen, sind bald fünfzig Prozent der Stellen bei *Europol* mit Leuten besetzt, die vor nichts zurückschrecken. Bei der Europäischen Zentralbank wird es genauso gehen. Man stelle sich die Bekämpfung der Geldwäsche durch eine Zentralbank vor, die von Mafiosi kontrolliert ist! Statt mit Hilfe von *Europol* die internationalen Verbrecherorganisationen zu bekämpfen, würde genau das Gegenteil bewirkt, die Mafiosi wären der Polizei immer einen Schritt voraus, hätten Zugang zu allen Geheiminformationen über verdeckte Ermittlungen, über Fahndungsstrategien, über geplante Verhaftungen. Sie könnten schalten und walten, wie sie wollten. Ab und zu läßt man einen Drogentransport auffliegen, hier und da wird eine Spielhölle geschlossen, aber in Wirklichkeit laufen die Geschäfte ungestört. Die Politiker werden mit einem Netz aus Bestechung und Erpressung umsponnen, bis sie manipulierbar sind oder resignieren. Die wenigen integren Beamten in den EU-Behörden werden mit *Mobbing* zur Verzweiflung gebracht oder kaltgestellt. Sicherlich sitzen auch in der Kommission schon Gewährsleute des organisierten Verbrechens. Wenn Sie mich fragen, läuft das auf eine Art krimineller Machtübernahme hinaus. Das erreicht fast politische Dimensionen, alles mit machiavellistischer Kaltblütigkeit eingefädelt und seit Jahren geplant.«

Bei der Nennung des italienischen Philosophen durchzuckte es Mark.

»Mein Gott, Maubeuge! Mein Abteilungsleiter! Ich habe bei ihm im Büro ein Buch von Machiavelli gesehen. Mit lauter Unterstreichungen darin. ›Wer politisch handelt, muß auch Böses tun‹ und so weiter! Jetzt verstehe ich, was der mit Praxisbezug meint!«

»Das paßt ins Bild. Ich hoffe, der Mann weiß nichts von der Entdeckung der Manipulationen bei den Einstellungstests?«

»Nein, keine Angst. Irgendwie war Maubeuge mir immer schon suspekt, hat seltsame Fragen gestellt, mich merkwürdig angeguckt.«

»Ich sage ja: Da sitzen schon kriminelle Elemente in den Behörden, die heimlich die Fäden ziehen. Sonst wäre das alles gar nicht möglich!«

Nach der Nennung von Machiavelli hatte Mark plötzlich das Gefühl gehabt, Cavaliers Theorie sei wirklich begründet. Doch nun beschlich ihn erneut der Verdacht, daß der Franzose vielleicht doch unrecht hatte.

Gerade wollte Mark seine Zweifel ausdrücken, als der Journalist ihm zuvorkam: »Da ist noch etwas.« Cavalier sah Mark direkt an. »Erinnern Sie sich daran, daß ich einen Hacker erwähnt hatte, der mir Zugang zu den Bewerbungsdaten verschafft hat?«

»Ja, und?«

Cavalier reichte Mark einen kleinen Zeitungsausschnitt. Mark mußte achtgeben, daß ihm der Schnipsel nicht aus der Hand geweht wurde. Er las:

STUDENT STÜRZT SICH IN DEN TOD

BRÜSSEL, 4. November (AFP). Ein Student der Universität von Brüssel hat in der Nacht von Dienstag auf Mittwoch Selbstmord verübt. Der sechsundzwanzigjährige Informatikstudent Eddy de Groof war am frühen Morgen von einem Zeitungsausträger mit gebrochenem Genick auf dem Rasen vor seiner Wohnanlage in der Mechelsestraat aufgefunden worden. Laut Auskunft der Polizei starb der junge Mann durch einen Sprung aus dem Fenster seines im 12. Stock gelegenen Apartments. Anhaltspunkte für Fremdein-

wirkung gebe es nicht. Unmittelbare Zeugen des Geschehens konnten nicht ermittelt werden. Nachbarn beschrieben den jungen Mann allerdings als labil. Bei dem Selbstmörder ist ein Abschiedsbrief gefunden worden, in dem finanzielle Gründe und eine verfahrene Studiensituation als Motiv genannt werden. Der Sprecher des Allgemeinen Studentenausschusses der Universität von Brüssel äußerte sich besorgt über die soziale Situation vieler Studenten. In den heutigen Massenuniversitäten kämen viele Studierende unter die Räder. Dieses Unglück sei nur ein extremer Fall unter vielen. Der Staat müsse sich seiner Verantwortung stellen und Gelder für die psychosoziale Betreuung der Studenten bewilligen. Die Studienbeihilfen dürften nicht länger als Darlehen gewährt werden, weil dies zu einer hoffnungslosen Verschuldung der Studenten führe.

»Niemals hat der sich umgebracht. Ich hatte ihm gerade dreitausend Francs gegeben. Von dem Geld hat niemand etwas erwähnt. Er hatte von seinem Computer aus die Datenbank der Kommission angezapft. Ich fürchte, die Mafia hat die Spur zurückverfolgt.«

»Sind Sie zur Polizei gegangen?«

»Wieso Polizei? Die erfahren alles rechtzeitig aus dem *InfoMatin*! Außerdem mache ich mir Sorgen wegen meiner Glosse zu den Einstellungstests. Vielleicht hat die Mafia genauer Zeitung gelesen, als mir lieb ist. Mein Name stand ja groß drüber.«

»Aber wenn die Verbrecher alles aus der Zeitung erfahren, sind sie gewarnt und können alles vertuschen und verdunkeln. Schlimmer noch: Es könnte ihnen gelingen, durch Intrigen und Einschüchterungen eine objektive Untersuchung zu verhindern! Dann haben wir nicht viel erreicht!«

»Für mich ist wichtig, daß ich die Geschichte exklusiv bringe. Wenn wir die Behörden informieren, wissen gleich die Agenturen Bescheid, und keiner rechnet mir das Verdienst an, das Ganze aufgedeckt zu haben.«

»Und wenn wir die Behörden so spät informieren, daß am nächsten Tag der *InfoMatin* als einzige Zeitung den Aufmacher bringen kann? Zusätzlich könnten wir innerhalb der Kommission die richtigen Leute ansprechen, dann kann die Polizei zuschlagen, ohne Aufsehen zu erregen. Dieser Maubeuge darf jedenfalls nicht entkommen! Ich finde es unfaßbar, daß es überhaupt so weit hat kommen können.«

»Demnach sind wir uns einig, daß wir sofort handeln müssen? Sie stimmen mir zu, daß mittels dieser Seminare die potentiellen Interessenten für Stellen in den EU-Behörden durchleuchtet werden, damit die korrumpierbaren Bewerber bei den Einstellungstests eingestellt und die integren Kandidaten abgewiesen werden? Daß die Manipulationen der Einstellungstests, die Sie durch Zufall entdeckt haben, Teil eines raffinierten Plans sind, die Kontrolle über die EU-Behörden zu erlangen? Daß die Mafia kurz davor ist, alle Anstrengungen der Verbrechensbekämpfung zunichte zu machen und quasi zur Machtübernahme auf Europaebene ansetzt?«

»Den Beweis, daß hinter allem wirklich die Mafia steckt, haben Sie bisher nicht geführt. Aber ich stimme Ihnen zu, daß wir aktiv werden müssen. Ich gebe zu, mit so etwas habe ich nicht gerechnet. Sie hatten wohl tatsächlich den richtigen Riecher.«

»Schon gut, das unterscheidet den Profi vom Amateur. Also, wie gehen wir jetzt vor?«

»Ich kenne den Generaldirektor des GD III der Kommission persönlich. Professor Woodworth, habe schon in Brügge bei ihm studiert. Wenn wir zuerst ihm

Bescheid geben, könnte er diskret alle Vorbereitungen treffen, damit Maubeuge und andere Kriminelle in der Kommission verhaftet werden, bevor etwas durchsickert oder Ihre Story erscheint.«

»Hat dieser Woodworth Sie nicht zu dem Seminar vorgeschlagen?«

»Na und, was wollen Sie damit sagen?«

»Ist doch offensichtlich: Vielleicht steckt er mit denen unter einer Decke!«

»Niemals, der Mann ist nicht käuflich, der ist ein Idealist. Das ist völlig ausgeschlossen. Sie kennen ihn nicht, sonst würden Sie nie auf diese Idee kommen.«

»Schon gut, aber würde dieser Professor Ihnen glauben?«

»Wir haben ein gutes Verhältnis. Wenn ich ihm die Fakten präsentiere, wird er am ehesten wissen, was zu tun ist! Mein Gott, ich darf gar nicht darüber nachdenken. Das alles ist nur durch Zufall ans Licht gekommen! Wir müssen schnell handeln!«

Am Fuß der Treppe fuchtelte die Kartenverkäuferin mit den Armen. Cavalier machte Mark auf die von oben winzig wirkende Gestalt aufmerksam.

»Kommen Sie, wir müssen runter, sonst macht die Alte ernst und sperrt uns ein.«

Mark warf einen letzten Blick auf die Felder von Waterloo. Ihm fiel plötzlich auf, daß diese Stätte für Cavalier ja eigentlich ein Ort der Niederlage sein mußte, denn die französischen Truppen waren vernichtend geschlagen worden. Überhaupt verband man mit dem Namen Waterloo immer die Niederlage, nicht aber den Sieg für die Befreiung Europas. Was mochte den Journalisten bewogen haben, ihm hier seine Recherchen über die Mafia-Verschwörung in der EU zu offenbaren?

Die beiden Männer machten sich eilig an den Abstieg die lange Treppe hinunter. Nachdem sie die zeternde Frau am Ausgang hinter sich gelassen hatten, sprachen sie erst wieder im Wagen des Franzosen miteinander.

»Ich würde sagen, ich nehme morgen früh die erste Maschine nach Paris. Für so einen Knüller ist es besser, selbst vor Ort in der Redaktion zu sein. Ich bereite morgen alles vor, damit die Geschichte übermorgen auf der Titelseite herauskommt. Sie gehen morgen abend zu Ihrem Professor und erzählen ihm alles. Aber nicht früher! So bleibt ihm genug Zeit, um alles zu veranlassen, ohne daß mir eine andere Zeitung den Aufmacher vorwegnimmt.«

Cavalier hatte die Autobahn erreicht. Inzwischen war es draußen fast ganz dunkel geworden. Um diese Zeit fuhren nur wenige Autos stadteinwärts, so daß sie gut vorankamen. Der Wagen flog über die in grelles Licht getauchte Fahrbahn. Mark wunderte sich einmal mehr über die aufwendige Beleuchtung der belgischen Autobahnen, die landesweit in strahlendes Licht getaucht wurden, als gebe es keine Diskussionen um Energieeinsparung und Ressourcenknappheit.

Nach zwanzig Minuten setzte der Journalist Mark in der Rue de Locht ab. Beim Abschied hielt er den Deutschen am Arm fest.

»Geben Sie mir Ihre Telefonnummer im Büro, falls ich Sie erreichen will.«

Mark notierte seine Nummer auf einem Zettel, den der Journalist ihm gereicht hatte. Er zögerte einen Moment, dann setzte er noch eine Zeile hinzu.

»Meine *E-Mail*-Adresse. Wenn Sie wollen, können Sie elektronische Post an meine Mailbox senden; geht schneller und kostet weniger!«

Cavalier nickte abwesend.

»Danke. Und seien Sie vorsichtig. Kein Wort zu irgend jemandem, bevor die Story raus ist. *D'accord?* Und keine Angst, ich halte Ihren Namen heraus.«

4. Kapitel

Der Große Louvre

Die Europäische Gemeinschaft ist nicht ein Zweck an sich. Sie ist kein institutionelles Spielzeug, das ständig nach den Diktaten abstrakter Theorien modifiziert werden kann. Wir Europäer können es uns nicht leisten, unsere Energien mit inneren Streitereien oder geheimnistuerischen institutionellen Debatten zu verschwenden. Wir brauchen keinen europäischen Superstaat, der von Brüssel aus eine neue Dominanz über Europa ausübt.

Margaret Thatcher, Rede anläßlich der Eröffnung des Studienjahres am Europa-College, Brügge, 20. September 1988

Am nächsten Morgen erwachte Mark mit Kopfschmerzen. Er hatte zuerst stundenlang wach gelegen und war dann in einen unruhigen Schlaf gesunken. Gestern abend hatte er noch mit Christin telefoniert, die enttäuscht gewesen war, daß er seinen angekündigten Besuch in Aachen um ein paar Tage aufschieben wollte. Er mochte Christin nicht beunruhigen und erwähnte deshalb die Vereinbarung mit Cavalier nicht. Seine Freundin war ungehalten gewesen. Es hatte ihn einige Mühe gekostet, sie über die Enttäuschung hinwegzutrösten. Beim Frühstück dachte er darüber nach, wie er auf Woodworth zugehen wollte, um ihn über die Entdeckung der Verschwörung zu informieren. Ihm wurde schnell klar, daß er nicht bis zum Abend damit warten konnte, den Generaldirektor über die kommende Veröffentlichung und die notwendigen Maßnahmen in der Kommission aufzuklären. Er nahm sich vor, gleich am Vormittag zu seinem Mentor zu gehen.

Bis zur Alarmierung der Polizei konnte man ja noch warten, und so blieb auch mehr Zeit zur Vorbereitung der Verhaftungen. Nach dem Frühstück fuhr Mark zum Gebäude der GD III in der Rue de la Loi. Erst als er bereits im Vorzimmer des Generaldirektors stand, fiel ihm Woodworths abweisende Sekretärin ein.

»Professor Woodworth hat keine Zeit heute, Mr. Kemper. Besprechungen, Sie verstehen. Termine. Und morgen ist der Chef in Paris. Ich kann Sie für übermorgen eintragen!«

»Es ist dringend, bitte, ich muß Professor Woodworth unbedingt sofort sprechen!«

»Tut mir leid, ich habe ausdrückliche Anweisung, niemanden vorzulassen.«

Die Sekretärin wandte sich ab, um ihre Arbeit am Bildschirm fortzusetzen. Mark war versucht, einfach an ihr vorbeizustürmen und die Tür von Woodworths Büro aufzureißen. Aber ein solcher Auftritt würde seine Position bei dem ohnehin schwierigen Gespräch mit dem Engländer eher noch verschlechtern. Gestern, zusammen mit Cavalier, hatte er keine Zweifel daran gehabt, daß Woodworth ihm glauben und sofort alle erdenklichen Maßnahmen ergreifen würde. Doch jetzt, vor der Tür des hohen EU-Beamten, fragte er sich auf einmal, wie dieser überhaupt reagieren konnte auf einen Bericht, der die Kommission mit der Mafia in Zusammenhang brachte, der den Rhetorikkurs, in dessen ahnungslosem Beirat der Professor saß, als Ausforschungsinstrument enttarnte. Aber für derartige Bedenken war es jetzt zu spät. Es war mit Sicherheit etwas faul in den EU-Behörden. Besser, wenn dies jetzt ans Licht kam als später, wenn vielleicht irreparabler Schaden angerichtet war. Mark nahm einen Notizzettel und einen Kugelschreiber vom Schreibtisch der Sekretärin und kritzelte zwei Zeilen auf das Papier. Nachdem er seine Unterschrift daruntergesetzt hatte, reichte er das Blatt der Sekretärin.

»Hier, geben Sie dies Woodworth! Ich sage Ihnen, es kostet Sie Ihren Job, wenn Sie ihm diese Information vorenthalten!«

Die Sekretärin blickte genervt auf den Zettel und wollte sich schon wieder abwenden, als sie die Bedeutung des Textes zu erfassen schien. Sie erhob sich und ging zur Tür von Woodworths Büro.

»Sie warten hier.«

Sekunden später stand Woodworth selbst in der Tür.

»Kommen Sie, Mark, herein mit Ihnen!«

Als Mark in das Büro des Generaldirektors trat, würdigte ihn die Sekretärin keines Blickes. Sie verließ den Raum und schloß die Tür hinter sich. Der Engländer trug einen seiner Tweed-Anzüge und eine konservative blau-rote Krawatte. Er strahlte die ruhige Eleganz aus, die seinem Auftreten stets eine Sicherheit verlieh, wie sie andere nie erreichen konnten. Auch jetzt schien er weder verunsichert noch beunruhigt. Nur in seinen Augen meinte Mark eine Spur von Dringlichkeit, vielleicht von Streß, erkennen zu können.

»Sir, bitte, entschuldigen Sie die Störung, aber ich habe ein Anliegen von äußerster Wichtigkeit.«

Woodworth hielt den kleinen Zettel in der Hand, den die Sekretärin ihm gebracht hatte. Sein Büro war unaufgeräumt und mit Aktenstapeln gefüllt wie immer. Das trübe Brüsseler Wetter hatte den Professor dazu veranlaßt, bereits am Morgen die Schreibtischlampe einzuschalten. Der klassische, breite Schirm der niedrigen, schwarzen Tischlampe strahlte ein grelles Licht aus. Als Mark sich auf eine Geste seines Mentors hin auf dem Stuhl vor dem Schreibtisch niederließ, blendete ihn der leicht schräg gestellte Schirm der Leuchte. Nachdem Woodworth sich gesetzt hatte, bemerkte er Marks Unbehagen und verstellte den Schirm.

»Mark, Sie schreiben hier, morgen früh erscheine im *InfoMatin* ein Artikel, der Beweise enthalte, daß die Mafia die Kommission unterwandert habe. Ich meine, das ist starker Tobak. Hoffentlich sind Sie mit dieser Idee noch nicht hausieren gegangen?«

»Es ist nicht meine Idee, Sir. Außer Ihnen weiß es nur Ihre Sekretärin; sie wollte mich nicht vorlassen.«

Mark berichtete über die Geschehnisse der vergangenen Wochen, die in dem gestrigen Gespräch mit dem Journalisten gegipfelt hatten. Er begann mit seiner eigenen Entdeckung, von der er Woodworth bereits berichtet hatte, erwähnte, wie Cavalier mit Hilfe des Hackers einen Zusammenhang zwischen den Manipulationen der Einstellungstests und den Teilnehmern an den Rhetorikseminaren hergestellt hatte. Da Mark nicht wußte, daß Cavalier das *Password* gestohlen hatte, stellte er den Sachverhalt so dar, wie er ihn von dem Franzosen berichtet bekommen hatte: Dem Hacker sei es gelungen, die Schutzsysteme des Computersystems zu umgehen. Mark fuhr fort, indem er seine Erlebnisse im *Castle Drogo* schilderte, wobei er die verschiedenen Tests dort zunächst nicht bewertete. Erst beim Bericht über das Zusammentreffen mit der Psychologin enthüllte er die Theorie, man habe alle Teilnehmer im Dartmoor versteckten Lügendetektortests unterzogen, um sie im Hinblick auf eine Einstellung bei der EU auszuforschen.

»*My goodness*, daß kann nicht wahr sein! Ich sitze doch selbst im Beirat dieser Gesellschaft!«

»Ja, aber welche Funktion hat dieser Beirat? Sie

machen Vorschläge für den Teilnehmerkreis der Seminare. Was die Inhalte der Kurse angeht oder die Hintergründe der Gesellschaft, da beläßt man Sie wohl im dunkeln.«

»Gut, die Beiratssitzungen finden hier in Brüssel statt, aber man hat mir versichert, daß die *European Management Consulting* völlig professionell arbeitet!«

»Ich bin noch nicht fertig, dieses Seminar ist nur ein Verdachtsmoment unter vielen.«

Mark schilderte nun Cavaliers Recherchen über den Hintergrund der Firma. Er berichtete über die Ermittlungen der *Money Laundering Task Force* von *Scotland Yard*, von den dubiosen Eintragungen im Handelsregister in London und der unerklärlichen Finanzierung der Gesellschaft. Mit einem Zittern in der Stimme erzählte er von dem ›Selbstmord‹ des Hackers und erwähnte Cavaliers Überzeugung, daß jemand die Verbindung vom Computer zum Telefonanschluß des Studenten zurückverfolgt habe, um den unliebsamen Mitwisser ein für allemal aus der Welt zu schaffen. Schließlich kam er auf Maubeuge zu sprechen und erzählte, wie er zufällig dessen Machiavelli-Lektüre entdeckt hatte.

Woodworth war aufgestanden und an eines der Fenster seines Büros getreten.

»Das sind ja haarsträubende Meldungen, die Sie hier anbringen. Haben Sie oder dieser Reporter denn irgendeine plausible Erklärung dafür? Sie meinen doch nicht, daß Maubeuge im Alleingang tätig ist?«

»Wir glauben, daß eine Verschwörung der Mafia dahintersteckt. Organisierte Kriminalität. Die Regierungen der Mitgliedstaaten haben dem zunehmenden internationalen Verbrechen den Kampf angesagt. Nachdem das Schengener Abkommen in Kraft getreten ist und sich jedermann ohne Grenzkontrollen frei in der ganzen Europäischen Union bewegen kann, besteht die Gefahr, daß Autoschieberei, Drogenschmuggel, Waffen- und sogar Menschenhandel sich ungehindert ausbreiten. *Europol* befindet sich im Aufbau, um dieser Entwicklung etwas entgegenzusetzen. Aber der Mob will sich das alles nicht mehr wegnehmen lassen.«

»Schön und gut, aber wie soll das denn konkret funktionieren? Ich sehe noch keinen Zusammenhang zwischen diesen Manipulationen und dem Interesse der Mafia.«

Mark räusperte sich und richtete sich auf seinem Stuhl auf. Er versuchte, eine Zusammenfassung dessen zu geben, was Cavalier und er sich zusammengereimt hatten.

»Die Teilnehmer an den Rhetorikseminaren werden aus einem Kreis von Personen rekrutiert, die wahrscheinlich zu den EU-Behörden wollen, weil sie am Europa-College studiert oder in der Kommission eine *Stage* absolviert haben. Die Vorschläge werden von einem ahnungslosen Beirat gemacht, der die Leute benennt, die förderungswürdig sind, also später gute Einstellungschancen haben. Dieser Kreis von Kandidaten wird mittels modernster Geräte und Verfahren durchleuchtet und überprüft, so daß man hinterher weiß, ob man es mit unbestechlichen Beamtenseelen oder mit machthungrigen und geldgierigen Karrieristen zu tun hat. In der Rubrik für Vorbildung geben die Bewerber selbst an, daß sie an einem der Seminare teilgenommen haben. Für jemanden in der Kommission ist es eine der leichtesten Übungen, anhand der Resultate aus den Lügendetektortests diejenigen zu fördern, die man gerne an den künftigen Schaltstellen von *Europol* oder der Europäischen Zentralbank sehen will. Man verbessert einfach die Punktzahl der Essays ein wenig, und schon gehört der gewünschte Kandidat zu den Auserwählten, die zu einem Interview eingeladen werden. Bei diesen Gesprächen ist es dann ein leichtes, mit ein wenig Manipulationsgeschick dafür zu sorgen, daß der Mann eingestellt wird. Mit den unerwünschten Kandidaten verfährt man umgekehrt. Ihre Essays werden heruntergewertet, dadurch verlieren sie jede Chance, eingestellt zu werden. So schafft man sich moralisierende Störenfriede vom Hals, die weder mit Geld noch mit Aussichten auf Macht gefügig gemacht werden können. Wir wissen nicht, ob die Kandidaten erst angesprochen werden, nachdem sie eingestellt worden sind, oder ob man schon vorher Kontakt zu ihnen aufnimmt, vielleicht um eine Verpflichtung von ihnen zu verlangen. Natürlich kann man auf diese Weise nicht alle zukünftigen Beamten von *Europol* oder anderen EU-Behörden kontrollieren. Aber stellen Sie sich vor, fünfzig Prozent oder auch nur ein Drittel aller Beamten von *Europol* wären Gewährsleute der organisierten Kriminalität! Man braucht nicht viel Phantasie, um sich auszumalen, was dann geschehen wird. Deswegen bin ich vor der Veröffentlichung zu Ihnen gekommen. Diese Verbrecher müssen geschnappt werden, bevor morgen früh die Bombe platzt!«

»Morgen früh? Mark, warten Sie, jetzt heißt es, kühlen Kopf zu bewahren.«

Woodworth lief unruhig im Zimmer auf und ab. Er rang sichtlich um Fassung.

»Ich verstehe Ihre Erregung, Sir, aber ich glaube, wir haben keine andere Wahl. Ein sofortiges Handeln ist die beste Möglichkeit, soviel Schaden wie möglich von der europäischen Sache abzuwenden. Das Ganze läßt sich jedenfalls nicht mehr so einfach unter den Tisch kehren, meine ich, Sir.«

»Verstehen Sie, was Sie da sagen? Die Meute der Europaskeptiker wartet doch nur auf so eine Story. Das ist doch ein gefundenes Fressen für die *Bruges Group* und all diese Reaktionäre, die die EU auf einen Staatenbund reduzieren und alle Errungenschaften der letzten Jahrzehnte zunichte machen wollen! Vor welchen Karren lassen Sie sich da spannen?«

»Entschuldigung Sir, ich hatte keine Wahl. Der Reporter war drauf und dran, alles herauszubringen, ohne jede Vorwarnung an die Behörden. Er hat ja das meiste auch selbst recherchiert, ich meine, ich bin doch nur durch Zufall hineingeraten. Jedenfalls ist es mir gelungen, ihn zu überzeugen, daß wir die Veröffentlichung mit den Behörden abstimmen. So können die Drahtzieher festgenommen werden, bevor sie gewarnt sind.«

»Sorry, Mark, ich mache Ihnen keine Vorwürfe. Sie hatten recht, zu mir zu kommen. Verstehen Sie mich: Die EU ist mein Leben, seit Jahren setze ich mich für die europäische Integration ein. Und jetzt so etwas. Sie können sich nicht vorstellen, wie die Skeptiker der Konservativen Partei in Westminster darüber herfallen werden.«

Woodworth beendete sein hektisches Auf- und Abmarschieren und trat an das Aktenkabinett schräg hinter seinem Schreibtisch. Aus der unteren Schublade holte er eine Flasche mit weißem Etikett.

»Möchten Sie auch einen Schluck? *Laphroaig*, bester Single Malt Whisky.«

»Danke, Sir, für mich ist es noch zu früh.«

Woodworth schenkte sich einen großzügig bemessenen Drink ein und stellte die Flasche zurück.

»Ich trinke normalerweise nicht im Büro, aber Ihre Story rechtfertigt, glaube ich, einen ordentlichen Schluck.«

Der Generaldirektor leerte das Glas in einem Zug und stellte es auf den Schreibtisch. Während er sein Jackett auszog und über die Rückenlehne seines Stuhles warf, fuhr er mit festerer Stimme fort. »Okay, Mark, soweit Ihr Vortrag. Aber nun heißt es handeln. Wenn wir den Kopf in den Sand stecken, machen wir alles nur noch schlimmer.«

Auch Mark war während der Unterhaltung heiß geworden, aber er behielt seine Anzugjacke an. Er fühlte sich in die Rolle dessen gedrängt, der sein Verhalten rechtfertigen muß. Gestern mit Cavalier hatte er sich vorgestellt, Woodworth würde ihn als Retter der Kommission behandeln und ihm sofort dankbar auf die Schulter klopfen. Doch jetzt verstand er, daß die Neuigkeiten für den Generaldirektor eine Welt zum Einstürzen brachten. Ihm kam der Brauch im antiken Griechenland in den Sinn, wo der Überbringer der schlechten Nachricht hingerichtet wurde.

»Mark, so, wie Sie sich die Sache vorstellen, geht es jedenfalls nicht. Versetzen Sie sich doch mal in meine Situation! – Erstens: Ohne Beweise kann ich nicht handeln, das müssen Sie verstehen, ich exponiere mich damit zu stark. Ich muß mit Ihrem Reporter sprechen.«

Woodworth war mit einemmal wieder der Mann, den Mark aus Brügge kannte, der mit seinem souveränen Vortrag die Zuhörer fesselte und keinen Zweifel daran ließ, wer das Heft in der Hand hatte.

»Zweitens: Ich benötige genauere Informationen, um die Drahtzieher in der Kommission greifen zu können. Maubeuge allein nützt uns nichts, wir müssen alle fassen. Und drittens: Ich brauche mehr Zeit, denn bis morgen früh läßt sich das unmöglich machen. Wissen Sie nicht, wie viele Beamte allein in diesem Gebäude arbeiten? Hinzu kommt, daß die einzelnen Dienststellen der Kommission seit der Räumung des *Berlaymont* auf verschiedene Gebäude in der ganzen Stadt verteilt sind.«

Mark wollte etwas entgegnen, aber Woodworth ließ sich nicht unterbrechen.

»Rufen Sie Ihren Mann jetzt an, dann kann ich ihn vielleicht noch heute abend treffen. Wir können alles im Detail besprechen, er bringt seine Beweise mit, ich erhalte genauere Hinweise für die Polizei und vor allem Zeit für einen effektiven Rundumschlag. Sein Aufmacher erscheint – meinetwegen übermorgen – exklusiv in diesem Infoblatt.«

»Aber er ist in Paris!«

»Paris?«

»Ja, dort ist die Redaktion des *InfoMatin*. Er bereitet alles für die Veröffentlichung vor.«

»Ich fliege morgen nach Paris. Eine Konferenz zur Vorbereitung des Gipfeltreffens in der französischen Nationalbank. Sie wissen schon, Maastricht II. Die Überprüfung der Zielvorgaben für die Währungsunion. – Sie könnten mitkommen, wir treffen Ihren Mann dann morgen mittag oder so, in einer Verhandlungspause.«

Woodworth nahm den Hörer seines Telefons auf und sprach in die Muschel.

»Machen Sie mir bitte eine Verbindung zur Redaktion des *InfoMatin* in Paris, so schnell es geht!«

Der Generaldirektor legte den Hörer wieder auf und blickte Mark in die Augen.

»Sie müssen das verstehen. Ich kann nicht einfach die Polizei anrufen und Leute verhaften lassen, ohne

Beweise oder zumindest konkrete Verdachtsmomente vorweisen zu können. Wenn dieser Reporter mir morgen Details liefert, kann ich am nächsten Tag, wenn ich wieder in Brüssel bin, alles veranlassen.«

Woodworth starrte auf das Telefon und schüttelte den Kopf.

»Dieser Belgier, dieser Maubeuge, ich hätte es wissen müssen. Mir war der Mann von Anfang an suspekt, aber wissen Sie, ich glaubte, ich hätte nationale Vorurteile.«

Während die beiden Männer auf die Verbindung warteten, dachte Mark an das Gespräch mit dem Journalisten über den Feldern von Waterloo. Jetzt erschien es ihm naiv, daß er gestern noch geglaubt hatte, Woodworth würde sofort handeln und ohne Umschweife die Polizei benachrichtigen. Für den Generaldirektor, der ohne Vorwarnung mit diesem Problem konfrontiert wurde, stellte sich die Angelegenheit natürlich auch als Gefahr für die eigene Karriere dar. Eine falsche Entscheidung konnte ihn den Kopf kosten. Bevor er sich nach außen hin exponierte, mußte er absolut sicher sein, daß der Verdacht nicht bloß eine Ente war. Das Telefon klingelte. Woodworth horchte kurz in die Muschel und hielt den Hörer mit der Hand zu.

»Sagen Sie dem Reporter, daß ich ihn morgen in Paris treffen will. Sagen Sie ihm, daß Sie auch dabei wären. Er soll die Story um jeden Preis für einen Tag aufhalten.«

Mark nahm den Hörer über den Schreibtisch entgegen. Am anderen Ende der Leitung meldete sich eine französische Stimme. Er verlangte nach Jean Cavalier. Nach wenigen Sekunden wandte er sich wieder an Woodworth.

»Er ist nicht da. Kann er uns hier zurückrufen?«

»Natürlich, geben Sie diese Nummer an!«

Woodworth deutete auf das Etikett, das auf dem Apparat klebte. Nachdem Mark die Nummer durchgegeben hatte, setzte er noch hinzu, daß die Angelegenheit dringend sei, dann legte er auf.

»Er ist überhaupt noch nicht in der Redaktion gewesen. Es ist auch noch recht früh, immerhin hat er erst heute die Morgenmaschine genommen. In der Redaktion wissen sie noch von nichts. Der Mann ist vorsichtig, hat Angst, daß ihm jemand die Story seines Lebens wegschnappt.«

»Verstehe. Mark, gehen Sie an Ihren Arbeitsplatz und halten Sie sich bereit. Sobald der Reporter anruft, stelle ich ihn durch. Sie machen ihm dann klar, daß er abwarten soll, bis ich ihn morgen in Paris treffe. Wenn es sein muß, versprechen Sie ihm ein Exklusivinterview mit mir, damit er stillhält. Und morgen kommen Sie mit, wir fliegen mit einer Maschine der Kommission, da wird noch ein Platz frei sein.«

Mark stand auf und machte Anstalten, das Büro des Generaldirektors zu verlassen.

»Und, Mark, machen Sie sich keine Sorgen. Mit etwas Glück bekommen wir alles wieder unter Kontrolle. Sie haben richtig gehandelt, als Sie zuerst mich informiert haben. Aber jetzt gilt: Zu niemandem ein Wort, denn wir wissen nicht, wer zur anderen Seite gehört!«

»Jawohl, Sir. Danke, Sir!«

Mark schloß die Tür von Woodworths Büro hinter sich und durchquerte das Vorzimmer mit eiligen Schritten. Auf dem Korridor atmete er tief durch und ging mit großen Schritten zu den Fahrstühlen hinüber.

Er hatte sich kaum vor seinem Schreibtisch niedergelassen, als das Telefon klingelte. Am Apparat war Christin.

»Na du? Schon so früh im Büro? Ich bin gerade aufgestanden. Gestern abend warst du ja nicht zu genießen. Sag mal, war da irgend etwas in England? Ich meine, hast du jemanden kennengelernt?«

»Christin, ich kann jetzt nicht.«

»Verstehe, du kommst nicht, du kannst nicht ...«.

»Ich kann es dir am Telefon nicht erklären, aber momentan wächst mir hier alles über den Kopf. Morgen fliege ich mit Woodworth nach Paris. Ich muß die Leitung freihalten. Jeden Moment kann ein wichtiger Anruf kommen. Bitte, vertrau mir, ich melde mich später, heute nachmittag.«

»Schon gut, Mark.«

»Christin, ich liebe dich, aber leg jetzt auf, ja? Ich rufe später zurück.«

»Ich liebe dich auch!«

Nachdem Mark das Klicken in der Leitung vernommen hatte, warf er den Hörer in die Gabel. Er hatte das Gefühl, daß sich alles um ihn zu drehen begann. Alle wollten etwas von ihm, die Ereignisse überschlugen sich, dabei wußte er nicht einmal, wie er in all das hineingeraten war; er hatte hier doch nur eine einfache *Stage* absolvieren wollen. Wenigstens war Mario noch nicht eingetroffen, so daß er das Büro vorerst für sich allein hatte. Er holte einen Becher Kaffee von einem Automaten auf dem Korridor. Dabei ließ er die Tür offen, um das Telefon hören zu können. Als er zurückkam, klingelte es. Auf den letzten Metern verschüttete er einen Teil des dünnen Automatengebräus, dann war er am Apparat.

»Mark? Ich habe Ihren Reporter in der Leitung. Wir haben alles besprochen, nicht wahr? Machen Sie mit ihm alles für morgen klar. Auf keinen Fall, ich wiederhole: auf keinen Fall darf es schon morgen eine Meldung geben!«

»Jawohl, Sir, stellen Sie mich durch.«

Die Stimme des Journalisten klang leicht gehetzt und ungeduldig.

»Mark? Cavalier hier. Was ist los bei Ihnen? Wir hatten verabredet, daß Sie die Behörden erst heute abend informieren! Was will dieser Woodworth von mir? Ich habe eine Abmachung mit Ihnen, sonst mit niemandem!«

»Es gibt hier Komplikationen. Von wo aus sprechen Sie?«

»Eine Telefonzelle. Ich bin mißtrauisch geworden seit dem Vorfall mit Eddy. Bisher war ich auch noch nicht in der Redaktion. Ich hatte gerade ins Hotel eingecheckt und mich telefonisch beim *InfoMatin* gemeldet, da sagten sie mir, ein Monsieur Kemper habe angerufen, es sei dringend. Also, was eilt so?«

»Woodworth kann bis morgen früh nicht alle Maßnahmen ergreifen, Sie verstehen schon. Er braucht mehr Zeit. Außerdem fragt er nach Beweisen. Er will sich nicht exponieren.«

»Nicht zu glauben, unsereins reißt sich den Arsch auf, und der Mann denkt an seine Pension.«

»Ich bitte Sie, es geht um mehr als das. Hören Sie zu: Morgen früh fliegt Woodworth wegen einer Konferenz nach Paris. Ich komme mit, und wir treffen uns. Dann können Sie alles belegen. Sie haben doch Beweise?«

»Natürlich! Die Ausdrucke der Computeranalyse, die der Hacker mir erstellt hat, die Kopien aus dem Handelsregister in London, die Auskunft über die Firma, und noch ein paar Sachen. Kauft der Professor Ihnen die Story nicht ab?«

»Er braucht Beweise, bevor er sich nach außen hin hinter die Sache stellt. Außerdem müssen Sie ihm alles erzählen, was Sie wissen, damit er Rückschlüsse ziehen kann, wer in den Behörden verdächtig ist. Alles, was er verlangt, ist ein Tag Aufschub. Ich meine, den können Sie ohne Bedenken gewähren. Für Sie übrigens eine günstige Gelegenheit zu einem exklusiven Interview. Ich garantiere dafür, daß nichts an andere Medien durchsickert. Woodworth erkennt Ihr Interesse an, der erste zu sein, der die Meldung rausbringt!«

»In Ordnung, ich warte bis morgen ab.«

»Wo wollen wir uns treffen? In welchem Hotel sind Sie abgestiegen?«

»Rufen Sie bei der Redaktion an, sobald Sie in Paris sind. Ich halte mich bereit und rufe dann sofort zurück!«

»Aber wo sind Sie denn?«

»Ich bin vorsichtig geworden. Nicht, daß ich Ihnen nicht traue, aber die Wände haben Ohren, Sie verstehen …«

»Cavalier, wenn Sie morgen nicht da sind, werde ich gekreuzigt, ist Ihnen das klar? Und Ihnen wird es auch nicht gerade zur Berühmtheit gereichen, wenn alles zu früh auffliegt.«

»He, ich sagte doch, daß ich abwarte. Wir treffen uns morgen in Paris. Aber ich kann doch wohl noch selbst entscheiden, wem ich meine Zimmernummer gebe. Machen Sie sich keine Sorgen. Ich bin da, sobald Sie sich bei der Redaktion melden.«

»Bis morgen dann.«

»Grüßen Sie Ihre Freundin!«

Seit über zwei Stunden saß Mark nun in dem fensterlosen Korridor der *Banque de France* und starrte auf das Mobiltelefon. Er war am frühen Morgen zusammen mit Woodworth und einigen anderen Beamten aus der

Kommission nach Paris geflogen. Doch an den Besprechungen, die hier im Gebäude der französischen Nationalbank stattfanden, durfte er nicht teilnehmen.

Schon während des Fluges von Brüssel nach Paris hatten Woodworths Begleiter sich eine hitzige Debatte über die geplante Einführung des *Euro* geliefert. Mark war erstaunt gewesen, daß es innerhalb der Kommission so unterschiedliche Auffassungen über den Sinn und Zweck und insbesondere über den Zeitplan bis zur endgültigen Ausgabe einer einheitlichen Währung gab.

Ein Beamter aus einer anderen Generaldirektion, die federführend für die Planung des Europäischen Währungsinstitutes war, hatte Zweifel geäußert, ob die Konvergenzkriterien für die Mehrheit der Mitgliedstaaten überhaupt erfüllbar seien.

Jetzt saß Mark vor dem Konferenzsaal und wartete, während drinnen die Verhandlungen über die nächsten Schritte der Währungspolitik der EU liefen. Er kontrollierte erneut, ob das Telefon auf Empfang geschaltet war. Er hielt das flache, dunkelgraue Gerät in der rechten Hand und ließ mit dem Daumen das ausklappbare untere Mikrofonsegment aufschnappen. Das Handy war auf Bereitschaft gestellt. Woodworth hatte ihm das Gerät im Flugzeug übergeben, damit er von der Bank aus die Redaktion des *InfoMatin* anrufen konnte und jederzeit erreichbar blieb. Auch Woodworth trug einen solchen Apparat bei sich, so daß Mark ihn stets erreichen konnte.

Vor fast zwei Stunden hatte Mark sich telefonisch in der Redaktion gemeldet und um Cavaliers Rückruf gebeten. Seitdem war nichts passiert. Einmal hatte das Mobiltelefon sich mit seiner merkwürdigen elektronischen Melodie gemeldet, aber es war nur der hagere

Spanier gewesen, der während einer kurzen Verhandlungspause nachfragen wollte, was Mark bisher erreicht hatte. Die krächzende Stimme des Mannes wirkte durch die Verzerrungen des Mobiltelefons noch abstoßender als sonst. Warum konnte Woodworth nicht selbst nachfragen? Je mehr Leute in diese Sache eingeweiht wurden, desto größer war die Gefahr, daß etwas zu den Verschwörern durchsickerte.

Mark beschlich ein ungutes Gefühl, als er dem Beamten, mit dem er im Flugzeug schon über die Währungsunion diskutiert hatte, erklärte, daß er bisher vergeblich auf den Anruf des Reporters wartete. Während er weiter auf den erlösenden Anruf hoffte, kamen ihm Zweifel an Cavaliers Redlichkeit. Hatte er sich von dem Journalisten hereinlegen lassen? Stimmte diese Verschwörungstheorie überhaupt mit der Wirklichkeit überein? War das ganze Projekt, wie sie es sich anhand von Indizien ausgemalt hatten, für einen Haufen Verbrecher nicht eine Spur zu anspruchsvoll? Und wenn es Cavalier nur um die schnelle Schlagzeile ging? Einen Bericht, der eine Sensation bewirkte, hohe Auflagen erzielte, sich aber letztlich doch als weit hergeholt, als Ente erwies? Der Schaden für die EU würde trotzdem beträchtlich sein. Was würde dann aus ihm?

Woodworth würde ihm eine solche Panne nie verzeihen, seine Hoffnung auf eine Karriere in Brüssel wäre zunichte gemacht. Warum rief der Franzose nicht zurück? Hatte er sich etwa beim *InfoMatin* verleugnen lassen? Liefen vielleicht die Vorbereitungen der Veröffentlichung schon auf Hochtouren?

Plötzlich ertönte die elektronische Melodie des Telefons. Mark meldete sich, darauf gefaßt, daß es erneut nur Woodworth war, der sich erkundigen wollte.

»Hier Cavalier. Was klingen Sie so ungeduldig?«

»Mein Gott, ich warte seit zwei Stunden. Wo bleiben Sie denn?«

»Ich bin vorsichtig geworden, sagte ich doch schon gestern. Nachdem wir verabredet hatten, die Sache um einen Tag zu verschieben, sah ich keinen Grund, schon zu nachtschlafender Zeit aufzustehen. Außerdem mußte ich erst mal das Hotel wechseln, man kann nie wissen, wie nahe die andere Seite bereits ist. Bei Eddy haben sie blitzschnell zugeschlagen.«

Mark war beruhigt zu hören, daß der Journalist sich offenbar an die gestrige Abmachung zu halten gedachte. Aber seine Vorsicht schien ihm völlig übertrieben zu sein.

»Mann, bis jetzt ist doch noch nichts veröffentlicht, wer sollte denn hinter Ihnen hersein?«

»Sie vergessen die Glosse über die Einstellungstests. Da steht zwar nicht viel drin, aber ein aufmerksamer Leser könnte argwöhnen, daß der Autor weitere Recherchen anstellen wird, daß Eddy nicht allein gehandelt hat. Ich gehe kein Risiko ein, jedenfalls nicht, solange wir beiden die einzigen sind, die von der Sache wissen. Ist die Geschichte erst mal publiziert, dann schützt uns auch die Öffentlichkeit.«

»Gut, wie Sie meinen, aber wo wollen wir uns nun treffen?«

»Eilt es?«

»Es eilt nicht unbedingt, Woodworth hat erst am späten Nachmittag Zeit. Aber ich wäre froh, Sie wiederzusehen, wir könnten uns dann noch besprechen, bevor Sie ihm gegenübertreten. Haben Sie die Dokumente?«

»Natürlich. Was glauben Sie, sollte ich sonst damit machen? Hören Sie, kennen Sie schon den Großen Louvre? Die neue Architektur mit der zentralen Glaspyramide von diesem Japaner Pei ist wirklich sehenswert.«

»Ich bin hier in der *Banque de France*, gleich gegenüber vom Louvre. Von mir aus können wir uns dort treffen, dann haben wir es anschließend nicht weit. Von wo kommen Sie denn?«

»Das werden Sie rechtzeitig sehen. Also um ein Uhr?«

»He, das sind noch eineinhalb Stunden. Was soll ich denn solange machen?«

»Was weiß ich? Gucken Sie sich ein paar Bilder an. Bin ich Ihr Beschäftigungstherapeut? Um ein Uhr an der umgekehrten Pyramide, dann sehen wir weiter!«

Mark war froh, den sterilen Korridor der *Banque de France* hinter sich lassen zu können. Nach einem kurzen Telefongespräch mit Woodworths unsympathischem Mitarbeiter, den er in knappen Worten über das verabredete Treffen bei der umgedrehten Glaspyramide unterrichtet hatte, schlenderte er über den *Place du Palais Royal* auf die Richelieu-Passage zu, durch die er in den *Cour Napoléon*, den zentralen Innenhof des Louvre, gelangen konnte.

Auf dem Weg durch die Passage in den Innenhof erhob sich vor ihm die große gläserne Pyramide. Das Sonnenlicht spiegelte sich an den großen Glaspartien und den von Fontänen aufgewühlten Wasserflächen zu beiden Seiten der Konstruktion. Mark blinzelte. Der scharfe Wind trieb einen leichten Sprühregen von einem hohen, nahen Springbrunnen herüber. Erst jetzt fiel ihm auf, daß das Wetter für einen Novembertag erstaunlich freundlich und hell war. Die Sonne strahlte an einem wolkenlosen Himmel.

Da mit Cavalier nicht vor eins zu rechnen war, beschloß Mark, eine Karte zu lösen und sich wenigstens einen Teil der Gemäldesammlung anzusehen. Die große Pyramide überdachte die weite Öffnung des unterirdischen Tiefparterre, wo im Rahmen der Erweiterung des Louvre die Kassen, Garderoben und Geschäfte untergebracht worden waren. Eine Wendeltreppe führte von der Ebene des Innenhofs hinunter in diesen Raum. Gegenüber beförderten Rolltreppen die Besucher von unten wieder hinauf zu den Ausstellungshallen.

Nachdem er seinen Mantel abgegeben hatte, kaufte er eine Eintrittskarte an einem der vielen Schalter in der Haupthalle. Am Eingang zur eigentlichen Gemäldesammlung dauerte es einige Zeit, bis er die Kontrollen passieren konnte. Jeder Eintretende wurde genau überprüft, Taschen wurden geöffnet, Blazer und Jacken abgetastet. Man wollte wohl jedes Risiko eines Anschlags auf die unersetzlichen Kunstschätze ausschließen. Mark schoß durch den Kopf, daß Cavalier vielleicht mit Bedacht diesen Ort als Treffpunkt gewählt hatte. Bei seiner übertriebenen Angst vor Mafia-Gangstern rechnete er sich möglicherweise aus, daß etwaige Verfolger sich von den Kontrollen würden abschrecken lassen oder ihm zumindest nicht bewaffnet nachstellen konnten.

Als Mark beim Rundgang durch die langen Korridore und Säle schritt, ließ er die meisten Bilder einfach links liegen. Angesichts einer solchen Fülle von Gemälden konnte er sich nur auf einige wenige Werke konzentrieren, die ihn besonders ansprachen. Nach kurzer Betrachtung trennte Mark sich von dem aufgedonnerten Porträt Louis XIV. und der bombastisch inszenierten Krönung Napoléons. Er passierte das Blitzlichtgewitter, das japanische Touristen mit ihren Kleinkameras vor der Mona Lisa entfachten, ohne daß es ihm gelungen wäre, durch die Menschenmenge einen Blick auf das berühmte Werk Leonardo da Vincis zu werfen.

Er schlenderte weiter und gelangte in weniger stark besuchte Bereiche des Museums. Plötzlich stand er vor dem Porträt des Kardinal Richelieu. Die in purpurrotem Gewand vor einer Art Wandteppich stehende Gestalt strahlte etwas Selbstbewußtes und Berechnendes aus. Dem Künstler schien es gelungen zu sein, die Persönlichkeit des Kardinals genau zu treffen. Wenn man wußte, daß dieser Mann hinter den Kulissen über Jahrzehnte die Geschicke der französischen Politik gelenkt hatte, verstand man die Härte in seinen Augen. Mark fiel mit einemmal auf, daß man Richelieu als einen frühen Technokraten sehen konnte, dem alles an der Vervollkommnung der Macht des Staates lag, der sich aber nicht selbst in den Mittelpunkt stellte, sondern im Hintergrund seinen Einfluß geltend machte, als graue Eminenz. Wer waren die grauen Eminenzen von heute?

Ein Pulk laut auf deutsch redender Touristen betrat den Saal. Sie waren offenbar Mitglieder einer Reisegruppe und unterhielten sich so, als seien sie allein im Museum. Zwei dickliche Männer mit Schirmmützen und Videorecordern stellten sich mitten im Raum auf und begannen, die einzelnen Kunstwerke zu begutachten und zu kommentieren.

Mark schreckte aus seinen Gedanken hoch, die tiefen Stimmen der Touristen dröhnten ihm im Kopf. Irritiert blickte er auf die Uhr. Es war fünf Minuten vor eins. Cavalier würde sich zwar wie gewöhnlich verspäten, doch Mark wollte kein Risiko eingehen.

Das Gedränge unter den Touristen in der Eingangshalle war in der Zwischenzeit noch größer geworden.

Mark hastete unter der großen Pyramide hindurch, an den Ticketschaltern, Garderoben und Restaurants vorbei, durch den langen Korridor im Tiefparterre, der zur kleineren umgedrehten Pyramide führte, die sich auf der dem *Jardin des Tuileries* zugewandten Seite des Louvre befand.

Mark blickte um sich. Links und rechts von der sonnenhellen Halle führten Korridore zu weiteren Geschäften, zu Toiletten und Vortragssälen. Gegenüber, von ihm aus gesehen hinter der herunterragenden Pyramide, öffnete sich ein Gang in einen größer werdenden Bereich, der anscheinend einen weiteren Eingang enthielt, denn es strömten unablässig Menschen von dort in die Halle und vorbei an der Pyramide zum Haupteingang. Von dem Journalisten war keine Spur zu sehen.

Vom *Pont du Carrousel* hatte man einen wundervollen Blick über die Seine zur vorderen Spitze der Ile de la Cité, deren historische Bebauung im Hintergrund von den mächtigen Türmen der Kathedrale Notre Dame überragt wurde. Doch Jean Cavalier hatte weder Augen für die Schönheiten der französischen Hauptstadt noch für den Sonnenschein, der die sonst oft trübe Pariser Novemberzeit vergessen machte. Mit in den Hosentaschen vergrabenen Händen schritt er eilig über die Brücke. Seine übliche Lederjacke trug er offen, während unter seinem rechten Arm eine abgewetzte Mappe klemmte, in der er seine Unterlagen verstaut hatte. Er war spät dran und beeilte sich, die Strecke zum *Carrousel du Louvre* zurückzulegen, wo der Deutsche bereits ungeduldig warten würde.

Hin und wieder blickte er sich nervös um, als rechne

er damit, verfolgt zu werden. Nachdem er den Quai du Louvre überquert hatte, strebte Cavalier direkt auf den Verkehrskreisel zwischen dem *Arc de Triomphe du Carrousel* und der großen Glaspyramide zu. Hier herrschte nur wenig Autoverkehr. Schräg neben dem Triumphbogen hielt ein englischer Reisebus, aus dem gerade Touristen ausstiegen.

Gegenüber stand ein großer schwarzer Geländewagen mit laufendem Motor auf der Busspur neben dem Bürgersteig. Als Cavalier an dem Landcruiser vorbeiging, konnte er sich ein spöttisches Grinsen nicht verkneifen. Diese Touristen fuhren mit Allradfahrzeugen die Boulevards entlang, als gelte es, eine Expedition in den Dschungel zu machen. Merkten diese Snobs nicht, daß sie sich mit ihren völlig überzogenen Geländewagen hier der Lächerlichkeit preisgaben, wo jede Straße asphaltiert war und ein *Off-road*-Fahrzeug total deplaziert wirken mußte? Als der Journalist sich im Gehen umdrehte, sah er, daß der Landcruiser zu allem Überfluß einen riesigen verchromten Rammschutz montiert hatte, als gelte es, sofort zur Rallye Paris–Dakar zu starten.

Nach hundert Schritten war Cavalier am Zebrastreifen angelangt, der hinüber zum Triumphbogen führte. Er zögerte, in welche Richtung er sich wenden sollte, hielt Ausschau. Von dem Deutschen war weit und breit nichts zu sehen. Die Uhr zeigte zwanzig Minuten nach eins. Nach dem Aufstand, den er am Telefon gemacht hatte, würde dieser Kemper doch wohl nicht schon wieder weggegangen sein? Nein, dazu war das Treffen für ihn viel zu wichtig. Aber wo steckte er?

Der englische Tourist gestikulierte mit seinem Fotoapparat.

»Could you? Please, may I? – Thank you!«

Offenbar wollte er eine Aufnahme der Pyramide machen, ohne Mark im Bild zu haben, dem während seiner Wartezeit gar nicht in den Sinn gekommen war, daß er den Schnappschußjägern das Bild versperrte. Während er zurücktrat, zog Mark ungeduldig den Ärmel seines Jacketts zurück und blickte zum wiederholten Mal auf die Armbanduhr. Verdammter Cavalier! Hatte er umgekehrte Pyramide gesagt oder nicht? Mark haßte es, auf andere angewiesen zu sein, ohne selbst etwas tun zu können. Jetzt stand er seit zwanzig Minuten hier unter der Glaspyramide. Der Franzose hatte doch die Nummer seines Mobiltelefons. Er könnte wenigstens anrufen. Nachdem der Engländer sein Motiv abgelichtet hatte, trat Mark zurück unter die Pyramide.

Cavalier stand unsicher am Fahrbahnrand des Verkehrskreisels. Er spähte hinüber zu dem Fleck, wo sich unterirdisch die Pyramide verbarg. Von hier oben war die Konstruktion, die in der Mitte des *Carrousel du Louvre* gelegen war, nur hinter einer Hecke und einem niedrigen Holzzaun, als flache, unscheinbare Glasabdeckung zu sehen.

Ob der Deutsche ihn vielleicht falsch verstanden hatte und bei der großen Pyramide wartete? Aber er hatte sich doch klar ausgedrückt: die umgedrehte Pyramide. Eine Verwechslung erschien nicht möglich. Cavalier gab einem Impuls nach und betrat die Fahrbahn, um hinüber zur Hecke zu gehen. Der Deutsche würde ihn mit Sicherheit besser sehen können, wenn er sich in der Mitte des Kreisels, gleich neben der Hecke aufstellte.

Nach wenigen Schritten nahm er hinter sich ein grelles Kreischen wahr. Zuerst glaubte er, eine abrupte Vollbremsung zu hören, doch als das Geräusch zunahm, sich schnell näherte, drehte er sich erschrocken um. Er sah den schwarzen Geländewagen mit quietschenden Reifen auf sich zurasen. Das allradgetriebene Fahrzeug hatte schon nach wenigen Metern eine erhebliche Geschwindigkeit erreicht. Die breiten Rohre des Rammschutzes rasten geradewegs auf ihn zu.

Cavalier versuchte, sich zum Mittelpunkt des Verkehrskreisels zu retten. Er benötigte Sekundenbruchteile, um die Hände aus den Hosentaschen zu befreien. Die Mappe entglitt ihm und fiel zu Boden. Das Jaulen des hochdrehenden Motors erfüllte die Luft. Der Landcruiser war jetzt direkt hinter ihm. Einen Meter vor dem Straßenrand traf ihn die Front des Wagens auf Beckenhöhe schräg von hinten. Cavaliers Oberkörper knickte in Richtung Motorhaube ein, prallte mit einem dumpfen Schlag auf und wurde sofort in die Höhe geschleudert.

In hohem Bogen flog er über die Hecke. Einen Moment schien der Körper des Franzosen vier Meter über dem Boden zu schweben, dann stürzte er nieder, mit dem Rücken voran mitten auf die Glasscheibe, die die umgekehrte Pyramide oben verschloß. Durch die Wucht des Aufpralls zersplitterte das Glas mit einem hellen, fast metallischen Klirren. Während der Geländewagen mit quietschenden Rädern schleudernd abdrehte und eine Kollision mit dem hohen Randstein am Kreisel knapp vermied, verschwand Cavaliers Körper in einer Wolke von Glassplittern in der Öffnung. Er stürzte nicht schnell nach unten, sondern wurde noch einen Moment von dem Gestänge gehalten, das das Glas von innen abstützte. Dann rutschte Cavalier seitlich ab und war nicht mehr zu sehen.

Der Landcruiser fuhr auf den Bürgersteig neben dem Triumphbogen, durchbrach mehrere Reihen der Hecken und wühlte sich mit heulendem Motor durch die Carrousel-Gärten, bog am äußersten Ausläufer des Louvre, am Pavillon de Marsan, nach rechts ab und geriet außer Sicht. Man konnte erneut quietschende Reifen und Hupen von der Rue de Rivoli hören, bevor es still wurde. Erst jetzt begannen sich die Passanten um den *Carrousel du Louvre* zu regen. Einige liefen panikartig weg vom Ort des Geschehens, hinein in den Innenhof des Louvre, andere rannten zur Glasabdeckung, durch die der Franzosen soeben gestürzt war. Einige Leute begannen zu schreien.

Mark hörte ein ohrenbetäubendes Klirren. Er blickte in die Pyramide, neben der er die letzten zwanzig Minuten gewartet hatte. Es kam ihm vor, als stürze die Glaskonstruktion komplett ein. Ein Regen von Scherben ergoß sich mit Getöse von oben in den nach unten enger werdenden Innenraum des Glaskörpers. Unwillkürlich sprang er mehrere Schritte zurück. Doch die Seitenwände der Pyramide hielten stand. Dann sah er die Gestalt, die von oben herunterfiel, langsamer als das Glas, immer wieder an Metallstützen hängenblieb, einen Moment wankte, dann wieder ein Stück tiefer.

Als der Körper die äußere Glaswand erreicht hatte und an ihr nach unten zu rutschen begann, sah er das Blut. Es floß rasch an der Glasfläche nach unten. Viel Blut, das schnell floß, schon die Spitze erreicht hatte, aus deren Öffnung es nach unten auf die winzige Steinpyramide tropfte. Der kopfüber nachrutschende Körper des Mannes verschmierte das Blut auf der Scheibe. Durch die grellen Sonnenstrahlen leuchtete es hellrot, erfüllte den Raum mit Farbe.

Mark trat an die Pyramide heran, wollte instinktiv helfen. Da sah er das Gesicht, das sich plötzlich seitlich zu ihm hin drehte. Er erkannte Cavaliers verzerrte Züge. Jetzt war der Franzose ganz nach unten gerutscht, sein Kopf steckte zwischen den Scherben, die vor ihm nach unten gefallen waren, nahe der Spitze der Pyramide. Er blutete aus einer langen Schnittwunde am Hals, aus vielen kleinen Schnitten im Gesicht, an den Händen. Das Blut trat in Stößen aus. Nur die Glaswand trennte die Gesichter der beiden Männer.

Mark wollte Cavalier helfen, aber es gab hier unten keinen Eingang in die Pyramide. Seine Hände wurden mit Blut benetzt, als er unwillkürlich die Glasfläche berührte, die sich nicht öffnen ließ. Cavalier gurgelte, spuckte Blut aus. Die Hände tasteten ins Leere. Der Franzose formte Wörter mit seinem Mund. Hatte er Mark erkannt? »Postal … boîte postal, boîte …« Das gleiche Wort, immer wieder. Boîte postal. Postfach, Briefkasten. Was meinte er damit? Dann wurde Cavaliers Blick plötzlich starr. Er hörte abrupt auf, sich zu bewegen, das Blut floß jetzt ohne Druck aus der Wunde am Hals.

Mark trat zurück. Sein Herz raste, sein Atem kam in Stößen. Er blickte um sich. Die schockierten Zuschauer hatten einen Kreis um ihn gebildet. Alle hielten einen Abstand von drei, vier Metern. Sie starrten ihn an, als habe er den Mann soeben eigenhändig aufgeschlitzt.

Mark blickte auf seine verschmierten Hände. Das durch die blutüberströmten Glasflächen eindringende Sonnenlicht warf rötliche Schlieren auf sein Gesicht. Er stand mit beiden Füßen in einer Blutlache. Noch einmal warf er einen Blick auf den reglosen Cavalier. Von weiter hinten hörte er Rufe, uniformierte Sicherheitskräfte stürmten durch den Korridor, der zur großen Pyramide führte. Mark wandte sich um und rannte in die entgegengesetzte Richtung. Nach einem kurzen schmalen Gang gelangte er in einen weiteren Raum. Vor ihm war eine massive Wand. Nach links und rechts führten Treppenstufen hinauf. Von rechts stürmten aufgeregt gestikulierende Leute nach unten auf ihn zu. Mark wandte sich ohne zu zögern nach links, nahm vier Stufen auf einmal und überwand die Treppe im Sturmlauf. Als er nach rechts abbog, sah er Tageslicht. Eine letzte Treppe hinauf hastete er nach oben ins Freie. Neben ihm ragte der *Arc de Triomphe du Carrousel* mit seiner absurd wirkenden rosa Farbe auf. Er jagte zwischen den Bäumen hindurch in den *Jardin du Carrousel*; ohne sich umzudrehen, sprintete er immer weiter in den großen *Jardin des Tuileries* hinein, weg von der Pyramide, weg vom Louvre.

Derweil hatte sich oben an dem Verkehrskreisel eine Menschenmenge gesammelt, die unter Raunen und Tuscheln nach unten durch die zerschlagene Glasabdeckung in die umgekehrte Pyramide starrte. Jeder gab zum besten, was er gesehen hatte, man drängelte sich vor der Hecke, um die beste Aussicht zu erhalten. Einige besonders Neugierige begannen, den Zaun und die Hecke zu überklettern, um direkt nach unten blicken zu können. Niemand beachtete den unscheinbaren jungen Mann in Jeans und Parka, der über die Fahrbahn schlenderte und eine abgewetzte Mappe aufhob, sie unter den Arm klemmte und weiterging. Von der Rue de Rivoli her hörte man Polizeisirenen näher kommen.

Nach und nach ging der Atem langsamer, ließ das Stechen in der Seite nach. Mark saß auf einer Bank inmitten immergrüner Lebensbäume. Allmählich nahm er seine Umgebung wahr. Gegenüber sah er eine blumengeschmückte Grabplatte, umgeben von kleinen Buchsbäumen. Neben ihm stand eine Art Minikapelle, vielleicht eine Familiengruft, deren Fenster aber zerschlagen waren. Der Ort war verlassen, vereinzelte trockene Blätter wurden vom Wind durch die Wege geweht. Offenbar saß er inmitten eines der vielen Pariser Friedhöfe – nur auf welchem?

Vom Louvre aus war er quer durch die Tuilerien gespurtet, immer weiter, bloß weg von diesem Ort, weg von dem Blut, dem Tod, weg von der Gefahr. Nach dem Park konnte er sich an den *Place de la Concorde* erinnern, die Säule in der Mitte, an die vielen Autos, das Hupen, als er achtlos über die Straße geprescht war. Dann war er an einer Art klassischem Tempel vorbeigekommen. Oder war es eine Kirche gewesen? Danach verschwamm seine Erinnerung, er war immer weitergerannt, ohne eine bestimmte Richtung zu verfolgen. Boulevards mit breiten Bürgersteigen und Straßencafés hatten sich mit engeren, verwinkelten Gassen abgewechselt. Er war bergauf gelaufen, ruhigere Nebenstraßen hinauf. Irgendwann, er konnte nicht sagen, wieviel Zeit vergangen war, hatte er keuchend ein Tor durchschritten. Mit Rauschen in den Ohren und stechenden Schmerzen in der Seite war er auf der Parkbank niedergesunken.

Als Mark wieder normal atmete, erfaßte ihn ein kalter Windhauch, der die Blätter um ihn hochwirbelte. Er fror, bemerkte erst jetzt, daß sein Hemd schweißgetränkt war und ihm kalt am Körper klebte. Nach einem Blick auf seine Hände rieb er die letzten Spuren des mittlerweile dunklen, geronnenen Blutes weg. Langsam steigerte sich sein Zittern zu einem unkontrollierten Schlottern. Ihm wurde klar, daß er nicht länger hier draußen sitzen bleiben konnte. Sein Mantel war noch in der Garderobe des Louvre, nur mit seinem Anzug war er für die Jahreszeit viel zu leicht bekleidet. Hinzu kam das nasse Hemd. Er brauchte seinen Mantel. Sollte er zurückgehen zum Louvre? Dort war jetzt wahrscheinlich alles abgesperrt. Womöglich würde ihn noch jemand wiedererkennen. Er mußte Woodworth Bescheid geben, sonst verpaßte er noch das Flugzeug zurück nach Brüssel. Cavaliers Tod änderte einiges für das weitere Vorgehen in den EU-Behörden.

Mark griff in die Innentasche seines Jacketts und zog das schmale Handy hervor. Er wählte die Nummer von Woodworths Apparat. Als sich wieder die unsympathische, krächzende Stimme des Spaniers meldete, die er schon vor zwei Stunden gehört hatte, durchlief ihn ein Schauer. Verdammt! Woher hatten die Mörder den Treffpunkt gekannt? Vielleicht waren die Verschwörer schon in der unmittelbaren Umgebung von Woodworth. Dieser hagere Typ mit seinen abfälligen Bemerkungen, vielleicht war er von den Verschwörern gekauft? Wortlos legte Mark auf. Zur *Banque de France* konnte er nicht zurück! Wer weiß, wer ihm auf dem Weg dorthin auflauerte? – Aber wo sollte er hin? Er kannte niemanden in Paris. Niemanden? Mark zog sein Portemonnaie aus der Gesäßtasche und blätterte die Visitenkarten durch, die er während der *Stagiaires*-Parties im Oktober angesammelt hatte. Nach kurzer Suche hielt er die abgewetzte Karte in der Hand, die ihm Victor im Bus vom *Castle Drogo* nach Exeter gegeben hatte. *41 Rue du Coulaincourt*.

Am Eingang zum Friedhof las er den Schriftzug über

dem steinernen Eingangstor. *Cimetière St. Vincent*. Eine dunkelgekleidete, ältere Dame mit einem Blumenstrauß kam auf den Eingang zu. Mark besann sich einen Moment, dann fragte er die Frau nach der Straße, in der Victor wohnte. Zu seiner Überraschung erhielt er eine freundliche Antwort.

»Ja, Monsieur, Sie gehen nur diese Straße bis zu Ende, den Berg hinab, dann sind Sie schon da. Welche Nummer ist es?«

»Äh –«, Mark blickte auf die Karte – »Nummer 41.«

»Ah voilà, da haben Sie Pech, Monsieur, das ist ganz am anderen Ende. Aber gehen Sie dort hinunter, dann nach links immer die Straße entlang. Ich glaube, es ist gleich hinter der Biegung!«

»Vielen Dank, Madame!«

Die alte Frau lächelte zurück und ging durch das Eingangstor des Friedhofs. Ob sie Blumen zum Grab ihres Mannes brachte? Mark wandte sich ab und ging hastig die abschüssige Straße hinunter. Er hatte Glück, daß Victors Wohnung sich ganz in der Nähe befand.

Nachdem Mark die Rue du Coulaincourt erreicht hatte, folgte er den abnehmenden Hausnummern. Die Straße beschrieb hier einen weiten Bogen. Nach zehn Minuten stand er vor dem Haus mit der Nummer 41. Er blickte an einer guterhaltenen Fassade mit vielen Fenstern und insgesamt sechs Stockwerken hinauf. Am Eingang fand er nach kurzer Suche einen Klingelknopf mit der Aufschrift *V. Rousson*, doch da er die Tür unverschlossen fand, trat er einfach ein und stieg die Treppe nach oben. An der Tür im vierten Stock mußte er nicht lange warten. Schon nach dem ersten Läuten hörte er Schritte, die Wohnungstür wurde geöffnet, und vor ihm stand Victor.

»Mein Gott, bin ich froh, daß du da bist!«

Victor verharrte einen Moment wie angewurzelt in der Tür. Er trug Jeans und ein Sweatshirt mit dem Aufdruck einer amerikanischen Universität, wie sie bereits vor einiger Zeit aus der Mode gekommen waren. Seine billige Brille war mit Fettflecken verschmiert.

»Darf ich reinkommen?«

»Ja, gerne, entschuldige Mark, mit dir hätte ich jetzt wirklich nicht gerechnet!«

Victor deutete Mark den Weg durch einen düsteren Flur in die Küche. Dort ließ sich der Deutsche kraftlos auf einen Stuhl fallen. Er fühlte sich plötzlich müde und ausgepumpt. Endlich ein Ort, an dem er sich ausruhen konnte. Er mußte nachdenken. Sich verschnaufen und darüber nachdenken, was zu tun war. Victor entging die Erschöpfung seines Besuchers nicht.

»Ich glaube, du kannst eine kleine Stärkung vertragen. Möchtest du einen Café au lait?«

»Daß wäre großartig. Gern!«

Nachdem Victor den Kaffee zubereitet hatte und Mark aus einer großen Tasse die ersten Schlucke genommen hatte, ergriff der Franzose das Wort.

»Was verschlägt dich so plötzlich nach Paris? Vor zwei Tagen im Dartmoor hattest du noch nichts davon erwähnt!«

Mark entschloß sich, Victor gegenüber nicht die gesamte Verschwörungstheorie auszubreiten, sondern nur das Notwendigste zu berichten, vor allem, was ihm heute zugestoßen war. Er beschränkte sich darauf, Victor zu erzählen, daß er mit Woodworth zu der Konferenz in der *Banque de France* angereist war, und daß er sich gegen Mittag mit einem Journalisten im Louvre verabredet hatte. Dann schilderte er das schreckliche Ereignis unter der umgekehrten Pyramide. Als er fertig war, vergrub er das Gesicht in seinen Händen und fuhr sich durch die Haare.

»Ich glaube, es war Mord!«

»Wie bitte? Was meinst du?«

»Mord. Der Journalist hatte Recherchen über den Einfluß des organisierten Verbrechens auf EU-Beamte geführt. Er hat mir gesagt, daß er Angst vor der Mafia habe. Ein Student, der ihm geholfen hatte, kam vor vierzehn Tagen unter ungeklärten Umständen ums Leben. Es war Mord!«

»Wieso bist du überhaupt weggerannt? Ich meine, du bist doch ein Zeuge des Unfalls – oder des Mordes.«

»Ich weiß nicht, warum, aber ich hatte ein Gefühl, ich kann es nicht beschreiben, ich hatte Angst, ich mußte da weg! Ich kann jetzt immer noch zur Polizei gehen.«

Victor blickte plötzlich zur Küchenuhr. Es war genau vier Uhr. Abrupt stand er auf und schaltete das kleine Radio ein, das auf dem Fenstersims stand. Der Nachrichtensprecher hatte bereits die Hauptschlagzeilen angekündigt und verlas gerade die Einzelheiten der ersten Meldung. Nachdem die Neuigkeiten aus dem Elysée-Palast abgehandelt waren, horchten die beiden auf.

Paris. Am Carrousel du Louvre hat sich heute mittag ein schwerer Verkehrsunfall ereignet. Ein auswärtiger Geländewagen fuhr mit überhöhter Geschwindigkeit einen französischen Bürger an, der durch den Aufprall in die umgekehrte Glaspyramide der Louvre-Erweiterung geschleudert wurde. Das Opfer, ein achtunddreißigjähriger Journalist aus Rennes, starb noch am Unfallort. Der Fahrer des Wagens durchbrach nach dem Zusammenstoß noch einige Hecken im Jardin du Carrousel und beging anschließend Unfallflucht. Von ihm fehlt bisher jede Spur. Die Polizei bezeichnete überhöhte Geschwindigkeit als Unfallursache. Zeugen des Geschehens werden gebeten, sich bei der Polizeipräfektur zu melden.

»Das hört sich eher nach einem Verkehrsunfall an, oder was meinst du?«

Mark seufzte. »Das wäre nicht die erste Falschmeldung, die ich im Radio höre. Immerhin sucht die Polizei noch Zeugen. Das heißt, die Ermittlungen sind noch nicht abgeschlossen.«

»Wenn ich jemanden beseitigen wollte, würde ich ihn jedenfalls nicht durch das prominenteste Bauwerk der Nation werfen. Ich meine, es gibt dezentere Methoden, sich unliebsamer Schnüffler zu entledigen, oder nicht?«

»Mag sein, nur daß die Täter vielleicht gar nicht wußten, wo ihr Opfer sich aufhielt. Wenn sie nur den Treffpunkt kannten und unter Zeitdruck standen, könnte die Vorgehensweise für sie sinnvoll gewesen sein.«

Mark hatte seinen Kaffee ausgetrunken und ließ sich zurücksinken.

»Wenn ich nur wüßte, was ich tun soll. Zur Polizei gehen? Oder zurück zum Bankgebäude? Mein Ausbilder wird sich wundern, wo ich bleibe. Mein Mantel ist noch in der Garderobe des Louvre. Was soll ich nur machen?«

»Mark, mach dir erst mal keine Sorgen. Du solltest jetzt nichts übereilen, vielleicht hast du recht, und es war ein Auftragsmord. Dann bringst du dich unnötig in Gefahr, wenn du zur Polizei gehst. Der Reporter ist so oder so tot, dem hilfst du nicht mehr. Ruh dich einen Moment aus, ich muß nur mal schnell telefonieren.

Dauert nur eine Minute, du verstehst, ich hatte ja nicht mit deinem Besuch gerechnet.«

Victor verließ lächelnd die Küche und lehnte die Tür an. Zunächst blieb Mark regungslos sitzen. Er ließ sich einfach zusammensacken, war froh, nichts mehr gefragt zu werden, vor niemandem Haltung bewahren zu müssen. Vom Flur hörte er das Klicken der Feststation eines kabellosen Telefons. Offenbar machte Victor seinen Anruf. Vielleicht war er in eine Verabredung hineingeplatzt? Oder – Mark durchfuhr es plötzlich eiskalt. Oder was? Er erhob sich vorsichtig von seinem Stuhl und ging langsam zur angelehnten Küchentür, drückte sie sachte auf. Durch die Wohnzimmertür vernahm er Victors gedämpfte Stimme, konnte aber nichts verstehen. Mit ein paar vorsichtigen Schritten trat er an die geschlossene Tür heran und legte sein Ohr an das Schlüsselloch. In dem Moment begann Victor wieder zu sprechen.

»Ja, er ist gekommen, vor zehn Minuten. – Ja, kein Problem, ich glaube, er ist sehr erschöpft. – Nein, er ahnt nichts. – 41 Rue du Coulaincourt, vierter Stock. Beeilen Sie sich!«

Wieder hörte Mark das Klicken des Telefons im Flur. Mit einem Mal verstand er alles, wußte er genau, was er zu tun hatte. Victor war mit ihm im Dartmoor gewesen. Natürlich war den Experten dort nicht entgangen, daß Mark sich mit ihm angefreundet hatte. Als er heute mittag so schnell von der Szene des Mordes verschwunden war, hatten sie messerscharf geschlossen, daß er möglicherweise zu Victor gehen würde, um in Paris Unterschlupf zu finden. Und sie waren schneller gewesen, hatten Victor bereits angerufen, ihm ein Angebot gemacht, das er nicht ablehnen konnte oder nicht abzulehnen wagte, und nun hatte dieser Dummkopf sie angerufen. Sie würden gleich hiersein. Er mußte weg, bevor es zu spät war. Cavalier war tot. Er war jetzt der einzige, der die Nachricht über die verdeckte Unterwanderung von *Europol* bekanntmachen konnte.

Boîte postal, Briefkasten, hatte Cavalier immer wieder geröchelt. Der Journalist hatte ihm die Unterlagen offenbar per Post nach Brüssel geschickt. Er mußte zurück zu seiner Wohnung, nach Brüssel, und dann die Presse informieren. Es galt, keine Zeit zu verlieren. Woodworth mit seinen Vorkehrungen und Absicherungen konnte warten. Es galt, jetzt schnell zu handeln. Aber ohne Unterlagen konnte er die Sache nicht publik machen. Wer würde ihm glauben, wenn er ohne jeden Beweis, ohne Belege für seine Thesen an die Öffentlichkeit trat? Er mußte zurück nach Brüssel, bevor es zu spät war.

All diese Gedanken schossen Mark in Sekundenbruchteilen durch den Kopf. Er stand vielleicht ein, zwei Sekunden auf dem Flur, hatte sich gerade aufgerichtet, als Victor die Tür öffnete. Der Franzose erfaßte sofort, daß Mark das kurze Gespräch belauscht haben mußte. Das Lächeln in seinem Gesicht war verschwunden. Er strahlte plötzlich etwas Resigniertes, Gleichgültiges aus. Seine Augen wirkten matt und müde, ihnen fehlte der Glanz, den Mark im Dartmoor noch bemerkt hatte.

»Hör zu, Mark, es hat keinen Zweck, gegen sie anzugehen. Warte hier, und ich gebe dir mein Wort, daß dir nichts zustößt. Glaub mir, es ist besser so für alle Beteiligten!«

»Wie kannst du mich so einfach an diese Killer ausliefern? Wieviel haben sie dir geboten?«

Mark wandte sich ab und rannte zur Wohnungstür.

Bevor er hinaustrat blickte er sich noch einmal um. Victor setzte ihm nach, machte aber keine Anstalten, ihn aufzuhalten.

»Du widerst mich an!«

Er ließ die Tür hinter sich offen und rannte die Treppe hinunter.

»Du begehst einen Fehler, Mark! Bleib doch, du verstehst nicht …«

Doch Mark war schon fast außer Hörweite. Er stürmte in großen Sprüngen die Treppe hinab und war nach wenigen Sekunden auf der Straße. Victor würde bestimmt erneut anrufen. Es galt, so schnell wie möglich eine sichere Entfernung zwischen sich und diesen Ort zu bringen. Er hatte Glück. Während er hastig die Straße entlangging, sah er plötzlich ein Taxi auf sich zukommen. Auf sein Winken hielt der Wagen sogleich neben ihm an.

»Gare du Nord!«

Vom Pariser Nordbahnhof aus fuhren die Fernzüge nach Westen. Wenn er jetzt einen Zug nahm, war er noch heute nacht in Brüssel. Der Taxifahrer bog auf den Boulevard de Clichy ein und beschleunigte den Wagen in Richtung auf den Gare du Nord zu. In wenigen Minuten würde er dort sein. Mit etwas Glück konnte er sofort einen Zug erwischen. Mark lehnte sich zurück und versuchte zu entspannen. Der Wagen glitt zügig durch den dichten Verkehr, dem Fahrer gelang es, sporadische Stauungen durch geschicktes Kolonnenspringen zu vermeiden. Nach wenigen Minuten tauchte die Fassade des Gare du Nord mit seinen runden Glasverkleidungen und dem zentralen Giebel vor ihnen auf. Der Fahrer mußte bremsen, als direkt vor dem Bahnhof eine Ampel auf Rot sprang. Mark war drauf und dran, sofort zu bezahlen und auszusteigen, um zu Fuß die

Straße zu überqueren und in den Bahnhof hineinzugehen, doch der Fahrer bedeutete ihm sitzenzubleiben. Offenbar war er nicht gewillt, sich seine Einnahmen dadurch schmälern zu lassen, daß sein Fahrgast sich schon vor dem Ziel verabschiedete. Auch die Wartezeit an der Ampel brachte schließlich Geld, der Gebührenzähler tickte immer weiter.

Gegenüber am Straßenrand sah Mark einen Zeitungsverkäufer, der den *InfoMatin* hochhielt. Sollte er lieber zur Redaktion von Cavaliers Zeitung gehen und alles erzählen? Aber dort würden ihn wahrscheinlich die Leute erwarten, die heute mittag Cavalier am *Carrousel du Louvre* abgefangen hatten. Nein, er durfte nicht so durchsichtig handeln, mußte sich eine Strategie zurechtlegen, wenn er seinen Gegnern entkommen wollte. Er hatte den Nordbahnhof spontan als Fahrtziel genannt, weil er wußte, daß von dort die Züge nach Brüssel abfuhren. Aber war es klug, jetzt auf direktem Weg nach Hause zurückzufahren? Hier am Gare du Nord würden sie ihn wohl am ehesten erwarten, um ihm aufzulauern.

Ein weiterer, bedauerlicher Unfall. Der einlaufende Schnellzug aus Köln konnte nicht mehr rechtzeitig bremsen, als der junge deutsche Tourist auf dem Bahnsteig des Gare du Nord ins Stolpern geriet und vor die Lokomotive stürzte. Das Opfer, der siebenundzwanzigjährige Jurastudent Mark K. aus Aachen, verstarb noch am Unfallort.

Mit seinem überstürzten Besuch bei Victor, vor weniger als einer halben Stunde, war er bereits ahnungslos in eine Falle getappt. Die andere Seite hatte bewiesen, daß sie in der Lage war, seine Bewegungen vorauszuberechnen. War er im Moment dabei, einen tödlichen Fehler zu machen? Als die Ampel auf Grün sprang, lehnte Mark sich vor und gab dem Taxifahrer ein neues Ziel an.

»Entschuldigung, ich habe mich getäuscht, glaube ich. Fahren Sie doch zum Gare de Lyon, bitte!«

Der Fahrer blickte Mark verständnislos an, fuhr aber am Nordbahnhof vorbei. Ihm sollte es recht sein, Hauptsache, der verwirrte Deutsche bezahlte am Ende seine Rechnung. Mit einem gekonnten Schwung wich er einem haltenden Kleinbus aus und bog auf den Boulevard de Magenta ein.

Mark würde nicht den gleichen Fehler zweimal machen. Mit ein bißchen Phantasie konnte er sich die verschiedensten Möglichkeiten vorstellen, von Paris nach Brüssel zu gelangen.

5. Kapitel

Die Bestie zeigt ihre Klauen

Die Mafia ist organisiertes Verbrechen. Aber bei weitem nicht jedes organisierte Verbrechen ist Mafia. Andererseits ist mafioses Verhalten nicht auf das organisierte Verbrechen beschränkt. Hierarchischen Aufbau und innere Abschottung, konspiratives und arbeitsteiliges Vorgehen, das Prinzip des Schweigens und die Strategie der Angst findet man auch in legalen Institutionen, in Parteien und Konzernen, in Gewerkschaften und Kirchen, in Politik und Geschäft.
Organisiertes Verbrechen schillert. Es enttarnt oder verhüllt sich, je nach Opportunität. Es ist allgegenwärtig und schwer faßbar. Fest steht, daß es in einer breiten Öffentlichkeit kaum Einwände gegen Praktiken gibt, die typisch für das organisierte Verbrechen sind. Einschüchterung, Erpressung oder physische Bedrohung sind in Politik und Geschäft heimisch.

Dagobert Lindlau, Der Mob, Hamburg 1987

Inmitten einer Menge von eiligen Büroangestellten und diensteifrigen Euro-Beamten trat Mark durch den Ausgang der Métro-Station ins Freie. Er trug eine einfache, dunkle Steppjacke und eine schwarze Baseballkappe. Beides hatte er in einer Boutique beim Gare de Lyon kurz vor Geschäftsschluß erstanden. Über die rechte Schulter hatte er einen kleinen blauen Rucksack geworfen, in dem sich lediglich eine Zeitung befand. Im Gare de Lyon war es ihm nach kurzer Wartezeit gelungen, einen *TGV* nach Lyon zu besteigen. Dieser Hochgeschwindigkeitszug erreichte dreihundert Kilometer pro Stunde und legte die fünfhundert Kilometer lange Strecke in weniger als zwei Stunden zurück. Er war so rechtzeitig in Lyon angekommen, daß er von dort noch einen Nachtzug nach Brüssel erreichen konnte. Dieser Reisezug fuhr auf einer Nebenstrecke über Dijon, Nancy, Metz, Luxemburg und Liège bis zur belgischen Hauptstadt. Er hielt an jedem kleinen Bahnhof an der Strecke, manchmal für zehn Minuten oder länger. Dadurch benötigte Mark die ganze Nacht, um seinem Ziel näher zu kommen. So hatte er viel Zeit gehabt, um nachzudenken. Ihm war klargeworden, daß es zu spät war, noch zurückzugehen oder zu versuchen, mit Woodworth die Veröffentlichung abzustimmen. Er mußte handeln, bevor sie ihn fanden. Er hatte keine Wahl. In den Nachrichten konnten sie noch so oft wiederholen, Cavalier sei einem Verkehrsunfall zum Opfer gefallen, für ihn stand fest, daß der Journalist wegen seiner Kenntnisse über die Mafia-Verschwörung ermordet worden war. Später war er in einen unruhigen Halbschlaf gesunken, hatte Stunden vor sich hin gedämmert, die vielen kleinen Bahnhöfe an sich vorbeiziehen sehen. Doch er war nicht bis Brüssel im Zug geblieben. Am frühen Morgen war er bereits in Liège ausgestiegen. Dort hatte er in einem Stehcafé gefrühstückt, viel Kaffee getrunken und um sechs einen weiteren Zug nach Louvain genommen. Um sieben Uhr war er dort in einen Schienenbus nach Brüssel umgestiegen. Mittlerweile hatten sich die Bahnsteige mit Pendlern gefüllt, die zu ihren Arbeitsplätzen nach Brüssel unterwegs waren. Mark hatte Schwierigkeiten, überhaupt einen Sitzplatz unter den vielen Büroangestellten, Sekretärinnen und Beamten zu finden, die sich durch die Gänge des Zuges drängten. Während er sich in der Nacht in dem leeren Reisezug manchmal wie auf einem Präsentierteller gefühlt hatte, merkte er nun, wie er in der Menge der Gesichter untertauchte. Als der Zug sich am Brüsseler Nordbahnhof leerte, ließ Mark sich einfach im Gedränge mitschieben, hinunter in die noch unter den Gleisen der Fernzüge gelegenen Tunnel der Untergrundbahn.

Nun trat er vom Ausgang der U-Bahn-Station an der Kreuzung Avenue des Arts und Rue de la Loi auf die Straße. Wieder war er einer unter vielen, die ihren Arbeitsplätzen in den Bürohäusern der Umgebung zustrebten. Er bemühte sich, mit den routinierten Angestellten Schritt zu halten, die im Alltagstrott ihren Weg nahmen und sich nur wenig um die Schaufenster, die Plakate oder die vereinzelten Straßenhändler kümmerten. Er versuchte, sich wie ein hastiger Beamter zu benehmen, dachte an seinen Arbeitsplatz, daran, nicht zu spät zu kommen, eilte mit den anderen über die gerade umspringende Fußgängerampel und wich nur unwillig einem Fahrradkurier aus, der ihm auf dem Gehweg entgegenkam.

Nach kurzer Zeit erspähte er seinen Fiat Punto, den er auf dem Behördenparkplatz schräg gegenüber vom Kommissionsgebäude abgestellt hatte. Gestern morgen war er in Zeitnot gewesen, als er sich mit Woodworth und den anderen Kommissionsbeamten hier in der Rue de la Loi getroffen hatte, um zum Flughafen zu fahren. Er war froh gewesen, überhaupt einen Parkplatz gefunden zu haben, und hatte ohne Umschweife den Behörden-Einstellplatz genommen, obwohl er dazu eigentlich gar nicht berechtigt war. Nun stand er vor dem dunklen Fiat und fummelte die Schlüssel aus seiner Tasche, während er nach oben blickte und das Fenster seines Büros auszumachen versuchte. Schnell in den Wagen und dann sofort in die Rue de Locht, zu seinem Briefkasten. Dort lag vielleicht schon Cavaliers Brief mit den Unterlagen, die er brauchte, um bei der Presse glaubwürdig auftreten zu können.

Als er den Schlüssel endlich in der Hand hielt, kamen ihm plötzlich die Fotokopien in den Sinn, die er unter der Schreibunterlage in seinem Arbeitszimmer versteckt hatte. Die Ausdrucke bewiesen immerhin, daß es Manipulationen im Computer gab, und er selbst hatte dies entdeckt. Es konnte bestimmt nicht schaden, Cavaliers Unterlagen noch mit ein paar eigenen Indizien zu untermauern. Mark steckte den Autoschlüssel wieder ein und überquerte die Straße. Als er die Lobby des Bürogebäudes durchquerte, kam ihm der Pförtner mit fuchtelnden Armen entgegen.

»Monsieur Kemper, Ihr Wagen kann dort nicht ...«.

Der Wächter schien sich zum wiederholten Mal wichtig machen zu wollen, weil Mark sein Auto in der offiziellen Parkbucht abgestellt hatte. Dabei war dieser Parkplatz fast nie belegt. Mark passierte die Eingangsschleuse und hastete schnellen Schrittes an dem Mann vorbei. Bei den Fahrstühlen erblickte er ein Pappschild mit der Aufschrift ›*Außer Betrieb! Wartungsarbeiten*‹. Er fluchte leise und wandte sich zum Treppenhaus. Ausgerechnet heute, wo er es eilig hatte, mußten die Aufzüge stillstehen. Mark nahm immer zwei Stufen auf einmal und stieg zügig hinauf in den vierten Stock. Auf der Treppe und auf dem Korridor war noch wenig Betrieb, denn die meisten Beamten würden erst gegen neun Uhr, also in etwa einer halben Stunde, zum Dienst erscheinen. Um so mehr überraschte ihn die joviale Begrüßung durch Mario, der bereits an seinem Schreibtisch in dem gemeinsamen Arbeitszimmer saß und Zeitung las.

»He, Mann, ich dachte mir, heute gehst du mal früher ins Büro und empfängst deinen Kollegen gebührend! Wie war es in Paris? Ich habe gehört, du durftest Woodworth zur französischen Nationalbank begleiten!«

Mark hatte vorgehabt, nur schnell die Kopien zu schnappen und sich sofort wieder auf den Weg zu machen. Auf eine Plauderei mit seinem Kollegen war er jedenfalls nicht vorbereitet.

»Frag lieber nicht. Ich erzähle dir später alles, jetzt muß ich schnell weiter: Termine! Tut mir leid.«

Er hob die Schreibunterlage an. Darunter lag unangetastet jener kleine Stoß von Kopien, die er gemacht hatte, bevor er Woodworth die Originalausdrucke übergeben hatte. Erleichtert griff er nach den Papieren und machte einen Schritt zur Tür hin, als er vom Flur her die Stimme Maubeuges vernahm. Der Abteilungsleiter ging zusammen mit einem jüngeren Beamten laut diskutierend über den Korridor und kam auf das Büro zu, in dem die beiden *Stagiaires* sich aufhielten. Mark schloß behutsam die Tür. Ihm stockte der Atem, während Maubeuge an dem Zimmer vorbeiging. Während seine Schritte langsam im Flur verhallten, brach Mark der Schweiß aus. Wenn er nun Maubeuge über den Weg gelaufen wäre! Wahrscheinlich wußte der schon Bescheid und hätte ein Mordkommando auf ihn gehetzt. Plötzlich wurde ihm klar, wie unvorsichtig es von ihm war, einfach so das Kommissionsgebäude zu betreten.

Mario hatte zunächst nichts gesagt, als Mark bei Maubeuges Annäherung die Tür geschlossen hatte, aber jetzt konnte er sich vor Neugier nicht mehr halten.

»Was ist denn mit dir los? Seit wann versteckst du dich vor deinem Ausbilder?«

»Ach, Quatsch, ich verstecke mich gar nicht. Es ist nur, ich sollte bis heute einen Vermerk fertighaben, und wegen des Abstechers nach Paris habe ich es nicht rechtzeitig geschafft. Falls Maubeuge nach mir fragt, sag ihm, du hättest mich heute noch nicht gesehen. Okay?«

»Schon gut, kein Problem.«

Wenn es darum ging, sich um Arbeit zu drücken, konnte man auf Mario zählen. Marks Kollege war aufgestanden und ans Fenster getreten. Er blickte hinaus auf die Rue de la Loi. Plötzlich preßte er sein Gesicht an die Scheibe.

»Sag mal, hast du nicht einen dunklen Fiat? Da unten schleppen sie gerade so einen Wagen ab! Deutsches Kennzeichen!«

Mark stürzte zum Fenster. Tatsächlich stand schräg vor seinem Fiat Punto ein gelbschwarzer Lastwagen mit leerer Laderampe. Auf dem Dach des Führerhauses kreisten zwei orange Warnlampen. Der hinter dem Führerhaus angebrachte Kran ragte hinüber zu seinem am Straßenrand geparkten Wagen. Über dem Fiat baumelte ein stählernes Kreuz, von dem Metallketten mit Krallen herunterhingen. Ein Mann mit einem Schreibbrett ging um das Fahrzeug herum und machte Häkchen auf einem Formular. Während ein anderer Mann mit orangefarbener Weste seitlich neben dem Lastwagen stand und den Kran bediente, reckte sich ein dritter Arbeiter mit gelbem Helm nach den Metallkrallen, offenbar, um sie an den Reifen des Autos zu befestigen. Sie waren im Begriff, seinen Wagen abzuschleppen!

»Das darf doch nicht wahr sein! Seit Wochen parke ich dort, und ausgerechnet heute wollen die mich abschleppen! Ciao, Mario, ich muß sofort runter, vielleicht läßt sich noch was machen!«

Mark stopfte die Fotokopien in den Rucksack und stürmte durch die Tür auf den Flur. Wenn er sich beeilte, gelang es ihm vielleicht, die Arbeiter umzustimmen oder noch rechtzeitig wegzufahren. Eine

Abschlepprechnung über viertausend Francs war das letzte, was er jetzt brauchen konnte, ganz abgesehen davon, daß der Wagen für mehrere Stunden blockiert wäre, falls sie ihn tatsächlich abtransportierten. Um jeden Preis mußte er die Männer vom Abschleppdienst aufhalten. Mark sprintete den Korridor hinunter, bog in das Treppenhaus ein und polterte die Stufen hinab. Auf Höhe des zweiten Stockwerks kam ihm plötzlich die Sekretärin von Woodworth entgegen. Trotz Mütze und Jacke erkannte sie Mark sofort.

»Mr. Kemper! Professor Woodworth will ...«

Ohne abzubremsen, rauschte Mark an der erschrockenen und empörten Frau vorbei. Durch eine halbe Drehung seines Körpers vermied er einen Zusammenstoß mit der sich am Geländer festhaltenden Angestellten. Bevor sie ihren Satz beenden konnte, war er einen Stock tiefer. Im Foyer stand der Pförtner am Fenster und blickte hinaus auf die Straße. Der Mann beobachtete den Abschleppdienst auf der Straße und schien eine gewisse Begeisterung nicht verbergen zu können. Mark preschte an ihm vorbei durch die Eingangstür auf den Bürgersteig. Er konnte sehen, wie die Männer bei dem Kranwagen gerade die letzte Kralle am Hinterrad des Fiat anbrachten und zurücktraten. Im dem Moment trat auf einmal ein großer Mann in einem langen, dunklen Mantel auf die Fahrbahn und schrie wild gestikulierend auf die Abschleppleute ein. Offenbar wollte er verhindern, daß sie den Wagen auf den Lkw aufluden. Seine Bewegungen hatten etwas Dringliches, als ginge es um Leben oder Tod. Doch der Mann, der den Kran bediente, kümmerte sich nicht um den Störenfried. Er hantierte weiter an seinen Hebeln. Schon strafften sich die Ketten, die von dem stählernen Kreuz hinunter zu den Reifen führten.

Was wollte dieser Typ? Es war doch nicht sein Wagen, der abgeschleppt wurde! Verwundert zögerte Mark einen Moment. Es war zu spät, er würde sie nicht mehr stoppen können. Oder doch? Plötzlich wandte der merkwürdige Mann im dunklen Mantel sich ab und rannte wortlos davon. Im gleichen Augenblick spannten sich die Ketten, und der Abschleppwagen senkte sich etwas unter der Last des Gewichts. Während sein Auto zu schweben begann, besann Mark sich und rannte auf die Szene zu. Mit jedem Schritt, den er näher kam, entfernte sich der Fremde in die entgegengesetzte Richtung. Das Auto hing jetzt zwei Meter über dem Boden und schwankte leicht hin und her. Er war noch fünfundzwanzig Meter entfernt, lief mit unverminderter Geschwindigkeit weiter. Plötzlich ging ein Ruck durch den Kran, der den Fiat stark schwanken ließ. In diesem Moment sah Mark einen hellen Blitz, gefolgt von einem sich schnell ausdehnenden gelborangefarbenen Feuerball, an der Stelle, wo eben noch sein Fiat Punto am Kran gehangen hatte. Fast im gleichen Moment zerriß ein ohrenbetäubender, immer lauter dröhnender Knall das gleichmäßige Rauschen des Innenstadtverkehrs. Eine Druckwelle warf Mark mitten im Lauf hart zu Boden. Metallsplitter sausten schwirrend durch die Luft und schlugen in Hauswände, Fahrzeuge und Fenster ein. Das erste Krachen der Explosion hallte vielfach in der Straßenschlucht wider, als die Fensterscheiben der umliegenden Gebäude zerbarsten. Ein Regen von Scherben ergoß sich auf die Gehwege zu beiden Seiten der Rue de la Loi.

Mark rappelte sich auf und sprang vom Bürgersteig weg zwischen zwei parkende Autos, deren Scheiben ebenfalls zersprungen waren. Hinter ihm zerstoben mit

Getöse Kaskaden von Fensterglas auf dem Pflaster, auf dem er eben noch gelegen hatte. Wo vor Sekundenbruchteilen der Fiat am Haken des Abschleppwagens gebaumelt hatte, sah er jetzt eine Flammenwand, die von einer Kette kleinerer Detonationen und Verpuffungen aufgewühlt wurde. Brennendes Benzin lief über die Fahrbahn. Bremsen kreischten. Ein Pkw fuhr schräg gegenüber mit einem dumpfen Knall in ein parkendes Auto. Mark hörte Schreie.

Plötzlich tauchte eine brennende Gestalt auf, die in Panik aus der Feuerwand heraus auf ihn zulief, dann die Richtung wechselte, stolperte und zuckend am Boden liegenblieb. Mark stand auf und blickte um sich. Auf den Gehwegen lagen verletzte Passanten. Der Abschleppwagen hatte sich in ein brennendes Wrack verwandelt, der Kran ragte halb abgerissen schräg nach oben. Von seinem Fiat war nichts mehr zu sehen. Um den in Flammen stehenden Lkw lagen brennende und qualmende Wrackteile herum. Die Rauchentwicklung nahm schnell zu, begann die Straßenschlucht einzuhüllen. Vereinzelt stürzten noch Scherben von den zerborstenen Fenstern herab auf die Fußgänger, die inzwischen panisch davonliefen.

Mark verharrte noch einen Augenblick, blickte ungläubig auf das Bild der Verwüstung, das sich ihm bot. Dann stürzte auch er davon. Nur weg, die Rue de la Loi entlang zur nächsten Ecke. Weg von hier, bevor es zu spät war. Um ihn herum liefen andere verängstigte Menschen. Er hörte Hilfeschreie, Ausrufe des Entsetzens von heraneilenden Neugierigen. Mark rannte, so schnell er konnte, um die nächste Ecke, immer weiter, ohne sich umzudrehen, ohne zu zögern. Er spürte, daß er um sein Leben lief.

Das Läuten des Telefons war schon im Treppenhaus zu hören, als Christin mit der Brötchentüte in der Hand nach oben stieg. Gleich nach dem Öffnen der Tür nahm sie den Hörer ab, in der Hoffnung, daß Mark anrief, von dem sie nun seit zwei Tagen nichts mehr gehört hatte.

»Woodworth hier. Mit wem spreche ich bitte?«

»Christin Meister. Worum geht es?«

»Ah, Sie sind die Freundin von Mr. Kemper, nicht wahr? Vielleicht hat Ihr Freund meinen Namen erwähnt, ich kenne Mark vom Europa-College in Brügge. Zur Zeit ist Mark mir zur Ausbildung zugeteilt, in der Kommission ...«

»Ich weiß Bescheid, ja, ich erinnere mich. Mark hat Ihren Namen öfter erwähnt. Womit kann ich Ihnen helfen?«

»Nun ja, gestern hat Ihr Freund mich nach Paris begleitet, zu einer Konferenz. Anschließend haben wir uns verpaßt oder irgendwie mißverstanden. Jedenfalls konnten wir nicht länger warten und sind ohne ihn nach Brüssel zurückgekehrt. Und nun frage ich mich natürlich, wo er geblieben ist. Ich dachte, Sie wüßten vielleicht Bescheid, verstehen Sie, daß er Sie angerufen hat.«

»Oh, tut mir leid, seit vorgestern hat er sich nicht mehr gemeldet. Ist etwas passiert?«

»Nein, keine besonderen Vorkommnisse. Ich will Sie nicht länger aufhalten. Wahrscheinlich wird Mark sich demnächst melden, und alles klärt sich auf. Kann ich Sie heute abend noch einmal anrufen, um nachzufragen? Ich meine, sind Sie erreichbar?«

»O ja, sicher! Rufen Sie ruhig an, ich bin den ganzen Abend zu Hause. Ich habe zu tun, muß für das Physikum büffeln. Hoffentlich ist ihm nichts zugestoßen?«

»Machen Sie sich keine Sorgen, Miss Meister, alles

wird sich aufklären. Wahrscheinlich handelt es sich um ein Mißverständnis. *Have a nice day!*«

Zuerst war Mark einfach nur gelaufen, zusammen mit den anderen Passanten, weg von den Flammen, von den herabstürzenden Glassplittern, weg von der Verwüstung. Doch während die anderen Leute nach und nach stehengeblieben waren, hatte er seinen Lauf fortgesetzt. Zunächst ziellos, ohne nachzudenken. Irgendwann, er wußte nicht mehr, wie lange er gelaufen war, als seine Beine immer schwerer geworden waren, hatte er angefangen zu gehen. Nach einiger Zeit hatte er seine Schritte verlangsamt. Er war vor einem Schaufenster stehengeblieben, hatte sein Spiegelbild in dem reflektierenden Glas betrachtet. Erst jetzt bemerkte er, daß er sich bei dem Sturz vor dem Kommissionsgebäude eine Abschürfung an der Schläfe zugezogen hatte. Mittlerweile war die Wunde verkrustet. Er berührte sie mit der Hand. Auf einmal vermißte er auch die Schirmmütze, die ihm die Druckwelle der Explosion vom Kopf gerissen haben mußte.

Mark betrachtete sich näher in der spiegelnden Scheibe. Seine Anzughose wirkte nach der Nacht im Zug und dem Herumrobben auf dem Straßenpflaster ausgebeult und schäbig. Mit der billigen Steppjacke wirkte er fast heruntergekommen. Hinzu kam, daß er sich seit vorgestern nicht mehr rasiert hatte. Mit einemmal spürte er die Träger des Rucksacks. In der Panik nach der Detonation hatte er den einfachen Plastiksack mit den Kopien aus der Kommission völlig vergessen. Nur weil er ihn über beide Schultern gelegt hatte, war er vorhin bei dem Sturz nicht verlorengegangen. Er hatte also seine Unterlagen noch. Doch was war geschehen? Bevor er in das

Gebäude der Kommission gegangen war, war er drauf und dran gewesen, sich in seinen Wagen zu setzen und wegzufahren. Dann war der Abschleppdienst gekommen. Kaum hatten sie den Fiat angehoben, war dieser von einer Explosion zerrissen worden.

Es konnte nur eine Bombe sein. Eine Bombe, die ihm galt. Schon wieder war er blindlings in eine Falle gelaufen. Nur der Zufall hatte ihn gerettet. Die Bombenleger hatten nicht mit dem Abschleppdienst gerechnet. Die Männer mit dem Kranwagen hatten ihm das Leben gerettet und dafür mit ihrem Leben bezahlt. Die andere Seite war schnell gewesen, hatte seine Bewegungen erneut präzise vorausgesehen. Seine ausgeklügelte Fahrt nach Brüssel war umsonst gewesen, weil die Mafia-Killer vorausgesehen hatten, was sein Ziel war. Jetzt galt es, schnell zu handeln. Mark war sich klar darüber, daß ihn nur die Flucht nach vorn retten konnte. Zuerst brauchte er die Unterlagen, die Cavalier ihm zugeschickt hatte. Er mußte zu seiner Wohnung in der Rue de Locht.

Mark ging langsam die Straße entlang, der Streusand der ersten, vergangenen Frostperiode klebte naß unter seinen Hacken. Schon von weitem sah er, daß sich an der Ecke eine kleine Menschenmenge zusammengefunden hatte. Es war keine politische Versammlung, niemand hielt eine Rede. Er hatte den Eindruck, daß sich Köpfe nach ihm umdrehten, als er sich näherte, als sei er jemand, der erwartet werde. Als er den Rand der Menge erreichte, wurde ihm klar, daß die Leute vor seinem Eingang standen, zu seiner Wohnung hinaufblickten. Ein Mann starrte ihn eindringlich an und sagte: »Sind Sie noch einer von denen?«

Mark war verunsichert und antwortete zögernd.

»Was meinen Sie?«

»Polizei. Sind Sie auch von der Polizei?«

»Nein. Was macht die Polizei denn hier?«

»Sie durchsuchen die Wohnung eines deutschen Terroristen, der hier Unterschlupf gefunden hatte.«

»Und worauf warten die Leute?«

»Sie wollen sehen, wie er herausgebracht wird!«

»Ach so. Und was hat er getan, der Terrorist?«

»Niemand weiß Genaues. Ich vermute, es gibt einen Zusammenhang mit dem Bombenattentat auf die EU-Kommission von heute morgen. Da ist ein deutscher Wagen explodiert. Der ganze Straßenzug ist verwüstet. Zwei Tote.«

Mark starrte den Mann mit offenem Mund an. Die Polizei suchte ihn! *Er* war der Terrorist! Offenbar waren die Sicherheitsbehörden im Begriff, ihm den Bombenanschlag anzuhängen, dessen Opfer er eigentlich hätte werden sollen. Der Sprengsatz war in seinem Wagen explodiert. Er hatte sich fluchtartig vom Ort des Geschehens entfernt. Was sollte er sagen, wenn man ihn jetzt verhörte? Sie würden ihn in Untersuchungshaft nehmen. Wahrscheinlich würde sich früher oder später alles aufklären. Aber dann konnte es zu spät sein. Dann lebte er vielleicht nicht mehr. Die Verschwörer hatten bewiesen, daß sie vor nichts zurückschreckten. Das hieß, er mußte sich jetzt nicht nur vor der Mafia, sondern auch noch vor der Polizei verstecken. Und er kam nicht an seinen Briefkasten, konnte Cavaliers Unterlagen nicht abholen.

»Sind Sie nicht auch Deutscher? Was machen Sie hier? Kennen Sie etwa den Gesuchten?«

Mark machte ein paar Schritte rückwärts, dann drehte er sich um und ging weg. In seinem Rücken fühlte er die musternden, kaltblütigen Augen des Mannes, dessen Fragen er unbeantwortet gelassen hatte.

Mittlerweile war es Abend geworden. Mark war den ganzen Tag über in der Brüsseler Innenstadt unterwegs gewesen, hatte in einer Pizzeria zu Mittag gegessen und war durch die Fußgängerzone geschlendert. Er wartete ab, ohne zu wissen, warum oder auf was er wartete. Nachdem die Geschäfte geschlossen hatten, begannen die Straßen sich zu leeren. Nicht mehr lange, und er würde auffallen, die Menge, in der er den Tag über untergetaucht war, löste sich langsam auf. Was sollte er nur machen? Wie sollte es weitergehen? Ohne die Unterlagen konnte er nichts unternehmen. Aber er kam nicht an seinen Briefkasten heran. Briefkasten. Boîte postal. Warum hatte Cavalier die Sachen ausgerechnet per Post geschickt? Post. Ein Gedanke begann sich in seinem Kopf zu formen. Immer wieder rief er sich die letzten Worte des Journalisten ins Gedächtnis. Postkasten. Boîte postal.

Mark verlangsamte seine Schritte und blieb schließlich vor der Filiale eines Computergroßhändlers stehen. Er hatte es sich zur Angewohnheit gemacht, hier die neuesten Angebote an Programmen und Geräten zu betrachten. Heute blieb er gedankenlos stehen, während er weiter vor sich hin grübelte. Briefkasten. Boîte postal. Mailbox. – Ja! Das war es! Mailbox! Der Journalist hatte nicht den *Post*briefkasten gemeint. Statt dessen hatte er, der Gewohnheit der Franzosen folgend, auch das englische Wort *Mailbox*, mit dem der elektronische Briefkasten der *E-Mail* gemeint war, ins Französische übersetzt. Die Nachricht von Cavalier war in Marks elektronischer Mailbox!

Aber was nützte ihm das? Seine Wohnung war von der Polizei umstellt und durchsucht. Der Computer war beschlagnahmt, die Wohnung bewacht, er hatte keine Möglichkeit, auf die Daten zuzugreifen. – Gar keine Möglichkeit? Sein Blick fiel auf die Auslage des Computerladens. Er sah einen Notebook-Computer, der zur Demonstration des Farbdisplays ins Fenster gestellt worden war. Unendliche Variationen einer Kaleidoskop-Simulation liefen in brillanten Farben über den Bildschirm. Die Batterieanzeige zeigte volle Ladung an. Daneben lagen ein Akustikkoppler und ein Handbuch. ›Mobile Datenfernübertragung im Paket. Zusammen mit Farb-Aktivdisplay-Notebook-Rechner. Sofort einsatzbereit! Vorinstalliert! Sonderangebot!‹

Mark blickte sich um. Die Straße war jetzt fast verlassen. Nur vereinzelte Passanten eilten noch hin und wieder an ihm vorbei. Er ging langsam weiter, schlenderte einmal um den Block und kehrte nach zehn Minuten zu dem Computergeschäft zurück. Sein Blick fiel auf den massiven eisernen Gullydeckel unweit des Schaufensters. Die Einkaufsstraße war leer, er war allein. Mit einem Mal bückte Mark sich und riß das schwere Kanalrost nach oben. Er ächzte unter der Anstrengung, aber nach anfänglichem Ruckeln gab der Deckel nach. Mark stemmte das schwere, rostige Eisengitter in die Höhe, hielt es über dem Kopf und schwankte ein, zwei Schritte vorwärts. Mit einer letzten verzweifelten Anstrengung warf er das Kanalrost in die großflächige Fensterscheibe des Computergeschäfts. Krachend zersplitterte das Glas, der eiserne Deckel schlug zusammen mit den Scherben mitten in der Dekoration ein. Splitter fielen nach außen und zersprangen klirrend auf dem Pflaster des Gehwegs. Er hatte einen Teil der Schaufensterauslage zerstört, doch der tragbare Computer und der Akustikkoppler waren heil geblieben. Mark blickte nach links und rechts. Niemand schien seinen Einbruch bemerkt zu haben. Vorsichtig streckte er die Hände aus und zog den Computer unter dem lose hängenden, scharfzackigen Teil der Fensterscheibe, der jeden Moment nach unten zu stürzen drohte, heraus. Hastig klappte er den Rechner zusammen und stopfte ihn in den Rucksack. Er warf den Akustikkoppler dazu und schulterte seine Beute. Dann setzte er sich langsam in Bewegung, trabte davon und bog um die nächste Ecke.

Die Telefonzelle wurde zur Straße hin von einer Plakatwand verdeckt. Auf der anderen Seite fiel einen Meter neben dem kleinen Fernsprechhäuschen der Quai senkrecht in den Canal de Charleroi ab. Die Wasseroberfläche glänzte still im Licht der wenigen Straßenlaternen. Mark öffnete die Tür und packte seinen Rucksack aus. Den Notebook-Computer plazierte er auf den Telefonbüchern. Während der Rechner bootete und die Startprogramme abspulte, steckte Mark seine Telefonkarte in den Apparat und nestelte mit dem Akustikkoppler, den er am Hörer des Telefons befestigen mußte. Dann war der Computer mit dem Internet verbunden. Wie die Schaufensterauslage versprochen hatte, handelte es sich um ein Exemplar mit vorinstallierter Software. Mark mußte nur das Programm starten, mit dem über die Telefonleitung der Kontakt zu dem elektronischen Briefkasten hergestellt wurde. Vor der Tastatur war ein Trackball in den Rechner eingebaut. Damit klickte er eine Reihe von Symbolen an und hangelte sich so von Fenster zu Fenster. Über die Tastatur des Computers gab er die Nummer der Mailbox ein und wartete, während der Rechner die Signale als eine Folge von Pieptönen über die Leitung sendete. Das Password für seine *Mailbox* kannte er glücklicherweise auswendig. Schon wurde er aufgefordert, es einzugeben. Er tippte nervös ›mk150868‹ und blickte um sich. Doch die Straße war leer und verlassen. Die Polizei schien zumindest hier nicht nach ihm zu suchen.

In der *Mailbox* wartete eine ganze Reihe von Nachrichten auf ihn. Ihm fiel ein, daß er seit seiner Abfahrt nach England seine *E-Mail* nicht mehr kontrolliert hatte. Die Dateien waren automatisch nach Eingangsdatum sortiert. Sein Blick fiel auf die neueste Nachricht, die er an der Absenderadresse als Robertos Produkt erkannte. Er klickte die Datei an und las:

> ***lombard.016 @ compuserve.com: Hi Mark! Hab' mir Deinen Vorschlag für die Motorradtour durch den Kopf gehen lassen. Komme Mittwoch, 15. 11. nach Brüssel. Treffpunkt gegen Abend wie gewohnt im Cul-de-sac. Übrigens habe ich noch nichts von der Kommission gehört, wegen des Testergebnisses. Weißt du Neues? Ciao, Roberto.***

Roberto wollte nach Brüssel kommen. Und heute war Mittwoch. Er mußte schon in der Stadt sein. Wahrscheinlich würde sein Freund zum Apartment in die Rue de Locht fahren. Aber dort konnte er nicht hin, ihn erwartete die Polizei. Und wahrscheinlich auch die Mörder, die Cavalier auf dem Gewissen hatten. Roberto wollte wissen, ob es etwas Neues gebe! Wenn der Italiener ahnen würde, was ihn hier erwartete, wäre er wahrscheinlich lieber zu Hause geblieben!

Draußen vor der Telefonzelle fuhr langsam ein Auto vorbei. Mark blickte nervös hinaus und fixierte gleich wieder den Bildschirm. Jetzt sah er die Nachricht, die von Cavalier stammen mußte. Als er die Datei anklicken wollte, klingelte plötzlich das Telefon. Wie war das möglich? Er hielt die Leitung doch mit dem Akustikkoppler besetzt! Es klingelte erneut, aber es war nicht das normale elektronische Plärren, sondern eine merkwürdige Melodie, die zudem seltsam gedämpft klang.

Mark überprüfte den Sitz des Akustikkopplers, doch die Verbindung zum Computer war nicht unterbrochen. Als der Laut zum dritten Mal ertönte, erkannte er das Geräusch. Das Klingeln kam aus seiner Jacke, er trug noch immer das tragbare Telefon der Kommission bei sich! Nervös knöpfte er seine Jacke auf und holte das schmale Handy heraus. In seiner Hand ertönte die Melodie zum fünften und sechsten Mal, bevor er sich entschloß, den Anruf zu beantworten.

»Ja?«

Verzerrt durch atmosphärischen Störungen erkannte er Woodworths Stimme.

»Hallo? Mark, sind Sie am Apparat?«

»Ja, Sir, ich bin es.«

»Mein Gott, bin ich erleichtert. Vor unserem Gebäude ist heute morgen eine Bombe explodiert. In Ihrem Wagen! Man hat zwei noch nicht identifizierte Leichen gefunden. Ich hatte geglaubt, hatte befürchtet, Sie ...«

»Nein, Sir, nein. Es ist alles gutgegangen. Mir ist nichts passiert.«

»Ich bin so froh, das zu hören. Hier ist alles verwüstet. Der ganze Straßenzug liegt in Schutt und Asche, und nach Ihnen wird gefahndet!«

»Das habe ich bemerkt ...«

»Keine Sorge, es wird sich alles aufklären. Kommen Sie zu mir, ich werde der Polizei die nötigen Erklärungen geben. Manchmal zweifelt man am Verstand dieser Terroristenfahnder.«

»Danke, Sir, das nimmt mir meine größte Sorge im Moment!«

»Jetzt mal etwas anderes. Mark, wo stecken Sie denn?«

Woodworths Stimme hatte etwas Forschendes. Mark fühlte sich, als werde er verhört.

»Äh, wieso? Ich bin in Brüssel.«

»Hören Sie, wir haben Anlaß zu glauben, daß die Bombe Ihnen galt. Und gestern in Paris ist Ihr Reporter einem verdächtigen Unfall zum Opfer gefallen! Mark, Sie sind in Gefahr! Sagen Sie mir, wo Sie stecken, dann lasse ich Sie abholen. Sie bekommen bis auf weiteres Personenschutz. Wir vereinbaren dann einen Termin mit der belgischen Polizei und klären diesen Fahndungs-Unsinn. Und dann lassen wir die Falle zuschnappen und verhaften Maubeuge und seine Komplizen, bevor es zu spät ist. Sie hatten recht, wir hätten nicht zögern dürfen. Aber jetzt heißt es handeln. Ich bin für Sie verantwortlich. Nennen Sie Ihren Aufenthaltsort!«

Woodworths Befehlston klang Mark schrill im Ohr. Er blickte auf ein kleines Pappschild am Telefonapparat, auf dem der Standort der Zelle angegeben war. Mit unsicherer Stimme las er vor:

»Boulevard de Dixmunde, Ecke Boulevard du Nieuporte. Das Telefonhäuschen hinter der Plakatwand. Gleich am Kanal.«

»Sehr gut, Mark. Wir sind gleich bei Ihnen, bleiben Sie, wo Sie sind!«

Nachdem Woodworth aufgehängt hatte, steckte Mark das Handy in die Außentasche seiner Steppjacke. Dann wandte er sich wieder dem Bildschirm zu. Wenigstens hatte der Generaldirektor jetzt verstanden, wie dringlich die Angelegenheit war. Von Beweisen und von ›sich nicht exponieren wollen‹ war jedenfalls keine Rede mehr. Er klickte Cavaliers *E-Mail*-Nachricht an und begann zu lesen.

infmat.jca @ compuserve.com: Sicherheitshalber übermittle ich Ihnen diese Nachricht zusätzlich über elektronische Post. Falls unser Treffen morgen fehlschlagen sollte, haben Sie so dennoch Zugang zu den nötigen Unterlagen. Ich habe über unsere Verabredung nachgedacht, über Ihre Idee, diesen Woodworth einzuschalten: Wer sagt uns, daß der Mann nicht auch mit drinhängt? Vielleicht geht er nur zum Schein auf unseren Wunsch ein, um uns im geeigneten Moment auszuschalten. Sie müssen wissen, die gehen über Leichen! Wenn mir etwas zustößt, dann sind Sie gewarnt! Vertrauen Sie niemandem! Ich habe Kopien meiner Unterlagen nach Aachen geschickt, an die Adresse Ihrer Freundin. Falls wir uns verpassen oder ich nicht komme, können Sie mit den Kopien alles selbst herausbringen. Seien Sie auf der Hut! Trauen Sie keinem in der Kommission, absolut niemandem! Cavalier.

Mark las den flimmernden Text zweimal, bis ihm die Bedeutung dieser Zeilen langsam klar wurde. Cavalier hatte recht gehabt mit seiner Befürchtung, daß sie ihn ermorden wollten. Hatte er auch recht mit seinem Verdacht gegenüber Woodworth? Es war noch keine drei Minuten her, daß er dem EU-Beamten seinen Standort hier in der Telefonzelle durchgegeben hatte. Was sollte er tun? Eben noch hatte er Erleichterung darüber verspürt, daß er abgeholt werden sollte und man ihn in Sicherheit bringen würde. Endlich in Sicherheit! Aber jetzt wußte er nicht mehr, ob er seinem Professor noch trauen konnte. Woodworth war im Beirat dieser Consulting-Firma. Vielleicht wußte er mehr, als er zugab. Plötzlich wurde ihm klar, daß das Verhalten des Generaldirektors auch dann einen Sinn machte, wenn er tatsächlich zu der Verschwörung gehören sollte: Durch die Verzögerung und das Treffen in Paris hatte er Cavalier, der bereits die Veröffentlichung vorbereitet hatte, noch erwischen können. Er selbst hatte Woodworths Mitarbeiter von dem Treffen an der Pyramide erzählt – und damit hatte er den Mördern in die Hand gespielt, ihnen verraten, wo sie Cavalier erwischen konnten! Dieses Treffen in Paris war notwendig gewesen, damit er die Killer zu dem Journalisten führen konnte, in blindem Vertrauen darauf, daß der Engländer nichts mit der Verschwörung zu tun hatte. Woodworth hatte auch gesehen, wie Mark sein Auto vor der Kommission geparkt hatte. Und als er dann zurückkam, lag ein Sprengsatz im Wagen! Aber konnte es wahr sein? Die Zeit raste dahin. Er mußte sich jetzt entscheiden, sonst konnte es zu spät sein. Mark unterbrach die Verbindung zur Mailbox, zog seine Telefonkarte heraus. Er zögerte einen Moment. Sollte er den Computer mitnehmen? Nein, das Gerät hatte seinen Zweck erfüllt. Zu nächtlicher Stunde würde er damit nur auffallen. Falls ihn die Polizei kontrollierte, könnte der Computer ihn verraten. Er ließ den Rechner auf den Telefonbüchern liegen und lief hinter den Plakatwänden davon.

Schräg gegenüber von den Plakaten befand sich eine Baustelle. Hier hatte man eines der historischen Häuser abgerissen, um es gegen ein besser vermietbares, modernes Gebäude zu ersetzen. Zur Straße hin blinkten gelbe Warnleuchten. Die Baulücke und der Bürgersteig waren durch einen hölzernen Bauzaun versperrt. Ein flatterndes rotweißes Plastikband trennte einen Teil der Straße als provisorischen Fußweg von der Fahrbahn ab.

Mark blickte rasch um sich, dann sprang er an dem Bauzaun hoch. Mit den Händen faßte er den oberen Rand der Holzwand, zog sich langsam nach oben und hangelte sich vorsichtig an der Rückseite hinunter. Nach kurzer Suche hatte er eine kleine runde Öffnung in einem der Bretter gefunden. Jeder Bauzaun hatte ein Guckloch. In seiner Kindheit hatte er zu gern von außen in die Baustellen hineingespäht, immer hatte er irgendwo wenigstens ein kleines Loch gefunden. Nun spähte er von der anderen Seite aus der dunklen Baustelle hinaus auf die erleuchtete Straße. Von hier aus konnte man durch die Lücke zwischen zwei nebeneinanderstehenden Plakatwänden hindurch die Fernsprechzelle sehen.

Die Plakate wurden von den Straßenlaternen angestrahlt. Mark betrachtete das Foto einer blutverschmierten Uniform. Darunter stand in Blockbuchstaben der bekannte Slogan: *United Colours of Benetton.* Merkwürdige Art, für Textilien zu werben, dachte Mark, als er auf einmal eine Bewegung wahrnahm. Ein junger Mann in dunkler Lederjacke und Schirmmütze ging mit einer Bierdose in der Hand leicht schlurfend an der Telefonzelle vorbei, blickte flüchtig hinein. So hatte sich Mark den Sicherheitsdienst der Kommission nicht vorgestellt. Nach zwei Schritten drehte der Kerl sich um, schaute nach links und rechts und trat in die Telefonzelle. Offenbar war es ein Passant, der zufällig den Computer entdeckt hatte. Er schien an dem Laptop zu nesteln, wollte vielleicht die Verkabelung des Akustikkopplers entfernen, um den Rechner mitzunehmen.

Von der Kreuzung her hörte Mark das Fahrgeräusch einer schweren Limousine, die langsam über das Kopfsteinpflaster des Boulevards rollte. Bläuliche Scheinwerfer tauchten den Straßenzug in ein kaltes Licht. Der große dunkle BMW fuhr auf die Telefonzelle zu und hielt neben den Plakatwänden. Fast gleichzeitig öffneten sich die vier Türen der Limousine. Vier große, dunkel gekleidete Männer in Zivil stiegen aus und verschwanden sofort hinter den Plakatwänden. Von ihrem Äußeren her konnte Mark sie nicht zuordnen. Waren es Beamte in Zivil? Auftragskiller? Detektive? Für eine Sekunde sah Mark nichts, dann begann der Biertrinker sich in der Zelle hektisch zu bewegen. Offenbar hielt er von innen die Tür zu, während die anderen von außen versuchten, hineinzugelangen. Mark dachte daran, daß er vor wenigen Minuten noch selbst in dieser Zelle gestanden hatte. Ob die Männer den Passanten mit ihm verwechselten? Jetzt erschienen zwei der Männer in seinem Blickfeld. Es war ihnen gelungen, die Tür aufzureißen. Es entwickelte sich ein Handgemenge zwischen dem Biertrinker und den Männern. Der Kerl versuchte, sich aus der Zelle herauszuwinden. Mark vernahm einen erstickten Schrei. Nun waren drei der Männer in der Zelle. Zwei von ihnen umklammerten den jungen Mann, der heftig mit den Beinen um sich trat und strampelte. Der dritte nahm das stählerne Telefonkabel, das den Hörer mit dem Apparat verband, in beide Hände und legte es langsam um den Hals seines Opfers. Der junge Mann versuchte noch auszuweichen, befand sich aber in der Klemme zwischen den beiden anderen, die ihn erbarmungslos festhielten.

Mittlerweile war der vierte Mann hinter den Plakatwänden hervorgekommen. Er schlenderte zum Wagen und blickte unbeteiligt, fast gelangweilt, die leere Straße entlang. Dann öffnete er die Fahrertür und setzte sich hinter das Lenkrad. Als Mark zurück zur Telefonzelle blickte, sah er die zappelnden Beine des Passanten. Aber jetzt strampelten sie nicht mehr wütend und kraftvoll, in berechneter Gegenwehr, um die Gegner zu treffen. Die Beine zuckten spasmisch, unkontrolliert, langsam wurden die Bewegungen schwächer.

Mark wurde klar, daß er zusah, wie diese Männer, auf die er nach Woodworths Anweisung hätte warten sollen, sich anschickten, den Passanten kaltblütig zu erdrosseln. Was konnte er tun? Wenn er sich jetzt zeigte, würde er so oder so nicht mehr helfen können. Im Gegenteil, die Mörder würden ihren Fehler womöglich erkennen und ihn ebenfalls umbringen. Und hinter ihm lag die tiefe, unbeleuchtete Baugrube voller Gerätschaften und unsichtbarer Gefahren. Er wagte nicht, sich zu bewegen, aus Angst, ein Geräusch könne ihn verraten.

Nach einem letzten Aufbäumen, einem verzweifelten Zucken, blieben die Beine ruhig. Zwei der Männer verließen die Zelle, während der dritte sich die makabre Mühe machte, das Telefonkabel um den Hals seines Opfers zu knoten. Dann bückte er sich, hob den Computer auf und trat hinaus. Mark konnte noch sehen, wie er den Laptop in weitem Bogen in den Kanal schleuderte. Nachdem dieser Mann als letzter in den Wagen gestiegen war, fuhren sie ab. Das Geräusch der Reifen auf dem Kopfsteinpflaster verhallte nach und nach zwischen Kanal und Häuserwänden.

Mark verharrte bewegungslos auf seinem Posten.

Der Schock drang langsam in sein Bewußtsein ein. Erneut war er Zeuge eines brutalen Mordes geworden. Hatte Woodworth ihn verraten? War er selbst Mitglied der Verschwörung? Oder war das Telefongespräch abgehört worden? Wenn der Generaldirektor von der Kommission aus angerufen hatte, könnte auch jemand in der Telefonzentrale mitgehört, blitzschnell geschaltet und die Killer zu dem öffentlichen Fernsprecher dirigiert haben. Aber dann müßten die Leute noch kommen, die Woodworth geschickt hatte, um ihn abzuholen. Mark beschloß abzuwarten. Vielleicht kam doch noch Hilfe.

Als das Telefon erneut zu klingeln begann, lag Christin bereits im Bett. Mark hatte sich den ganzen Tag über nicht gemeldet, und auch von der Kommission war seit dem Anruf vom Morgen keine Nachfrage mehr gekommen. Sie hatte angefangen, ein Buch zu lesen, und war schon nach wenigen Seiten eingeschlafen. Jetzt fuhr sie erschrocken hoch und nahm hastig den Hörer ab. So spät würde wahrscheinlich nur Mark anrufen.

»Ja?«

»Woodworth hier. Miss Meister, es tut mir leid, Sie so spät noch stören zu müssen, aber ich habe schlechte Neuigkeiten. Wir wissen jetzt, was mit Mark passiert ist. Er hatte gestern einen Verkehrsunfall. Er liegt in Brüssel in der Universitätsklinik, ohne Bewußtsein. Die Ärzte meinen, daß er jeden Moment zu sich kommen könnte. Es wäre wichtig, wenn jemand da ist, den er kennt. Ich meine, eine Person, die ihm wirklich nahesteht. Da ich seine Eltern nicht erreichen kann, wollte ich fragen, ob Sie …«

»Was ist mit ihm? Wie geht es Mark?«

»Miss Meister, die Ärzte wissen leider auch nichts Genaues. Aber bei solchen Kopfverletzungen kann man nie wissen. Machen Sie sich keine unnötigen Sorgen. Ich habe einen Wagen geschickt, der Sie abholt. Sie erkennen das Fahrzeug an den EU-Nummernschildern. Ich fühle mich verantwortlich. Immerhin ist der Unfall auf einer Dienstreise passiert.«

»Okay, ich mache mich fertig. Wann kommt der Wagen?«

Christin schossen alptraumhafte Bilder durch den Kopf, während sie hektisch ihre Sporttasche mit Kleidern und Kosmetikartikeln vollstopfte. Sie sah Mark in einer Blutlache liegen. Sie dachte an Robertos Schilderungen von der Ermordung seiner Familie. War es ein Unfall oder ein Mordanschlag? Sie warf einige Bücher hinzu und zurrte den Reißverschluß der Tasche zu.

Nachdem sie sich angezogen hatte, fiel ihr Blick auf das Telefon. Eben wollte sie den Hörer abheben, um wenigstens ihre Eltern zu verständigen, doch in dem Moment klingelte es an der Tür. Das mußte der Wagen sein. Später hatte sie die ganze Nacht Zeit zum Telefonieren. Christin schnappte die Tasche und ging zur Tür. Bevor sie die Wohnung verließ, blickte sie, mißtrauisch geworden, durch den Spion. Doch der Korridor lag im Dunkeln. Sie öffnete die Tür einen Spalt und schaltete das Flurlicht ein. Leer. Sie lauschte ins Treppenhaus, hörte nichts, bis plötzlich die Klingel erneut ertönte. Der Fahrer wartete, machte sich vielleicht Sorgen. Christin faßte sich ein Herz und trat auf den leeren Flur hinaus. Schnell ging sie die Treppe hinunter zur Eingangstür. Doch dort wartete niemand.

Sie öffnete die Tür und sah eine Limousine mit eingeschaltetem Motor und Fahrlicht am Straßenrand stehen. Der viertürige Wagen trug ein belgisches Nummernschild mit einer Euro-Kennung an der Seite. Es war nicht das übliche Europakennzeichen, wie es mittlerweile viele Autos führten, sondern ein Behördenkennzeichen, wie Christin es von dem Wagen ihres Vaters und von vielen anderen Beamten der Euro-Szene zur Genüge kannte.

Der Fahrer war schon wieder eingestiegen und gab ihr ein Zeichen, herüberzukommen. Sie blickte sich kurz um. Die Straße war völlig leer, in den umliegenden Wohnhäusern brannte kein Licht mehr. Kurz entschlossen machte sie die paar Schritte zu dem Auto und öffnete die hintere Tür. Sie konnte sich während der Fahrt überlegen, was sie weiter tun mußte.

Christin hatte kaum im Fond des geräumigen Wagens Platz genommen, als ihr auffiel, daß die Vordersitze durch eine Glasscheibe von der hinteren Bank abgetrennt war. Der Fahrer nickte ihr kurz zu. Das Auto fuhr an. Ein süßlicher Duft begann sich im Inneren auszubreiten. Merkwürdig! Das war doch nicht normal! Der Chauffeur hatte kein Wort gesagt und fuhr einfach an. Wonach roch es so stark? Es brannte ihr in der Nase und den Augen.

Christin sog, um das herauszufinden, einige volle Züge ein. Dann wollte sie das Fenster öffnen. Sie hielt den Geruch nicht länger aus. Wonach roch es denn? Sie hob ihren Arm. Aber sie sah, der Arm ging nicht hoch, gehorchte einfach nicht. Zugleich war ihr, als werde ihr ein Brett vor die Augen gepreßt.

Da bekam sie eine Angst, die sie wie ein glühender Strahl durchfuhr. Nicht mehr fähig, sich zu wehren, begann sie laut zu schreien, warf sich hin und stieß mit dem Fuß nach der Klinke der Tür. Sie traf sie nicht.

Es dauerte nur einige wenige Augenblicke, bis eine Ohnmacht sie umfaßte.

Die Bedienung stellte das dritte Glas *Geuze* vor ihm auf den Tisch. Mark nickte der jungen Frau in Jeans und Lederweste kurz zu, bevor er das Bierglas ergriff und wieder zum Trinken ansetzte. Das Lokal war mittlerweile nicht mehr so voll, wie er es von seinem ersten Besuch kannte. Angesichts der vorgerückten Stunde hatten sich die meisten Besucher bereits auf den Heimweg gemacht. Mark konnte sich nicht erinnern, wie er hierhergelangt war.

Nachdem er lange hinter dem Bauzaun gewartet hatte, ohne daß der Sicherheitsdienst der Kommission oder sonst jemand erschienen wäre, war ihm klargeworden, daß er verraten und verkauft war. Woodworth hatte ihn angerufen, um seinen Aufenthaltsort zu erfahren. Dann hatte er die Killer losgeschickt, die den arglosen Biertrinker erwürgten, den sie im Halbdunkel für Mark gehalten hatten. Was blieb ihm jetzt noch übrig? Die Polizei suchte ihn wegen der Bombenexplosion vor dem Kommissionsgebäude. Wenn er sich stellte, würde man ihm ohne Beweise kaum seine Geschichte abnehmen. Er würde einige Zeit in Untersuchungshaft kommen, bevor die Behörden feststellten, daß er unschuldig war. Und im Gefängnis wäre er der Mafia hilflos ausgeliefert. Die hatten überall ihre Leute sitzen. Es wäre nicht das erste Mal, daß unliebsame Zeugen hinter Gittern für immer zum Schweigen gebracht worden wären.

Doch auch so waren die Mafiakiller hinter ihm her. Und selbst die Person, der er sich anvertraut hatte, Woodworth, steckte mit ihnen unter einer Decke! Er war von dieser Erkenntnis zutiefst schockiert. Dabei drängte sich diese Schlußfolgerung förmlich auf: Woodworth saß im Beirat der *European Management Consulting*. Er hatte Mark zu der Teilnahme an dem sogenannten ›Rhetorikseminar‹ überredet. Natürlich, um ihn auf seine Verwendbarkeit für die Mafia zu prüfen! Tja, der Test war wohl nicht zur Zufriedenheit der Drahtzieher der Verschwörung ausgefallen.

Mark setzte wieder das Bierglas an und nahm einen langen Schluck. Wie konnte Woodworth sich nur kaufen lassen! Er hatte immer geglaubt, der Professor sei ein Mann mit Überzeugungen, dem es nicht in erster Linie um Geld ging. Hatte er sich so sehr getäuscht?

Die Jugendstileinrichtung der Kneipe, die er bei seinem letzten Besuch bewundert hatte, ließ ihn heute abend kalt. Ihm fiel nichts anderes mehr ein, als sich einfach vollaufen zu lassen. Vom Bauzaun aus war er ziellos durch die Stadt gelaufen. Irgendwann hatte er die Leuchtreklame über der Kneipe wiedererkannt. *La Mort Subite*. Der plötzliche Tod. Die Zeit seit seinem letzten Besuch in dieser Gaststätte vor vielleicht vier Wochen kam ihm jetzt ewig vor. Damals hatte er nicht geahnt, wieviel Wahrheit in dem makabren Namen dieser Kneipe für ihn stecken sollte. Der plötzliche Tod. Zuerst Cavalier. Und jetzt dieser völlig unbeteiligte Passant. Auch bei der Bombenexplosion hatte es Tote gegeben. Wie leicht hätte es ihn treffen können! Ob er jetzt sicher vor den Gangstern war, nachdem sie annehmen mußten, daß er erwürgt in einer Telefonzelle lag? Jedenfalls würde diese Sicherheit nicht lange anhalten, denn die Polizei würde früher oder später den wahren Namen des Opfers bekanntgeben.

Wo sollte er noch hin, was konnte er allein noch unternehmen? Cavalier war tot. Woodworth hatte ihn verraten. Die Unterlagen waren in Aachen. Wer würde ihm noch glauben, wenn er jetzt zur Presse ging? Er wollte nichts mehr wissen von der Verschwörungstheorie, die Cavalier sich ausgedacht hatte. Schön, der

Franzose hatte recht gehabt, aber was hatte es ihm genützt? Mark setzte das Bierglas an und leerte es mit einem langen Zug. Aus der Traum von einer steilen Karriere in der EU. Er wollte nur noch vergessen.

Als er das Glas absetzte, stellte jemand ein neues, volles Glas vor ihn hin. Dabei hatte er noch gar nicht nachgeordert. Er blickte auf und sah Roberto vor sich stehen, ein weiteres gefülltes Bierglas in der Hand. Der Freund trug eine farbig besetzte Motorradlederjacke. Am linken Ellenbogen klemmte sein Helm.

»Wohl bekomm's! Hat mich einige Zeit gekostet, dich ausfindig zu machen. Hast du meine Nachricht nicht bekommen?«

Die schwere Enduro-Maschine sauste durch die sternenklare Nacht. Der Zweizylindermotor der Honda African Twin hämmerte in den Fußrasten und Lenkergriffen des Motorrades. Mark kauerte sich hinter Roberto zusammen, um vor dem eiskalten Fahrtwind Schutz zu finden. Er trug nur seine Steppjacke und dazu Robertos Nierengurt. Er hatte sich den zweiten Helm seines Freundes über den Kopf gezwängt, der ihm eigentlich viel zu klein war. Roberto führte bei längeren Reisen immer einen Zweithelm mit, um Anhalterinnen mitnehmen zu können.

Von Brüssel aus hatten Roberto und Mark zunächst die Autobahn nach Liège genommen. Schon bald waren sie abgebogen, um über eine Nebenstrecke in Richtung deutscher Grenze zu fahren. Immer wieder hatte Mark seinem Freund Zeichen gegeben, in unbeschilderte Schotterpisten einzubiegen, und so hatten sie sich auf verschlungenen Wegen der Grenze genähert. Zwar gab es seit dem Inkrafttreten des Schengener

Abkommens keine Grenzkontrollen zwischen Belgien, den Niederlanden und Deutschland mehr. Falls die Polizei Mark aber tatsächlich immer noch für den Bombenattentäter hielt, mußte man mit besonderen Kontrollen zumindest an der Bundesgrenze rechnen.

Mark war im Dreiländereck von Aachen aufgewachsen und kannte alle Nebenstrecken, jeden noch so entlegenen Feldweg. Gerade hatten sie wieder eine Landstraße mit fester Fahrbahn erreicht, nachdem sie lange auf Waldwirtschaftswegen und Feldwegen durch die Grenzgegend gefahren waren.

Nun rollte das Motorrad durch den Aachener Wald hinunter zum Stadtgebiet. Rechts von ihnen schimmerten die Blickleuchten des Fernmeldeturmes Mulleklenkes durch die kahlen Bäume. Eigentlich war diese Gegend für Kraftfahrzeuge gesperrt, aber mit der wendigen Geländemaschine war es ihnen gelungen, die Schranken und Absperrungen zu umfahren.

Roberto schaltete das Abblendlicht wieder ein und zog die Maschine in den höheren Drehzahlbereich. Vereinzelt schlugen noch hängengebliebene Steinchen oder Dreckklumpen gegen die Schutzbleche. Jetzt war es nicht mehr weit nach Aachen. Am Straßenrand tauchte das Ortsschild auf. Als Mark die Telefonzelle neben einer Bushaltestelle sah, schlug er Roberto auf die Schulter. Nachdem das Motorrad neben dem Fernsprechhäuschen zum Stehen gekommen war, stieg Mark ab.

»Ich glaube, wir sollten probieren, ob Christin da ist. Womöglich haben sie die Wohnung schon unter Beobachtung.«

»Aber mach schnell, wir sitzen hier wie auf dem Präsentierteller!«

Roberto blieb auf der Maschine sitzen und ließ den

Motor laufen. Er hatte sich in der Brüsseler Kneipe zunächst zu Mark gesetzt und ein Bier mit ihm getrunken. Mark hatte berichtet, welche ungeahnten Wendungen die Geschichte um die ursprünglich eher harmlose Entdeckung von Robertos Testergebnissen genommen hatte. Als Mark, am Ende seines Berichts angelangt, ein weiteres Bier bestellen wollte, hatte Roberto ihn bei den Schultern gepackt und durchgeschüttelt.

»Jetzt kannst du doch nicht resignieren! Die Mafia übernimmt die Kontrolle in Europa, und du besäufst dich hier? Soll denn mein Vater umsonst gestorben sein? Mann! Wir müssen handeln, bevor es zu spät ist!«

Mark hatte mit den Achseln gezuckt und abgewunken. »Wie denn, was sollen wir denn noch machen?« Roberto aber hatte nicht lockergelassen.

»Ich denke, dieser Journalist hat seine Unterlagen nach Aachen geschickt. Wir nehmen das Motorrad und fahren sofort los! Du kennst dich doch so gut aus.«

Mark kam kopfschüttelnd von der Telefonzelle zurück.

»Sie nimmt nicht ab. Wahrscheinlich schläft sie und hört das Klingeln gar nicht.«

»Komm weiter. Wir sind sowieso bald da, dann wissen wir mehr.«

Nachdem Mark wieder aufgestiegen war, beschleunigte Roberto das Motorrad in den Straßen der schlafenden Stadt. Mark mußte sich festklammern, um nicht nach hinten wegzurutschen. Christin wohnte im Vaalser Quartier, einem Stadtteil, der ganz in der Nähe der belgischen Grenze lag. Von dort war es nicht weit zum Klinikum, jenem gigantischen Komplex aus Krankenhaus, medizinischer Hochschule und pharmazeutischem Forschungslabor, in dem sie studierte.

Trotz des vielen Kaffees, den Mark auf Drängen Robertos getrunken hatte, spürte er noch immer die Wirkung des Alkohols. Die Erschöpfung zog ihn herunter, nachdem er bereits die zweite Nacht kaum Schlaf gefunden hatte. Er sehnte sich danach, der Kälte zu entfliehen, in Christins Wohnung in ein warmes Bett zu sinken, endlich zu schlafen, zu vergessen. Ohne Roberto hätte er es nie bis hierher geschafft. Die energische Reaktion des Italieners auf seine resignierte Haltung hatte ihn wieder aufgerichtet. Ihm war alles zuviel geworden. Um ihn herum starben die Leute. Selbst Menschen, die er für echte Freunde gehalten hatte – Victor und Woodworth –, entpuppten sich als Verräter. Er hatte einfach nicht mehr weitergewußt. Doch jetzt war er nicht mehr allein. Auf Roberto konnte er zählen. Wenn sie die Dokumente des Franzosen hatten, würde es schon irgendwie weitergehen. Und in Aachen, seiner Heimatstadt, fühlte er sich ohnehin sicherer als in Brüssel, wo jede Straßenecke neue Überraschungen und neues Unheil bereitzuhalten schien.

Mit leise blubberndem Motor glitt die Maschine die Gallierstraße entlang. Die Monotonie der vierstöckigen Wohnhäuser wurde durch die recht großen Alleebäume etwas gemildert, die diesem Viertel im Sommer zu einer angenehmen, grünen Bedeckung verhalfen. Doch in der morgendlichen Novemberdunkelheit wirkte der Straßenzug trist und abweisend. Langsam ließ Roberto sein Motorrad an der Eingangstür des Hauses vorbeirollen, in dem sich Christins kleine Wohnung befand. Aufmerksam beobachteten die beiden die

Umgebung. Mittlerweile hatte der morgendliche Berufsverkehr eingesetzt. Es waren zwar noch keine Fahrzeugkolonnen unterwegs, aber hin und wieder begegneten die beiden einem Mofafahrer auf dem Weg zur Schicht oder einem Auto mit Pendlern. Der Verkehr war rege genug, um die Enduro mit den beiden jungen Männern trotz des italienischen Nummernschildes nicht allzu auffällig wirken zu lassen. Vor der Tür parkten die üblichen Fahrzeuge halb auf dem Gehsteig. Ab und zu hastete jemand mit Aktentasche und Zeitung unter dem Arm zur nächsten Bushaltestelle. Nichts deutete darauf hin, daß jemand das Haus beobachtete. Roberto bog in die Steppenbergallee ein und stoppte am Fahrbahnrand. Seine Stimme war durch das Helmvisier gedämpft, als er sich an seinen Freund wandte.

»Gib mir deinen Briefkastenschlüssel, ich guck nach, ob Post da ist!«

»Und wenn wir erwartet werden?«

»Wenn sie hier warten, dann rechnen sie jedenfalls mit dir und nicht mit mir! Gib schon her. Bleib auf der Maschine. Wenn es schiefgeht, fahr weg, so schnell du kannst!«

Roberto setzte den Helm ab und reichte ihn seinem Beifahrer zu. Während Mark mit steifen Fingern das Motorrad wendete und zur Straßeneinmündung zurückfuhr, ging der Italiener mit eckig wirkenden Schritten die Straße entlang auf den Eingang des Wohnhauses zu. Wegen der Umwege über Waldwege und Nebenstrecken hatte die Fahrt von Brüssel nach Aachen über drei Stunden gedauert. Das lange Sitzen auf der Maschine und die Kälte des Novembers waren durch die Motorradkleidung auch in Robertos Knochen eingedrungen. Vor der Tür blickte er sich nochmals vorsichtig um. Doch die Straße war jetzt menschenleer. Wahrscheinlich war die Vorsicht übertrieben und Christin lag ahnungslos im Bett. Die andere Seite wußte vielleicht gar nichts über die Wohnung in Aachen.

Er setzte den Briefkastenschlüssel an und drehte ihn im Schloß. Doch der kleine Blechkasten war leer. Keine Post, kein Brief von Cavalier. Roberto drückte den Klingelknopf mit der Aufschrift ›Meister‹. Einmal. Nochmals, länger. Nach einer kleinen Pause erneut. Es kam keine Antwort. Er blickte zurück, sah Mark in der Entfernung an der Straßeneinmündung stehen. Roberto gab Mark ein Winkzeichen. Nach wenigen Sekunden stand der Freund mit der großen Enduro-Maschine vor ihm.

»Der Briefkasten ist leer. Und es reagiert niemand auf das Klingeln. Bist du sicher, daß Christin zu Hause ist?«

»Ich glaube, wir sind hier sicher. Die Mafiosi glauben immer noch, sie hätten mich am Canal de Charleroi erdrosselt. Und die Polizei hätte sicherlich längst die Wohnung umstellt und gestürmt, wenn sie ahnten, daß ich hierherkäme. Ich habe mich letztes Jahr in Aachen abgemeldet. So schnell kommen die nicht darauf, mich hier zu suchen.«

»Wir können später wiederkommen und die Post noch mal kontrollieren. Vielleicht braucht der Brief aus Paris länger, man weiß ja nicht, wann der Postkasten geleert wurde, in den Cavalier den Umschlag gesteckt hat.«

Mark sackte innerlich zusammen. Die Erschöpfung drückte ihn nieder und die Kälte schmerzte in seinen Gliedern. Seit er nach Paris aufgebrochen war, hatte er keine ruhige Minute mehr gehabt. Auch der Schlaf im Zug von Lyon nach Brüssel war nur oberflächlich und unruhig gewesen. Er brauchte endlich ein heißes Bad und ein Bett.

»Komm, wir gehen nach oben. Ich kann nicht mehr, ich brauche eine Pause. Wenn ich hier auf der Straße umfalle, nützt es auch nichts. Wir bleiben nur ein paar Stunden, warten den Briefträger ab, dann geht's weiter.«

»Und wenn sie uns auflauern?«

»Dann wäre es jetzt sowieso zu spät! Komm, stell du die Maschine in der nächsten Querstraße auf einen Parkplatz, ich geh schon mal hoch.«

Roberto war nicht einverstanden, aber er sah die Erschöpfung in Marks Blick. Im Moment hatte es keinen Zweck mehr, wieder wegzufahren. Und wo sollten sie auch hin? Er nahm Mark das Motorrad ab und fuhr davon. Wenigstens sollte die auffällige Geländemaschine nicht unmittelbar vor dem Haus stehen.

Mark fand das Apartment seiner Freundin verlassen vor. Ihn überkam in der kleinen Zweizimmerwohnung ein vertrautes Gefühl, als sei er nach Hause gekommen. Bis vor eineinhalb Jahren hatte er selbst hier gewohnt. Doch das angenehme Heimatgefühl wurde rasch von Mißtrauen verdrängt. Wo war Christin? Das Bett war ungemacht, als sei sie gerade aufgestanden. Der Kleiderschrank stand offen, aber er konnte nicht erkennen, ob Wäsche fehlte. Es gab keine Nachricht auf dem Schreibtisch oder an der Pinnwand, aber damit war eigentlich auch nicht zu rechnen, denn Mark hatte seinen Besuch ja nicht angekündigt. Hatte sie die Nacht woanders verbracht? Da klingelte es an der Tür. Mark ging zur Wohnungstür und betätigte den Summer. Erst nachdem er gedrückt hatte, kamen ihm Zweifel, ob es auch wirklich Roberto war, der geklingelt hatte. Doch schon nach wenigen Augenblicken tauchte der Freund vor dem Spion auf dem Flur auf. Mark öffnete die Wohnungstür.

»Woher wußtest du, daß ich es bin?«

»Wer sollte denn sonst kommen? Christin ist nicht da.«

Mark hing mehr im Türrahmen, als daß er stand. Roberto sah, daß sein Freund fast zusammenbrach.

»Okay. Ich glaube, du nimmst erst mal ein heißes Bad. Ich halte inzwischen Wache und mache Frühstück. Vielleicht hat Christin die Nacht durchgezecht und kommt bald heim. Hauptsache, sie bringt keinen Lover mit, was?«

Mark brachte nicht mehr die nötige Energie auf, um die scherzhafte Bemerkung des Freundes entsprechend zu beantworten. Er benötigte keine zweite Aufforderung, um sich endlich seiner klammen Kleidung zu entledigen. Während das heiße Wasser in die Wanne strömte, zog er sich phlegmatisch aus.

Nach dem wohltuenden Wannenbad aßen die beiden noch etwas Müsli. Im Kühlschrank hatten sie eine Tüte frischer Milch gefunden. Allzu lange konnte Christin also noch nicht weg sein, folgerte Roberto, während Mark auf dem Körnergemisch herumkaute. Danach legte Mark sich ins Bett. Die Bettwäsche roch angenehm nach Christins Parfüm. Kaum hatte er das Licht gelöscht und sich in die wohlige Wärme der Steppdecke zurückgezogen, schlief er auch schon ein.

Doch seine Ruhe sollte nicht lange dauern. Durch ein schrilles Piepsen wurde er aus seinem tiefen Erschöpfungsschlaf gerissen. Er schreckte völlig orientierungslos hoch. Sein Puls raste, während er nach dem Lichtschalter tastete. Schließlich kam Roberto von der Küche herüber und knipste die Deckenlampe an. Der Wecker auf Christins Nachttisch gab Alarm. Nachdem Roberto hastig die Schlummertaste gedrückt hatte, sank Mark entnervt in die Kissen zurück.

»Sieben Uhr. Das heißt, Christin hatte sich am Abend für heute morgen den Wecker gestellt, um früh aufzustehen. Das Physikum steht kurz bevor, und sie wollte wohl früh anfangen zu pauken.«

»Dann muß sie später noch mal aus dem Haus gegangen sein. Dabei hat sie wahrscheinlich vergessen, daß sie den Wecker schon gestellt hatte.«

»Merkwürdig ist auch, daß sie die ganze Nacht versumpft. Kurz vor Prüfungen geht sie sonst nie aus. Es sei denn, sie übernachtet bei ihrer Kommilitonin. Die beiden lernen manchmal zusammen. Vielleicht ist sie über Nacht dort geblieben. Aber da können wir so früh noch nicht anrufen.«

»Das wird es sein. Nun schlaf erst mal weiter. Wenn der Postbote um elf den Brief bringt, wecke ich dich. Dann können wir auch bei Christins Freundin anläuten!«

Mark verkroch sich wieder unter der warmen Decke, während Roberto die Lampe ausschaltete und zurück in die Küche ging, um die Zeitung von vorgestern zu lesen, die er auf dem Altpapierstapel gefunden hatte.

Als Mark wieder erwachte, hörte er Robertos laute Stimme vom Flur her. Es war immer noch dunkel. Es kam ein erstickter Schrei, der abrupt endete. Plötzlich polterte es, als sei jemand gestürzt. Schwere Schritte von mehreren Personen dröhnten durch den Korridor. Mark war sofort auf den Beinen, zog sich die Hose an, die er über einen Stuhl gehängt hatte. Er schlüpfte in die Schuhe, ergriff einen weiten Pullover von Christin und seine Jacke. Draußen wurde die Wohnungstür geschlossen. Mark preßte sein Ohr an das Schlüsselloch der Schlafzimmertür. Er hörte die gedämpfte Stimme eines Franzosen.

»Durchsuch die Zimmer, vielleicht ist er nicht allein!«

Mark durchfuhr es siedend heiß. Sie waren da! Er war erneut in die Falle gegangen! Was war mit Roberto? Aber er konnte ihm sowieso nicht helfen. Es blieb nur die Flucht. Oder sollte er sich verstecken? Mark fühlte sich mit einem Mal völlig nüchtern und besonnen. Er war hellwach. Das beleuchtete Zifferblatt des Weckers zeigte 21 Uhr 55. Er mußte den ganzen Tag verschlafen haben. Hastig streifte er auch die Jacke über. Deswegen waren die Killer jetzt da! Inzwischen hatte die belgische Polizei den Namen des Opfers bekanntgegeben. Die Mafia wußte, daß er noch lebte. Roberto mußte auch eingeschlafen sein. In diesem Moment hörte Mark die Wohnzimmertür aufspringen. Kurz darauf ertönte eine zweite Stimme:

»Hier ist nichts! Wer soll auch dasein, die Kleine haben wir ja schon gestern abend geholt!«

Mark knipste die Nachttischlampe an. Durch seinen Kopf schossen die Gedanken jetzt mit blitzschneller Präzision. Sie hatten Christin entführt! Wenn er überhaupt eine kleine Chance wahren wollte, ihr zu helfen, mußte er sofort handeln. Passivität führte zur Niederlage! Er tänzelte auf Zehenspitzen durch den Raum und öffnete das Fenster. Der Innenhof war durch einige erleuchtete Räume in ein Dämmerlicht getaucht. Durch Milchglas und Gardinen fiel das Licht aus Badezimmern und Küchen auf einen unsauberen Hof, der mit

Abfallbehältern, Fahrrädern und Sperrmüll vollgestellt war. Zwei Stockwerke unter sich sah er undeutlich den gepflasterten Boden des Hofes. Gegenüber deutete sich im Halbdunkel die Torausfahrt zur Seitenstraße an. Sollte er springen? Kurz entschlossen warf er das Bettzeug, in dem er gerade noch gelegen hatte, hinunter in den Hof. Vom Fensterbrett nahm er Christins Springseil und knotete ein Ende flüchtig an den Heizkörper unter dem Fenster, zog es fest und warf es nach draußen. Vom unteren Ende des Seils waren es vielleicht noch drei Meter bis zum Boden des Innenhofs. Als er zurückblickte, sah er seinen Rucksack, der an einem Haken an der Tür baumelte. Die Ausdrucke aus dem Kommissionscomputer! Mit einem Satz stürzte Mark zurück zur Tür. Er konnte gerade noch knapp ausweichen, als die Tür heftig nach innen aufgestoßen wurde. Mark hielt die Luft an und verbarg sich stumm zwischen Türblatt und Wand. Ein gedrungener, breitschultriger Mann in dunkler Kleidung trat ins Zimmer, schaute zum offenen Fenster, dessen Gardinen durch den Luftzug nach innen geweht wurden.

»Hier ist Licht. Das Fenster steht offen!«

Mit einem Satz war der Mann an der Fensteröffnung, starrte hinaus, sah das Springseil.

»Einer ist raus. Sieh dir das an!«

Mark kauerte hinter dem aufgestoßenen Türblatt. Seine Hand hatte den Schlüssel ergriffen. Langsam, unendlich langsam und vorsichtig zog er den Schlüssel aus dem Schloß. Sein Puls schlug ihm bis in den Hals. Er versuchte seinen stoßartig gehenden Atem zu beruhigen. Konnte der andere seine Atmung hören? Vorsichtig nahm er mit der anderen Hand den Rucksack vom Haken. Der zweite Mann lief ins Zimmer, direkt zum Fenster. Er war größer als der andere, athletisch gebaut und ebenfalls dunkel gekleidet. Mark glaubte an der Gangart den Fahrer zu erkennen, der gestern das große Auto vor die Telefonzelle gefahren hatte. Waren sie zu zweit oder zu dritt?

»Der Vogel ist ausgeflogen!«

Als sich beide hinausbeugten, um in den halbdunklen Innenhof zu blicken, trat Mark vorsichtig hinter der Tür hervor, schlängelte sich um das Türblatt herum und sprang über die Schwelle in den Flur. Hinter ihm bemerkten die Männer die Bewegung und wirbelten herum. Mark sah aus dem Augenwinkel, wie der gedrungene Mann lossprang.

»Verdammt!«

Er knallte die Tür zu, rammte mit der anderen Hand den Schlüssel ins Schloß und drehte ihn um. Dann lief er den Korridor entlang zur Wohnungstür. Dort lag Roberto bewegungslos auf dem Fußboden. War er verletzt? Es war kein Blut zu sehen. Mark wollte sich bücken, als er hinter sich ein lautes Krachen hörte. Holz splitterte. Es blieb keine Zeit. Mark schob Robertos Beine beiseite, um die Wohnungstür öffnen zu können. Er trat hinaus ins Treppenhaus, zögerte auf der Schwelle. Wieder ein Splittern und Krachen aus der Wohnung. Schritte polterten auf ihn zu. Die Stimme des Gedrungenen:

»Mach ihn platt, wir haben keine Zeit mehr!«

Mark warf die Tür zu und stürzte in wilden Sprüngen die Treppe hinunter. Nur weg hier! Hinter ihm schepperte die Wohnungstür, als sie aufgerissen wurde und gegen die Wand prallte. Die schweren Schritte des Killers dröhnten durch das Treppenhaus.

Mark rannte die Gallierstraße nach Osten, Richtung Innenstadt. Hinter ihm heulte der Motor eines Autos auf. Sie waren doch zu dritt! Einer hatte auf der Straße im Wagen gewartet! Wie sollte er einem Autofahrer entkommen? Als er sich umdrehte, sah er auch den Verfolger aus der Wohnung hinter sich. Der große dunkle BMW verlangsamte seine Fahrt, um den größeren Mann aufzunehmen. Mark erkannte, daß ihm nur Sekunden blieben. Er mußte weg von der Straße!

Als der Wagen mit quietschenden Reifen wieder anfuhr, bog Mark in vollem Lauf nach rechts in die Trevererstraße ein. Sein Vorteil war die Ortskenntnis. Vielleicht gelang es ihm, die Verfolger im Labyrinth der Einbahnstraßen des Wohnviertels abzuschütteln. Er sprintete die Straße entlang, hinüber zur Gallaterstraße und bog in einen Fußweg ein, der zur Steppenbergallee führte. Hinter ihm quietschten die Bremsen, eine Autotür wurde zugeschlagen. Mark rannte, was er konnte. Wenn der Verfolger das Gefühl hatte, nicht mithalten zu können, würde er schon aufgeben. Aber galt das auch für diese Typen? Hinter sich hörte er die Schritte des Verfolgers, die an den Häuserwänden widerhallten. Mark näherte sich dem Ende des Fußwegs. Ihm blieb keine Zeit, um nachzudenken. Als er die Straße erreichte, schoß der BMW etwa hundert Meter links von ihm um die Ecke. Der Fahrer hatte ihn sofort gesehen und trat das Gaspedal durch.

Mit schleuderndem Heck und leicht durchdrehenden Reifen beschleunigte der Wagen auf ihn zu. Der Rollsplitt auf der Steppenbergallee machte es dem Fahrer schwer, die volle Leistung des Motors auf die Straße zu bringen. Mark überquerte mit langen Schritten die Allee, deren kahle Bäume ihm keinerlei Schutz boten. Gegenüber sah er eine kurze Zufahrt, die zum Steppenbergweg führte. Der Westfriedhof! Dort würde ihm der Wagen jedenfalls nicht folgen können!

Sein Atem ging bereits stoßartig, und die Lunge schmerzte, als er die eiskalte Novemberluft verzweifelt in sich hineinzog. Während Mark zum Spurt auf das Friedhofstor ansetzte, spürte er, wie seine Beine schwer wurden. Er kam mit dem Atmen nicht mehr nach, hatte das Gefühl zu ersticken. Hinter ihm driftete der BMW um die Ecke. Noch zwanzig Meter. Der Motor heulte auf, doch erneut drehten die Hinterräder durch. Vor dem kalten Xenonlicht der Scheinwerfer warf Marks Körper einen langen, scharf konturierten Schatten auf die Friedhofsumzäunung. Er rannte mit voller Geschwindigkeit auf den Zaun neben dem verschlossenen Eisentor zu. Direkt vor der Einzäunung sprang er hoch und verkrallte sich mit den Händen in den Maschen des Zaunes. Zum Glück gab es oben keinen Stacheldraht. Er zog sich hoch und ließ sich über den Zaun kippen. Auf der anderen Seite streckte er die Füße zum Boden und sprang. Als der Wagen mit blockierenden Rädern vor dem Tor zum Stehen kam, verschwand Mark hinter Rhododendronbüschen. Er hörte, wie erst ein Mann am Tor rüttelte, dann über den Zaun zu klettern begann. Dann kletterte noch jemand den Zaun hoch und versuchte es ihm gleichzutun.

Der Friedhof war in Dunkelheit gehüllt. Während sich seine von den Straßenlaternen geblendeten Augen nur langsam an das Zwielicht gewöhnten, trippelte Mark mit vorsichtigen Schritten zwischen den Gräbern hindurch. Die Scheinwerfer der Limousine wurden durch das dichte Buschwerk hinter dem Zaum abgeschirmt.

Er versuchte, möglichst kein Geräusch zu machen und hatte gleichzeitig Angst, gegen einen der vielen niedrigen Grabsteine zu laufen. Als er selbst in diesem Stadtteil gewohnt hatte, war er zwar nie auf den Westfriedhof gegangen, aber er wußte, daß die Vaalser Straße, die von der belgischen Grenze in die Innenstadt führte, den Friedhof in zwei Bereiche teilte, die durch eine Brücke miteinander verbunden waren. Vielleicht konnte er diese Brücke schnell finden und sich so von den Verfolgern absetzen, die ja keine Ortskenntnis besaßen.

Leicht geduckt lief Mark einen schmalen Nebenweg entlang, Richtung Vaalser Straße. Langsam schälten sich die einzelnen Grabsteine deutlicher aus der Dunkelheit heraus. Seine Augen paßten sich an die Lichtverhältnisse an. Er sah steinerne Kreuze, blankpolierte Granitsteine und größere, naturbelassene Findlinge. Dieser Teil des Friedhofs war noch nicht alt, so daß auch der Bewuchs wenig Deckung bot, zumal ein Teil der Büsche und alle Bäume ihre Blätter bereits verloren hatten.

Er mußte sich beeilen, in den anderen, älteren Teil hinter der Straße zu gelangen, bevor auch die Augen der Verfolger sich an die Dunkelheit gewöhnt hatten. Mark blickte sich um, konnte aber nichts sehen. Von der Vaalser Straße her hörte er das Fahrgeräusch eines Pkw. War einer der Killer mit dem BMW um den Friedhof herumgefahren?

Vor sich sah Mark jetzt die Hecke, die den Friedhof zur Straße hin abgrenzte. Die Blätter der Hecke waren zwar braun geworden, aber noch nicht abgefallen wie die der Bäume. Unter seinen Füßen raschelte Laub, das die Friedhofsgärtner noch nicht weggefegt hatten. Das Geräusch zerriß die Stille des Ortes und ließ Mark zusammenfahren. Er blickte sich um, konnte aber nur Dunkelheit wahrnehmen. Nach rechts hin mußte früher oder später die Brücke kommen. Mark lief atemlos weiter. Seine erschöpften Beine wollten ihn kaum noch tragen. Bloß nicht stehenbleiben, weiterlaufen, auf der anderen Seite konnte er sich vielleicht verstecken.

Vor ihm tauchte die Brücke auf. Er trat auf die metallene Oberfläche und zuckte nach den ersten beiden Schritten zusammen. Die Überführung dröhnte förmlich unter seinen Schritten. Egal, jetzt war es zu spät, er mußte hinüber! Mit entschlossenen Sprüngen überquerte er die Brücke, die unter seinen Füßen zu schwingen begann. Gleich war er drüben. Unter sich sah er die leere Vaalser Straße.

Kurz bevor Mark die andere Seite erreichte, spürte er plötzlich eine Veränderung in den Schwingungen der Überführung. Von hinten hörte er ein metallisches Dröhnen. Die Verfolger waren schon auf der Brücke! Sie waren ganz dicht hinter ihm! Er mußte schneller laufen!

Links und rechts neben ihm tauchten die Umrisse des Klosters auf, das sich auf dieser Seite des Friedhofs gleich an der Straße befand. Der Westfriedhof war früher der Garten des Bleiberger Klosters gewesen, und die Mönche hatten dort ihre Brüder beerdigt. Schließlich war Aachen so gewachsen, daß das früher abgeschiedene Kloster langsam Teil der Stadt geworden war. Nach dem Krieg hatten auch die westlichen Aachener Gemeinden begonnen, hier ihre Toten zu begraben. Schließlich war eine Erweiterung des Friedhofs auf der anderen Seite der Vaalser Straße nötig geworden.

Doch Mark verblieb keine Gelegenheit, die Klostergebäude näher zu betrachten. Und von den Mönchen konnte er ohnehin kaum Hilfe erwarten. Die alten Gemäuer blieben undeutlich in der Dunkelheit verborgen. Zum Glück war auch dieser Teil des Friedhofs unbeleuchtet. Riesige Rhododendren warfen mit ihrem immergrünen, undurchdringlichen Blattwerk schwarze Schatten.

Mark bog in einen schmalen Nebenweg ein und versuchte so leise wie möglich zu laufen. Es war nicht daran zu denken, jetzt ein Versteck zu suchen. Dazu waren sie zu dicht hinter ihm! Konnten sie ihn sehen? Verzweifelt versuchte Mark nachzudenken, während er sich weiterschleppte. Vielleicht war es ganz falsch, sich auf den leeren Friedhof zu flüchten, der geschlossen und menschenverlassen war. Er sollte eher Schutz unter Leuten suchen, dann konnten die Verfolger ihm nichts anhaben. Aber wohin sollte er laufen, spätabends am Stadtrand von Aachen? Wo waren jetzt Menschen?

Vor ihm tauchte ein Berg von Kränzen aus der Dunkelheit auf. Über einem frischen Grab hatte man die vielen Gebinde aufgehäuft. Die Fahnen mit den Schriftzügen flatterten im Wind. Mark glaubte, schwarzrotgoldene Farben ausmachen zu können. Oder spielten ihm seine Augen einen Streich? Ihn schauderte beim Anblick der frischen Grabstätte. *La Mort Subite*. Der plötzliche Tod. Würde er auch bald hier liegen? Mit Kränzen obendrauf? Mark ließ sich bergab treiben, das Laufen fiel ihm in dieser Richtung leichter. Das Kloster war auf einem Hügel gelegen, der nach allen Seiten abfiel. Bald würde er unten auf die Umgehungsstraße treffen, den Pariser Ring. Merkwürdig, welche Zufälle es gab. In Paris hatten sie Cavalier erwischt, sollten sie ihn hier am Pariser Ring zur Strecke bringen?

Nein, noch hatten sie ihn nicht. Immer weiterlaufen, nicht aufgeben. Er hörte keine Schritte mehr hinter sich. War er allein? Doch auch seine eigenen Schritte wurden durch den weichen Untergrund gedämpft und waren kaum wahrzunehmen.

Vor ihm tauchte die Mauer auf, die den alten Friedhof auf dieser Seite der Straße einschloß. Die Klosterhofmauer.

Hinter der Mauer erstrahlte die Nacht in blendendhellem, kaltem Licht. Die Beleuchtung der Umgehungsstraße. Waren die Laternen so hell? Die Mauer war hoch und abweisend. Mark fand einen kleinen Baum, der nahe an der dunklen Wand stand. Er kletterte in das Geäst des Baumes, bis er hinüberblicken konnte. Hinter der Umgehungsstraße erstrahlte ein gigantischer Gebäudekomplex, taghell beleuchtet durch zahllose Scheinwerfer. Blaue, gedrungene Türme umgaben ebenfalls blaugehaltene, massive Fassadenfluchten, die von endlosen Fensterreihen gesäumt waren. Auf allen Stockwerken gab es rote Laufstege, und sowohl bei den Türmen als auch dazwischen zogen rote Feuertreppen aus Metallrosten vertikale Linien. Dazwischen verliefen gelbgestreifte, wuchtige Rohrsysteme, wie man sie von chemischen Fabriken kannte. Das Ganze war in ein kaltes Licht getaucht, das die schrillen Farben um so mehr aus der ansonsten düsteren Novembernacht hervorriß.

Das Aachener Klinikum! Mark hatte völlig vergessen, daß sich diese gigantische Gesundheitsfabrik, die pharmazeutisches Forschungslabor, medizinische Hochschule und Universitätskrankenhaus in einem war, gleich in der Nähe von Christins Wohnung befand.

Mark war des öfteren im Klinikum gewesen, hatte sich dort mit Christin zum Mittagessen getroffen, sie morgens hingebracht, bevor er nach Köln fuhr, oder sie abends abgeholt. Es hatte lange gedauert, bis er sich in dem verwirrenden Labyrinth der Zu- und Abfahrtswege, der Eingänge und Treppenhäuser zurechtgefunden hatte. Ein Fremder sah sich mit einem System völlig unverständlicher Wegweiser und nicht enden wollender Korridore konfrontiert. Dort hatte er eine bessere Chance, seine Verfolger abzuschütteln!

Mark ließ sich vom Baum hinüber zur Mauer fallen, stützte sich mit den Händen oben auf den Steinen ab, fand Halt und zog sich ganz herüber. Hier oben war er im Licht der Straßenbeleuchtung vor dem Dunkel des Friedhofs deutlich sichtbar. Schnell ließ er sich auf der anderen Seite herab und sprang zu Boden.

Der Pariser Ring war wenig befahren. In der Entfernung verschwanden einige rote Schlußlichter von Fahrzeugen, die in Richtung Autobahn fuhren. Ein Kleinwagen kam auf der entgegengesetzten Fahrbahn auf ihn zu.

Mark lief hastig über die vierspurige Straße, um auf der anderen Seite im Gebüsch Schutz suchen zu können. Wie dicht waren sie hinter ihm? Er kletterte gerade über die Leitplanke zwischen den beiden Fahrstreifen, als er von der Vaalser Straße her quietschende Reifen hörte. Der BMW! Seine Verfolger mußten irgendwie in Funkkontakt miteinander stehen!

Atemlos lief Mark zwischen den Büschen am Fahrbahnrand hindurch, über brachliegende Wiesen, auf das riesige Gebäude zu. Hier konnte ihm der Wagen jedenfalls nicht direkt folgen. Die Erschöpfung der pausenlosen Jagd machte sich immer stärker bemerkbar. Marks Ohren begannen zu dröhnen, er hörte ein merkwürdiges Rauschen, als sei er von seiner Umgebung entrückt. Während er weiterlief, spürte er einen zunehmenden Schwindel; er begann zu taumeln, hatte Schwierigkeiten, das Gleichgewicht zu halten. Sollte er aufgeben? Vielleicht taten sie ihm nichts, wenn er einfach stehenblieb? Nein, darauf konnte er nicht hoffen, nicht nach dem, was Cavalier und diesem Typen in der Telefonzelle zugestoßen war. Er mußte weiter!

Mark lief mit verzweifelter Anstrengung weiter auf das Klinikum zu, dessen monströse Fassade immer höher über ihm aufragte. Das grelle Licht und die knalligen Farben taten ein übriges dazu, die gesamte Szenerie völlig unwirklich erscheinen zu lassen. Aus den Augenwinkeln konnte er erkennen, wie der BMW die Abfahrt vom Pariser Ring nahm und in weitem Bogen auf das Klinikum zusteuerte.

Schräg rechts vor sich sah Mark die Zufahrt für die Notaufnahme. Weniger als hundert Meter! Wo sollte er sonst hin? Er rannte direkt auf den hell erleuchteten Eingang zu, sprang von der Wiese hinunter auf die tiefer liegende asphaltierte Zufahrt und lief wild gestikulierend auf die breite, überdachte Glastür zu. Bevor er sie aufstoßen konnte, öffneten sich zwei Flügel mit einem durchdringenden Summen automatisch nach innen. Zwei Empfangsschwestern hinter dem verglasten Empfangstresen starrten ihn überrascht und fragend an.

»Ein Notfall! Schnell einen Arzt! Der BMW!« stieß er hervor.

Eine Krankenschwester griff zum Telefon und sprach in den Hörer. Mark ließ nicht locker.

»Sie brauchen Hilfe! Der dunkle BMW!«

Er deutete hinter sich und lief weiter ins Innere des Gebäudes, bog den ersten Gang nach rechts ab. Zwei jüngere Ärzte in weißen Kitteln kamen ihm mit hektischen Bewegungen entgegen.

»Am Eingang! Ein Notfall im schwarzen Auto! Schnell!«

Die Ärzte beschleunigten ihre Schritte noch und

stürmten auf den Eingang zu. Währenddessen lief Mark langsam immer tiefer in das Klinikum hinein. Er kannte dieses Stockwerk von seinen Besuchen bei Christin. Das Gebäude war mehrere hundert Meter lang und etwa hundert Meter breit. Der Korridor, dem er folgte, durchquerte den Komplex seiner schmaleren Breitseite nach. Bald erreichte er die Außenwand. Über sich sah er ein grünes Hinweisschild mit der Aufschrift ›Notausgang‹.

Der BMW mit den beiden dunkelgekleideten Herren kam direkt vor der Notaufnahme zum Stehen. Zwei Ärzte und drei Schwestern gingen zielstrebig auf das Fahrzeug zu, während im Hintergrund zwei Pfleger im Laufschritt eine fahrbare Trage heranschafften. Noch bevor die beiden Männer aussteigen konnten, hatte einer der Ärzte die Beifahrertür geöffnet und eine Hand auf die Schulter des Mannes gelegt.

»Bewegen Sie sich nicht, wir heben Sie auf die Trage, es dauert nur einen Moment!«

Der Beifahrer schlug den Arm des Arztes weg und machte Anstalten auszusteigen.

»Mir fehlt nichts, gehen Sie weg!«

»Sie stehen unter Schock, bitte, bleiben Sie zunächst sitzen!«

Mittlerweile waren die Pfleger mit der Trage herangekommen. Es standen jetzt sieben Personen in weißer Krankenhauskleidung um den BMW herum. Im hell erleuchteten Eingangsbereich der Notaufnahme konnte man weiteres Personal heraneilen sehen. Der Beifahrer blieb vorerst sitzen und richtete das Wort an den Arzt.

»Wo ist der Typ, der eben hier hereingerannt kam? Den müssen Sie behandeln, nicht mich!«

»Aber sicher! Machen Sie sich keine Sorgen, dem jungen Mann geht es schon besser! Er ist außer Gefahr!«

Offenbar wollte der Arzt den Beifahrer beruhigen, den er für einen Schockpatienten hielt. Als die Pfleger herantraten, um ihn aus dem Auto zu heben, schlug der Fahrer das Lenkrad scharf links ein und fuhr an. Eine Krankenschwester mußte zurückspringen, um nicht von dem BMW erfaßt zu werden, der mit aufheulendem Motor losfuhr, am Ende der Zufahrt wendete und dann mit hoher Geschwindigkeit an dem versammelten Personal der Notaufnahme vorbeibrauste. Kopfschüttelnd sahen die Ärzte, Pfleger und Schwestern dem Wagen nach, wie er die Zufahrt zum Pariser Ring nahm und hinter den Büschen verschwand. Dann gingen sie zurück in das Gebäude. Der junge Arzt wandte sich an eine der Schwestern.

»Wo ist der junge Mann, der uns im Flur entgegenkam?«

Mark hatte den Sicherungsbügel heruntergedrückt, und die Tür des Notausgangs war nach außen aufgesprungen. Die Verplombung fiel leicht scheppernd zu Boden. Auf dieser Seite des Klinikums war das Gelände tiefer, so daß Mark sich ein Stockwerk über dem Erdboden wiederfand, obwohl er das Klinikum auf der anderen Seite im Erdgeschoß betreten hatte. Er stand auf einem der roten Gitterroste, die wie Balkone die Fassade des Gebäudekomplexes säumten.

Instinktiv wandte er sich nach links und rannte auf den nächsten Turm zu. Seine Schritte schepperten metallisch unter den lose aufliegenden Gitterrosten. Schon bald hatte er die erste Feuertreppe erreicht. Er nahm immer zwei Stufen auf einmal und polterte hinunter. Unten versperrte eine Gittertür den Weg, doch er fand schnell den nur von innen erreichbaren Panikhebel. Schon stand er auf der Wiese vor dem Gebäude, das riesig hinter ihm aufragte. Er hatte einen kleinen Vorsprung gewonnen, aber er war noch nicht in Sicherheit. Wohin sollte er sich wenden?

Mark trabte durch eine flach abfallende, feuchte Wiese vom Klinikum weg. Er überquerte eine kleine Straße, hielt sich aber abseits befahrbarer Wege. Vor ihm tauchte ein Rinnsal auf. Er setzte zum Sprung an, rutschte weg und landete mit einem Fuß im Schlamm. Nachdem er seinen Schuh aus dem Morast befreit hatte, ging er weiter. Vor ihm schälten sich die Konturen der Technischen Hochschule aus der Dunkelheit. Die anonymen Betonfassaden der Flachdachbauten wirkten öde und trist gegen die schillernde Monstrosität des Klinikums. Ob sie ihn dort suchen würden? Er hatte aufgehört zu laufen und ging nur noch. Die Luft war jetzt nicht mehr so knapp, die Lunge brannte nicht mehr, und auch das Schwindelgefühl war gewichen. Wo sollte er hin? Er konnte nicht die ganze Nacht auf den Beinen bleiben. Früher oder später würden sie ihn finden.

Nachdem er eine Weile in weitem Bogen um die Technische Hochschule herumgegangen war, sah er gegen den Abendhimmel die Silhouette des TH-Heizkraftwerks. Dies löste eine vage Erinnerung, ein Wiedererkennen bei ihm aus. Der viereckige Klotz des Heizwerks, das aus einiger Entfernung über Fernwärmeleitungen die Hochschule versorgte, stand wie ein Fremdkörper in der Landschaft. Der kurze, dicke Stummelschornstein stieß wie immer weiße Dampfschwaden aus, die schnell in den Himmel aufstiegen. Aus der Richtung des Schornsteinrauchs hatte er immer das Wetter vorherzusagen versucht, als er im Fitneßcenter *›Body World‹* trainiert hatte. Westwind bedeutete Regen. Der Inhaber des Studios, Jochen Schwarze, trainierte am späten Abend oft selbst und blieb länger als zehn Uhr. Vielleicht war er noch da. Er könnte Mark Unterschlupf gewähren. Mark setzte sich in Trab. Er mußte sich beeilen, wenn er Jochen noch erwischen wollte.

6. Kapitel

Das Blatt wendet sich

> *Was jetzt in Europa geschieht, ist für uns Europäer, aber vor allem für die Deutschen, von schicksalhafter Bedeutung. Für kein anderes Land ist auf Grund der Geschichte, der geographischen und geopolitischen Notwendigkeiten der Bau des vereinten Europas im Ökonomischen, im Sozialen, vor allem aber auch im Politischen so notwendig wie für Deutschland.*
> *Ich wage die Behauptung: Wenn Maastricht scheitern und wenn wir auf diesem Weg anhalten oder gar zurückfallen würden, dauert es länger als eine Generation, und alle unseligen Merkmale der vergangenen Zeit werden wir wieder zu spüren bekommen.*
> *Wenn wir über einen längeren Zeitraum bei der EG ohne Politische Union verweilen, wird diese Europäische Gemeinschaft keine Zukunft haben. Die Weltgeschichte ist voller Beispiele, daß ein solcher Weg nicht in die Zukunft führt.*
>
> *Bundeskanzler Dr. Helmut Kohl, Petersberg bei Bonn, 5. Oktober 1992*

Nachdem Mark die Schilderung seiner Erlebnisse abgeschlossen hatte, ließ er sich zurücksinken in die Polster des Ledersofas, auf dem er Platz genommen hatte. Jochen war mit dem VW-Bus nicht lange auf der Autobahn geblieben und hatte schon bald sein Apartment in einer Wohnanlage bei Stolberg, einer Schlafstadt zwischen Aachen und Köln, erreicht. Zu diesem Zeitpunkt war Mark aber bereits so im Redefluß gewesen, daß Jochen förmlich an seinen Lippen gehangen hatte. Die beiden waren nach oben gegangen, wo Mark sofort mit der Geschichte fortgefahren war.

Nun, nachdem er geendet hatte, starrte Jochen ihn

entgeistert an. Mark nahm erst jetzt die Einzelheiten der Einrichtung wahr. Durch einen engen Flur hatte er das Wohnzimmer betreten, das von einer riesigen Couchgarnitur dominiert wurde. Die schwarzen Ledermöbel ließen daneben nur noch Platz für ein Regal, in dem wenige Bücher und ein großer Fernseher mit Videorecorder standen. Es gab keine Pflanzen, keine Gardinen und keine Bilder an den Wänden. Die Jalousien waren heruntergelassen, indirekte Beleuchtung ließ den eigentlich eher kahlen Raum wohnlich erscheinen. Mark fühlte eine bleierne Müdigkeit, die ihn nach unten zog. Er lehnte seinen Kopf zurück an die Polster und schaute an die Decke. Jetzt, nachdem er der Gefahr entronnen war, nahm sich sein Körper die ihm zu lange vorenthaltene Ruhepause. Schließlich stützte er den Kopf auf seine Arme und verbarg das Gesicht in den Händen.

»Sie haben Christin entführt. Was soll ich nur tun? Und Roberto lag so reglos auf dem Boden, wer weiß, was sie mit ihm gemacht haben.«

»Du ruhst dich jetzt erst mal aus. Nach dem, was du mitgemacht hast, brauchst du dringend eine Pause, bevor es weitergehen kann! Leg dich hier auf die Couch, ich hole dir eine Decke. Morgen sehen wir dann weiter.«

Jochen war aufgestanden und in den Flur seines Eineinhalbzimmer-Apartments gegangen.

»Vielleicht sollte ich einfach zur Polizei gehen, dann klärt sich früher oder später alles auf. Ich meine, die können mir doch nicht ernsthaft diesen Bombenanschlag anhängen.«

»Mach das bloß nicht! Mag sein, daß du nicht verurteilt wirst. Aber bis dahin stecken sie dich auf jeden Fall erst mal in Untersuchungshaft. Etwas Besseres könnte den Mafia-Killern doch nicht passieren! Im Gefängnis wäre es ein leichtes für die, dich kaltzumachen. Es ist nicht zu fassen: Du hast Jura studiert, aber keine blasse Ahnung davon, wie es hinter Gittern tatsächlich zugeht! Nein, zur Polizei kannst du jedenfalls nicht. Mach dir jetzt keine Gedanken, morgen sieht alles schon anders aus. Ich habe ein paar Freunde, die dir vielleicht helfen können.«

»Freunde?«

»Ja, von früher, von vor der Wende. Vertrau mir.«

Jochen nahm ein Handtuch aus dem Kleiderschrank im Flur und warf es Mark zu, der es mit Mühe auffing.

»Jetzt dusch dich erst mal. Ich leg' dir ein paar Klamotten von mir raus. Ich habe für morgen eine Aushilfe im Studio, weil ich eigentlich zum Großmarkt wollte. Mit etwas Glück kriegen wir die Sache vielleicht noch in den Griff!«

Während Mark das heiße Wasser auf sich niederprasseln ließ, stand Jochen im Flur und tippte mit schnellen, routinierten Bewegungen eine Ziffernfolge in sein Telefon, eine Nummer, die er offenbar auswendig kannte. Nach zweimaligem Klingeln wurde sein Anruf beantwortet. Er sprach hastig in die Muschel. Seine heisere Stimme hatte einen nervösen Unterton.

»Hier Jochen. Ich habe einen Job für euch. – Na ja, sagen wir: unerwarteter Besuch aus Brüssel. – Ja, der übliche Treffpunkt. – Kein Problem, das kann ich schaffen. – Ich weiß, was ich zu tun habe! Diesmal wird alles klappen. – Nein, er ahnt nichts. Bis dann.«

Christin erwachte von einem Gefühl der Kälte, das ihren ganzen Körper durchdrang. Sie stützte sich mit den Ellenbogen auf, sah, daß sie auf einem Bett lag, neben ihr eine Wolldecke, die zur Seite geglitten war. Langsam besann sie sich. Wo war sie? Was war passiert? Die Wände des kleinen, quadratischen Raumes waren mit einer merkwürdigen Tapete bedeckt. Geflügelte Wesen rankten sich mit ihren wurmförmigen Leibern zwischen seltsamen Bäumen, die aus urdenklicher Zeit zu stammen schienen. Alles war in einem blassen Rot gezeichnet, eine absurd geschmacklose Wanddekoration. Man konnte helle Schatten erkennen, wo bis vor kurzem noch kleinere Bilder gehangen haben mußten. Außer dem rahmenlosen französischen Bett befand sich kein Möbel in dem Zimmer. Von der Decke baumelte eine kahle Glühbirne. Auch hier schien es, als habe jemand den Lampenschirm erst vor kurzem abmontiert. Vor dem Fußende fiel Tageslicht durch ein kahles, quadratisches Fenster ohne Gardinen oder Jalousien. Diffuse Schatten zeichneten sich rings um das Fenster ab, als sei der Vorhang nach langer Zeit entfernt worden. Am unteren Rand der Fensteröffnung waren die Wipfel von Tannen zu erkennen, die im Wind hin und her schwankten. Der Raum mußte sich in einem höheren Stockwerk befinden.

Christin rutschte zum Rand des Bettes, um aufzustehen. Da öffnete sich die Tür. Jemand mußte sie heimlich beobachtet haben. Ein älterer Mann mit grauem Haar trat herein. Er trug Handwerkerkleidung, ein kariertes Hemd und Cordhosen, die seitlich Laschen für die Aufnahme von Werkzeug hatten. Sein Gang war etwas unsicher und gebückt, als leide er unter Rückenbeschwerden.

»Sie haben jetzt sicher Durst, nicht wahr? Ich bringe Ihnen etwas zu trinken.«

Christin wollte etwas entgegnen, doch es gelang ihr nicht, die Laute zu formen. Ihre Stimmbänder waren verklebt, wie nach einer langen Zeit des Schweigens. Bevor sie sich geräuspert hatte, war der Mann schon wieder verschwunden. Sie hörte, wie außen ein Schlüssel im Schloß umgedreht wurde. Als sie die Füße auf den Holzfußboden stellte und ihren Oberkörper ganz aufrichtete, spürte sie wieder den Schwindel. Ihr Mund war trocken und brannte. Sie konnte sich nicht erinnern, wie sie hierhergekommen war. Der Anruf von Woodworth. Das Auto vor der Tür. Sie war eingestiegen, aber was war dann passiert? Mark! Das Auto hatte sie abgeholt, weil etwas mit Mark geschehen war!

Die Tür öffnete sich wieder, und der alte Mann trat mit einem Plastikbecher in der Hand herein. Hinter ihm stand ein zweiter, jüngerer Mann, der aber auf der Schwelle stehenblieb.

»Hier, trinken Sie das. Sie haben doch Durst?«

Christin wollte fragen, den Mann zur Rede stellen, wie sie hierhergekommen war, aber sie griff impulsiv nach dem Becher. Ihr Mund war trocken, die Zunge klebte ihr am Gaumen.

»Trinken Sie nur, es wird Ihnen guttun!«

Christin führte den Becher zum Mund und nahm einen Schluck. Das kühle Mineralwasser benetzte ihren trockenen Mund. Begierig setzte sie den Becher erneut an und leerte ihn mit einem Zug. Dann gab sie den Becher zurück an den Mann, der sie fürsorglich betrachtete.

»Wer sind Sie? Wie komme ich hierher? Ich will Professor Woodworth sprechen!«

»Sicher werden Sie das, mein Kind, sicher. Jetzt brauchen Sie erst einmal Ruhe. Sie hatten eine schwere Zeit. Nach und nach wird die Erinnerung wiederkommen. Legen Sie sich wieder hin, ich hole Ihnen noch einen Becher Wasser.«

»Aber ich will hier raus! Ich will keine Ruhe, ich will wissen, was mit meinem Freund los ist, Mark Kemper. Wo ist er?«

Christin war aufgesprungen und hatte ein, zwei Schritte auf die Tür zugemacht. Dann begann der Boden unter ihren Füßen zu schwimmen. Sie wollte die Arme hochreißen, um die Balance wiederzugewinnen, doch es gelang ihr nicht.

»Was habt ihr mit mir gemacht?«

Die Beine wurden ihr schwer. Langsam sackte Christin auf dem Holzfußboden zusammen. Der zweite Mann trat heran und fing sie auf, bevor sie mit dem Kopf auf den Boden fiel. Ihr wurde schwarz vor Augen, bleiern senkte sich eine unbeschreibliche Schwere in ihre Glieder.

»Wirkt recht schnell, unsere Medizin, was? Farblos, geschmacklos und schnell.«

Zusammen hoben die beiden Männer Christin auf das Bett. Der Jüngere starrte auf Christins lange schlanke Beine.

»Schöne Beine, was? Ich könnte die Kleine ja mal ein bißchen trösten in ihrem Bettchen!«

Der alte Mann warf fast behutsam die Wolldecke über sie und drängte den Jüngeren zur Seite.

»Untersteh dich! Der Chef hat gesagt, er braucht sie noch. Wir dürfen ihr kein Haar krümmen. Also, halt dich zurück, sonst …«

Der Alte machte eine eindeutige Geste, indem er die rechte Handkante blitzschnell an seiner Kehle vorbeiführte.

Jochen parkte den VW-Bus hinter einer Fichtengruppe am Rand eines Feldwegs. Von der Straße aus war das Fahrzeug nicht zu sehen. Mark stieg aus und blickte um sich. Hinter den Nadelbäumen ragte eine dunkle, rostige Stahlkonstruktion in den Himmel, die oben von zwei riesigen Rädern gekrönt wurde. Darunter befanden sich noch zwei weitere Räder, neben denen waagerecht ein Geländer verlief. Das Gerüst bestand aus jeweils zwei gegeneinander gelehnten Stahlträgern, die untereinander verstrebt waren.

Jochen und Mark gingen einige Schritte durch die Fichten, bis sie an einen alten Zaun gelangten. Vor ihnen tat sich ein verfallenes und teilweise von Schlingpflanzen überwuchertes Industriegelände auf.

Mark sah rostige Förderbänder, Lagerschuppen und den hohen Förderturm, von dessen Rädern noch alte Stahltrossen nach unten führten. Weiter hinten standen Wellblechbaracken mit eingeschlagenen Fenstern und vereinzelte Förderloren, die aus den schmalen Schienen gekippt worden waren. Dazwischen schlängelten sich halb überwucherte Fahrbahnen. Überall standen Brombeersträucher und anderes Gestrüpp; leere Bierdosen und *Fast-food*-Verpackungen lagen verstreut herum.

Obwohl die Bundesstraße, die sie aus Aachen kommend in Richtung Rhein geführt hatte, nicht weit entfernt war, schien es doch, als seien sie in einer anderen Welt gelandet. Abgeschirmt durch das Fichtengehölz und einen niedrigen Hügel, lag das Gelände völlig entrückt von der Betriebsamkeit seiner Umgebung; vom Verkehr auf der nahen Straße war nichts mehr zu hören. Mark fröstelte, er zog den Reißverschluß seiner Jacke zu. Es hatte über Nacht tatsächlich Frost gegeben.

»Was wollen wir denn hier? Ist das eine Art Bergwerk?«

»Das war mal ein Bergwerk. Steinkohlebergbau. Ruhrkohle AG. Hast du vielleicht schon mal gehört. Aber hier wurde der Abbau schon vor Jahren eingestellt. Es lohnt sich nicht mehr. Im Ausland liegt die Kohle näher an der Oberfläche, und die Arbeitslöhne sind niedriger.«

»Na und? Hast du mich hierher gefahren, um mir einen Vortrag über den Standort Deutschland zu halten?«

»Warte es ab!«

Jochen stieg durch ein Loch in dem schwarzen Zaun, der vor Rost brüchig geworden war. Mark überlegte einen Moment, dann bückte er sich und schlüpfte ebenfalls durch den Maschendraht. Was sollte er auch sonst machen? Jochen hatte sich beim morgendlichen Frühstück sehr schweigsam gegeben und schien vorerst keine weiteren Fragen zu den ungewöhnlichen Erlebnissen seines Freundes mehr zu haben. Nach dem Frühstück hätte Mark sich am liebsten wieder ins Bett gelegt, aber Jochen wollte unbedingt losfahren, sprach nebulös von einem Treffen, von Freunden, die helfen könnten. Schließlich hatte Mark achselzuckend nachgegeben und sich im VW-Bus hierher chauffieren lassen.

Die beiden gingen hintereinander durch gefrorenes, mit Rauhreif überzogenes Gras. Bei jedem Schritt knisterten die Halme unter ihren Sohlen. In der Stille kamen Mark die Geräusche übermäßig laut vor, er glaubte, daß jeder, der sich in der Umgebung aufhielt, sie unweigerlich hören mußte. Jochen ging zielstrebig in das Gelände hinein, zwischen Schuppen und Gerätschaften hindurch auf den hochragenden Förderturm mit den großen Rädern zu, den sie bereits von außen gesehen hatten.

Nachdem sie einen umgestürzten Wassertank passiert hatten, lag vor ihnen eine unscheinbare Baracke mit zugenagelten Fenstern. In der Tür standen zwei Männer und eine Frau in Straßenkleidung. Jochen hob die Hand zum Gruß und ging auf die Leute zu. Mark blieb verdutzt stehen. Wo war er hier hineingeraten?

»Was soll das, wer sind diese Leute?«

Jochen rollte seine Augen und rang mit den Händen. Er ging zwei Schritte zurück, auf Mark zu.

»Ich glaube nicht, daß du in einer Situation bist, wo du dir deine Retter aussuchen kannst. Die Leute hier haben die Fähigkeiten und den Willen, dir zu helfen. Reicht das nicht?«

»Aber woher weiß ich, daß ich ihnen trauen kann?«

»Wenn du ihnen nicht trauen könntest, wärst du bereits tot. Ich glaube, du hast gar keine andere Wahl.«

Jochen deutete auf den umgestürzten Wassertank, hinter dem in diesem Moment zwei Männer hervortraten. Mark wirbelte herum und starrte die beiden Männer an, an denen er gerade vorbeigegangen sein mußte, ohne sie zu bemerken. Sie lachten und begrüßten Jochen mit Handschlag wie einen alten Bekannten. Dann gingen sie auf die Baracke mit den verschlossenen Fenstern zu. Dieses Gebäude sah mit seiner verwitterten Fassade und der abblätternden grauen Farbe an Fensterrahmen und Türverkleidung ähnlich verwahrlost aus wie die anderen Schuppen auf dem Gelände. Doch bei genauerer Betrachtung konnte Mark erkennen, daß vor nicht all zu langer Zeit Reparaturen durchgeführt worden waren. Die Regenrinnen waren intakt, das Wellblechdach war geflickt worden, und die Eingangstür schloß perfekt. Jemand hatte sich äußerste Mühe gegeben, die Instandhaltung so unauffällig wie möglich auszuführen. Ein flüchtiger Betrachter würde die Unterschiede zu den anderen, wirklich verfallenen Hütten kaum bemerken.

Mark seufzte und folgte den anderen in das Gebäude. Von einem Flur trat er in einen größeren, düsteren Raum, der von elektrischem Licht schwach beleuchtet wurde. In dem Gebäude war es nach der Kälte draußen angenehm warm. Dazu roch es leicht nach Dieselöl. Offenbar beheizten die Leute ihre Baracke mit einem Ölofen. Verschiedenartige Stühle und Sessel waren in einem Halbkreis angeordnet. Weitere Männer und eine zweite Frau saßen hier und rauchten Zigaretten. Nachdem sich alle gesetzt hatten, ergriff Jochen das Wort.

»Okay. Gut, daß ihr so schnell gekommen seid. Dies ist mein Freund Mark Kemper aus Aachen. Er hat früher in meinem Studio trainiert. Jetzt arbeitet er in Brüssel bei der Kommission, das heißt, er hat dort bis gestern gearbeitet. Er hat etwas zu berichten, das euch bestimmt interessieren wird.«

Jochen wandte sich Mark zu.

»Tja, Mark, ich fürchte, du mußt deine Story noch mal erzählen.«

Mark blickte um sich.

»Wie wäre es, wenn du mir deine Freunde auch mal vorstellst?«

Jochen zögerte, blickte hinüber zu einem grauhaarigen Mann mit relativ dunklem Teint, der Mark schon draußen ins Auge gefallen war. Er saß sehr aufrecht und steif, irgendwie militärisch auf seinem Stuhl. Auch seine Kleidung hatte einen militärischen Touch: Schulterklappen am Hemd, eine Hose mit Seitentaschen und an den Schuhen Profilsohlen. Eine Art *Outdoor*-Kleidung, dachte Mark bei sich.

»Es ist in Ordnung. Ich bin Klaus, hier neben mir

sitzt Jürgen, und da Joachim. Neben dir, das sind Andrea und Franko; hinter Jochen steht Jens, das da ist Gisela. So, das muß genügen. Nun leg mal los. Wir können nicht ewig warten.«

Mark stockte. Er ärgerte sich, weil er natürlich nicht nur eine einfache namentliche Vorstellung, sondern eine Erklärung dafür erwartet hatte, warum er gerade dieser Versammlung hier seine Erlebnisse noch mal schildern sollte. Aber dann – Jochen hatte ja recht. Was hatte er zu verlieren? Mark seufzte erneut und setzte sich zurecht. Zum wiederholten Mal begann er mit seiner Geschichte, die Anfang Oktober, gerade vor fünf Wochen, im Gebäude der Kommission begonnen hatte. Ihm kam es wie eine Ewigkeit vor.

Nachdem Mark geendet hatte, herrschte einen Moment lang Schweigen in der Runde. Dann ergriff Klaus das Wort.

»Jochen, ihr beide solltet einen kleinen Spaziergang über das Gelände machen. Wenn ihr zurück seid, wartet draußen, wir geben euch Bescheid!«

Die Stimme von Klaus klang befehlend, als dulde er keinen Widerspruch. Vor die Tür gesetzt, schlenderten Mark und Jochen auf den Förderturm der Zeche zu. Mark gingen Fragen durch den Kopf. Er wollte wissen, wer die Leute waren, denen er soeben all seine Erlebnisse offenbart hatte. Aber er spürte, daß Jochen ihm im Moment nicht antworten würde. So beschränkte er sich darauf, die verfallenen Strukturen der aufgegebenen Zeche zu beäugen, die wie eine ferne, unwirkliche Welt auf ihn wirkten. Noch mehr umgekippte Loren, eingestürzte Schuppen, Abraumhalden und Berge von Eisenschrott. War das die Perspektive für die europäische Industrie, die den Herausforderungen des neuen technologischen Zeitalters und dem Wettbewerb aus den Pazifikstaaten nicht mehr gewachsen war?

Jochen starrte nur auf den Boden und ging neben ihm her. Als sie zurückkehrten, war die Tür noch geschlossen. Erst nach weiteren zehn Minuten schweigsamen Wartens öffnete die junge Frau, die ihm als Andrea vorgestellt worden war, die Tür und winkte sie lächelnd herein.

Drinnen standen alle zwischen den Stühlen herum. Offenbar hatte eine erregte Debatte stattgefunden. Auf ein Zeichen des Grauhaarigen setzte man sich wieder. Auch Mark und Jochen nahmen auf ihren alten Stühlen Platz. Klaus räusperte sich.

»Wir haben uns entschieden, dir zu helfen und dem Mob einen Schlag zu versetzen, von dem er sich so schnell nicht erholen wird. Wir können nicht zulassen, daß die Mafiosi hier die Kontrolle übernehmen, während alle tatenlos daneben stehen und sich noch nicht mal wundern!«

»Schön und gut, ihr möchtet mir helfen. Aber wie wollt ihr das anstellen? Allein gegen die Mafia?«

»Du bist nicht mehr allein! Es ist jetzt an der Zeit, dich ein wenig über unseren Hintergrund aufzuklären.«

Klaus setzte sich noch aufrechter, obwohl Mark eben noch gewettet hätte, daß das unmöglich sei. Der Mann schien eine Art Anführer zu sein, die anderen blickten zu ihm auf, wenn er sprach. Nach einem Blick in die Runde fuhr Klaus fort.

»Du weißt, daß Jochen aus der DDR kommt. Auch die anderen, die du hier siehst, kommen aus dem Osten. Wir waren in verschiedenen Behörden tätig und kannten uns beruflich. Ich war Major im Nachrichtendienst der

Nationalen Volksarmee. Jens, Andrea und Joachim waren in der Hauptabteilung IX des Ministeriums für Staatssicherheit tätig, bei der Stasi. Franko kommt aus meiner Abteilung in der Armee, und Gisela war für Kaderfragen beim Zentralkomitee der SED zuständig. Na ja, und Jochen kennen wir, weil er damals informeller Mitarbeiter war, du verstehst. Diese unzuverlässigen Sportler mußten aus nächster Nähe betreut werden.«

Klaus blickte langsam in die Runde, ließ seinen Blick von einem zum anderen schweifen, bis er wieder bei Mark angelangt war.

»Du siehst, wir sind ein illustrer Kreis. Als die Wende kam, brach für die meisten von uns eine Welt zusammen. Wir hatten unser Leben damit zugebracht, Fähigkeiten zu erwerben, die nun nichts mehr galten. Wir hatten vom Westen nichts Gutes zu erwarten. Nach der Maueröffnung im November war uns klar, worauf die Sache hinauslief. Wir haben dann systematisch alle Akten beseitigt, die auf unsere beruflichen Aktivitäten hinweisen konnten. Dann hat jeder für sich eine Legende inszeniert: Selbstmord, tödlicher Unfall, verschollen im Dschungel von Angola, verzogen nach Kuba und so weiter. Niemand sucht mehr nach uns, was uns das Leben mit den neuen Papieren aus der Dokumentenwerkstatt der Hauptverwaltung Aufklärung erheblich erleichtert!«

Mark starrte den Redner mit offenem Mund an. Er fühlte sich, als sei er vom Regen in die Traufe gekommen. War er der Mafia entkommen, um in die Fänge skrupelloser Ost-Spione zu geraten?

»Ihr seid Stasi-Agenten?«

»Wir *waren* Stasi-Agenten. Die DDR gibt es nicht mehr. Jetzt arbeiten wir selbständig, für den Meistbietenden. Du siehst, wir haben die westlichen Werte bestens verinnerlicht. Wer zahlen kann, wird bedient: Werksspionage, Beschattungen unzuverlässiger Mitarbeiter, Informationsbeschaffung, Bewachung, zur Not auch Verhöre. – Na ja, eine gewisse Grundausrüstung konnten wir seinerzeit ohne größere Kosten sicherstellen. Und die Erfahrung aus jahrelanger Geheimdienstarbeit läßt sich eben im Kapitalismus durchaus in klingende Münze umsetzen.«

»Verstehe. Ihr laßt euch eure Ideale abkaufen. Aber bei mir seid ihr da an der falschen Adresse. Ich habe keinen Pfennig!«

Mark war aufgestanden und wollte sich zum Gehen wenden. Aber Jochen hielt ihn am Arm fest.

»Warte doch erst mal ab, was er zu sagen hat. Dann kannst du immer noch gehen!«

Klaus starrte Mark grimmig an. Offenbar war er über dessen abweisende Reaktion verärgert und schien zu denken: Besser-Wessi, will uns erzählen, was damals moralisch richtig war, ohne je einen Tag in der DDR gelebt zu haben.

»Wir können uns denken, daß du nicht bezahlen kannst. Wenn du vorhin zugehört hättest, wüßtest du, daß wir in dieser Sache nicht nur wegen des Geldes dabei sind. Für dich mag es schwer vorstellbar sein, aber trotz allem haben wir ethische Vorstellungen. Ihr setzt Stasi-Mitarbeit automatisch mit Korruptheit und Skrupellosigkeit gleich. Daß man damals Kompromisse machen mußte, um zu überleben, das kommt euch nicht in den Sinn. Abgesehen davon, wer sagt denn, daß diese Sache nicht auch noch ihren materiellen Vorteil für uns haben kann? Wenn an deiner Geschichte tatsächlich etwas dran ist und wir Beweise dafür finden, beziehungsweise diese Verschwörung, wie du sie so gerne nennst, aufdecken können, dann wäre das ganz schön peinlich für die Regierung. Ich sehe schon die Schlagzeilen: ›Stasi rettet Demokratie‹ und so weiter. Meinst du nicht, die Bundesregierung würde es sich einiges kosten lassen, wenn wir auf den Ruhm verzichten und sie die Aufdeckung als geniale Leistung ihrer Geheimdienste darstellen kann? Auch dein Schweigen über den wahren Ablauf würde sicher mit einer Stelle bei der EU belohnt werden.«

»Also doch, was für euch zählt, sind die Annehmlichkeiten, die ihr euch sichern wollt! Von wegen Ideale! Alles hohles Gequatsche. Aber was soll's. In meiner jetzigen Lage werde ich mir meine Freunde wohl kaum aussuchen können.«

»Freunde! Hört, hört! Eben noch Stasi-Spitzel und jetzt schon Freunde. Du wechselst deine Meinung aber schnell – mein *Freund*!«

Bevor Mark noch etwas zu dieser Stichelei sagen konnte, sprang plötzlich Joachim auf und fiel beiden Kontrahenten ins Wort. Er war ein hagerer, etwas verbissen dreinblickender Enddreißiger, dessen Haar sich bereits lichtete. Sein Redefluß klang angestrengt und holprig, als müsse er gegen eine Neigung zum Stottern ankämpfen.

»Laßt gut sein jetzt. Bezahlung oder nicht, wir machen diese Gangster fertig. Die Öffentlichkeit in Deutschland ergeht sich in einer grotesken Stasi-Hysterie, während vor ihren Augen der Mob die Kontrolle an sich reißt. Es kann doch nicht wahr sein, daß unsereins täglich aufs neue verdammt wird, und die wahren Übeltäter sich ungestört mästen dürfen. Denen zeigen wir's!«

Klaus war aufgestanden und hatte ein paar Schritte auf Mark zugemacht.

»Jedenfalls wird es höchste Zeit, daß jemand der

deutschen Öffentlichkeit die Augen öffnet. Wenn es uns gelingt zu beweisen, was du uns eben berichtet hast, dann wird eine längst überfällige Neubewertung der Sicherheitssituation in Deutschland und in Europa anstehen. Auf der einen Seite wird dann deutlich, wo die wahren Feinde der Gesellschaft stehen. Aber auf der anderen Seite kann dann auch nicht verborgen bleiben, daß die nicht enden wollende Stasi-Hysterie ein verhängnisvoller Irrtum ist, der von den wahren Problemen unserer Zeit nur ablenkt!«

Mark setzte sich wieder. Er blickte mit offenem Mund zu Jochen.

»Soll das heißen, ihr seid dabei? Aber *wobei* eigentlich? Gut, bis vor ein paar Minuten war ich noch ganz allein, aber selbst mit eurer Hilfe wären es doch bloß ›Fünf Freunde gegen die Mafia‹. Ihr glaubt doch wohl nicht im Ernst, daß euch gelingen könnte, woran Generationen von Polizisten, Richtern und Politikern gescheitert sind – der Mafia einen entscheidenden Schlag zu versetzen?«

»Ich glaube, du verstehst nicht richtig. Niemand hier will der Mafia einen Schlag versetzen. Was hätten wir denn von unseren Annehmlichkeiten, wenn wir ständig mit Racheaktionen rechnen müßten? Nein, nein, den Schlag sollen andere ausführen, wir besorgen bloß Informationen. Oder glaubst du, wir sind so eine Art ostdeutsche Todesschwadron? Die rettenden Racheengel der Arbeiter und Bauern, angetan mit Flammenschwert statt Pflugschar?«

Klaus war Mark jetzt ganz nah gekommen. Er schaute ihm direkt in die Augen. Ihre Nasen berührten sich fast. Bei den letzten Worten hatte er kurz in die Runde geblickt und dabei ein Lächeln gezeigt.

»Ich, äh … also nein, ich meinte …«

»Wenn diese Sache tatsächlich so abläuft, wie du es geschildert hast, dann sind Informationen – veröffentlichte Informationen – hier das schärfste Schwert. Beschlagnahmtes Rauschgift kann man durch Nachlieferungen ersetzen. Für jeden geschlossenen illegalen Spielklub lassen sich zwei neue eröffnen. Aber manipulierte Menschen, noch dazu in hohen Positionen und in großer Anzahl, dies erfordert eine lange Vorbereitung, eine aufwendige Logistik und vor allem absolute Diskretion. Heute sind die schlimmsten Feinde des korrupten Politikers doch nicht sein Gewissen oder der nächste Wahltermin. Denn Vorteile anzunehmen und zu gewähren gehört doch in einer Gesellschaft, wo alles seinen Preis hat, zum guten Ton. Nein, der schlimmste Feind dieser Leute ist die Information, die Information in den Händen eines ehrgeizigen, unbestechlichen Journalisten. So einer wie dein Kumpel Cavalier. Nur eben etwas cleverer und daher mit einer höheren Lebenserwartung.«

Klaus blickte in die Runde und grinste zuversichtlich. Dann redete er weiter.

»Wenn wir genug Material in der Hand haben, streuen wir es breit in den verschiedenen Medien. Bild-Zeitung, Die Reporter, CNN, DER SPIEGEL, was weiß ich. Nach der ersten Veröffentlichung werden dann die Journalisten gejagt. Das ist dann nicht mehr unser Problem.«

»Mag sein, daß du recht hast«, erwiderte Mark, »aber ich mag nicht, *wie* du es sagst. Du machst dich lustig über die Menschen, die letztlich für uns ihr Leben riskieren, wenn sie mit unseren Informationen einen Artikel veröffentlichen oder vor die Kamera treten.«

»Wie rührend! Stellst du dir so deinen letzten Auftritt vor: ›*Guten Abend und Willkommen bei* Explosiv.

Meine Name ist Barbara Eligmann. Heute sehen Sie unter anderem dies: Mafia in der EU – wie schlimm ist es wirklich? Explosiv *sprach mit Mark Kemper, der die Verschwörung aufdeckte.*‹ – So kannst du es haben, wenn du das Zeitliche segnen willst. Genausogut könntest du dir ein Schild umhängen und *Erschießt mich!* draufpinseln. Ich für meinen Teil verzichte auf diese Art von Ruhm. Und komm mir jetzt nicht mit dem moralischen Zeigefinger. Diese Leute wissen, worauf sie sich einlassen, und sie verdienen auch nicht schlecht daran. Unsere Gruppe legt auf jeden Fall keinen Wert auf Publicity, soviel sollte dir klar sein.«

»Es reicht mir jetzt mit eurer kleinen Privatfehde«, mischte sich Jochen in den Disput. »Aber in einem hat Klaus ohne Zweifel recht, Mark. Unsere Waffe kann nur die Information sein. Dazu benötigen wir noch mehr Details von dir. Aber laß dir eins gesagt sein: Es gibt immer einen Weg, Informationen über eine Angelegenheit zu beschaffen. Irgendwo ist immer eine undichte Stelle. In der Hinsicht haben wir reichlich Erfahrung.«

Mark fühlte sich verunsichert. In der Kommission, einer Institution, die er für absolut integer gehalten hatte, war er auf eine Verschwörung der Mafia gestoßen. Gejagt und gehetzt, hatte er nun bei einem versprengten Haufen ehemaliger Stasi-Agenten Unterschlupf gefunden, die ihm zu allem Überfluß auch noch helfen wollten. Es fiel ihm schwer, die stereotypen Urteile über Stasi-Mitarbeiter zu verdrängen. Die Stasi war doch eine verbrecherische Organisation gewesen, die unglaublich viel Leid über die Menschen in der DDR gebracht hatte. An sich waren diese Typen auch nicht viel besser als die von der Mafia. Aber welche Wahl hatte er? Wo sollte er sonst hingehen? Vielleicht war es die Ironie der deutschen Geschichte, daß die

Verbrecher von einst den heutigen Gangstern das Handwerk legen sollten. Er seufzte.

»Wenn das so ist, bin ich dabei. Was wollt ihr noch wissen?«

Klaus stand jetzt mitten im Raum und hatte die Hände in die Seiten gestemmt. Seine militärische Prägung war wirklich nicht zu verkennen.

»Soweit ich dich richtig verstanden habe, gibt es für uns drei Prioritäten. Erstens: Beschaffung genauer Informationen über Art und Umfang der Verschwörung. Das heißt, inwieweit ist die andere Seite bereits am Ziel, was sind ihre weiteren Pläne, wer sind die Köpfe der Konspiration in den Euro-Behörden? Zweitens: Wir benötigen dringend Beweise für diese Annahmen. Ohne aussagekräftiges Material wird uns niemand zuhören, und letztlich läuft es ja darauf hinaus, die Sache öffentlich zu machen. Drittens: Befreiung der Geiseln, die die Gegenseite genommen hat. Sonst sind wir erpreßbar, was uns in eine ungünstige Lage bringen kann. Wenn ich dich richtig verstehe, sind deine Freundin und vielleicht noch jemand in den Händen der Gegenseite.«

Schräg hinter Klaus richtete sich Jürgen etwas auf. Er hing mehr in seinem alten Korbsessel, als daß er saß. Jürgen war das genaue Gegenstück zu Klaus. Er war lang und schlaksig; dadurch wirkte sein Kugelbauch um so irritierender. Durch die engen Jeans, die er trug, wirkte der Bauch erst recht unpassend. Er war unrasiert und trug die aschblonden Haare halblang. Jürgen mußte einer der Jüngsten in der Gruppe sein, vielleicht dreiunddreißig oder fünfunddreißig Jahre alt. Mit seiner etwas gelangweilten, fast lethargischen Stimme wandte er sich an Mark.

»Du hast erwähnt, daß dieser Professor aus der

Kommission dich angerufen hat. Du weißt schon, als danach dieser Typ in der Telefonzelle erdrosselt wurde. Hast du das Telefon noch?«

Mark griff instinktiv in die Außentasche seiner Jacke. Er zog die Hand wieder heraus und hielt das flache, dunkelgraue Handy hoch.

»Hier ist es. Hatte ich völlig vergessen. Es hat auch seit zwei Tagen nicht mehr geklingelt. Wahrscheinlich ist der Akku völlig leer!«

»Das ist für uns kein Problem. Gib her, wir wollen mal sehen, was wir damit anstellen können!«

Mark stand auf und reichte Jürgen das Mobiltelefon, der es in der Hand wog und fast amüsiert betrachtete.

»Nettes Spielzeug. Wir haben auch längst unsere Funkgeräte weggepackt und benutzen bei Einsätzen D-Netz-Handys. Viel komfortabler und zudem auch noch absolut abhörsicher.«

Klaus ergriff wieder das Wort.

»Jürgen ist unser Kommunikations- und Abhörtechniker. Das Telefon kann uns unter Umständen noch nützlich sein, wir werden sehen. Ich denke, wir sollten uns vorläufig in zwei Gruppen teilen, um unsere Ziele parallel zu verfolgen: Informationsbeschaffung und Befreiung. Wir haben keine Zeit zu verlieren.«

Klaus präsentierte seinen Plan, den er offenbar nebenbei schon entworfen hatte. Es gab Einwände von anderen Mitgliedern der Gruppe, man diskutierte, befragte immer wieder Mark, bis schließlich die Vorgehensweise feststand. Mark war überrascht, wie effizient die Gruppe wirkte. Nach etwa zwei Stunden trennte man sich. Klaus hatte das letzte Wort.

»Das war's für heute. Morgen früh bricht die erste Gruppe auf. Die anderen treffen sich um neun Uhr hier. Jochen, du kümmert dich um Mark. Meidet die Öffentlichkeit. Wenn nach ihm gefahndet wird, solltet ihr jedem Risiko aus dem Weg gehen. Keine Kontakte zur Familie oder zu Freunden, das wäre der klassische Fehler, auf den die andere Seite nur wartet! Bis morgen besorgen wir Nahrungsmittel und Feldbetten, dann kann er hier schlafen, das ist wahrscheinlich am sichersten. Also bis dann!«

Im vornehmen Londoner Stadtteil Belgravia schickten sich zwei Männer und eine Frau an, durch die Eingangstür eines seriösen Fachgeschäftes zu treten, das zwischen einer ausländischen Botschaft und einem kleinen, edlen Luxushotel gelegen war. Die weißgetünchten Fassaden der gepflegten Häuser strahlten im Sonnenlicht hinter den sorgsam gestutzten Buchsbaumhecken, während auf den blitzsauberen Bürgersteigen ältere Damen ihre Hunde ausführten. Bevor sie eintraten, ließen die drei abschätzende Blicke über die dezente, aber deutlich sichtbare Leuchtreklame gleiten, die die Fensterfront des Geschäftslokals verzierte. ›*Spycatcher*‹ stand dort in fragilen blauen Leuchtbuchstaben vor der makellos weißen Fassade des Gebäudes. In den lichtdurchfluteten Verkaufsräumen kam ihnen ein seriöser älterer Herr in tadellosem Nadelstreifenanzug entgegen. Er begrüßte sie auf leicht distanzierte, aber höfliche englische Art.

»Madam, Gentlemen, womit kann ich Ihnen dienen?«

Franko trat nach vorne, um die Frage des Verkäufers zu beantworten. Er trug einen dunklen Trenchcoat mit kariertem Schal, dazu unauffällige graue Hosen. Zwischen der blaugrünen Wolle des Schals schauten ein weißer Kragen und eine dunkle Krawatte hervor. Die etwas längeren, zur Seite gekämmten graublonden Haare ließen die Ohren frei und akzentuierten seine markanten Gesichtszüge. Sein Auftreten ließ erkennen, daß Franko sich seiner Wirkung auf Menschen durchaus bewußt war. Durch seine freundliche und verbindliche Art gelang es ihm meist schnell, Menschen für sich einzunehmen. Da er von den dreien auch das beste Englisch sprach, hielten sich Joachim und Gisela bereitwillig im Hintergrund. Franko ging mit strahlendem Lächeln auf den Verkäufer zu.

»*Good morning, Sir!* Wir möchten einen größeren Einkauf machen. Zunächst hätten wir gern ein *Executive Information and Protection Kit*. Gibt es davon verschiedene Ausführungen?«

Franko sprach mit einem auffälligen deutschen Akzent, aber der Verkäufer ließ sich nicht anmerken, daß er irgendeine Vorstellung von der Herkunft seines Kunden gewonnen hatte. Diskretion war das oberste Gebot in seinem Geschäft.

Samuel Conrad war lange Marketingmanager für eine deutsche Firma gewesen, die Sicherheitstechnik herstellte. Vor einigen Jahren hatte er sich mit dem *Spycatcher*-Laden selbständig gemacht, und der Erfolg hatte ihm recht gegeben. Er war von Anfang an bestrebt gewesen, sich von dem zwielichtigen Hinterhof-Image seiner Konkurrenten im Londoner East End zu distanzieren.

Hier, in seinem eleganten Geschäft nahe des Hyde Park, verkaufte er Abhöranlagen, Wanzendetektoren, kugelsichere Westen und getarnte Kameras an Regierungen und multinationale Konzerne statt an zwielichtige Gestalten. Aber auch in diesen Kreisen waren eben Verschwiegenheit und Takt unverzichtbar. Denn keine Firma der Welt konnte es sich leisten, daß der

Einsatz von Abhöranlagen oder auch nur der Gebrauch von Detektoren gegen Mikrofone ruchbar wurde. Deswegen stellte Conrad keinerlei Fragen, wenn unbekannte Herrschaften ungeklärter Herkunft großzügige Einkäufe in seinem Geschäft erledigten – solange sie in bar bezahlten. Dies taten die meisten schon deshalb, um keine lästigen Spuren zurückzulassen, sei es eine verräterische Kreditkartennummer oder einen Scheck, den man auf seinen Aussteller zurückverfolgen konnte.

Conrad konnte sich zwar nicht sicher sein, ob er nicht auch an Kriminelle verkaufte, aber alle seine Artikel waren legal zu erwerben, so daß ein Konflikt mit dem Gesetz nicht zu befürchten war. Zudem bediente sich auch die britische Regierung hin und wieder gern aus seinen Regalen, wenn es galt, ohne Aufsehen schnell die neueste Abhörtechnologie für den MI 6, den englischen Geheimdienst, zu besorgen. Und so war Samuel Conrad auch heute wie gewohnt höflich und zuvorkommend zu seinen Kunden, die er zwar noch nie gesehen hatte und deren Background er nicht einmal erahnen konnte, die aber sicherlich bar bezahlen würden. Freundlich beantwortete er die Anfrage seines Gegenübers.

»Aber sicher, mein Herr. Bitte, hier herüber!«

Conrad legte einen unauffälligen schwarzen Aktenkoffer auf den Tresen, öffnete mit wenigen routinierten Handgriffen die beiden Schlösser und präsentierte der Kundschaft das beliebte *Executive Information and Protection Kit*, das ein Bestseller des Hauses war. Vor den Augen von Franko, Joachim und Gisela lag eine sorgfältig verpackte und arrangierte Sammlung der neuesten Abhörtechnologie: Drahtlos übertragende Miniaturmikrofone mit Sender, das dazugehörende Empfangsgerät, daneben ein Detektor zum Aufspüren ebensolcher Wanzen sowie ein Kassettenrecorder im Taschenformat zum Aufzeichnen der empfangenen Signale.

»Hiermit sind Sie bestens ausgestattet, die Mikrofone lassen sich perfekt tarnen, Reichweite der Sender mindestens dreihundert Kilometer, weitgehend aus Kunststoff gearbeitet, kaum zu entdecken. Es sei denn, Sie verwenden diesen Detektor hier. Damit finden Sie jede Wanze, auch die neueste Generation, wie sie von der CIA verwendet wird. Das Gerät mißt die Interferenzen, die der Sender in der Umgebung verursacht, todsichere Methode. Dagegen würden nur verkabelte Anlagen helfen, aber die sind hoffnungslos aufwendig und mit anderen Methoden leicht zu orten.«

»Kostenpunkt?«

»Nun, der ganze Koffer beläuft sich auf 9950 britische Pfund.«

»Okay, dann brauchen wir noch Handschellen. Und zwei Elektroschlagstöcke. Die führen Sie doch auch?«

Conrad räusperte sich erneut. Tatsächlich verkaufte er auch derartige Artikel. Dennoch war es ihm stets etwas unangenehm, danach gefragt zu werden. Er sah sich lieber als Ausstatter für kleines, sauberes Elektrospielzeug, das niemandem wirklich weh tat. Aber die Kunden verlangten immer öfter auch handfestere Ausrüstung. Was sollte man tun – etwa jemand anderen das einträgliche Geschäft machen lassen? Die Elektroschlagstöcke hatten durch ihren Mißbrauch als Folterinstrumente in Mittleren Osten einen schlechten Ruf erworben, aber man konnte sie genauso als Selbstverteidigungsmittel einsetzen, und als solches führte Conrad sie im Sortiment. Es war nicht seine Schuld, wenn einzelne Kunden sie in mißbilligenswerter Weise zweckentfremdeten.

»Nun ja, Sir, ich darf sagen, daß wir die Handschellen vom gleichen Hersteller beziehen wie die britische Polizei. Sie verstehen, wir führen die neuen Einwegfesseln aus Plastik, absolut zuverlässig. Und die Stöcke sind ebenfalls vom Marktführer, aus den USA.«

»Die Schlagstöcke sind in Ordnung, aber wir hätten lieber echte Handschellen. Sie wissen schon, aus Stahl, mit richtigen Schlüsseln, nicht diesen Einwegkram.«

»Oh, natürlich Sir! Die führen wir natürlich auch. Reichen Ihnen vier Paar?«

Während Conrad etwas zurücktrat und eine Schublade öffnete, bejahte Franko die Nachfrage. Vier würden genügen. Der Einkauf war damit allerdings noch lange nicht beendet. Im Gegenteil, für Mr. Conrad entwickelte sich das Verkaufsgespräch mit der ausländischen Kundschaft zur vollsten Zufriedenheit. Als er schließlich die Rechnung ausstellte – ohne Namen natürlich –, lagen neben dem Elektronikkoffer, den Handschellen und den Elektroschlagstöcken noch drei schußsichere Kevlarwesten, ein Nachtsichtgerät, ein Richtmikrofon sowie ein Satz Miniaturkameras mit integrierten Sendern samt dem dazugehörenden Empfangsgerät.

»Das wäre dann alles?«

»Mir fällt gerade ein, wir brauchen zusätzlich noch zwei von diesen kleinen Elektroschockern zur Selbstverteidigung, für die Handtasche.«

»Natürlich, Sir. Zwei Stück, kein Problem. Wir haben zur Zeit ein Sonderangebot von vierzig Pfund das Stück. Nehmen Sie die Ware sofort mit, oder sollen wir anliefern?«

»Nein, wir nehmen alles mit. Verpacken Sie die Sachen in Tüten. Den Koffer nehme ich so, wie er ist!«

»Dann zahlen Sie bar?«

»So ist es.«

Während Franko die Pfundnoten auf den Tisch blätterte, beobachteten Gisela und Joachim einen jungen Verkaufsgehilfen, der die verschiedenen, zum Teil recht martialisch wirkenden Ausrüstungsgegenstände in neutralen, verschließbaren Packtaschen verschwinden ließ. Schließlich war alles diskret verpackt, und nichts deutete mehr auf die Herkunft des Einkaufs aus dem *Spycatcher* hin. Nachdem die drei vor die Tür getreten waren, um die ruhigen und sauberen Straßen von Belgravia entlangzuschlendern, verstaute Samuel Conrad seine Einnahmen in einem unauffälligen, kleinen Safe im Büro. Ein gewöhnlicher Vormittag, etwas ruhig bis jetzt, aber wie es oft kam, stand am Ende eines ruhigen Morgens meist ein lukratives Verkaufsgespräch. Mit anderen Worten, ein Tag wie jeder andere. Es war bald Zeit für das Mittagessen im Club.

In der renovierten Baracke auf dem Zechengelände brannte noch Licht, obwohl es schon spät war. Die Fensterläden waren geschlossen und von innen zusätzlich abgedichtet, so daß kein Lichtstrahl nach draußen drang. Wenn sich jemand durch Zufall zu so später Stunde hierher verirrt hätte, wäre ihm nichts aufgefallen, was auf die Anwesenheit von Menschen hindeutete.

Jürgen hantierte routiniert an den Elektronikgeräten, die vor ihm auf der Werkbank lagen. In einem hinteren Raum der Baracke hatte er sich eine kleine Werkstatt eingerichtet, die alles enthielt, was man als Elektro- oder Computerbastler begehren konnte.

Mark schaute ihm dabei zu, wie er an dem kleinen Handy ein winziges Mikrofon festklebte und es mit dünnen Kabeln an einen digitalen Kassettenrecorder anschloß. Der DAT-Recorder war zusätzlich mit einem Computer verbunden, auf dessen flimmerndem Farbbildschirm verschiedene Anzeigenfelder zu sehen waren. Links und rechts neben dem Monitor standen kleine Lautsprecher. Über Nacht hatte Jürgen den Akku des Mobiltelefons mit einem Ladegerät wieder auf Betriebsspannung gebracht, so daß das Handy jetzt einsatzbereit war.

»Wieso glaubst du eigentlich, daß Woodworth mich noch mal anruft? Der weiß doch mittlerweile, daß ich mich nicht auf ihn einlasse!«

Jürgen grinste hämisch, als er antwortete.

»So, wie es aussieht, hat er sich ja ein neues Argument verschafft. Das Argument ist blond und heißt Christin. Wenn es stimmt, daß er deine Zuckerpuppe einkassiert hat, dann dürfte ein Anruf ziemlich naheliegend sein. Er kann dich nur unter Druck setzen, wenn er mit dir spricht!«

Jürgen wandte sich wieder seinem verkabelten Elektronikaufbau zu.

»Wir sind soweit. Ich stecke jetzt die Karte wieder ins Telefon. Sobald es klingelt, nimmst du ab und meldest dich ohne Namensnennung. Gib deine Identität erst preis, wenn du weißt, mit wem du sprichst. Und paß auf, daß du die Kabel hier nicht abreißt, sonst ist alles umsonst!«

Mark nickte bedächtig und wog den Apparat in seiner Hand.

»Wenn sie überhaupt anrufen.«

»Sie rufen an, keine Bange. Halt ihn so lange wie möglich in der Leitung. Versuche, ihn in ein Gespräch zu verwickeln, vielleicht verplappert er sich.«

Mark gab das Handy an Jürgen zurück, der die

D-Netz-Karte in den vorgesehenen Schlitz steckte. Irgendwie rechnete Mark damit, daß das Telefon sofort klingeln würde, doch nichts geschah. Mark blickte auf die Uhr.

»Die anderen sind jetzt schon in England. Ich frage mich, was es bringen soll, mit einem Haufen Elektronik um dieses Castle zu schleichen. Glaubt ihr wirklich, daß es euch gelingt, Gespräche aufzuzeichnen, die als Beweismittel taugen?«

»Warte es ab. Die drei haben viel Erfahrung mit Informationsbeschaffung. Das wichtigste ist immer, eine ergiebige Quelle zu finden. Alles andere ist dann nur noch eine Frage der Methode. Vertrau uns!«

»Na ja, Hauptsache, wir kriegen ein Lebenszeichen von Christin!«

Jürgen war immer noch mit den Geräten beschäftigt und würgte Marks besorgte Fragen unwirsch ab.

»Also: Wenn es klingelt, stellst du zunächst den Recorder an, erst dann nimmst du ab und meldest dich! Nicht umgekehrt, sonst hören sie gleich, daß wir das Gespräch mitschneiden! Wenn Sie fragen, wo du bist, antworte nicht, unter keinen Umständen! Sag, daß du dich gegen Christin austauschen willst. Verlange einen Treffpunkt. Sag nicht, wo du bist, sonst sind wir erledigt!«

Mark nickte abwesend und setzte sich auf das Feldbett, das gleich neben der Werkbank aufgestellt worden war. Er hatte schon die letzte Nacht hier verbracht und richtete sich in Gedanken auf einen längeren Aufenthalt in dieser etwas ungemütlichen, aber sicheren Bleibe ein. Er war noch immer müde. Aber wenn er jetzt schlief, konnte er den Anruf womöglich verpassen.

Hinter einer flachen Hügelkuppe, nur wenige hundert Meter neben dem Schloß, lag das gedrungene, einstöckige Haus aus massiven Granitsteinen, aus dessen Schornstein dichter Qualm drang. Hier heizte man noch mit dem offenen Kamin, der im übrigen England zumeist den verschärften Smog-Gesetzen zum Opfer gefallen war. Edwin Lutyens, der Architekt und Baumeister des *Castle Drogo*, hatte vor der Erbauung des Schlosses zunächst dieses *Castle Cottage* für sich errichten lassen, damit er während der jahrelangen Bauarbeiten auf ein angemessenes Domizil vor Ort zurückgreifen konnte. Später war das Gebäude von der Familie der Eigentümer des Castle vernachlässigt worden und stand lange Zeit leer. Nachdem die verarmten Nachkommen des Bauherrn sich Ende der achtziger Jahre gezwungen gesehen hatten, das gesamte Anwesen zu verkaufen, war das Castle Cottage einer neuen Funktion zugeführt worden. Die *European Management Consulting Ltd.* hatte das Haus als Wohnsitz des Leiters der Akademie vorgesehen. Auf diese Weise befand sich van de Watering immer in der Nähe des Castle, falls seine Anwesenheit überraschend notwendig sein sollte. Andererseits war gewährleistet, daß nicht irgendein neugieriger Seminarteilnehmer unerwartet in das Büro des Akademieleiters hineinplatzte, wo er vielleicht unliebsame Entdeckungen machen könnte. Trotz der etwas abseitigen Lage auf dem Schloßgrundstück war Mark die Existenz des Cottage nicht verborgen geblieben. Auf den häufigen Spaziergängen mit Victor war ihm das massiv gebaute und hinter Bäumen verborgene Haus das eine oder andere Mal ins Blickfeld geraten, und einmal hatte er gesehen, wie van de Watering nach dem Lunch zwischen den Bäumen dorthin geeilt war.

Gisela und Joachim lagen unweit des Castle Cottage im Unterholz und beobachteten die Bewegungen hinter den Vorhängen. Während von innen schummriges Licht nach draußen drang, war es in der Umgebung stockfinster. Mit Hilfe der neuesten topographischen Karten und durch Marks genaue Beschreibung der Umgebung war es ihnen dennoch nicht schwergefallen, sich dem Gebäude unbemerkt zu nähern, nachdem Franko sie an der Landstraße von Drewsteignton nach Chagford unauffällig abgesetzt hatte. Seit dem Einkauf in London waren zwei Tage vergangen. Sie hatten sich in London einen großen Volvo gemietet und waren über die Autobahn Richtung Westen gefahren. Das Dartmoor hatten sie zunächst links liegengelassen, um in Cornwall, in etwa hundert Kilometer Entfernung, ihr provisorisches Quartier zu beziehen. Dort war von den anderen von Deutschland aus eine Ferienhütte für sie gemietet worden, die alle Voraussetzungen erfüllte, auf die es ihnen ankam.

Das gedrungene, aber keineswegs beengte Cottage lag völlig isoliert an der Küste und konnte auch von Nachbarn nicht eingesehen werden. Vom Wohnzimmer blickte man auf die Bucht von St. Ives, und nachts konnte man bei klarem Wetter auf der anderen Seite der Bucht die Lichter des Ortes sehen. Die drei hatten beschlossen, sich wie die typischen Urlauber zu verhalten, um eventuell neugierigen Einheimischen keinen Anlaß zu Argwohn zu geben. Für ihr Vorhaben konnte man sich keine bessere Tarnung als ein Auftreten als Touristen denken. Die ausgiebigen Touren in die Umgebung hätten Nachbarn normalerweise argwöhnisch gemacht – von deutschen Urlaubern dagegen erwartete man gar nichts anderes als Aktivität. Auch die Kleidung aus olivgrünen Wachstuchjacken und geschnürten Gummistiefeln wirkte in einer Landschaft normal, in der Regen zur Tagesordnung gehörte und längere Wanderungen ohne zweckmäßigen Wetterschutz als leichtsinnig angesehen wurden.

Schließlich verlosch auch das letzte Licht in dem Haus. Offenbar hatten der Akademieleiter und die anderen hier untergebrachten Mitarbeiter sich zum Schlafen hingelegt. Gisela streifte das Nachtsichtgerät über. Der Apparat war wie eine klobige Brille konstruiert und wurde mit einem breiten Gummistrang vor den Augen fixiert. Die Umgebung erschien für sie jetzt in Grüntönen. Das Gerät arbeitete mit einem elektronischen Restlichtverstärker, der selbst in absoluter Dunkelheit noch eine optische Orientierung ermöglichte. Langsam und vorsichtig robbte sie unter den Büschen hervor auf die Wiese. Im Gegensatz zu Deutschland herrschte hier im Südwesten Englands kein Frost. Das milde Golfstromklima wirkte sich bis in die Berge des Dartmoor aus.

Die Feuchtigkeit der Wiese drang langsam durch ihre Hosenbeine. Giselas Bewegungen waren etwas ungelenk, weil sie unter ihrer Wetterjacke eine der schußfesten Westen aus Kevlar trug. Zudem waren die Außentaschen der Jacke vollgestopft mit Werkzeugen, die sie für ihr Vorhaben benötigen würde. In dieser Verkleidung wirkte sie fast pummelig; ihre schlanke Figur wurde durch Kleidung und Ausrüstung völlig verborgen. Das lange, dunkle Haar hatte sie hinten zusammengebunden und unter den Kragen gesteckt. Ebenso wie Joachim trug sie dunkelgrüne Tarnfarbe im Gesicht, damit ihre helle Gesichtshaut sie in der Dunkelheit nicht verriet.

Während sie über die Wiese auf das Haus zukroch, blieb Joachim im Gebüsch zurück, um ihren Fluchtweg abzusichern. Die nächtliche Stille machte es nicht unbedingt leicht, sich dem Haus unbemerkt zu nähern. Aber tagsüber war das Risiko einer Entdeckung noch größer, weil jetzt im November der Wald nur wenig Schutz bot und jeder Fußgänger schon von weitem gesehen werden konnte. Immerhin war Mark recht sicher gewesen, daß es auf dem Anwesen keine Hunde gab. Dennoch hielt Gisela für alle Fälle den Elektroschocker bereit.

Nach zehn Minuten unendlich langsamen Vorwärtskriechens hatte sie das Fenster zum Wohnzimmer erreicht. Dieser Raum schien der Mittelpunkt der Hütte zu sein, hier brannte am Abend das Kaminfeuer, und hier trafen sich die Bewohner nach der Arbeit. Im oberen Stockwerk lagen dagegen die privaten Wohnräume, in die sich die Leute zur Nacht zurückgezogen hatten. Gisela richtete sich langsam auf und tastete mit einer Hand nach dem Fensterrahmen. Aus der linken Tasche zog sie ein Messer mit einer kurzen Klinge hervor. Vorsichtig setzte sie die Schneide auf dem lackierten Rahmen auf. Gerade als sie zudrücken wollte, flammte plötzlich das Licht hinter den Scheiben auf. Rote, grüne und weiße Blitze rasten durch ihren Kopf.

Gisela biß sich auf die Zunge und konnte nur mit äußerster Mühe einen Aufschrei unterdrücken. Nachdem sie die Augen geschlossen hatte, ließ der Schmerz in den Augen langsam nach. Während sie sich an der Außenwand nach unten gleiten ließ, streifte sie das Nachtsichtgerät ab. Jemand mußte im Wohnzimmer das Licht eingeschaltet haben. Der Restlichtverstärker hatte die nach der Dunkelheit ohnehin schon blendendhellen Lichtstrahlen bis ins Unerträgliche gesteigert. Gisela fühlte sich, als habe jemand eine Flutlichtanlage direkt auf ihre Augen gerichtet. Nachdem der erste Schock vorüber war, lauschte sie auf die Schritte im Haus. Jemand ging durch den Raum auf das Fenster zu! Gisela konnte die näher kommenden Schritte auf dem Holzfußboden deutlich hören. Hatte man sie trotz ihrer Vorsicht bemerkt? Sollte sie weglaufen, bevor es zu spät war?

Kurz vor dem Fenster drehten die Schritte nach links ab und entfernten sich in Richtung Küche. Das Geräusch einer Kühlschranktür war zu hören, Klirren von Flaschen, das Zufallen der Tür. Gisela atmete erleichtert auf. Es war nur jemand, der sich aus der Küche noch etwas zu trinken holen wollte! Niemand hatte sie gehört oder gesehen. Von drinnen konnte man sowieso nicht nach draußen blicken, weil das elektrische Licht vor der Fensterscheibe einen Spiegeleffekt bewirkte.

Nach kurzer Zeit war es im Castle Cottage wieder völlig still. Dennoch wartete Gisela gut zehn Minuten, bevor sie sich wieder aufrichtete. Langsam schnitt sie eine kleine Fläche aus dem Lack heraus, der den Fensterrahmen bedeckte. Sorgsam plazierte sie den etwa daumennagelgroßen Lacksplitter auf dem Fensterbrett. Als nächstes ließ sie das Messer zurück in die Tasche gleiten. Aus der anderen Außentasche der Jacke holte sie einen kleinen Akku-Schrauber hervor, der mit einem Holzbohrer versehen war. Sie setzte ihn an und drückte mit der einen Hand vorsichtig den Auslöser, während sie mit der anderen Hand ein Tuch um das Gehäuse des Gerätes preßte, um das Laufgeräusch des Elektromotors zu dämpfen.

Mit fast zärtlichen, unendlich langsamen Umdrehungen arbeitete sich der scharfe Holzbohrer in den Rahmen vor. Nachdem das Holz zu vier Fünfteln durchdrungen war, stoppte sie abrupt. Unter vorsichtigen Drehstößen zog sie den Bohrer behutsam zurück.

Dann führte sie einen winzigen, länglichen Gegenstand in das neu geschaffene Loch ein. Den verbleibenden Hohlraum verschloß sie mit etwas Holzkitt aus einer Tube. Schließlich brachte sie einen Tropfen halbflüssigen Kleber auf, mit dem sie das herausgeschnittene Stück Lackfarbe wieder an seiner ursprünglichen Stelle fixierte. Sie wischte die Holzspäne vom Fensterbrett, die der Bohrer dort hinterlassen hat. Damit war ihre Aufgabe beendet.

Gisela ließ sich zu Boden gleiten und trat ihren Rückweg in Richtung Gehölz an, der weitere fünf Minuten in Anspruch nehmen würde. Das kleine Bauteil, das sie soeben im Fensterrahmen versenkt hatte, stammte aus dem *Executive Information and Protection Kit*. Über einen Relais-Sender in der Nähe des Castle Cottage würde es ein zuverlässiges Abhören aller im Erdgeschoß geführten Gespräche erlauben. Während sie sich langsam auf dem Boden zu Joachim zurückbewegte, tanzten noch immer grüne und rote Punkte vor ihren Augen. Das verdammte Nachtsichtgerät!

Während nun Gisela auf der Lauer lag, installierte Joachim eine Minikamera an einem alten, kahlen Baum. Es machte keine Mühe, die Halterung der kleinen Videokamera in zwei Meter Höhe in dem morschen Holz zu verankern. Niemand würde an dieser Stelle nach einer versteckten Kamera Ausschau halten. Joachim richtete das Objektiv so ein, daß die Eingangstür der Hütte und ein Stück des Weges in Richtung Castle im Blickfeld lagen. Dann kehrte er zu Gisela zurück. Joachim zerrte sein Mobiltelefon heraus und wählte eine Rufnummer auf dem beleuchteten Display. Nach dem ersten Klingeln meldete sich Frankos Stimme. Im Hintergrund waren Fahrgeräusche zu hören.

»Wir sind soweit. Wie lange brauchst du bis zum ersten Treffpunkt?«

»Etwa fünf Minuten. Könnt ihr das schaffen?«

»Gib uns zehn Minuten, und fahr noch einen kleinen Umweg!«

Franko hatte den Volvo die ganze Zeit über die Nebenstraßen der Umgebung bewegt, damit kein auffälliger Pkw nachts auf der Landstraße herumstand. Ein durchfahrender Wagen erregte keine Aufmerksamkeit. Erst wenn man zu unmöglichen Zeiten an abgelegener Stelle parkte, weckte man das Mißtrauen der Anwohner.

Auf dem Rückweg zur Straße mußte Joachim Gisela durch die Dunkelheit führen. Ihre Augen hatten sich noch nicht von der Überbeanspruchung durch den Restlichtverstärker erholt.

Die elektronische Melodie des Mobiltelefons schreckte Mark aus seinen Träumen hoch. Nachdem Jürgen weggefahren war, hatte Mark die meiste Zeit des Tages mit der Lektüre von Zeitungen zugebracht und war schließlich eingenickt, nachdem er vergeblich neue Informationen über die Bombenexplosion in Brüssel gesucht hatte. Offenbar hatte die belgische Polizei eine Nachrichtensperre verhängt. Er hatte lediglich eine kleine Agenturmeldung gefunden, in der es hieß, die europäische Polizeibehörde *Europol* sei in die Ermittlungen eingeschaltet worden. *Europol* war auch für grenzüberschreitenden Terrorismus zuständig. Demnach hielten die Behörden den Anschlag immer noch für ein Attentat gegen die Kommission.

Wieder ertönte das elektronische Plärren des Telefons. Mark richtete sich auf und ging hinüber zur Werkbank. Zunächst den Recorder einschalten, dann erst abnehmen. Mark betätigte das Aufnahmegerät. Er wartete ein weiteres Klingelzeichen ab, bevor er den Anruf beantwortete.

»Ja?«

»Sind Sie es, Mark?«

Mark erkannte Woodworths Stimme. Sie klang durch die elektronische Verzerrung des Mobiltelefons kälter als sonst, aber es war seine Stimme, seine Sprechweise.

»Ja, Sir! Warum rufen Sie an?«

»Wir müssen uns treffen, Mark. Wir müssen miteinander sprechen, um weiteres Unheil zu verhindern.«

»Sie meinen, wie letzte Woche in Brüssel, als ich in der Telefonzelle am Kanal warten sollte?«

»Nein, Sie verstehen mich falsch! Ich habe hier einen Gast, der Sie gerne sprechen würde. Warten Sie eine Sekunde.«

Mark hörte Stimmen im Hintergrund, ein Rascheln im Hörer, dann vernahm er plötzlich Christins Stimme. Sie sprach schleppend, verlangsamt und tonlos.

»Mark, bist du es?«

»Christin!«

»Mark!«

»Was haben sie dir angetan? Wie geht es dir?«

»Ich bin so müde. Ich weiß nicht, wie ich hierhergekommen bin. Ist dir was passiert?«

»Nein, alles in Ordnung. Hab keine Angst. Ich werde tun, was sie wollen, dann kommst du frei. Dir geschieht nichts, hab keine Angst.«

»Was willst du tun, Mark?«

»Gib mir Woodworth!«

Marks Stimme überschlug sich fast, als er in den Hörer schrie.

»Was haben Sie mit Christin gemacht? Was wollen Sie von mir?«

»Bleiben Sie ruhig, Mark! Ihrer Freundin geschieht nichts – wenn Sie vernünftig sind!«

Mark verharrte schweigend am Telefon. Sein Herz schlug ihm bis zum Hals. Er wußte nicht, wie er reagieren sollte. Das Gespräch in die Länge ziehen! Aber wie? Seine Wut über Woodworths dreiste Erpressung kochte in ihm hoch. Aus dem Telefonhörer drangen Hintergrundgeräusche. Mark hörte, wie Stühle gerückt wurden, dann Stimmen; eine schrille Stimme schrie aufgeregt dazwischen, mehrmals den gleichen Satz. Dann verstummte die Geräuschkulisse abrupt. Jemand hatte die Hand auf die Sprechmuschel gelegt. Gab es Streit zwischen den Entführern? Dann knallte eine Tür, und Woodworth war wieder am Apparat.

»Mark, wir sind uns einig, daß Sie jetzt keine Dummheiten machen. Wenn Sie mit Ihren haltlosen Anschuldigungen an die Öffentlichkeit treten würden, hätte dies schreckliche Folgen für Ihre Freundin! Glauben Sie mir, es würde Ihnen leid tun! Es gibt schlimmere Dinge als den Tod.«

»Tun Sie ihr nichts, bitte. Ich mache, was Sie wollen, aber tun Sie ihr nichts!«

»Okay, Sie halten sich noch in Aachen versteckt, nicht wahr? Morgen abend rufe ich Sie wieder an und nenne Ihnen einen Treffpunkt. Wenn Sie allein kommen, haben Sie mein Ehrenwort, daß wir Christin freilassen. Und Ihnen geschieht auch nichts, wir wollen nur mit Ihnen reden. Vernünftig reden, okay?«

»In Ordnung, ich bleibe am Apparat. Wo soll das Treffen stattfinden? Ich meine, die Polizei sucht mich, es ist nicht so einfach für mich, in der Gegend herumzufahren.«

»Keine Angst, wir werden eine Lösung finden. Hauptsache, Sie halten jetzt erst mal still!«

Mark hörte ein Klicken in der Leitung. Dann war es ruhig. Er starrte auf den Recorder, dessen Band weiterlief. In diesem Moment nahm er wahr, daß er nicht allein im Raum war. Er drehte sich um. Hinter ihm standen Jürgen und Andrea. Die beiden mußten irgendwann während des Telefongesprächs die Werkstatt betreten haben. Mark war so erregt gewesen, daß er sie nicht bemerkt hatte. Jürgen hob einen Arm und trat an die Geräte heran.

»Vorsicht, lösch uns bloß nicht die Aufnahme. Wir werden das Gespräch noch mal anhören. Könnte es sein, daß Christin irgendeinen versteckten Hinweis gegeben hat?«

»Ich weiß nicht, nein, ich glaube nicht, sie hat ja kaum was gesagt. Ich fürchte, man hat sie unter Drogen gesetzt, sie klang ganz benebelt. Wahrscheinlich weiß sie überhaupt nicht, wo sie festgehalten wird.«

Jürgen spulte das Band zurück und tippte gleichzeitig Befehle auf der Tastatur des Computers.

»Wir werden die Aufnahme jetzt analysieren und jeden Bestandteil einzeln auswerten.« Er deutete auf den Bildschirm. »Hiermit kann ich die Stimmfrequenz jedes Satzes und Wortes einzeln graphisch darstellen. Wenn es irgendwo einen abrupten Wechsel gibt, deutet dies auf emotionale Schwankungen beim Sprecher hin. Vielleicht finden wir auch Hintergrundgeräusche, die uns weiterhelfen. Hast du was gehört?«

Mark rieb sich die Schläfen. Er war abrupt aus dem Schlaf gerissen worden. Jetzt stürmte alles auf ihn ein. Er verspürte einen dumpfen Kopfschmerz, der langsam stärker wurde.

»Es war noch jemand im Raum, ich habe Stimmen

gehört, aber ich konnte nichts verstehen. Als hätten sie sich gestritten, am anderen Ende. Ich weiß es nicht.«

»Christins Stimme?«

»Nein, nein, ganz anders, irgendwie krächzend. Jemand hat dazwischengeschrien, und Woodworth hat sich aufgeregt.«

Jürgen nahm wortlos vor dem Computer Platz und setzte sich Kopfhörer auf. Er hantierte mit dem Recorder. Offenbar übertrug er die Aufnahme in den Speicher des Computers, um sie dort zu analysieren. Farbige Diagramme huschten in schnellem Wechsel über den Monitor. Immer wieder schien er die gleichen Passagen des Gesprächs abzuspielen. Wonach suchte er? Nach einer halben Stunde verlor Mark die Geduld.

»Was soll der Zauber? Ich meine, daß wir Woodworth nicht trauen können, weiß ich auch so. Dazu brauche ich keinen Computer, der seine Stimme analysiert.«

Jürgen machte eine wegwerfende Geste. Er sprach viel zu laut, weil er durch den Kopfhörer kein Gefühl für die eigene Stimme hatte.

»Laß mich in Ruhe! Hol dir was zu trinken, ich bin gleich soweit. Du wirst schon sehen!«

Andrea begleitete Mark in die provisorische Küche, die gleich neben der Werkstatt gelegen war. Er nahm sich eine Dose Cola aus dem Kühlschrank, dessen Tür wie bei einem Panzerschrank zufiel. Es handelte sich offenbar um ein uraltes Modell, wahrscheinlich war es bei der Schließung der Zeche zurückgelassen worden. Andrea schaute Mark an. Sie war eine kleine und etwas pummelige, aber liebenswerte Person, die meist zufrieden lächelte. Nicht unbedingt attraktiv, aber sie strahlte eine Ruhe und Freundlichkeit aus, die es einem nahezu unmöglich machte, ihr zu mißtrauen. Mark dachte daran, daß sie vor nicht allzu langer Zeit noch für die Stasi gearbeitet hatte. Wie viele Menschen hatten sich ihr anvertraut, nur um betrogen und verraten zu werden? Er fragte sich zum wiederholten Mal, wie er dazu kommen konnte, sich mit ehemaligen Stasi-Agenten einzulassen. Konnte er ihnen überhaupt vertrauen?

Andrea schien seine Gedanken zu erraten. »Na, was starrst du mich so an? Traust du mir nicht über den Weg?«

Mark suchte nach einer passenden Antwort, als plötzlich Jürgens Stimme aus der Werkstatt zu hören war.

»Kommt her, ich bin soweit!«

Jürgen drückte eine Tastenkombination auf dem Keyboard des Computers, worauf die kleinen Lautsprecher links und rechts neben dem Monitor eine erstaunlich gute Aufzeichnung des Telefongesprächs wiedergaben. Auf dem Bildschirm liefen verschiedene Diagramme in grellen Farben mit. Offenbar hatte Jürgen jedem Sprecher eine eigene Farbe zugeordnet. Woodworths Stimme zeichnete ein rotes Diagramm auf die Anzeige.

»Sind Sie es, Mark?«

Marks Antwort wurde in Blau dargestellt.

»Ja, Sir! Warum rufen Sie an?«

Etwas später kam Christins Stimme, die eine grüne, oszillierende Linie auf dem Bildschirm hinterließ. Dann kam die Stelle, als es zu einer kurzen Gesprächspause gekommen war. Man hörte eine schrille Stimme, die auf dem Bildschirm eine ganz andere, gelb dargestellte Kurve zeichnete. Die Worte waren ganz kurz, scharf gesprochen und nicht recht verständlich.

»Spots! Nospor, Nospor!«

Offenbar ein Zwischenrufer, der sich nicht um

Woodworths Telefongespräch kümmerte. Dann wurde die Stimme von Hintergrundgeräuschen überlagert, bevor die Aufnahme abflachte, als jemand die Hand auf den Hörer gehalten hatte. Als die Tür knallte, hielt Jürgen die Aufnahme an.

»Mein Gott, wie kann man nur so krächzen! Erkennst du die Stimme?«

»Woodworth ist es jedenfalls nicht!«

»Es ist eine ganz andere Stimmlage. Ich habe ja schon viele Gespräche abgehört, aber so eine merkwürdige Stimme ist mir noch nie begegnet. Jetzt spiele ich es noch mal, auf halber Geschwindigkeit. Vielleicht wird es dann verständlicher.«

Nach wenigen Augenblicken ertönte die seltsame Stimme erneut. Diesmal leiernd, seltsam auseinandergezogen.

»Spoots! Noospoots, Noospoots!«

Jürgen raufte sich die Haare.

»Was soll das denn heißen, ich meine, welche Sprache ist das überhaupt?«

Mark dachte angestrengt nach. Welche Erinnerung rief dieser seltsame Ausruf in ihm wach?

»Vielleicht ist es Englisch? Spiel es noch mal, Jürgen! Normale Geschwindigkeit, aber lauter, mit mehr Höhen! «

Jürgen hämmerte kurz auf die Tastatur ein, dann ertönte die Aufnahme erneut. Ein heller, krächzender Schrei durchdrang den Raum. Jürgen und Andrea starrten wie vorhin ratlos auf den Monitor, der hüpfende gelbe Linien verzeichnete. Doch Mark sprang einen Schritt zurück und faßte sich mit beiden Händen an den Kopf.

»Churchill! Es ist Churchill! *›No Sports‹!* Ja, es ist Churchill!«

Die beiden starrten Mark an, als hielten sie ihn für übergeschnappt. Aber der ließ sich nicht beirren.

»Spiel es noch mal! Noch mal!«

Wieder ertönte der heisere Schrei.

»Hört ihr es nicht? *›No Sports‹!*«

Jürgen war offenbar genervt und machte eine wegwerfende Handbewegung.

»Kann sein. Aber das hilft uns nicht weiter. Was sollen wir damit anfangen?«

»Ihr versteht nicht. Churchill, das ist Woodworths Papagei! Er wiederholt immer denselben Spruch. Woodworth ist ein Churchill-Fan. Er hat seinen Papagei so genannt und ihm diesen Spruch beigebracht! Das ist ein berühmter Ausspruch von Winston Churchill. Ein Reporter hatte ihn gefragt, wie er so alt geworden sei. Der alte Premierminister stellte das Whiskyglas weg, nahm seine dicke Zigarre aus dem Mund und sagte nur: *›No Sports!‹*«

Mark wurde mit einem Schlag klar, was diese Schlußfolgerung bedeutete.

»Woodworth hat mich von seinem Haus aus angerufen. Sie haben Christin dort!«

»Du meinst in Brüssel?«

»Nein, der Papagei ist in Woodworths Haus bei Brügge! Wenn er am Europa-College unterrichtet, wohnt er dort. Eine Art Landhaus, ziemlich abgelegen, im Wald bei Aardenberg.«

»Du kennst das Haus?«

»Ja, ich war einmal da. Woodworth hatte seinen Kurs vom College eingeladen. *Wine and Cheese Party*. Da habe ich auch den Vogel gesehen.«

»Kann es sein, daß dieser Papagei jetzt woanders ist?«

»Nein, bestimmt nicht. Woodworth hat Churchill nie

mit nach Brüssel genommen, auch nicht auf Reisen. Das Tier war irgendwie neurotisch, konnte nicht aus der gewohnten Umgebung entfernt werden. Wenn man den Vogel in einen Käfig stecken wollte, drehte er durch und hackte um sich. Er saß die ganze Zeit über auf einem Stab, an den er angekettet war. Woodworth hat ihn immer dort gelassen. Er hatte jemanden, der sich um das Haus und den Papagei kümmerte, wenn er weg war. Einen Frührentner aus der Umgebung.«

»Mit anderen Worten: Christin wird in Aardenberg festgehalten!«

»Werden sie reagieren und Christin verlegen, nachdem wir den Papagei gehört haben?«

»Das glaube ich kaum. Wenn sie keinen Verdacht geschöpft haben, daß Mark Unterstützung hat, werden sie auch nicht damit rechnen, daß das Gespräch aufgezeichnet wurde. Und ohne Aufzeichnung wäre es unmöglich, die Hintergrundgeräusche zu identifizieren. Der Computer hat alle Störgeräusche herausgefiltert und Überdeckungslücken mit einem Simulationsprogramm ergänzt. Trotzdem war das Gekrächze kaum erkennbar. Nein, die rechnen bestimmt nicht damit, daß wir wissen, wo sie sind!«

Nachdem Jürgen geendet hatte, griff er nach dem verkabelten Handy. Er tippte eine Nummer ein und lauschte auf das Freizeichen. Am anderen Ende nahm jemand unverzüglich ab.

»Hier spricht Jürgen. Wir haben die Zuckerpuppe lokalisiert. Es ist ein ganzes Stück zu fahren, wir müssen sofort los!«

Jürgen drückte rasch ein paar Tasten am Computer, so daß Andrea und Mark die Antwort über Lautsprecher mithören konnten. Klaus' Stimme wurde durch eine violette Linie auf dem Monitor angezeigt.

»Ich fahre sofort los. Macht die Ausrüstung fertig, wir haben keine Zeit zu verlieren! Ich hole Jochen ab, wir können jede Unterstützung brauchen! Sagt Jens Bescheid, er soll zur Baracke kommen und dort die Stellung halten!«

Van de Watering verließ wie gewohnt gegen neun Uhr abends das Cottage, um ins nahe gelegene *Pub* in Drewsteignton zu gehen. Im *Drew Arms* konnte er ungestört einige *Pints of Bitter* trinken, ohne von den aufdringlichen Seminarteilnehmern angesprochen zu werden. In dieser Kneipe trafen sich nur Einheimische; die ausländischen Gäste scheuten den zehnminütigen Fußmarsch durch die Dunkelheit und blieben lieber vor dem Kamin im Castle sitzen. Verweichlichte Jugend! Van de Watering ließ sich seinen abendlichen Kneipenbesuch nicht nehmen. Er ging zu Fuß, um nicht anschließend unter Alkoholeinfluß zurückfahren zu müssen. Die kalte, frische Nachtluft hatte den angenehmen Nebeneffekt, ihm nach den langen Seminarsitzungen einen klaren Kopf zu verschaffen.

Wie gewöhnlich schlenderte er den Schotterweg vom Haus zur Landstraße hinunter. Es war hier so finster, daß er kaum die Hand vor den Augen erkennen konnte. Aber van de Watering hatte keine Angst. Schon früher als Kind hatte er sich, im Gegensatz zu den meisten seiner Altersgenossen, nicht im Dunkeln gefürchtet. Gefahr lauerte dort, wo Menschen waren, nicht hier auf dem verlassenen Moor. Und über Spukgeschichten hatte er schon immer nur müde lächeln können. Soll er doch kommen, der Hund der Baskervilles, mit seinen feurigen Fängen! Van de Watering würde das Biest mit einer gezielten Salve aus seiner .9-mm-Automatik-

Pistole für immer zur Strecke bringen. Er war ein geübter Schütze. Die Waffe pflegte er bei seinen einsamen Spaziergängen stets mitzuführen. Sicher, das Dartmoor war ein verlassenes Stück Erde; bestimmt hatten er und seine Leute hier auch alles unter Kontrolle, aber man konnte nie wissen.

Als van de Watering die Landstraße erreicht hatte, schritt er kräftig aus. Hier konnte er entspannt und schnell gehen, es bestand keine Gefahr, in der Dunkelheit über unsichtbare Äste oder Steine zu stolpern. Die wenigen Autos, die um diese Zeit noch fuhren, stellten keine Gefahr dar, weil man sie schon von weitem an ihren Lichtkegeln bemerkte, die die hohen Hecken zu beiden Seiten der Straße anstrahlten.

Kurz vor dem Dorf gab es zur rechten Seite eine kleine Einmündung. Hier ging ein von Hecken gesäumter Feldweg steil hinunter zum River Teign. Als van de Watering an der Abzweigung vorbeischritt, war es ihm, als habe er etwas in der Dunkelheit stehen sehen. Ein Fahrzeug so spät auf dem engen, kaum passierbaren Feldweg? Er zauderte, überlegte einen Moment nachzuschauen, entschloß sich aber dann doch, einfach weiterzugehen. In diesem Moment stand plötzlich ein Mann vor ihm.

Van de Watering spürte sofort die Bedrohung. Ein Überfall! Ohne zu zögern griff er nach seiner Waffe, die in der Innentasche seines Mantels steckte. Der Mann stürzte mit einem Gegenstand in der Hand auf ihn zu. Van de Watering riß die Pistole heraus und richtete sie auf den Angreifer. Er nahm sich nicht die Zeit für eine Warnung. Kurz bevor die dunkle Gestalt ihn erreichte, drückte er ab. Der Schuß hallte durch die Nacht. Die Gestalt vor ihm wurde durch die Wucht des Geschosses zurückgeworfen und fiel mit dem Rücken auf die

Fahrbahn. Van de Watering wollte gerade an den Körper des Getroffenen herantreten, als er hinter sich eine Bewegung wahrnahm. Er wirbelte herum, riß erneut die Waffe hoch, doch es war zu spät. Eine dunkelgekleidete Gestalt preßte ihm einen Gegenstand auf die Brust. Im gleichen Moment begann sein Körper unkontrolliert und konvulsivisch zu zucken. Seine Beine knickten weg, er taumelte, ließ die Pistole fallen und verlor die Balance. Vor ihm knisterte es, helle Funken zuckten in der Dunkelheit. Van de Watering wurde schwarz vor den Augen. Ohne einen Laut sank er wie ein Sack zu Boden.

Gisela stand eine Sekunde regungslos vor den beiden auf der Landstraße liegenden Männern. Dann griff sie nach der Pistole, die vor ihr auf dem Asphalt lag. Sie stieg über den regungslosen Körper van de Waterings hinweg und stürzte auf die zweite am Boden liegende Gestalt zu.

»Mein Gott, Joachim! Sag doch was!«

Der Angesprochene röchelte heiser und bewegte abwehrend seine Hände.

»Ich glaube, es geht schon wieder. Kümmert euch um die Zielperson!«

Hinter den beiden schoß der Volvo aus dem Seitenweg auf die Straße und kam nach einem gekonnten Schwung neben Gisela und Joachim zum Stehen. Franko stieg aus und starrte seine Partner verwundert an.

»Was ist los? Wir haben keine Zeit zu verlieren!«

»Joachim ist getroffen worden. Hast du den Schuß nicht gehört?«

»Na und, wozu tragen wir diese kugelsicheren

Westen? Hilf mir, den Typ einzuladen, bevor hier jemand auftaucht!«

Joachim richtete sich mit schmerzverzerrtem Gesicht auf und betastete seinen Brustkorb. Er rang erkennbar nach Luft.

»Es ist in Ordnung. Seht zu, daß ihr den Typen einpackt, ich glaube, ich komme zurecht.«

Gisela richtete sich wortlos auf und ging hinüber zu dem regungslos daliegenden van de Watering. Während Franko den Kofferraum des Volvo öffnete, durchsuchte sie seine Taschen und nahm verschiedene kleine Gegenstände an sich. Sie fand ein Klappmesser, das Portemonnaie und einen Schlüsselbund. Dann legte sie dem Ohnmächtigen Handschellen an Händen und Füßen an. Dabei schloß sie die Fesseln hinter dem Rücken van de Waterings und verband Hand- und Fußfesseln miteinander. Zusammen hoben die beiden den Körper über die Ladekante. Gisela ließ van de Watering abrupt fallen, so daß dessen Kopf gegen das Blech der Karosserie prallte.

»Vorsicht, wir brauchen ihn noch!«

»Keine Angst, Unkraut vergeht nicht!«

Nachdem beide eingestiegen waren, wendete Franko den Wagen, um in Richtung Cornwall davonzufahren. Nach wenigen hundert Metern schaltete er das Abblendlicht ein. Derweil schälte sich Joachim auf dem Rücksitz aus seiner Jacke. Die darunter liegende schußfeste Weste kam zum Vorschein. Eine plattgedrückte Pistolenkugel rutschte herunter und fiel zwischen seinen Beinen auf das Bodenblech des Autos.

»Verdammt! Daß es so weh tut, getroffen zu werden, hat mit keiner gesagt! Ich glaube, ich habe mir eine Rippe gebrochen.«

Franko behielt die kurvenreiche Strecke im Auge

und antwortete fast unbeteiligt: »Sei froh, daß du noch lebst. Ohne die Kevlarweste wärst du jetzt tot. Das war eine Neunmillimeterkugel, abgefeuert aus nächster Nähe!«

Inzwischen hatte Joachim auch die Schutzweste abgestreift. Er riß sein Hemd hoch und blickte angestrengt nach unten auf seine Brust, wo sich ein großer, dunkelblauer Fleck auf seinem beharrten Oberkörper, gerade unterhalb der Brustwarzen, gebildet hatte.

»Seht euch das an! Hat gewirkt wie ein Hammerschlag!«

Der Wagen fuhr weiter über die verlassene Landstraße. Bald hatte er den Rand des Dartmoor erreicht und beschleunigte auf der nun vierspurigen Straße in Richtung Okehampton. Franko fuhr den Volvo mit der zulässigen Höchstgeschwindigkeit, um kein Risiko einzugehen.

»Eigentlich merkwürdig, daß der Chef allein im Dunkeln herumläuft. Die müssen sich ihrer Sache ganz schön sicher sein. Wir brauchten nur ein wenig die Hütte abhören, und schon könnten wir ohne großes Risiko zuschlagen. – Stell doch mal das Radio ein, vielleicht können wir feststellen, ob man unseren Gast schon vermißt.«

Gisela nestelte an einem kleinen Empfänger, zog die Antenne heraus. Das Gerät stammte aus dem *Executive Information and Protection Kit* und war das Empfangsgerät für die im Fensterrahmen versteckte Wanze. Sie steckte sich einen knopfgroßen Hörer ins Ohr und lauschte angestrengt. Die Fahrgeräusche des Autos machten es schwer, die ohnehin rauschende Übertragung aus dem Castle Cottage zu verstehen. Nach einiger Zeit ergriff Gisela das Wort.

»*Business as usual*. Die ahnen noch nichts. Kein Wunder, sie wähnen ihren Chef beim Bier in der Dorfkneipe! Meinst du, die haben den Schuß gehört?«

»Vom Castle Cottage war es zu weit weg, außerdem liegt der Hügel dazwischen. Und im Dorf haben sie andere Sorgen; die kümmern sich um ihre eigenen Angelegenheiten.«

Der Volvo fuhr noch eine gute Stunde durch die Nacht. Auf den einsamen Straßen kam der Wagen gut voran. Schließlich bog Franko in den schmalen Schotterweg zum Cottage ein. Ein Metallschild warnte unerwünschte Besucher: *»Private! No public right of way!«*

Franko parkte den Wagen direkt vor dem Haus. Von hier aus konnte man die Bucht von St. Ives sehen, die von den regelmäßigen Lichtstrahlen des Leuchtturms durchstreift wurde. Der Turm stand auf einer kleinen Insel, vielleicht eine halbe Meile von den steilen Uferfelsen entfernt. Es blies ein kräftiger Wind landeinwärts. Im Ort schräg gegenüber, auf der anderen Seite der Bucht, brannten nur noch wenige Lichter in den Häusern. Die Hütte mit ihren niedrigen weißen Wänden und dem unförmigen, vom Wind zerzausten Strohdach erschien seltsam entrückt, unendlich weit entfernt von der Zivilisation, umgeben von einem Dickicht aus Gestrüpp und Felsbrocken. Nach einem Blick über die Bucht wandte Franko sich dem Kofferraum zu.

»Okay, macht vorsichtshalber die Elektroschocker fertig. Wir bringen unseren Gast gleich runter.«

Das Cottage hatte einen kleinen Kellerraum, der ursprünglich zum Aufbewahren von Vorräten angelegt worden war. Hier sollte van de Watering seine erste Nacht in Gefangenschaft verbringen.

Mark stemmte sich hoch und spähte über das niedrige Unterholz hinweg zu dem zweistöckigen Haus hin, das vor ihm auf einer Lichtung stand. In der Art eines Försterhauses war das obere Stockwerk mit dunklen Holzlatten verkleidet. Die spitzen Giebel waren mit Schnitzereien versehen, und die Fenster im Erdgeschoß hatten verzierte Fensterläden. In diesem Moment öffnete sich das elektrisch betriebene Tor der Garage, die im Erdgeschoß des Gebäudes eingebaut war.

Das Haus war ein einziger Stilbruch. Fensterläden aus Holz und automatische Garagentore! Ein großer Peugeot kam zum Vorschein. Während das Tor sich sofort wieder schloß, fuhr der Wagen über die Einfahrt hinunter zur Straße. Am Steuer saßen zwei Männer, der Fahrer war jung, aber sein Sitznachbar hatte graue Haare und wirkte deutlich älter. Als der Grauhaarige zur Seite blickte, ließ Mark sich blitzschnell wieder auf die feuchte Walderde fallen. Neben ihm raunte Klaus einen wenig begeisterten Kommentar.

»Hat er dich gesehen?«

»Ich glaube nicht. Sie sind zu zweit. Das heißt, daß nur noch einer im Haus ist. Jetzt müssen wir zuschlagen!«

»Wenn ihr richtig gezählt habt!«

Klaus zeigte auch diesmal wieder seine zur Routine gewordene Skepsis. Andrea und Mark waren schon am Vorabend vorausgefahren, um Woodworths Haus auszukundschaften. Klaus war von der Idee, Mark mitzunehmen, nicht begeistert gewesen, aber dessen Ortskenntnis hatte schließlich den Ausschlag gegeben. Die Nacht über hatte Mark mit Andrea im Wald gelegen und die Bewegungen im Haus beobachtet. Sie waren zu dem Schluß gekommen, daß sich neben Christin drei Personen im Haus aufhielten, die sich meist in unterschiedlichen Zimmern befanden, als wollten sie einander aus dem Weg gehen. Von Christin hatten sie nichts bemerkt, aber im zweiten Stock befand sich ein dunkles Fenster, das in regelmäßigen Abständen für wenige Sekunden beleuchtet wurde. Wahrscheinlich wurde Christin dort gefangengehalten. Immer wieder schaltete einer der Bewacher das Licht ein, um zu kontrollieren, ob alles in Ordnung war.

Das Haus lag abseits der Durchgangsstraßen in der Nähe eines kleinen Sees bei Aardenberg, einer Kleinstadt im Norden von Flandern. Es war von drei Seiten mit hohen Nadelbäumen umgeben, die ihre Äste in die düstere Novembernacht reckten. Die mit Seen durchsetzten Wälder waren ein beliebtes Naherholungsgebiet. Trotz der Abgelegenheit des Ortes war man von hier aus mit dem Auto nicht länger als zwanzig Minuten nach Brügge unterwegs. Woodworth nutzte das Haus während seiner Vorlesungszeit als Wohnung und im übrigen als Wochenendhaus. Es war fast ein Jahr her, daß der Professor seine Studenten hierher eingeladen hatte. Mark kam es vor, als sei dies Jahrzehnte her.

An diesem Morgen waren Klaus, Jürgen und Jochen zu ihnen gestoßen. Andrea hatte die drei über Mobiltelefon zum richtigen Treffpunkt dirigiert. Schon die Anfahrt zu Woodworths Haus war ein Problem, denn ein sich näherndes Fahrzeug konnte die Geiselnehmer warnen. Es gab hier so wenig Autoverkehr, daß sie ihre Wagen weitab im Wald parken mußten. Nun lagen sie seit Stunden zu viert im Unterholz und warteten auf einen günstigen Moment. Jochen war zurückgeblieben, um bei Bedarf schnell ein Auto heranbringen zu können. War der richtige Moment gekommen? Mark fluchte innerlich. Warum zögerte Klaus noch? Sie mußten handeln, bevor die anderen zurückkamen.

»Okay, los! Andrea, du klingelst an der Tür und markierst die verirrte Wandersfrau. Frag nach dem Weg, halt ihn möglichst lange auf. In der Zwischenzeit gehen wir hinten rein.«

Klaus deutete auf die rote Alarmleuchte an der Vorderfront.

»Die Alarmanlage dürfte nicht angestellt sein, solange jemand drinnen ist. Sonst würde er selbst den Alarm auslösen. Los jetzt.«

Die Zeit, während Andrea rückwärts robbte und sich langsam zur Straße vorarbeitete, kam Mark endlos vor. Sie mußten Christin retten. Vielleicht verloren sie jetzt wertvolle Minuten! Endlich stand sie vor der Tür und drückte den Klingelknopf. In der Stille war das Klingeln leise zu hören. Andrea trug Wanderstiefel und einen grünen Anorak. Man konnte sie ohne weiteres für eine echte Urlauberin halten. Nur die Jahreszeit war für eine Wanderung etwas ungewöhnlich.

»Du rührst dich nicht von der Stelle!«

Klaus und Jürgen waren gleichzeitig aufgesprungen und liefen geduckt auf das Haus zu. Mark war von Klaus' scharfem Befehlston einen Moment wie gelähmt, doch dann raffte er sich auf und lief hinter den beiden her.

Nach wenigen Sekunden erreichte Jürgen als erster die Rückseite des Hauses. Er setzte sofort eine Brechstange an der Verandatür an, die zur hinteren Terrasse hinausführte. Mit einem häßlichen, aber nicht zu lauten Krachen sprang die Tür nach innen auf. Dies war der kritische Moment. Sie hatten keine Zeit für ein behutsameres Vorgehen. Wenn der zurückgebliebene Bewacher die Geräusche hörte, konnte sich die ganze Situation plötzlich zuspitzen. Jürgen und Klaus schlüpften durch die aufgebrochene Tür ins Haus, als Mark die

Veranda erreichte. Klaus bemerkte ihn aus den Augenwinkeln und gab ihm ein Zeichen, außen neben der Tür in Deckung zu gehen. In der rechten Hand hielt er eine schwere Pistole, mit der er auf eine Art Granate deutete, die er in der Linken trug.

Während Mark sich eben noch über den Befehl hinweggesetzt hatte, blieb er nun fast dankbar draußen hocken. Was hatten die beiden vor? Wollten sie den Mann einfach umlegen? Mark spähte in den Wohnraum des Hauses und konnte ausmachen, wie Jürgen und Klaus rechts und links der Tür, die zum Flur führte, in Stellung gingen. Zum Glück war diese Tür verschlossen, so daß der dritte Mann das Aufbrechen der Verandatür nicht bemerkt hatte. Plötzlich fiel Mark der Papagei ein. Hoffentlich verriet der Vogel die beiden Eindringlinge nicht! Doch in diesem Moment hörte man jemanden schreien.

»Hau ab mit deiner blöden Karte! Such dir den Weg selbst! Hier ist Privateigentum, hau endlich ab!«

Dann knallte eine Tür. Energische Schritte waren zu hören, die auf das Wohnzimmer zukamen. Dann flog die Tür auf. Ein großer, breitschultriger Mann betrat das Zimmer. Durch die beiden geöffneten Türen entstand ein Luftzug, der den Mann augenblicklich zögern ließ. Sein Blick fiel auf die geöffnete Verandatür. Mark erstarrte.

In dieser Sekunde wurde der Raum in gleißendes Licht getaucht. Gleichzeitig zerriß ein ohrenbetäubender Knall die Stille. Eine Blendgranate! Obwohl Mark hinter den Tür verborgen gewesen war und nicht direkt ins Licht geblickt hatte, tanzten Farben vor seinen Augen. Er konnte mit Mühe erkennen, wie Jürgen und Klaus sich auf den völlig geblendeten und geschockten Mann warfen, der hilflos um sich schlug und binnen

Sekunden unter den gezielten Schlägen der beiden zu Boden ging. Klaus trat mit aller Kraft in die Rippen des Gestürzten.

Mark überliefen kalte Schauer. Jürgen und Klaus hatten sich offenbar die Augen zugehalten und nutzten die Blendung ihres Gegners kaltblütig aus. Während Jürgen den stöhnenden Mann mit Isolierband fesselte, lief Klaus nach vorne, um Andrea hereinzulassen. Mark stürzte ins Haus und suchte die Treppe nach oben. Er erinnerte sich an die zentrale Anordnung des hölzernen Stiegenhauses. Sein Blick ging hinauf, zum Obergeschoß.

»Christin!«

Noch halb geblendet von der Explosion der Granate stolperte er die Treppe hinauf.

»Christin!«

»Bleib unten, wir wissen doch gar nicht, wer noch alles im Haus ist. Verdammt, bleib unten!«

Mark hörte Klaus' Befehle nicht mehr. Er polterte die Stufen hoch. Im ersten Stock lag das Zimmer, in dem sie Christin gefangenhielten. Jede Sekunde konnte zählen!

Van de Watering stand vor dem Kamin in der Lounge. Die Vorhänge des Cottage waren zugezogen. Das Tageslicht schimmerte durch das Gewebe in den halbdunklen Raum. Auf der Stirn des Holländers glänzte Schweiß. Die sonst sorgfältig über die Halbglatze gekämmten Haare hingen zerwühlt zur Seite herunter. Er war unrasiert und roch nach Schweiß. Seine Füße waren mit Handschellen an das Kamingitter gefesselt. Die Arme hingen in zwei weiteren Paar Handschellen, die links und rechts neben seinem Kopf an Schraubhaken befestigt waren. Franko hatte dort eigens dicke

Bohrdübel in die Wand gesetzt, um die Stahlfesseln in große Ringschrauben einhaken zu können. Der Holländer schnaubte vor Wut.

»Wißt ihr überhaupt, wer ich bin? Wenn ihr mich sofort freilaßt, habt ihr vielleicht eine kleine Chance, lebend davonzukommen! Glaubt ihr, mich gegen Lösegeld eintauschen zu können? Ihr habt euch mit den falschen Leuten angelegt! Ihr seid tot! Tot, ihr seid tot!«

»Du bist derjenige, der seine Situation falsch einschätzt. Dies ist keine Geiselnahme, dies ist ein Verhör! Und die Fragen stelle ich!«

Joachim nahm einen der schwarzen, etwa einen Meter langen Elektroschlagstöcke in die Hand. Bei Körperkontakt teilten diese Stöcke äußerst schmerzvolle, aber meist nicht lebensgefährliche Stromstöße aus. Im Gegensatz zu den kleinen Elektroschockern für die Handtasche führte der Einsatz der Schlagstöcke nicht zur Ohnmacht. Es handelte sich genaugenommen um weiterentwickelte Rindertreibestäbe, wie sie in großen Zuchtbetrieben anstelle von Peitschen häufig eingesetzt wurden. Irgendwann hatte jemand in Südamerika die Eignung der Treibstäbe als Polizeiwaffe entdeckt. Von dort war der Weg zum Einsatz als Folterinstrument in Lateinamerika und im Mittleren Osten nicht mehr weit. Dennoch galten die Schlagstöcke in den meisten Ländern als gesetzlich nicht verbotene Selbstverteidigungswaffen, so daß der Londoner *Spycatcher*-Laden sie ohne weiteres zum Kauf anbieten durfte.

Joachim wog den Stab in der rechten Hand und trat auf van de Watering zu. Er hatte sich über Nacht einigermaßen von dem Treffer erholt. Zwar schmerzten seine Rippen bei jedem Atemzug, aber er schien keinen bleibenden Schaden genommen zu haben. Er holte aus und schlug dem Gefesselten den Stock peitschenartig vor die Brust. Van de Watering schrie vor Schmerz auf, als der Stromschlag ihn durchfuhr. Reflexhaft warf er den Kopf nach hinten und stieß hart gegen das Mauerwerk über dem Kamin. Der Schlag hatte ihm den Atem genommen. Er japste förmlich nach Luft, während Joachim sich vor ihm aufbaute.

»Wie gesagt, dies ist ein Verhör, und ich stelle die Fragen! Kapiert?«

»Ihr seid tot! Ihr ahnt ja nicht, wer hinter mir steht!«

Joachim schlug erneut zu. Ein weiterer Stromschlag durchzuckte den Körper van de Waterings, der vergeblich an seinen Fesseln riß. Aus dem hinteren Teil der Lounge trat Gisela nach vorne, auf den Kaminschacht zu. Sie trug Jeans und einen modischen orangefarbenen Wollpullover. Ihre Stimme klang beschwichtigend, fast besorgt.

»Komm, laß mich mal mit ihm reden. Der Mann macht doch einen ganz vernünftigen Eindruck. Diese Brutalitäten müssen nicht sein, das ist doch widerlich! Geh mal vor die Tür und rauch 'ne Zigarette! Ich rede mit ihm!«

Joachim trat zurück und warf einen mißbilligenden Blick auf Gisela. Doch er bestand nicht darauf, das Gespräch mit van de Watering weiterzuführen und ging ins Nebenzimmer. Nachdem die Tür hinter Joachim zugefallen war, wandte Gisela sich an den Holländer. Sie blickte fast mitleidig auf den Gefesselten, dem der Speichel über das Kinn herunterlief. Der Schweiß rann ihm in Strömen von der Stirn und tropfte auf die steinernen Fliesen. Sein Atem ging stoßartig, die Adern am Hals waren geschwollen. Gisela nahm ein Papiertuch und wischte den Speichel aus dem Gesicht van de Waterings.

»Schreckliche Dinger, diese Stöcke, nicht wahr?

Andererseits kann ich es ihm auch nicht verdenken. Sie sind ja so störrisch, daß einem schon mal der Geduldsfaden reißen kann! Wie dem auch sei, jetzt sollten Sie vernünftig mit mir reden. Ich weiß nicht, wie lange ich diesen Brutalo noch zurückhalten kann. Ich meine, er mag ein fieser Typ sein, aber der Erfolg gibt ihm meistens recht.«

Van de Waterings Herzschlag schien sich langsam wieder zu beruhigen, auch seine Atmung war wieder einigermaßen unter Kontrolle. Gisela hatte den Elektroschlagstock ergriffen. Aber sie hielt ihn auf eine ungeschickte, fast angeekelte Weise, ohne eine drohende Bewegung in Richtung des Gefangenen zu machen.

»Und dann haben diese Stöcke auch noch so einen Schalter, mit dem man die Spannung erhöhen kann. Tatsächlich, dieser Stab ist ja fast auf der niedrigsten Stufe eingestellt.«

Gisela legte den Schlagstock wieder weg und trat an van de Watering heran. Sie blickte ihm eindringlich in die Augen, als sie sprach.

»Wir wissen mehr über Sie, als Sie denken. Sie gehören zu einer Verschwörung, die es sich zum Ziel gesetzt hat, die *Europol* zu unterwandern und in der EU durch die miesesten Tricks die Kontrolle über politische Instanzen zu erlangen. Der große Gegenschlag des Mobs, was? Hier im Dartmoor ladet ihr Bewerber für die Euro-Behörden zum Rhetorikseminar ein. Aber in Wahrheit siebt ihr mit euren Test die Leute heraus, die dann später für euch in Brüssel die Fäden ziehen sollen. Die Manipulationen im Computer der Kommission haben wir auch gefunden. Sie sehen, das meiste wissen wir schon. Alles, was wir von Ihnen wollen, sind ein paar Namen. Namen, Adressen und Termine. Wer gehört dazu, was ist als nächstes geplant, wie soll es weitergehen? Erleichtern Sie Ihr Gewissen, dann garantiere ich, daß dieser Schlägertyp sich nicht mehr an Ihnen vergreift. Es ist schrecklich, ich glaube fast, es macht ihm Spaß!«

Gisela trat einen Schritt zurück und blickte den Gefangenen mitfühlend an.

»Kommen Sie, bringen wir es hinter uns!«

Van de Watering hustete und spuckte etwas Blut aus. Offenbar hatte er sich auf die Zunge gebissen. Seine Stimme klang verzweifelt und gehetzt.

»Was mit mir geschieht, ist doch gleichgültig! Ihr könnt sie nicht mehr stoppen. Von mir erfahrt ihr kein Wort! Ihr seid jetzt schon tot! Ihr seid tot!«

In diesem Moment polterte Joachim wieder in den Raum. Er ging direkt auf den Gefesselten zu und ergriff den schwarzen Schlagstock, der auf einem Buffet an der Innenwand lag. Allem Anschein nach hatte die Zigarettenpause nicht dazu beigetragen, ihn zu beruhigen. Er schob Gisela zur Seite und fauchte sie an.

»Jetzt laß mich ran, das hier ist doch kein Plauderstündchen! Sie reden alle. Früher oder später reden sie alle, ohne Unterschied!«

Gisela suchte den Blick van de Waterings. Während Joachim sie rückwärts aus dem Zimmer drängte, rief sie zu ihm hinüber: »Wenn Sie so stur sind, kann ich nichts für Sie tun. Was jetzt passiert, ist allein Ihre Schuld. Mein Gott, warum sind Sie nicht vernünftig?«

Joachim warf die Tür zu und trat wieder vor den Kaminschacht. Van de Waterings Körper verkrampfte sich, er riß vergeblich an den Stahlfesseln, die mittlerweile schon tief in seine Handgelenke einschnitten. Joachim nestelte einen Moment an dem Spannungsschalter des Schlagstocks und blickte dann seinem Gegenüber in die Augen.

»Wie heißen die Anführer deiner Gruppe, welche Euro-Beamten habt ihr gekauft? Ich will Namen hören! Irgendwann redest du sowieso, es ist nur eine Frage der Zeit!«

Joachim hob den Schlagstock und holte nach hinten aus. Van de Watering schüttelte nur den Kopf. Sein Körper verspannte sich in Erwartung des nächsten Stromschlags.

Christin erwachte von einem lauten Knall. Sie richtete sich auf dem Bett auf und ließ ihren Blick über die Wände des Zimmers schweifen. Sie fühlte wieder den Schwindel, der sie seit Tagen benommen machte. Doch diesmal war es anders. Der Boden schwankte, die Wände – bewegten sie sich? Irgend etwas Ungewöhnliches – eine Veränderung, über die sie sich zunächst nicht klarwerden konnte – mußte in dem Raum eingetreten sein. Minutenlang bemühte sie sich, ihre unklaren, flatternden Gedanken unter Kontrolle zu bekommen, die vagen Vermutungen festzuhalten, die ihr durch den Kopf schwirrten. Sie richtete sich vollständig auf und setzte ihre Füße neben dem Bett auf den Boden. Da erkannte sie mit einem Mal die Veränderung. Auf den Wänden zeichneten sich Konturen ab. Ziemlich deutlich, aber in blassen und verschwommenen Farben wurden Figuren sichtbar. Langsam nahmen die Farben eine erschreckende, von Augenblick zu Augenblick noch kräftiger werdende, höchst intensive Leuchtkraft an, die den Spektralleibern und Teufelsfratzen ein Aussehen verlieh, dessen Entsetzlichkeit auch stärkere Nerven als die ihren hätte erzittern lassen. Dämonenaugen von wilder, geisterhafter Lebendigkeit starrten sie von überall her an, wo vorher nichts zu sehen gewesen war, und glühten in einem so unheimlichen Feuer, daß Christin unmöglich an der Echtheit zweifeln konnte.

Unwirklich! Beim Atmen stieg ihr mit einem Mal der Geruch von erhitztem Eisen in die Nase. Ein erstickender Rauch verbreitete sich in dem Raum. Noch feuriger wurde mit jeder Sekunde die Glut der Augen, die sie in ihrer Qual fixierten. Ein intensiveres, grelles Rot ließ die Bilder blutiger Greuel noch heller erglühen. Christin rang nach Atem. Sie schnappte nach Luft. Die Hitze nahm rasch zu, während ihr Körper zitterte. Jetzt schien ihr, als sei eine zweite Veränderung in dem Zimmer eingetreten – die dessen Form betraf. Vor ihren Augen bildeten sich Schlieren.

Abrupt stand sie auf und ging einen Schritt auf das Fenster zu. Beinahe wäre sie gestützt. Nur mühsam hielt sie sich auf den Beinen, ruderte verzweifelt mit den Armen. Wie vorher schon einmal, bemühte sie sich vergeblich, die Bedeutung dessen abzuschätzen oder zu begreifen, was sich vor ihren Augen abspielte.

Der Raum war ein Rechteck gewesen. Es war ihr, als sei einer der Winkel der Wand nun spitz. Mit einem Mal war aus der bisherigen Form der Zelle ein Dreieck geworden! Aber nicht genug mit dieser Verschiebung – der Raum schien immer enger zu werden. War es ein Alptraum? Christin starrte verzweifelt auf die glühenden Wände. Woher kam diese Hitze?

Nun wurde das Dreieck enger und enger, mit einer solchen Geschwindigkeit wuchsen die Wände auf sie zu, daß keine Zeit für Überlegungen blieb. Die Wände drängten sie auf das Fenster zu. Das Fenster! Vielleicht konnte sie dort entkommen. Sie trat an die Öffnung und blickte nach draußen.

Vor ihr wogten die Baumkronen im Wind. Das Haus

lag an einem Hang. Tief unten konnte sie den abschüssigen Boden sehen. Sie packte den Griff, öffnete das Fenster. Der Raum hinter ihr wurde immer enger und heißer. Schließlich war für ihren ausgedörrten, sich krümmenden Körper kein Zentimeter mehr Platz. Sie mußte springen. Christin gab den Kampf auf, ihre Qualen machten sich in einem einzigen, langen, lauten Schrei der Verzweiflung Luft. Sie kletterte auf das Fensterbrett, spürte, wie unter ihr das Sims schwankte. Sie schloß ihre Augen, es war vorbei …

Grob polternde Schritte auf der Treppe, ein Krachen an der Tür. Noch ein Stoß, und die Tür flog nach innen auf. Die feurigen Wände wichen zurück! Ein ausgestreckter Arm packte Christin, als sie mit schwindendem Bewußtsein in den Abgrund unter dem Fenster zu stürzen drohte. Es war Mark. Er hatte Christin gefunden.

»Ich heiße Jan Willem van de Watering, geboren am 8. März 1943 in Utrecht, Niederlande. Ich bin Diplompsychologe. Seit zwei Jahren arbeite ich hier im Dartmoor als Leiter der Akademie. Meine …«

Van de Watering schlug die Augen nieder, doch nach einem Moment des Zögerns blickte er wieder fest in die Videokamera, die ihm gegenüber auf einem Stativ befestigt war. Die rote Aufnahmeanzeige des Camcorders leuchtete.

Franko stand hinter dem Gerät und blickte auf den kleinen Kontrollmonitor. Im Hintergrund saß Joachim entspannt in einem Sessel und spielte mit dem Elektrostock. In dem Moment, als van de Waterings Rede ins Stocken geraten war, hatte er blitzschnell den Stab mit der rechten Faust umklammert. Nun, da der Holländer weiterredete, balancierte er den Elektroschlagstock wieder harmlos wie eine Jonglierkeule in seiner Handfläche.

»Meine Aufgabe hier besteht darin, den Nachwuchs der Euro-Behörden eingehend auf seine Manipulierbarkeit zu testen. Ich gehöre zum inneren Führungskreis der Bewegung, die ihr Verschwörung nennt. Wir suchen Leute, die zwar von ihrer Qualifikation her eine Chance bei den Einstellungstests haben, die aber gleichzeitig bereit sind, für uns zu arbeiten, ohne Fragen zu stellen. Bei den offiziellen Aufnahmeprüfungen gibt es dann verschiedene subtile Möglichkeiten, Einfluß zu nehmen und die gewünschten Kandidaten durchzubringen. Genauso filtern wir natürlich auch unerwünschte Personen heraus, bei denen abzusehen ist, daß sie uns später nur Ärger bereiten. Wir haben unsere Methoden, die Leute gefügig zu machen. Es gibt machtbesessene Charaktere, die alles tun, um nach oben zu kommen. Andere haben eine Neigung, auf Bestechung positiv zu reagieren. Wieder andere lassen sich rein inhaltlich von unserer Sache einnehmen und arbeiten sozusagen aus Überzeugung mit. Uns ist letztlich egal, warum jemand zu uns überläuft, solange er unseren Anweisungen folgt.«

Joachim richtete sich in seinem Sessel auf und fuhr dazwischen.

»Nun langweile uns nicht mit deinen Psychodetails. Wir wollen harte Fakten hören. Das, was du hier bringst, hatten wir doch alles schon mal! Also, wer sind die Köpfe der Verschwörung in der Kommission? Namen, Daten, Fakten!«

Van de Watering blickte leer in die Kamera. Seine Augen hatten dunkle Ränder und waren blutunterlaufen. Die Füße waren mit Handschellen an den Stuhl gekettet. Er stützte sich mit beiden Armen auf der Tischplatte ab. Offenbar fiel es ihm schwer, sich halbwegs aufrecht zu halten. Gisela stand auf und reichte ihm einen Pappbecher mit Wasser.

»Hier, trinken Sie! Sonst klappen Sie uns womöglich noch zusammen, bevor wir die Story im Kasten haben!«

Gierig stürzte der Holländer das Wasser herunter. Als er den Becher zurückreichte, gab sein langgestreckter Arm ein wundgescheuertes Handgelenk frei, das aber gleich wieder unter den langen Ärmeln seines Pullovers verschwand. Dann nahm er mit brüchiger Stimme seine Schilderung wieder auf. Schleppend, fast teilnahmslos, spulte er ab, was er zu sagen hatte. Nachdem er einmal angefangen hatte, gab es kein Halten mehr. Trotz der tiefen Erschöpfung sah man ihm die Erleichterung an, die ihm seine Aussage verschaffte.

Die anfangs zufriedenen Mienen auf den Gesichtern von Gisela, Joachim und Franko versteinerten zunehmend, als van de Watering einen Namen nach dem anderen nannte und Detail auf Detail folgen ließ. Doch sie hörten regungslos zu. Was ihr Gefangener zu sagen hatte, war so ungeheuerlich, daß es unmöglich erfunden sein konnte.

7. Kapitel

Der Superstaat

> *Handeln ist immer dringend, und es ist gut, daß die, die es heute besorgen, sich dessen bewußt sind – mehr aber noch müssen sie die Tugend der Beharrlichkeit gegenüber Widerständen besitzen.*
> *Diese Widerstände werden, daran gibt es keinen Zweifel, immer zahlreicher, je mehr man sich dem Ziel nähert, denn beim Aufbau Europas schieben die Menschen, wie bei anderen großen Unternehmungen, auch die schwersten Hindernisse vor sich her und überlassen den Nachfolgern die Sorge, sie zu beheben. Der einzige Unterschied ist der, daß etwas begonnen hat, etwas, das nicht mehr aufzuhalten ist.*
> *Auch wir gehen auf unser Ziel, die Vereinigten Staaten von Europa zu, auf einem Weg ohne Umkehr.*
>
> *Jean Monnet, Erinnerungen eines Europäers, Paris 1976*

Paul Gerster duckte sich instinktiv und hielt mit der linken Hand sein Barett fest, als er unter den Rotoren des Superpuma-Hubschraubers hindurch auf die seitliche Einstiegsluke zulief. Er wußte, daß die Blätter bei diesem großen Hubschrauber weit über ihm kreisten, aber er konnte die Angst nicht abschütteln, von einem Rotorblatt getroffen zu werden. Über ihm zerschnitt die Luftschraube mit einem Getöse die Luft, das das Heulen der Antriebsturbinen noch übertönte. Auf der Betonpiste des militärischen Teils des Flughafens Schiphol bei Den Haag stand eine Staffel von sechs Superpuma-Helikoptern unmittelbar im Begriff abzuheben. Man sah diesen am Boden eher plump wirkenden Maschinen nicht an, mit welcher Geschwindigkeit und Dynamik sie sich durch die Luft bewegen konnten. Trotz ihrer beträchtlichen Zuladung landeten diese

Hubschrauber auch unter widrigsten Bedingungen auf kleinsten Plätzen oder Straßenkreuzungen. Gleichzeitig waren die Superpuma-Hubschrauber, was Nutzlast und Reichweite anging, nahezu unübertroffen. Sie waren das ideale Allzwecktransportmittel.

Gerster war der kommandierende Offizier. Er ging als einer der letzten an Bord. Auf den dunklen Rümpfen der Hubschrauber prangten die Hoheitsabzeichen der Niederlande. Die Staffel gehörte zum dritten Luftlandebataillon der niederländischen Heeresflieger. Doch nur die Piloten und Mechaniker waren holländische Soldaten. Gerster und seine Männer, die jetzt auf dem kahlen Blechboden im Inneren der Hubschrauber kauerten, waren Euro-Beamte. Sie gehörten zur flexiblen Ermittlungseinheit der *Europol*. Die niederländischen Heeresflieger hatten die Aufgabe, sie an jeden gewünschten Ort innerhalb der EU zu fliegen, um schnelle und effektive Recherchen zu ermöglichen. Der Europäische Gerichtshof hatte eine Doktrin entwickelt, nach der die nationalen Behörden der Mitgliedstaaten verpflichtet waren, den EU-Stellen Amtshilfe zu leisten, wo diese nicht über eigene Befugnisse oder Ausrüstung verfügten. Dieses Modell hatte man sich auch für die *Europol* zunutze gemacht. Der Lufttransport wurde von der niederländischen Armee übernommen, die ihre Helikopter ohnehin zu Manöverzwecken bewegen mußte. Der EU-Behörde blieb so der aufwendige Unterhalt einer eigenen Hubschrauberstaffel erspart.

Während der Helikopter mit enormer Beschleunigung nach oben stieg, schnallte Gerster sich auf seinem Sitz im Cockpit fest. Im Gegensatz zu den Männern im Transportabteil hinter ihm hatte er freien Blick auf das Lichtermeer des Flughafens Schiphol, dessen Lichtmarkierungen schnell kleiner wurden und in der Dunkelheit verschwanden. Er hatte Mühe, den Vierpunktgurt um seinen massiven Zweimeterkörper zu legen. Die Vertikalbeschleunigung des Helikopters machte es schwer, den Gurt in die vorgesehenen Schlösser einschnappen zu lassen. Manchmal dachte er, die holländischen Piloten starteten absichtlich, ohne darauf zu warten, bis er sich ordentlich angeschnallt hatte.

Überhaupt schienen die niederländischen Besatzungen die Tätigkeit der flexiblen Ermittlungsgruppe mit einer gewissen Geringschätzung zu beobachten. Bisher hatte es nur Übungseinsätze gegeben. Heute sollte es zum ersten Mal ernst werden. Zwar war das genaue Ziel noch nicht bekannt, aber es ging um die Durchsuchung des Verstecks einer EU-weit operierenden Verbrecherbande, die der nationalen Polizei bisher durch geschicktes Taktieren immer wieder entwischt war. In diesem Augenblick verfolgten *Europol*-Ermittler eine heiße Spur zum Treffpunkt der Bande. Sobald der Ort bekannt war, sollte seine Truppe zuschlagen, das Quartier umstellen und durchsuchen. Auf diese Weise konnte verhindert werden, daß über die Einsatzersuchen an die nationale Polizeibehörde eine Warnung zu den Verbrechern weitergeleitet werden konnte. Korrupte Beamte, die für eine nette Prämie einen Hinweis gaben, saßen überall. Die *Europol*-Ermittlungsgruppe mußte schnell handeln und ohne Absprache mit nationalen Polizeibehörden zuschlagen, um vor Ort Informationen zu sammeln. Bei Gefahr im Verzug war es auch zulässig, Verdächtige vorläufig festzunehmen und notfalls von der Waffe Gebrauch zu machen. Gefangene mußten aber unmittelbar nach dem Einsatz noch vor Ort an die jeweilige nationale Polizei übergeben werden. Die Einsatzgruppe hatte keine Befugnis, selbst Verdächtige inhaftieren zu lassen. Dies war als Zugeständnis gegenüber den zögernden Mitgliedstaaten notwendig gewesen, schränkte die Einsatzgruppe aber nicht wesentlich ein. Entscheidend war die Möglichkeit, blitzschnell vor Ort sein zu können und unerwartet zuzuschlagen.

Endlich war es soweit. Mit dem heutigen Einsatz begann eine neue Ära der Verbrechensbekämpfung. Und er, Gerster, führte das Kommando der mobilen Ermittlungseinheit. Der Polizist strich sein graublondes Haar zurück und setzte den Kopfhörer mit Mikrofoneinheit auf. Nervös kratzte er sich an seinem kurzen Schnauzbart. Von ihm aus konnte es losgehen. Die Zeit der Übungen war vorbei.

Jeder Hubschrauber trug fünfundzwanzig Euro-Polizisten, die aus den nationalen Polizeibehörden der Mitgliedstaaten nach Den Haag abgeordnet worden waren. Dazu hatten die Helikopter tragbare Container mit Ausrüstungsgegenständen an Bord, die sicherstellen sollten, daß sie auf jede erdenkliche Situation angemessen reagieren konnten.

Die Gruppe war besser ausgerüstet als jede nationale Polizeieinheit. Es gab mobile Computer, funkgestützte Gegensprechanlagen für alle Mitglieder der Gruppe, schußfeste Westen, Nachtsichtgeräte und schwarze Einsatzkleidung aus modernsten *High-Tech*-Fasern. Die Container enthielten kleine kriminaltechnische Labore, mit denen alle notwendigen Spuren unmittelbar vor Ort gesichert und ausgewertet werden konnten. Auf zentrale Laboreinrichtungen war die Ermittlungsgruppe nur für wenige aufwendige Spezialuntersuchungen angewiesen. Auf diese Weise, so hofften die Architekten dieses Konzepts, konnte wertvolle Zeit gespart werden – Zeit, die die Verbrecher zur Flucht nutzen könnten.

Daneben gab es eine Video-Dokumentationseinheit, die vor Ort den Einsatz filmte, um später eine sorgfältige Analyse des Vorgehens zu ermöglichen. Die Bewaffnung bestand aus rückstoßfreien Präzisionsgewehren mit Laserzielvorrichtung, panzerbrechenden Gewehrgranaten, Blendgranaten, leichten Granatwerfern und einem Vorrat an Plastiksprengstoff, der funkferngesteuert gezündet werden konnte. Dazu führte jedes Mitglied die von ihm bevorzugte Faustfeuerwaffe. Gerster selbst hatte eine Heckler & Koch Automatikpistole Kaliber 9 Millimeter, seine Dienstwaffe aus der Zeit in Deutschland.

An Bord eines der Hubschrauber war ein Notarzt mit der erforderlichen Reanimations- und Notoperationstechnik. Jeder dritte Euro-Polizist hatte zudem eine Zusatzausbildung als Rettungssanitäter. Über Satellitentelefon war Gerster ständig in Kontakt mit dem Hauptquartier der *Europol* in Den Haag. Dort saß Felippe Pereira, der stellvertretende Leiter der *Europol* und gleichzeitig zuständiger Koordinator aller Aktionen der flexiblen Ermittlungsgruppe. Zum ersten Mal seit seinem Eintritt in den Polizeidienst hatte Gerster das Gefühl, optimal ausgerüstet zu sein.

Die Hubschrauberstaffel hatte den Flughafen schon weit hinter sich gelassen und schwenkte in weitem Bogen in Richtung Utrecht. Die Helikopter waren mit Zusatztanks ausgestattet und konnten beachtliche Entfernungen ohne Zwischenlandung zurücklegen. Vorläufiges Zielgebiet war das Dreiländereck zwischen Belgien, Deutschland und den Niederlanden. Gerster würde während des Fluges noch genauere Instruktionen über verschlüsselten Funk erhalten. Über ihm drang ein entferntes Hämmern durch die Kopfhörer an seine Ohren. Der Rotor wirbelte irgendwo über seinem

Kopf und hielt die Maschine in der Luft, die zusammen mit den fünf anderen Helikoptern im Formationsflug durch die Nacht raste.

Der stählerne Förderturm mit seinen eingerosteten Rädern an der Spitze warf lange Schatten auf die unscheinbare, graue Baracke zu seinen Füßen. Ein fast voller Mond tauchte das verlassene Zechengelände in fahles Licht. Am klaren Nachthimmel funkelten Sterne. Ein nächtlicher Spaziergänger hätte nicht geahnt, daß in dem verfallen wirkenden, flachen Gebäude eine erregte Debatte stattfand.

Seit 24 Stunden hatten Klaus, Mark, Jochen und die anderen auf das Eintreffen der England-Gruppe gewartet, während Christin derweil auf dem Feldbett im Nebenraum vor sich hin dämmerte. Sie stand noch immer unter der Einwirkung der Drogen, mit denen sie in Woodworths Haus ruhiggestellt worden war.

Vor wenigen Minuten waren Franko, Gisela und Joachim aus England eingetroffen. In der Baracke waren alle aufgesprungen, als es unvermittelt an der Eingangstür geklopft hatte. Nur Klaus war sitzen geblieben und musterte die Neuankömmlinge von seinem Sessel aus. Franko wirkte sichtlich mitgenommen. Man konnte ihm ansehen, daß er immer wieder gegen Anflüge von Panik ankämpfen mußte. Ruhelos ging er im großen Raum der Baracke hin und her, weigerte sich, Platz zu nehmen, und stieß nur Verwünschungen aus. Jürgen kam mit einem halbgefüllten Glas auf ihn zu.

»Hier. Das beste Mittel gegen Nervenflattern und andere Heldenleiden – ein großer Schluck Wodka. Und dann erzähl, was euch passiert ist! Die bloßen Nachwirkungen einer stürmischen Kanalüberquerung dürften dies nicht gerade sein.«

Franko wollte zuerst den Drink ablehnen, doch dann griff er nach dem Glas und kippte den Inhalt auf einmal hinunter. Er holte eine Videokassette aus seiner Reisetasche und hielt sie Jürgen entgegen wie ein Teufelsaustreiber, der ein Kruzifix gegen einen Besessenen richtet.

»Hier, dieser Film spricht für sich. Jeder Kommentar erübrigt sich.«

Jochen drängte sich zwischen die beiden und nahm Franko die Kassette aus der Hand.

»Also, was ist da drauf? Ich habe jetzt keine Lust auf einen Video-Nachmittag.«

»Und wohl auch keine Zeit mehr, das Band bis zu Ende anzusehen.«

»Was soll das heißen? Mensch Franko, was ist los mit dir? Rede jetzt endlich mit uns!«

»Von wegen Mafia!«

Jetzt war auch Klaus aufgestanden und Franko gegenübergetreten. Er stemmte seine Hände in die Seiten und stand breitbeinig da.

Franko hatte zwischenzeitlich auf einem der Küchenstühle Platz genommen und blickte ziellos, fast abwesend in den Raum. Auch Joachim und Gisela schienen nicht ansprechbar zu sein. Giselas Körper wurde immer wieder von krampfartigen Zitteranfällen geschüttelt, und Joachim starrte Mark mit abfälligem Blick an. Dieser war zwischenzeitlich auch aufgestanden und hinter Klaus getreten, hielt aber Joachims offensichtliche Feindseligkeit ihm gegenüber und den fast schon erbärmlich zu nennenden Zustand von Gisela und Franko nicht lange aus, so daß er sich schnell wieder in eine der hinteren Ecken des Zimmers zurückzog.

Plötzlich schnellte Klaus' Arm blitzschnell aus der Hüfte nach vorn, und er versetzte Franko mit der flachen Hand eine schallende Ohrfeige.

»Kommen Sie zu sich, Unteroffizier! Ich erwarte Ihren vollständigen Lagebericht. Dies ist ein Befehl! Sie haben …«

Noch bevor Klaus den Satz zu Ende bringen konnte, war Franko aufgesprungen, hatte den völlig verdutzten Klaus mit sich zu Boden gerissen, saß jetzt auf ihm, schlug mit beiden Fäusten auf ihn ein. Jens und Jochen hielten ihn zurück, doch er schrie Klaus an: »Laß deinen selbstgefälligen Kasernenton, Arschloch! Du bist schon lange nicht mehr mein Vorgesetzter. Disziplin und Haltung in allen Lebenslagen? Begreif endlich, daß auch wir etwas zu verlieren haben! Der Heldentod fürs sozialistische Vaterland war immer schon ein schwacher Trost, aber jetzt gibt es dieses Vaterland schon lange nicht mehr. Und wir alle sind so gut wie tot. Tot – verstehst du? Ende! Aus! Fini! O ja, wir waren Helden. Nichts ficht uns an. Keiner kann uns was. Wir besorgen nur ein paar Informationen, und das Risiko tragen dann andere. Geschissen, mein Herzchen! Eure einzige Chance wäre gewesen, wenn wir drei gar nicht hierher zurückgekommen wären. Aber wohin hätten wir gehen sollen? Wie hätten wir euch warnen können, ohne euch gleichzeitig zu verraten?«

Frankos Stimme war immer höher geworden und hatte sich nun bereits in hysterisch anmutende Stimmlagen verflüchtigt. Tränen waren zunächst nur spärlich über seine Wangen gelaufen, doch mittlerweile heulte er Rotz und Wasser. Jochen und Jens ließen ihn in Ruhe, worauf er greinend in sich zusammensackte.

Mark war in seiner Ecke vor Schreck erstarrt. Was war in England geschehen, was hatten sie erfahren, das so schlimm war, daß es die Disziplin dieser sicher hart geschulten Männer und Frauen untergraben konnte? Vor seinen Augen zerfiel die kleine Gruppe, die ihm eben noch Schutz und Hoffnung bedeutet hatte.

Gisela hatte offenbar ihre Angst abgeschüttelt, war aufgestanden, neben die Männer getreten und sprach nun mit festem, bestimmendem Ton zu Franko.

»Franko, hör auf! Wenn wir überhaupt noch eine Chance haben, dann nur, wenn die anderen möglichst schnell auf den gleichen Wissensstand wie wir kommen und wir dann gemeinsam reagieren. Wir müssen die Situation wieder unter Kontrolle kriegen.«

Nach einer Weile richtete Franko sich auf, nahm seinen umgefallenen Stuhl und setzte sich hin, wobei er allerdings den Kopf in die Hände legte und sein Gesicht verbarg.

»Jürgen, gib ihm noch einen Schluck von deinem Wodka! Und du, Franko, solltest dich jetzt um unser aller willen wieder einkriegen. Wenn du soweit bist, werden die anderen sicher schon gespannt auf deinen Bericht warten – nach dieser dramatischen Einleitung dürfte dir ungeteilte Aufmerksamkeit gewiß sein.«

Mit diesen Worten war Gisela zu ihrem Platz zurückgekehrt.

Jürgen hob das leere Wasserglas vom Boden auf und ging in die Küche. Sekunden später war er mit dem halbgefüllten Glas wieder da.

In der Zollbaracke am Grenzübergang Venlo blickten die holländischen Grenzschützer erstaunt aus dem Fenster. Ihre ruhige Nachtschicht wurde durch das ungewohnte, schnell lauter werdende, hämmernde Geräusch von Helikoptern gestört. Erstaunt blickten die Beamten nach draußen, während nacheinander sechs schwere Hubschrauber über sie hinwegdonnerten. Grenzüberschreitende nächtliche Hubschrauberflüge waren selten. Es kam zwar vor, daß hin und wieder ein Rettungshubschrauber ein Unfallopfer in die Klinik nach Mönchengladbach flog. Doch eine Formation von sechs Helikoptern im Tiefflug hatte es schon lange nicht mehr gegeben. Wahrscheinlich ein NATO-Manöver. Jedenfalls fielen Luftbewegungen nicht in ihren Zuständigkeitsbereich. Dafür war die Luftleitzentrale in Eindhoven verantwortlich.

Im Cockpit des vorausfliegenden Superpuma-Helikopters horchte Gerster in seinen Kopfhörer hinein. Er konnte den Funkverkehr mitverfolgen, der vom Piloten mit der Bodenkontrolle geführt wurde, doch er wartete eigentlich auf einen anderen Funkspruch. Jeden Moment konnte der Einsatzbefehl mit der genauen Order für den Zielort aus Den Haag kommen! Er verstand, daß der Einsatz so lange wie möglich geheimgehalten werden mußte. Dennoch hätte er gerne vorher gewußt, wohin er eigentlich unterwegs war.

»Dies ist Eurocontrol Eindhoven. Bitte identifizieren Sie sich! Bitte kommen!«

»Dies ist SAR-Notfall-Flug NL-NATO#009-D. Bitte erteilen Sie Erlaubnis für grenzüberschreitenden Flug von Schiphol nach Köln. Bitte um Bestätigung. Bitte kommen!«

»Dies ist Eurocontrol Eindhoven. Sie sind SAR-Notfall-Flug NL-NATO#009-D. Bestätigen Erlaubnis für grenzüberschreitenden Flug. Schluß und Ende.«

»Dies ist SAR-Notfall-Flug NL-NATO#009-D. Danke, Eurocontrol. Schluß und Ende!«

Gerster hatte den Funkkontakt mit der niederländischen Leitstelle in Eindhoven verfolgt. SAR bedeutete Search And Rescue. Suchen und Retten. So wurden die militärischen Rettungshubschrauber bezeichnet, die oft auch grenzüberschreitend Verletzte transportierten oder Schiffbrüchige suchten. Wenn sich ein Hubschrauber als SAR-Flug identifizierte, wurde in der Regel Freigabe erteilt, weil es oft um Sekunden ging und ohne Rücksicht auf Staatsgrenzen das nächste Krankenhaus angeflogen werden mußte. Zum Teil übernahmen die SAR-Helikopter es auch, dringende Organspenden von einer Klinik zur nächsten zu fliegen. Statt den Flug offiziell als *Europol*-Mission zu bezeichnen, hatte man sich in Den Haag entschlossen, unter der SAR-Bezeichnung zu fliegen. Dies vermied Aufsehen und führte genauso zuverlässig zur Freigabe.

Die sechs Hubschrauber donnerten hintereinander über die Tiefebene des holländisch-deutschen Grenzgebiets, als Gerster den Einsatzbefehl über den Kopfhörer wahrnahm. Der Copilot machte sich sofort daran, den Kurs neu zu bestimmen. Nach wenigen Sekunden schwenkte die Formation um fünfundvierzig Grad und flog an der Autobahn A 40 entlang Richtung Westen. Die Fernstraßen boten in der Dunkelheit ideale Orientierungshilfen. Schon in Holland hatte der Hubschrauberverband sich häufig entlang der Lichterketten fortbewegt, die durch die Scheinwerfer und Rückleuchten der Autos in der nächtlichen Dunkelheit gebildet wurden.

Gerster schnallte sich los und ging nach hinten. Es war Zeit, seine Männer zu briefen. Dies war der erste Einsatz seiner Truppe. Nichts durfte schiefgehen.

Franko hatte sich unter dem Einfluß des Alkohols etwas beruhigt. Seine Hände zitterten zwar, aber er hatte sich auf einem Stuhl niedergelassen und begann zu erzählen.

»Wir haben uns also diesen Watering gekauft. Zuerst war er störrisch, aber dann hat er doch ausgepackt. Anfangs dachten wir, der Mann ist größenwahnsinnig oder so. Aber …«

Mark war aufgesprungen und gestikulierte heftig mit den Armen.

»Was heißt hier, ihr habt euch Watering gekauft? Es war doch abgemacht, daß ihr die Akademie abhört, um Beweise zu erlangen. Wieso mußtet ihr jemanden kidnappen?«

»Jetzt laß ihn ausreden. Was glaubst du, wie lange es dauert, bis man durch Abhören verwertbare Informationen erhält? Wir haben doch nicht Monate Zeit!«

Klaus machte noch eine wegwerfende Handbewegung und wandte sich wieder Franko zu.

»Aber ihr hattet gesagt …«

»Ich sagte, laß ihn ausreden!«

Klaus' Befehlston ließ Mark mitten im Satz verstummen. In ihm kochte der Ärger hoch. Die anderen hatten offenbar von vornherein gewußt, daß die Abhöraktion allein nicht zum Erfolg führen würde. Er fühlte sich hintergangen, weil niemand ihm gegenüber die geplante Entführung erwähnt hatte. Franko schickte sich an weiterzureden. Gebannt lauschte nun auch Mark dessen gehetzter Schilderung. Franko deutete auf Mark.

»Es stimmt, was er herausgefunden hat. Die Einstellungstests werden manipuliert. Die Seminare im Dartmoor dienen dazu, potentielle Bewerber auf EU-Ämter zu screenen. Es werden auch nationale Datensammlungen genutzt, um Informationen über Bewerber zu sammeln. Deswegen kennen sie auch Leute, die nicht beim Rhetorikseminar waren.«

»Ja und? Damit haben wir doch gerechnet!«

»Ja, aber die Mafia steckt nicht dahinter! Die Anzeichen, die für eine Beteiligung des Mobs sprechen, sind falsch. Sie wurden absichtlich plaziert. Ein Ablenkungsmanöver. Tatsächlich haben internationale Verbrecherbanden nichts damit zu tun!«

»Aber wer dann? Das ist doch nicht das Werk eines Einzelgängers!«

»Es ist die EU selbst.«

Mark schüttelte energisch den Kopf.

»Das kann nicht sein. Vielleicht gibt es einige korrupte Beamte, aber die EU beschließt doch nicht offiziell, ihre eigenen Behörden zu unterwandern. Das ist doch Quatsch!«

»Nein, so nicht. In den EU-Behörden gibt es eine Verschwörung! Woodworth gehört dazu, van de Watering auch. Hochrangige Funktionäre unterhalb der unmittelbaren Führungsebene. Generaldirektoren, Abteilungsleiter, Behördenleiter. Karrierebeamte, die frustriert sind, daß ihnen von den Mitgliedstaaten immer wieder ausrangierte Politiker als Kommissare vorgesetzt werden. Eine Verschwörung von Leuten mit Ambitionen, die genug haben von dem ewigen Stillstand in der europäischen Integration. Männer, die Nägel mit Köpfen machen wollen, und zwar hier und jetzt!«

»Jetzt verstehe ich, was Maubeuge mit dem Machiavelli-Buch vorhatte! Der Zweck heiligt die Mittel! Er gehört auch dazu?«

»Nein, nein, der nicht. Wir haben Watering immer wieder danach gefragt, aber er war sich sicher, daß

Maubeuge nicht dazu gehört. Der Mann ist harmlos. Ein pedantischer Beamter, der in der Mittagspause philosophische Klassiker ließt. Hat nichts mit der Sache zu tun.«

»Das gibt's doch nicht! Ich hab' Woodworth auf Maubeuge hingewiesen, daß ich ihn verdächtig finde ...«

»Und er hat dich natürlich in dem Glauben belassen, ist doch klar! Innerlich wird er sich kaputtgelacht haben, daß du diesen Trottel für den Drahtzieher hältst, während du dem wahren Bösewicht deine Entdeckung brühwarm auftischst, ohne auch nur im entferntesten zu ahnen, mit wem du sprichst.«

»So gesehen hatte ich Glück, daß Cavalier so schnell nach Paris gefahren ist. Wäre er in Brüssel geblieben, hätten sie uns beide wohl noch am selben Tag erwischt. So konnten sie mir nichts tun, weil sie den Reporter kriegen wollten. Mit mir als Köder!«

»Genau, du hast an der Leine gezappelt, ohne es zu ahnen! Unglaublich, wie naiv manche Leute sein können!«

Mark verstummte. Wieder einmal hatte Woodworth ihn getäuscht. Er wandte sich Franko zu, der zum Weiterreden ansetzte.

»Sie nennen sich *Europäer* und haben beschlossen, daß der historische Moment gekommen ist, die Vereinigten Staaten von Europa aus der Taufe zu heben. Auch wenn es eine Feuertaufe wird. Sie glauben, wenn sie nicht sehr bald handeln, wird es zu spät sein. Die Anzeichen für ein *roll-back* der Integration mehren sich. Bevor die Regierungskonferenz zur Revision von Maastricht ihnen den Wind aus den Segeln nimmt, wollen sie handeln, Fakten schaffen.«

»Fakten schaffen? Wie denn das? Ein paar Technokraten in Brüssel, was können die schon wollen? Die Mitgliedstaaten haben doch alles unter Kontrolle.«

»Fragt sich nur, wie lange noch. In der Kommission sitzen mehr *Europäer,* als ihr denkt. Wenn dort die richtigen Leute Gefolgschaft verlangen, möchte ich nicht wissen, was passiert. Die *Europol* ist von Anfang an mit *Europäern* durchsetzt worden; die ganze Behörde ist praktisch unter ihrer Kontrolle. Dazu kommen einflußreiche Leute in den Schaltstellen der Mitgliedstaaten. Bei den führenden Presseorganen haben sie ihre Gewährsleute sitzen. Es existieren informelle Kontakte zu den großen europäischen Industriemultis. Den Bossen in den Konzernzentralen ist das zögerliche *Handling* der EU-Fragen schon lange ein Dorn im Auge. Die wollen endlich einen einheitlichen europäischen Markt als Machtbasis, wie die US-Konzerne mit ihrem riesigen Heimatmarkt. Aber der springende Punkt ist die *Europol.* In Maastricht gab es neben den offiziellen Resolutionen auch eine Reihe von Geheimbeschlüssen, die nicht veröffentlicht wurden. Die Verhandlungen des Ministerrats sind ja immer noch geheim. Die Regierungen lassen sich da nicht so leicht in die Karten blicken.«

Marks Stimme überschlug sich fast, als er Franko unterbrach. Er konnte einfach nicht länger stillhalten.

»Du meinst die geheimen Protokollerklärungen zu den Beschlüssen des Ministerrats! Darin werden von den Mitgliedstaaten doch nur Anmerkungen zur Auslegung oder praktischen Anwendung einzelner Regeln festgehalten. Das sind vertrauliche Fußnoten, mehr nicht!«

Franko stieß einen verächtlichen Laut aus, bevor er antwortete.

»Das haben sie dir vielleicht an der Uni erzählt. Dein

Problem ist, du glaubst alles, was man dir sagt! Dies ist noch nicht mal der erste Fall, wo die geheimen Anhänge und Zusatzprotokolle umfangreicher sind als die veröffentlichten Beschlüsse. Bei der Richtlinie zum Datenschutz 1994 hatte es einunddreißig geheime Zusatztexte gegeben. Kein Wunder, daß die Technokraten in Brüssel unkontrollierbar geworden sind!«

»Schon gut, Franko, jetzt sag uns lieber erst mal, was es mit der *Europol* auf sich hat!«

Franko besann sich auf sein eigentliches Thema und fuhr mit verdunkelter Miene fort.

»Offiziell ist *Europol* nur eine Informationsagentur, die Datenbanken führt und die Fahndung auf Europaebene effektiver koordinieren soll. Aber den *Europäern* ist es gelungen, durch subtile Manipulationen die Gründung einer geheimen Sondertruppe ins Gespräch zu bringen. Nachdem der Vorschlag erst mal auf dem Tisch war, wollten bestimmte Regierungsvertreter nicht mehr davon lassen. Die Idee ist auch einfach zu reizvoll. Eine Art Euro-GSG 9! Damit könnte man den internationalen Banden herbe Schläge versetzen, ohne auf die langen Dienstwege zwischen den nationalen Polizeibehörden angewiesen zu sein.

Es gab heftige Debatten unter den Regierungschefs. Deswegen hat sich die endgültige Verabschiedung der *Europol*-Konvention so lange hingezogen. In Maastricht hat man nur einen Grundsatzbeschluß gefaßt. Erst 1995 in Cannes ist die Konvention mit ihren geheimen Anhängen verabschiedet worden.

Europol verfügt jetzt über eine mobile Sondertruppe von etwa dreihundertfünfzig Mann für Spezialeinsätze. Die Mitglieder der Truppe wurden offiziell als Berater nach Den Haag abgeordnet. Die Kompromisse – hauptsächlich gegenüber England – bestehen darin, daß die Truppe keine eigenen Hubschrauber hat, sondern von der niederländischen Luftwaffe herumgeflogen wird, und daß sie offiziell ›Flexible Ermittlungseinheit‹ heißt. Aber laßt euch davon nicht täuschen! Diese Truppe ist bis an die Zähne bewaffnet: modernste Technologie, alles vom Feinsten. Panzerbrechende Waffen, laserbestückte Präzisionsgewehre, intelligente, drahtgesteuerte Lenkwaffen, *Fire-and-forget*-Technologie, *you name it, you get it*! Mit Ermittlungen halten die sich nicht lange auf. Und ich muß euch nicht sagen, wer seine Leute auf allen Ebenen dieser Truppe sitzen hat!«

Jürgen hatte schon eine Weile ungeduldig zugehört. Jetzt platzte er heraus: »Ja und? Wollen die mit dreihundert Mann einen europaweiten Bürgerkrieg anzetteln, oder was?«

»Nein, keinen Bürgerkrieg. Einen Putsch! Genau gesagt: einen Europutsch! Die Regierungen werden durch die Spezialtruppe ausgeschaltet, während gleichzeitig ein Teil der Truppe die Putschzentrale in Brüssel schützt. Die nationalen Regierungen werden für abgesetzt erklärt, ebenso die unerwünschten Kommissare und der Präsident der Kommission. An ihre Stelle tritt ein Exekutivkomitee und erläßt eine EU-Verordnung zur vorläufigen Regelung der Rechtsverhältnisse zwischen den Mitgliedstaaten und den EU-Behörden. Darin werden die Maßnahmen der *Europol*-Truppe für rechtmäßig erklärt. Nach der Rechtsprechung des Europäischen Gerichtshofes hat die Verordnung direkte Wirkung und Vorrang vor allen Gesetzen der Mitgliedsländer. Die Behörden müssen sich daran halten. Widerstand wird durch sofortige Vollstreckungsmaßnahmen der Sondertruppe im Keim erstickt. Gleichzeitig erläßt das Exekutivkomitee einen EU-Strafkodex. Artikel 1: Sabotage an der Europäischen Integration; Artikel 2: Verrat der Europäischen Sache; Artikel 3: Nationalistische Propaganda. Und es gibt nur eine Rechtsfolge: Die Todesstrafe!

Dabei steht den Verlautbarungen aus Brüssel kein Protest aus den Regierungszentralen der Mitgliedstaaten entgegen: Dort ist vorher aufgeräumt worden. Die sitzen alle in Haft oder sind tot.«

Jochen winkte ab und polterte mit seiner tiefen Stimme dazwischen.

»Niemals! Das werden sich die Militärs nicht gefallen lassen. Das ist doch die älteste Regel für jeden Staatsstreich: Ohne das Militär geht nichts!«

»Mag sein, aber wer sagt denn, daß das Militär nicht auf seiten der Putschisten steht? Die Vereinigten Staaten von Europa, ein neuer Superstaat! Sag das einem General, heute, in Zeiten sinkender Rüstungsausgaben und jedes Jahr aufs neue gekürzter Verteidigungshaushalte! Den Militärs läuft doch das Wasser im Mund zusammen, wenn die an einen europäischen Superstaat auch nur denken. Endlich wieder Supermacht! Warum sollte das Militär da nicht zumindest erst mal abwarten?

Abgesehen davon, daß die *Europäer* auch dort ihre Leute haben werden. Einzelne Befehlshaber, die als gefährlich gelten, werden kurz vorher mit gezielten Skandalen ausgeschaltet. Homosexualität hat noch jedem General die Karriere ruiniert, wenn man den Vorwurf nur oft genug wiederholte oder schön ausschmückte. Und außerdem gibt es noch eine Notbremse, die nationaltreue Generäle überzeugen wird: Ein Kommando der *Europol* bringt mit interner Hilfe aus den Streitkräften eine Batterie französischer Mittelstreckenraketen unter seine Kontrolle. In den Vogesen gibt es Raketenbatterien mit viertausend Kilometer

Reichweite. Damit kann man jeden Punkt Europas erreichen. Parallel dazu werden die Abschußcodes beim französischen Präsidenten sichergestellt. Das dürfte auch die hartnäckigsten Widersacher zur Vernunft bringen.«

Andrea schüttelte entschieden den Kopf. Sie war überhaupt nicht beeindruckt von Frankos Schilderung.

»Selbst wenn das Militär stillhält, wie soll denn eine kleine Gruppe von Verschwörern eine Staatengemeinschaft mit dreihundertfünfzig Millionen Einwohnern kontrollieren? Dazu fehlt ihnen doch einfach das Personal!«

»Das würde ich nicht sagen. Die EU-Behörden beschäftigen siebzehntausend Beamte. Die werden zuerst auf das hören, was ihnen die Kommission erzählt. Schließlich bekommen sie von dort ihr Gehalt.

Wenn man einen Teil dieser Leute in leitende Stellungen bei den Behörden der Mitgliedstaaten versetzt, kann man einiges steuern und unter Kontrolle halten. Die frei werdenden Stellen in Brüssel füllt man einfach mit neuen Bewerbern, an denen herrscht ja kein Mangel, wie du weißt. Diese Leute sind keine Dilettanten, die von der Machtausübung keine Ahnung haben. Im Gegenteil, es sind Leute, die jahrelang in den Zentren der politischen Macht gearbeitet haben, nur eben in der zweiten Reihe. Man kennt sie kaum, aber sie wissen genau Bescheid über die Mechanismen der Politik. Sie sind die Staatssekretäre, Generaldirektoren und Technokraten, die den Apparat schon die ganze Zeit manövriert haben, während die Staatschefs für Fotografen posierten und kluge Rede hielten. Die haben die EU im Prinzip jetzt schon unter Kontrolle, nur daß sie noch nicht nach eigener Agenda handeln!«

Jürgen nickte langsam und bedeutungsschwer. Die

Dimension von Frankos Bericht schien langsam bei ihm einzusickern. Doch ihm blieben noch Zweifel.

»Schön und gut, aber jedes Land hat seine eigenen Besonderheiten. Es ist nicht so einfach, ein Land zu besetzen. Man steckt nicht in den Köpfen der Leute. Das haben Besatzungsregimes in der Geschichte doch immer wieder erfahren!«

Diesmal war es Gisela, die antwortete. Sie hatte bisher der Diskussion ruhig zugehört, aber nun verriet ihr aggressiver Tonfall, daß sie langsam die Geduld verlor.

»Ach was, hier geht es doch gar nicht um Besatzung. Die Kontrolle wird von Staatsangehörigen der jeweiligen Mitgliedstaaten ausgeübt. In der Kommission und den anderen EU-Behörden sitzen doch Beamte aus allen Mitgliedstaaten! Die kennen sich zu Hause bestens aus und werden wissen, wie sie mit ihren Landsleuten umzuspringen haben.«

»Heutzutage kann man doch der Bevölkerung so was nicht mehr verkaufen. Die Protestbewegung wäre überwältigend!«

»Auch dafür gibt es anscheinend Pläne. Der Anlaß für den Putsch soll künstlich provoziert werden. Dafür sind verschiedene Szenarien ins Auge gefaßt. Am wahrscheinlichsten ist eine Handelskrise zwischen England und Frankreich, wie damals, als französische Bauern englische Lastwagen mit Gefrierfleisch überfallen und angezündet haben. Oder eine Straßenblockade in Österreich gegen den Transitverkehr.

Wenn man die französischen Bauern lange genug gewähren läßt, entsteht eine Versorgungskrise im Land. Die Untätigkeit der Regierungen wird dann als Vorwand genommen, um einzuschreiten. Gefahr für den innergemeinschaftlichen Handel. Sicherstellung der Lebensmittelversorgung.

Die Polizei wird genug zu tun haben, die Bauern halbwegs unter Kontrolle zu halten. Und ehe sie sich versieht, kommen die Befehle nicht mehr aus Paris, sondern aus Brüssel. Das Ganze wird als vorübergehende Notstandsmaßnahme verkauft. Einmal durchgesetzt, ist es dann eine Frage der geschickten Propaganda, den Notstand zur Normalität werden zu lassen.«

»Die wollen ganz Europa in eine Wirtschaftskrise stürzen?«

»Na ja, ganz so extrem würde es wohl nicht werden. Man kann die Situation überspitzt darstellen. Dazu sollen die Medien genutzt werden. Das Satellitenfernsehen erreicht über die Astra-Kanäle über zweihundert Millionen Zuschauer. Wenn man deren Sendezentrale besetzt und gleichzeitig noch die Sender in Luxemburg kontrolliert, dann hat man wohl eine gute Basis für eine Informationspolitik. Die Sendungen sollen zum Teil vorher auf Video vorbereitet werden. Man würde also keine hemdsärmeligen Generäle stumpfe Ansprachen halten sehen. Alles professionell und ansprechend gestaltet. Das Spielfilmprogramm und die Game-Shows werden nur kurz unterbrochen. Niemand braucht auf seine gewohnte Unterhaltung verzichten.

Überhaupt würde sich für den Normalbürger nicht viel ändern, wirtschaftlich läuft alles weiter wie bisher. Warum also auf die Straße gehen? Es wird ja nur die politische Führung ausgewechselt, gewissermaßen zentralisiert. Im Prinzip paßt das zu den Forderungen nach einem schlanken Staat. Wenn man dann noch sofortige Steuersenkungen ankündigt, weil durch die Abschaffung der nationalen Regierungen Kosten eingespart werden, dann hat man doch schon die Mehrheit hinter sich! Wer schreit denn da nach seinen unbeliebten Politikern?«

»Ein europaweiter Staatsstreich? Seid ihr sicher, daß dieser Watering euch keinen Bären aufgebunden hat?«

Franko zog hämisch die Mundwinkel nach unten und kniff die Augen zu Schlitzen zusammen.

»Absolut sicher. Ihr kennt doch Joachims Methoden ...«

Andrea schlug die Hände vor das Gesicht.

»Mein Gott, das wäre ja Wahnsinn. Die Mitgliedstaaten werden von oben gleichgeschaltet und alle Entscheidungen zentral in Brüssel getroffen. Das Resultat wäre ein totalitärer Superstaat, ausgerüstet mit Atomwaffen! Schlimmer als alles, was es bisher in Europa gab! Mit einer relativ kleinen Truppe könnten sie die maßgebenden Ebenen in den Ländern kontrollieren.

Die Behörden in den Mitgliedstaaten sind ohnehin gewohnt, EU-Recht umzusetzen. Ein paar weitere Verordnungen mit neuen Maßgaben bereiten da keine großen Schwierigkeiten. Das Europäische Parlament würden sie wahrscheinlich einfach auflösen und nach einiger Zeit nach eigenem Gutdünken neu besetzen. Das klingt wie ein Alptraum-Szenario, aber es ist wahrscheinlich durchführbar!«

Mark konnte sich nicht mehr länger zurückhalten. Er sprang auf und lief im Raum hin und her.

»Jetzt verstehe ich endlich, wie Woodworth da hineingeraten konnte! Ich wollte einfach nicht glauben, daß er sich kaufen lassen würde. Aber er hat sich gar nicht bestechen lassen! Woodworth macht aus Überzeugung mit! Der ist so vernarrt in die Idee, einen europäischen Mega-Staat zu schaffen, daß er auch vor Gewalt nicht mehr zurückschreckt.

Mich hat er zu diesem Seminar geschickt, weil er hoffte, ich könnte mich vielleicht für den Putsch begeistern. Aber selbst wenn der Staatsstreich scheitern sollte, wäre es eine Katastrophe. Der Schaden für die europäische Integration wäre fatal. Nichts wäre danach noch so wie vorher. Wahrscheinlich würde die EU zerfallen. Die Verschwörer scheinen nach dem Alles-oder-nichts-Prinzip zu denken: entweder jetzt den europäischen Superstaat oder den Rückfall in den Nationalismus. Die Lage ist viel ernster, als wir bisher glaubten!«

Franko fühlte sich persönlich angesprochen. Seine Stimme klang leicht lallend, aber trotz der sichtlichen Alkoholeinwirkung sprach er schnell und ohne zu zögern.

»Ja, und ernst steht es vor allem um uns! Wenn diese Euro-GSG 9 schon einsatzbereit ist, dann sind wir in höchster Gefahr. Eine Gruppe, die einen solchen Putsch plant, läßt sich doch nicht so einfach das Heft aus der Hand nehmen. Wir müssen mit allem rechnen. Wir haben geglaubt, gegen ein paar geldgierige Mobster anzutreten. Aber das hier ist ein anderes Kaliber. Wahrscheinlich haben wir nur eine Chance: so schnell wie möglich anonym veröffentlichen und dann untertauchen. Verdammt, es gibt kein Zurück mehr.«

Jens hatte bisher nichts gesagt und sich die Schilderung der Umsturzpläne regungslos angehört. Er war weder an der Befreiung Christins noch an dem England-Ausflug beteiligt gewesen, weil er die Stellung in der Baracke gehalten hatte. Für ihn war die ganze Angelegenheit eher theoretisch geblieben. Doch jetzt war das Maß für ihn voll.

»Wieso gibt es kein Zurück mehr? Wir vergessen die ganze Sache, trennen uns heute noch, jeder geht seinen Weg. Mit etwas Glück werden sie uns nicht finden. Watering wird uns jedenfalls nicht verraten!«

In diesem Moment trat im hinteren Bereich des Raumes Christin durch die Tür herein. Sie rieb sich die Augen und schien leicht zu taumeln. Christin trug noch immer die gleichen Blue Jeans und das schwarze Polo-Shirt, in dem Mark sie in dem Zimmer in Woodworths Haus aufgefunden hatte. Man hatte noch keine Gelegenheit gehabt, ihr neue Sachen zu besorgen. Sie blickte verwirrt in die Runde, blinzelte in die hellen Deckenlampen.

»Was ist hier los? Warum seid ihr so aufgeregt?«

Franko blickte Christin konsterniert an.

»Wer ist das?«

»Das ist Christin, die Freundin unseres Europakenners!«

»Ihr habt sie schon befreit? So schnell?«

»Dachtest du, wir sitzen hier nur untätig rum, während ihr euch im Dartmoor nasse Füße holt?«

Klaus schilderte in knappen Sätzen, wie sie durch das Telefongespräch mit dem Papagei im Hintergrund auf die Spur der Entführer gekommen waren. Franko hörte mit wachsendem Entsetzen zu. Noch bevor Klaus zu Ende erzählt hatte, platzte er dazwischen.

»Verdammt, das ist doch eine Falle! Glaubt ihr im Ernst, die sind so blöd, über das Telefon zu verraten, wo sie ihre Geisel festhalten? Und dann nur ein alter Mann und ein Punk als Wache? Ist doch offensichtlich, daß sie euch in die Falle locken wollten!«

»Wenn es eine Falle war, dann hat sie jedenfalls nicht zugeschnappt, denn wie du siehst, sind wir alle wohlbehalten hier!«

»Das ist ja das Problem! Mann, die sind doch nicht doof! Wir haben es nicht mit einfachen Kriminellen zu tun, sondern mit hochintelligenten Technokraten, die über jede denkbare Erfahrung und über unbegrenzte technologische Möglichkeiten verfügen! Denen muß klargeworden sein, daß Mark irgendwie Unterstützung erhalten hat. Die Fahndung über die Polizei hatte nichts gebracht, Mark hielt sich versteckt und trat auch nicht an die Öffentlichkeit. Irgendwie mußten sie an ihn rankommen!«

Er deutete auf Christin, die sich benommen am Türrahmen festhielt.

»Die Zuckerpuppe haben sie nicht entführt, um ihn zu erpressen. Sie wollten ihn in die Falle locken. Wenn Mark Unterstützung hat, dann kommt es ihnen darauf an, alle zu kriegen, bevor es zu spät ist. Alle auf einen Schlag. Die Entführung von Watering in England, die Befreiung von Christin, die müssen doch nur zwei und zwei zusammenzählen, um zu wissen, daß eine organisierte Gruppe dahintersteckt.«

Jürgen hob die Hände und machte eine abwehrende Geste.

»Wir wußten ja nicht, daß diese Verschwörung derartige Ausmaße hat! Für uns war klar, daß wir die Geisel befreien mußten, damit wir nicht mehr erpreßbar sind!«

Klaus war sichtlich erregt. Offenbar machte der Vorwurf von Franko ihm zu schaffen. Er haßte es, Fehler eingestehen zu müssen.

»Unser Versteck hier ist doch perfekt getarnt. Wenn dir keiner gefolgt ist, werden sie uns auch nicht finden!«

»Und was ist mit der Zuckerpuppe? Habt ihr sie durchsucht?«

Mark stieg der Ärger hoch, er lief rot an.

»Was soll das heißen? Ihr glaubt doch nicht, Christin würde uns verraten?«

Jürgen sprang plötzlich auf und lief hektisch nach hinten in die Werkstatt. Nach wenigen Sekunden kam er mit einem kleinen Gerät zurück.

»Bewußt würde sie uns nicht verraten, aber vielleicht unbewußt?« Er wandte sich an Christin, die noch immer verunsichert in der Türöffnung stand. »Hast du irgend etwas bei dir, was von den Entführern stammt? Kleidung, Schmuck, irgendein Objekt?«

»Nein, ich glaube nicht. Ich meine, die meiste Zeit habe ich geschlafen.«

Franko führte das kleine Gerät unmittelbar über Christins Körper. Beim Reißverschluß der Jeans piepte es kurz, doch damit hatte Jürgen offenbar gerechnet. Als er zu ihren Füßen kam piepte das Gerät erneut.

»Okay. Zieh die Schuhe aus!«

Christin bückte sich und streifte die offenen Turnschuhe mit den Händen ab. Jürgen untersuchte die Schuhe getrennt mit seinem Detektor, doch es ertönte kein Geräusch. Er hielt das Gerät wieder an Christins Füße. Als er sich dem Hosensaum näherte, ertönte wieder das Piepen.

»Na also, jetzt die Hose!«

»Was ist mit der Hose?«

»Na los, zieh die Hose aus, oder bist du schwer von Begriff?«

Mark wollte dazwischengehen, doch Klaus hielt ihn zurück.

»Laß ihn machen, wir brauchen Gewißheit. Sie bekommt die Hose gleich zurück.«

Christin öffnete den Hosenknopf, zog den Reißverschluß herunter und stieg zuerst mit einem, dann mit dem anderen Bein aus der Jeans. Sie reichte Jürgen die Hose, ohne ihn anzusehen. Das schwarze Polo-Shirt, das sie in der Hose getragen hatte, wirkte an ihr jetzt wie ein Minikleid. Es bildete einen gefälligen Kontrast zu ihren gebräunten, schlanken Beinen. Dennoch fühlte sie sich unbehaglich. Sie verschränkte die Arme vor der

Brust und beobachtete Jürgen, der sich am Saum des linken Hosenbeins zu schaffen machte.

»Da haben wir's! Hier!«

Jürgen zog ein Taschenmesser hervor und schnitt den Saum der Hose auf. Er zog einen kleinen Metallknopf hervor, an dem ein feiner Draht befestigt war.

»Ja, es ist ein Peilsender, glaube ich, aber keine Wanze; sie können uns nicht hören.«

Klaus war außer sich. Er herrschte Christin an.

»Ist das deine Hose?«

»Natürlich ist das meine Hose, was glaubst du denn? Die hab' ich seit Monaten. Keine Ahnung, wie das Ding da reinkommt. Müssen sie heimlich eingenäht haben, während ich schlief. Gib mir doch nicht die Schuld. Ihr habt mich befreit, mich hat keiner gefragt!«

»Schon gut, aber was machen wir jetzt?«

»Wir müssen weg, und zwar so schnell wie möglich!«

Der grünweiße Streifenwagen stand mit eingeschaltetem Blaulicht mitten auf der Landstraße. Mit einer roten Kelle winkte der junge Polizeiobermeister die ankommenden Fahrzeuge einzeln zum Stehen. Er trug eine selbstleuchtende Sicherheitsweste, die durch viele kleine Lampen eine Art wandelnder Lichtsäule aus ihm machten. Derweil saß Polizeihauptmeister Müller im Wagen und hörte neben dem Polizeifunk das Nachtprogramm im Radio. Als dienstälterer und vorgesetzter Kollege konnte er es einrichten, daß er nicht mehr ständig draußen im Kalten stehen mußte. Wozu gab es schließlich jüngere Kollegen? Eine Verkehrsmeldung ließ ihn aufhorchen:

Zehn Uhr siebenundvierzig. Verkehrsfunk auf neunzig Komma drei. Achtung Autofahrer, die Bundesstraße B 227 ist zwischen Velbert und Kupferdreh bis auf weiteres in beiden Richtungen wegen eines Verkehrsunfalls voll gesperrt. Bitte umfahren Sie die Unfallstelle weiträumig.

Verkehrsunfall? Davon hatte Müller nichts gesehen. Sie sollten die Strecke wegen eines komplizierten Schwertransports sperren. Bevor der Lkw losrollen konnte, mußten noch Ampelanlagen an der Strecke demontiert werden. Aber darauf kam es auch nicht an. Wahrscheinlich hatten die vertrottelten Redakteure beim Radiosender wieder nicht richtig zugehört. Es kam öfter vor, daß Verkehrsmeldungen falsch wiedergegeben wurden. Die Autofahrer gaben dann natürlich der Polizei die Schuld. Fest stand jedenfalls, daß die Straße gesperrt war. Warum, das konnte den Autofahrern egal sein.

Der Polizeihauptmeister zog seine Thermoskanne hervor und schenkte sich einen Kaffee ein. Milch und Zucker hatte seine Frau schon zu Hause vorgemischt. Dies war seine vierte Nachtschicht in Folge. Die Müdigkeit steckte wie Blei in seinen Gliedern. Bald würde er seinen jungen Kollegen draußen in der Kälte ablösen müssen. Wenigstens regnete es nicht.

»Wir brechen hier alle Zelte ab. Je eher wir verschwinden, desto besser.«

Jürgen war kurz fort gewesen und stand jetzt mit einem Hammer vor Christin. Er blickte auf den Metallknopf am Boden und holte aus.

»Soll ich den Sender platt hauen?«

»Nein, warte noch! Wenn wir den Sender zerstören, wissen sie, daß wir gewarnt sind! Sobald wir aufbrechen, kleben wir das Teil einem Fremden ans Auto. Vielleicht fallen sie drauf rein. Wir machen uns jetzt jedenfalls aus dem Staub!«

Mark hatte ein Gefühl, als würde der Boden unter seinen Füßen schwimmen. War er jetzt wieder allein?

»Aber wo wollt ihr denn hin? Wir können doch jetzt nicht alles stehen- und liegenlassen!«

Die anderen waren nach hinten gegangen, um Jürgen beim Verpacken der wichtigsten Ausrüstung zu helfen. Die Baracke mußte aufgegeben werden; es durften keine Spuren hinterlassen werden, die auf einzelne Mitglieder der Gruppe hindeuteten. Franko stand noch immer vor Christin und sah zu, wie sie die aufgeschnittene Hose wieder anzog.

»Wenn wir unsere Handlungsfähigkeit wahren wollen, müssen wir erst mal weg hier. Diese Elitetruppe kann doch jeden Moment auftauchen! Außerdem müssen wir in Ruhe überlegen, wie es weitergehen soll, und wem wir die Infos zuspielen. Möglicherweise haben die *Europäer* ihre Gewährsleute bei der Presse. Mit den Kassetten können wir vielleicht einen Journalisten überzeugen, die Story zu bringen, falls überhaupt jemand so lebensmüde ist.«

»Wir können ja auch van de Watering den Behörden übergeben. Wenn er geständig ist, läßt sich alles vielleicht noch im Keim ersticken!«

»Der wird den Behörden wohl nicht mehr allzu nützlich sein, als Wasserleiche.«

»Als was? Nein! Ihr habt ...!«

»Stell dich doch nicht dümmer, als du bist! Verdammter Besserwessi! Informationen besorgen ja, aber bloß niemandem ein Haar krümmen! Die Mafia schlagen, aber sich nicht selbst die Finger schmutzig machen! Du bist so naiv, daß es schon weh tut, dir zuzuhören! Was glaubst du, wie wir die Infos aus ihm rausgekriegt haben? Glaubst du, er hat gesagt: ›Danke Jungs, daß ihr mich entführt habt, ich wollte schon seit langem reinen Tisch machen. Die Sache ist nämlich so, wir planen einen Putsch und wollen gerne einen europäischen Superstaat errichten?‹ So läuft das doch nicht! Wir mußten jedes einzelne Wort aus dem Typ herausprügeln! Was konnten wir dafür, daß er ein schwaches Herz hatte. Soll er sich doch einen ruhigeren Job suchen. *No hard feelings* – wenn er ins Gras beißt, ist es nicht unsere Schuld!«

»Ihr habt den Mann zu Tode gefoltert! Und jetzt versuchst du dich auch noch zu rechtfertigen! Wie konnte ich mich nur mit euch einlassen! Ihr seid Killer, ihr seid nicht besser als diese Putschisten!«

Franko stürmte auf ihn zu und, ließ im Lauf die Packtaschen fallen, die er gerade mit dem Nötigsten hatte füllen wollen. Er hechtete über ein paar Kisten, die jetzt wild verteilt im Raum standen und mit Ausrüstungsgegenständen bestückt wurden, stolperte fast, fing sich aber gerade wieder so weit, um Mark mit beiden Händen am Kragen zu fassen. Seine verschwitzten, strähnigen Haare hingen ihm in die Augen. Mit geweiteten Pupillen starrte er Mark an. Seine knallrote Haut spannte sich an Kinn und Wangen so vor Aufregung, daß sich hier helle Flecken bildeten. Er schrie Mark an. Er schrie all seine Angst aus sich raus.

»Du mieser kleiner Moralist! Wach endlich auf! Haben deine Eltern dir denn gar nichts über das wirkliche Leben beigebracht? Hast du in der Schule nichts begriffen? Haben deine Lehrer komplett versagt? Leben und leben lassen – nach dieser Maxime funktioniert hier alles. Die Welt ist ein Dschungel, wann kriegst du das endlich in deinen Kopf? Und das gefährlichste Raubtier ist der Mensch. Dies ist kein Traum, dies ist nicht Disney-Land. Es geht um Macht! Um Macht und um viel, viel Geld! Es geht um die Kontrolle über ganz Europa! Nicht darum, ob du Weichei süße Träume hast. Hier wird geschossen, um zu töten. Und den Bleigeschossen ist es egal, wessen Lunge sie zerfetzen, wessen Knochen sie zermahlen; sie fragen nicht höflich an, wer du bist, woher du kommst und was du getan hast. Du stehst den falschen Leuten im Weg. Das ist keine Frage der Moral. Das ist eine Frage der Macht – und eine Frage, die über Leben und Tod entscheidet. Und so, wie es im Moment für uns alle hier aussieht, war das heute morgen der letzte Sonnenaufgang, den wir gesehen haben. Schade, wenn du ihn verschlafen hast, aber das läßt sich jetzt auch nicht mehr ändern. So einfach ist das! Nun mach dich hier nützlich oder verschwinde einfach aus meinen Augen. Aber verhalte dich wenigstens einmal so, als ob du in den letzten Tagen und Wochen etwas begriffen hättest!«

Gerster horchte in seinen Kopfhörer, aus dem Pereira ihm die letzten Instruktionen für den Einsatz gab. Der Klang der Stimme des Spaniers war eigenartig verzerrt und mechanisch. Die Funkübertragung und die Verschlüsselung des Gesprächs machten es fast unmöglich, überhaupt zu erkennen, wer am anderen Ende der Leitung in Den Haag vor dem Mikrofon saß. Nachdem er seine Befehle bestätigt hatte, sprach er mit dem Piloten. Dann nahm er die Kopfhörer ab und ging nach hinten. Seine Männer saßen auf dem Blechboden des Hubschraubers, zwischen Ausrüstungsgegenständen und

Metallcontainern. Die Elite der europäischen Polizei. Jeder Mitgliedstaat hatte seine besten Beamten nach Den Haag geschickt. Aus diesen Leuten wiederum hatte man die zuverlässigsten und belastbarsten Männer ausgesucht und sie für die flexible Ermittlungseinheit abkommandiert. Mit dieser Truppe brauchte man sich wirklich nicht zu verstecken. Als Gerster aus dem Cockpit nach hinten trat, richteten sich alle Blicke auf ihn.

»Männer! Wir haben jetzt die endgültigen Zieldaten erhalten!«

Während er sprach, legte sich der Helikopter schräg auf die Seite und beschrieb eine Kurve. Draußen folgten die anderen Hubschrauber diesem Manöver. Der Verband flog nun nach Osten. Gerster mußte sich festhalten, um sein Gleichgewicht zu wahren.

»Das Versteck befindet sich östlich des Rheins auf einem alten Zechengelände. Ein stillgelegtes Kohlebergwerk. Wir haben es mit einer gut organisierten Terrorgruppe zu tun. Dies sind keine gewöhnlichen Kriminellen.

Wie Sie wissen, gehört es zu den Aufgaben von *Europol,* den internationalen Terrorismus zu bekämpfen. Diese Leute haben vorletzte Woche den Bombenanschlag auf die Kommission verübt. Zwei Tote und fünfzig Verletzte. Sie sind in den Computer der EU eingedrungen und versuchen nun, die Kommission zu erpressen. In Paris haben sie einen Journalisten ermordet. Ein Mitarbeiter der Kommission befindet sich möglicherweise noch in ihrer Gewalt. Mit anderen Worten: Die schrecken vor nichts zurück! Wir können uns nicht auf Verhandlungen einlassen. Unser Konzept lautet: sofortiger Angriff mit überwältigenden Kräften.

Wie Sie wissen, dürfen wir keine Verhaftungen vornehmen. Wir wissen nicht, was die deutschen Behörden mit den Terroristen machen. Aber es wäre nicht das erste Mal, daß dingfest gemachte Killer aus unerfindlichen Gründen doch wieder auf freien Fuß gesetzt werden. Ich sage nur: Achille Lauro. Wer zuerst schießt, trifft auch zuerst. Wer abwartet, wird selbst getroffen. Deshalb gehen wir folgendermaßen vor.«

Die Männer lauschten gebannt Gersters Anweisungen. Sie waren junge Polizisten, erst seit wenigen Jahren im Dienst. Gerster war für sie eine Art Vaterfigur, jemand, zu dem man aufblicken konnte, der wußte, was zu tun war. Um der Eintönigkeit und Routine des normalen Polizeidienstes zu entgehen, hatten sie sich für die *Europol* gemeldet. Jetzt war es soweit, es wurde ernst. Der eine oder andere umklammerte sein Gewehr fester, während Gerster die Einzelheiten seiner Einsatzplanung bekanntgab und Aufgaben verteilte.

»Also, macht euch fertig. Dies ist unser erster Einsatz. Wir dürfen uns keine Blamage leisten. Und denkt an das Wichtigste: Niemand darf uns entkommen! Absolut niemand! Wir müssen alle fassen, egal wie!«

Gerster riß seinen linken Arm auf Augenhöhe und blickte auf seine Uhr.

»Das wär's. Zielankunft in vier Minuten dreißig Sekunden. Macht euch bereit.«

Während Gerster noch redete, überflogen die Hubschrauber den Rhein. Die Besatzungen der anderen Hubschrauber hörten Gersters Worte über Funk mit. Der Helikopterverband näherte sich mit dreihundert Stundenkilometern seinem Ziel.

In der grauen Baracke herrschte hektische Aktivität. Alle waren damit beschäftigt, Sachen zusammenzupacken und Spuren zu beseitigen, die auf die Identität der Benutzer hindeuten konnten. Andrea lief mit einem nassen Lappen durch den Raum und wischte alle erreichbaren Oberflächen ab. Jürgen zerlegte die Computeranlage in ihre Bestandteile. Niemand kümmerte sich um Mark und Christin. Mark streifte erregt seine Jacke über und faßte Christin bei der Hand.

»Komm, wir haben hier nichts mehr verloren!«

Christin hatte Mühe, im Gehen in ihre offenen Turnschuhe zu schlüpfen. Sie blickte verwirrt um sich, folgte Mark aber zur Tür. Mark riß die Außentür auf und ließ sie hinter sich krachend ins Schloß fallen. Der Knall war durch die ganze Baracke zu hören. Klaus kam aus der Werkstatt nach vorne und sah sofort, daß Mark und Christin fehlten.

»Was ist los, wo will er hin?«

Franko antwortete mit einem Achselzucken.

»Keine Ahnung, er hat sich künstlich aufgeregt, weil dieser Watering tot ist.«

»Das hast du ihm erzählt? Verdammt, wir wollten ihn doch langsam darauf vorbereiten!«

Franko machte eine wegwerfende Bewegung und wandte sich ab. Klaus blickte um sich. »Jochen, geh ihnen nach und sorg dafür, daß sie keine Dummheiten machen. Daß letzte, was wir brauchen können, ist ein abgedrehter Typ, der herumläuft und allen von uns erzählt! Los, beeil dich, bevor sie weg sind! Nimm sie mit zu dir nach Hause, oder was weiß ich. Sag ihnen meinetwegen, du wußtest nichts von dem Plan, diesen Watering zu entführen. Wir räumen hier auf und verschwinden so schnell wie möglich. Versuch nicht, uns ausfindig zu machen. Wir melden uns bei dir!«

Jochen hielt immer noch die Videokassette in der Hand, die er von Franko bekommen hatte. Er griff nach seiner Lederjacke, steckte die Kassette in die Innentasche und stürmte hinaus in die Nacht. Durch den Vollmond konnte man auf dem Gelände recht gut sehen. Er erkannte Mark und Christins Schatten neben dem umgestürzten Wassertank und sprintete ihnen nach.

Kurz vor dem Zechengelände lösten die Hubschrauber die Formation auf. Während fünf Helikopter nacheinander auf der abgesperrten Bundesstraße landeten, zog Gersters Maschine eine weite Schleife über den angrenzenden Landstrich. Noch bevor die Hubschrauber ruhig am Boden standen, sprangen schwarzgekleidete, uniformierte Männer heraus. In Gruppen von sieben oder acht Personen bewegten sie sich, ohne zu zögern, durch den Wald auf das Zechengelände zu. Alles ging schweigend vonstatten, niemand äußerte einen Befehl oder sonst ein lautes Wort.

Ein außenstehender Beobachter hätte die Männer für ferngesteuerte Roboter gehalten. Tatsächlich verständigten sie sich über Sprechfunkanlagen, die in ihre Uniformen integriert worden waren und es ihnen erlaubten, beide Hände freizubehalten. Die meisten trugen kurze Sturmgewehre mit exotischen Zielvorrichtungen. Manche schleppten schwerere Waffen oder tragbare Container. Nach wenigen Minuten waren über einhundert Mann lautlos im Gelände verschwunden. Nur wenige Bewaffnete waren bei den Helikoptern zurückgeblieben.

Die Männer schwärmten in kleinen Gruppen aus und umstellten das Gelände. Die Orientierung in der mondhellen Nacht bereitete nach einer kurzen Anpassungsphase keinerlei Schwierigkeiten. Nachdem der Kreis geschlossen war, tauchte der sechste Hubschrauber im Schwebflug über dem Gelände auf. Der Pilot hielt respektvollen Abstand von dem hoch aufragenden Förderturm und kreiste langsam über den Baracken.

Im Inneren saß ein Techniker über einem farbigen LCD-Display und beobachtete eine bunt schillernde Wiedergabe des Geländes unter ihm. Das Gerät war mit einem Wärmesensor unten am Rumpf des Helikopters verbunden. Normalerweise diente diese Vorrichtung zur Suche nach hilflosen Personen oder entlaufenen Zootieren. Die Sensoren reagierten auf Temperatur und zeigten Menschen und Maschinen an, deren Wärmegrad deutlich über dem ihrer Umgebung lag. Neben Menschen und Tieren ließen sich damit genausogut heiße Motoren, beheizte Räume oder eingeschaltete Computeranlagen auffinden. Nach kurzer Zeit meldete der Techniker sich zu Wort.

»Die Baracke gleich neben dem Turm ist beheizt. Darin diffuse Bewegungen, mehrere Störer anwesend. Wegen der Innentemperatur kann ich nicht sagen, wieviel Störer drin sind!«

Gerster ballte seine rechte Hand zur Faust. Jetzt hatte er sie! Das Gelände war umstellt! Mit fester Stimme gab er seine Befehle an die Bodenmannschaften. Dann schaltete er auf Bordfunk.

»Scheinwerfer! Außenlautsprecher!«

Das Hämmern des Helikopters dröhnte durch das dünne Dach der Baracke. Drinnen waren Klaus, Jens, Franko, Joachim, Andrea und Gisela gerade im Begriff aufzubrechen. Sie hatten die wichtigsten Sachen schon in Kisten gepackt und an der Tür gestapelt. Als der Hubschrauberlärm plötzlich die Nacht zerriß, erstarrten sie.

»Verdammt, sie sind schon da! Wir müssen sofort weg, bevor sie die Hütte finden. Von außen wird es ihnen nicht so leichtfallen zu erkennen, wo wir stecken!«

»Der Sender! Zerschlag jetzt den Sender!«

Jürgen ergriff den Hammer, der noch immer auf dem Tisch neben dem kleinen Metallknopf lag und schlug mit voller Wucht zu. Das flache Metallteil wurde durch den Schlag teilweise in die Holzplatte gestanzt.

»Wir hätten schneller handeln müssen!«

Das hämmernde Geräusch des Rotors wurde nochmals lauter. Es war, als schwebe der Hubschrauber über ihnen im Raum.

Gisela ließ eine kleine Kiste fallen, die sie regungslos für Minuten umklammert hatte. Sie atmete stoßweise, blickte gehetzt von einem zum anderen.

»Ich muß raus hier!«

Sie stürmte zum Eingang, riß die Tür auf und rannte hinaus. Durch den offenen Eingang sahen die anderen sie durch die Nacht laufen. Plötzlich wurde sie vom gleißenden Stahl eines Scheinwerfers erfaßt. Auf ihrer Brust tanzten kleine rote Punkte. Erst einer, dann drei, fünf, noch mehr: Zielpunkte der Laseroptik! Ein Laser am Gewehr beleuchtete den anvisierten Auftreffpunkt der Kugel, so daß der Schütze immer genau wußte ob und wo er traf.

Als die Feuerstöße Giselas Körper zerrissen, wurden die einzelnen Schüsse vom Lärm des Helikopters verschluckt. Die *Europol*-Schützen feuerten in kurzen Stößen, nicht mehr als drei, vier Schuß auf einmal. Die Projektile trafen Gisela mitten im Lauf, dann stürzte sie. Sie fiel auf den Rücken und blieb regungslos mit ausgestreckten Armen liegen. Ihre helle Kleidung färbte sich schnell rot. Im Licht der Scheinwerfer leuchtete die Farbe ihres Blutes.

»Verdammte Schweine! Die haben ihr keine Chance gelassen!«

Franko öffnete eine der Kisten, die er gerade hatte hinaustragen wollen, und holte eine große Maschinenpistole mit gebogenem Magazin hervor. Es war eine Kalaschnikow tschechischer Produktion, die noch aus den Beständen der NVA stammte. Mit wutverzerrtem Gesicht lud er die Waffe durch und ging zum Fenster. Klaus wollte sich ihm in den Weg stellen, doch Franko ließ sich nicht aufhalten. Die Kalaschnikow in der rechten Hand, drängte er Klaus mit dem linken Ellenbogen zur Seite.

»Die hol' ich runter!«

Franko trat an eins der von innen sorgsam versiegelten Seitenfenster der Baracke und riß die Abdeckung herunter. Als er das Fenster öffnen wollte, das zusätzlich noch mit schwarzer Folie verklebt war, ertönte draußen ein Lautsprecher. Es war Gersters verzerrte Stimme, die fast vom Dröhnen des Hubschraubers übertönt wurde.

»Hier spricht die Polizei! Kommen Sie einzeln mit erhobenen Händen heraus! Es wird Ihnen nichts geschehen, wenn Sie sich kampflos ergeben. Hier spricht die Polizei!«

Franko stieß das Fenster auf und zielte nach oben in den Himmel. Er konnte den Hubschrauber als dunkle Masse über sich ausmachen. Im Schatten neben den gleißenden Lichtkegeln der Scheinwerfer war Franko kaum sichtbar. Drinnen schaltete Jürgen die Beleuchtung ab. Franko richtete die Maschinenpistole nach oben und feuerte in den Himmel. Die Kugeln schienen vom Hubschrauber einfach geschluckt zu werden. Nachdem das Magazin leer war, starrte Franko nach oben, auf den dröhnenden Koloß über der Baracke. Während er noch darauf wartete, daß der Hubschrauber abstürzte, blitzte es plötzlich an dessen Seite. Ein Feuerstrahl durchschoß die Nacht, raste auf Franko zu, in Sekundenbruchteilen gefolgt von einer gewaltigen Explosion. Die Sprengladung der Rakete schleuderte Frankos Körper in den Raum zurück, wo er mit enormer Wucht gegen die gegenüberliegende, acht Meter entfernte Wand prallte. Dort sackte er herab und blieb reglos liegen. Aus seinem Hals schoß eine Blutfontäne in den Raum, die schnell wieder nachließ und den zerschmetterten Schädel rot färbte. Dort, wo eben noch das Fenster gewesen war, ragte jetzt ein rauchendes, verkohltes Loch.

»Wir müssen laufen. Nehmt euch Waffen! Jeder für sich, vielleicht haben wir einzeln eine Chance durchzuschlüpfen! Los, wir gehen hinten raus!«

»Das wollen sie doch gerade! Die schießen uns ab wie die Hasen!«

»Wenn wir drinnen bleiben, sprengen sie die ganze Baracke in die Luft. Willst du lieber verbrennen oder vielleicht erschossen werden?«

Klaus ergriff eine Kalaschnikow und ging nach hinten. Jürgen machte Anstalten, ihm zu folgen. Andrea lief ihm nach.

»Warte, ich gehe vorne raus und ergebe mich. Vielleicht lenkt sie das ab, dann habt ihr eine Chance!«

Klaus setzte seinen Weg zum Hinterausgang fort. Jürgen folgte ihm.

»Das ist Selbstmord, und du weißt es!«

Andrea rannte nach vorne. Jens versuchte noch, sie

festzuhalten, doch sie schlängelte sich an ihm vorbei. Während die anderen hinten die Tür öffneten, beobachtete Jens, wie Andrea mit erhobenen Händen durch die offene Eingangstür nach draußen trat. Jens umklammerte nervös seine Maschinenpistole.

Andrea ging mit hocherhobenen Händen, blickte nach oben in den Scheinwerfer, der sie augenblicklich anstrahlte. Rote Punkte tanzten auf ihrem Körper, doch sie schritt weiter, weg von der Baracke. Jens sah die Punkte auf ihrem Rücken. Er sprang auf und rannte ihr hinterher. In der rechten Hand trug er die Kalaschnikow, feuerte kurze Stöße in die Luft.

»Andrea! Sie zielen auf dich, wirf dich hin, sie schießen!«

Andrea drehte sich überrascht um. Rote Punkte flimmerten auf der Brust von Jens, sie sah ihm in die Augen, während er ein, zwei Sätze auf sie zumachte. Es kam ihr vor, als dauerte jeder Schritt eine Ewigkeit. Als Jens noch vier Meter von ihr entfernt war, explodierte sein Körper. Von zahllosen Kugeln getroffen, stürzte er vor ihre Füße. Er blieb liegen, bewegte sich noch. Andrea bückte sich und suchte sein Gesicht. Jens umkrampfte mit beiden Händen die Waffe. Andrea versuchte seinen Griff um das Gewehr zu lösen, als über ihr der Lautsprecher ertönte.

»Waffe weg!«

Es dauerte einen Moment, bis sie begriff, daß sie gemeint war. In dem Moment, als sie die Kalaschnikow fallen ließ, spürte sie einen brennenden Schlag auf den Rücken. Dann noch einen und einen weiteren. Sie fiel auf die Knie, mußte husten. Sie spuckte Blut und sank neben Jens auf den Boden. Der Hubschrauber war plötzlich weit weg, der dröhnende Rotor entfernte sich, das Licht blendete nicht mehr. Andrea konnte nicht scharf sehen, aber was sie sah, waren warme Farben, angenehme, wenn auch verschwommene Konturen, die sich auf sie zubewegten. Sie fühlte sich schwer und müde.

»Mir ist kalt!«

Sie mußte wieder husten. Von unten drang eine Kälte in sie ein, die sie herunterzog. Es wurde dunkel.

Während Andrea vorne heraustrat, öffnete Klaus die hintere Tür, die ebenso wie die Fenster versiegelt worden war, um keinen Lichtschein nach außen durchzulassen. In der rechten Hand hielt Klaus seine Maschinenpistole. Mit dem Fuß stieß er die Tür auf. Unmittelbar vor ihm stand eine schwarzgekleidete Gestalt, die ein Gewehr in den Händen hielt. Alles ging sehr schnell. Ohne nachzudenken, drückte Klaus den Abzug. Der Feuerstoß traf die Gestalt und schleuderte sie um Meter zurück. Dann sackte sie am Boden zusammen.

»Mir nach!«

Klaus sprintete in die Dunkelheit hinein. Die genaue Kenntnis des Geländes konnte ihn jetzt vielleicht retten. Für die Angreifer war jeder Baum und jeder Stein ungewohnt und neu. Er aber kannte das Grundstück wie seine Westentasche. Vielleicht gelang es ihm, eine der weiter hinten stehenden verfallenen Baracken zu erreichen. In deren Schatten konnte er möglicherweise Schutz suchen und sich zum Wald hin durchschlagen.

Das Hubschraubergeräusch war hier leiser. Er hörte Schüsse hinter sich, zog instinktiv im Laufen den Kopf ein. Nur noch wenige Meter bis zur nächsten Hütte!

Mit einem weiten Satz hechtete er sich in den schützenden Schatten der baufälligen Baracke. Sofort drehte er sich um. Er sah Jürgen und Joachim über den Platz auf ihn zulaufen. Dahinter schwebte der Helikopter noch immer über der Baracke. Dünne Seile hingen von oben herunter. Fast mit Fallgeschwindigkeit glitten schemenhafte Gestalten an ihnen herab, auf das Dach der Baracke. Dort hockten schon andere, die Gewehre im Anschlag. Sie zielten auf Jürgen und Jo!

Klaus riß seine Kalaschnikow hoch. Doch es fiel ihm schwer, mit der herkömmlichen Zieloptik die kaum erkennbaren Gestalten auf dem Dach anzuvisieren. Ehe er abdrücken konnte, sah er zwei, drei und viermal Mündungsfeuer aufblitzen. Die Feuerstöße trafen Jürgen in den Rücken. Er stürzte mitten im Laufen zu Boden, fiel wie ein Sack mit dem Gesicht auf den Schotter, ohne sich mit den Händen abzustützen. Joachim stürzte ebenfalls, fing sich aber ab. Er war in die Beine getroffen und robbte sofort auf seinen Ellenbogen weiter. Noch zehn Meter bis zur Deckung!

Klaus zog den Abzug durch und entleerte das Magazin in Richtung Dach. Es dauerte zwanzig Sekunden, das Magazin der Kalaschnikow leerzuschießen. Als sein Feuer verstummte, war Joachim noch immer nicht in Deckung. Der Hubschrauber hatte sich entfernt und schwebte kaum noch sichtbar hinter den Fichten. Noch vier Meter!

Klaus sah den Laserzielpunkt über Joachims Körper gleiten, während er das Magazin wechselte. Der Punkt machte an Joachims Hinterkopf halt. Als Klaus das neue Magazin einrastete und zum Schießen anlegte, zerriß ein einzelner Schuß die eingetretene Stille. Joachims Kopf explodierte. Klaus nahm die MP herunter, wandte sich ab und rannte davon. Er hatte zu spät reagiert. Auf ein Gefecht konnte er sich nicht einlassen, er mußte weg, solange er noch konnte. Vielleicht hatten sie ihn im Schatten der Baracke übersehen.

Klaus erreichte unbehelligt den Rand des kleinen Fichtenwäldchens. Er ließ sich zu Boden gleiten und robbte langsam in Richtung Bundesstraße. Hin und wieder hörte er Schritte in seiner unmittelbaren Umgebung. Dann verharrte er regungslos, den Finger immer am Abzug. Warum, verdammt noch mal, hatte er keinen Schalldämpfer mitgenommen! Sobald er sich allein wähnte, kroch er weiter. Er kühlte langsam aus, manchmal lag er lange Zeit an einer Stelle und wagte nicht, sich zu bewegen. Aber er kam voran.

Hinter ihm erstrahlte das Zechengelände mittlerweile in taghellem Licht. Die *Europol*-Truppe hatte Lichtmasten aufgestellt und schien sich schon mit der Spurensicherung zu befassen. Um so besser für ihn.

Nach endlosen Kriechen und Robben sah er vor sich eine Lichtung. Es war die Bundesstraße! Kein Auto weit und breit, nur ein Polizeiwagen mit eingeschaltetem Blaulicht stand mitten auf der Fahrbahn und schien die Straße zu sperren. Davor ein einzelner Polizist in einer Leuchtweste, nicht zu übersehen. Der Streifenwagen war seine Chance, damit konnte er vielleicht der Ringfahndung entkommen!

Müller stand hinter einer dicken Buche am Straßenrand und erleichterte sich. Dort, wo sein Strahl den Boden traf, stieg eine Dampfwolke auf. Der viele Kaffee drückte immer auf seine Blase, aber was sollte er machen? Irgendwie mußte er sich wach halten.

Müller wunderte sich in dieser Nacht über nichts mehr. Zuerst hatte es geheißen, man solle die Straße für einen Schwertransport sperren. Dann sagten sie im

Radio durch, es sei ein Unfall passiert. Kurz darauf landeten dann weiter hinten fünf Armeehubschrauber auf der Bundesstraße.

Zuerst hatte er an ein Manöver geglaubt. Als nächstes kam der kreisende Hubschrauber. Dann die Schüsse aus dem Wald. Sie waren nicht laut zu hören, aber er war sich sicher: Es waren Gewehrschüsse, hin und wieder sogar Dauerfeuer aus automatischen Waffen. Ihnen hatte natürlich wieder niemand etwas gesagt. Der einfache Streifenpolizist hatte immer das Nachsehen. Niemand hielt es für nötig, sie korrekt zu informieren, und wenn etwas schiefging, bekamen sie auch noch die Schuld. Wie lange sollte das Spektakel noch weitergehen? Mit pünktlichem Dienstschluß war jedenfalls nicht mehr zu rechnen.

Sein Kollege stand immer noch mit der Leuchtweste mitten auf der Straße. Es war Zeit, ihn abzulösen. Müller wandte sich wieder dem Streifenwagen zu und war im Begriff, aus dem Schatten des Baumes zu treten, als ein Feuerstoß aus einer Automatikwaffe die Nacht durchschnitt.

Müller konnte Mündungsfeuer am Waldrand, auf der gegenüberliegenden Seite der Straße erkennen. Sein Kollege brach mit einem erstickten Aufschrei zusammen. In seiner Leuchtweste hatte er ein perfektes Ziel geboten. Abgeschossen wie auf dem Jahrmarkt!

Müller zog seine Dienstpistole aus dem Halfter und entsicherte. Er war nicht sehr geübt im Umgang mit der Waffe, nestelte umständlich herum, bis er feuerbereit war. Nun schälte sich ein Mann mit einem Sturmgewehr aus der Dunkelheit. Nein, jetzt konnte er erkennen, daß es eine Kalaschnikow-Maschinenpistole war. Das gebogene Magazin! Er kannte dieses Gewehr als Terroristenwaffe.

Der Mann trat aus dem Dunkel auf die Straße, kümmerte sich nicht um den Kollegen, sondern ging geradewegs auf den Streifenwagen zu. Er wollte den Wagen!

Müller stellte sich breitbeinig auf, wie er es vor langer Zeit auf der Polizeischule gelernt hatte, und stützte die Waffe mit der linken Hand ab.

Der Streifenwagen war zwanzig Meter von ihm entfernt. Der vielleicht vierzig Jahre alte Mann ging jetzt im Scheinwerferkegel des Dienstwagens. Er blickte sichernd um sich, konnte Müller im Schatten des Baumstammes aber nicht erkennen. Sollte er ihn auffordern, die Waffe fallen zu lassen, wie es Vorschrift war? Aber welche Chance hatte er gegen diesen Killer mit seiner Maschinenpistole, wenn er erst mal entdeckt war? Dieser Mörder hatte, ohne zu zögern, den Jungen umgelegt. Gerade zweiundzwanzig Jahre alt, noch keine drei Jahre im Dienst.

Müller legte an und zog ab. Der erste Schuß ging daneben, doch er schoß erneut. Dann zum dritten und vierten Mal. Getroffen stürzte der Mann zu Boden. Im Fallen löste sich eine Salve aus der Kalaschnikow und traf den Streifenwagen. Die Kugeln zersiebten die Scheinwerfer, die Frontscheibe und die Blaulichtleiste auf dem Dach.

Mit einem Mal herrschte absolute Dunkelheit auf der Straße. Fassungslos stand Müller eine Weile im Schatten der Buche, bevor er sich besann. Er lief zum Wagen und forderte über Funk einen Rettungswagen an. Vielleicht war dem Jungen noch zu helfen. Er hatte ihm nicht beistehen können. Die einfachen Schutzmänner auf der Straße würden wieder die Schuld bekommen.

8. Kapitel

Die europäische Sache

Wie groß ist die Gefahr, daß die Europäische Währungsunion Wirklichkeit wird? Es ist eine Schlacht um die Kontrolle über den Europäischen Superstaat, in welcher französische Technokraten deutsche Föderalisten herausfordern. Die zerstörerischen Begleiterscheinungen dieses Kampfes werden erst in der Zukunft sichtbar werden, aber sie könnten grauenerregend sein.
Die Beamten der Kommission sind Missionare, Soldaten in einem Kreuzzug für einen Europäischen Superstaat. Jeder, der diesem Superstaat im Weg stand, mußte niedergemacht werden.

Bernard Connolly, The Rotten Heart of Europe, London 1995

Mark hockte zusammengesunken auf dem schwarzen Sofa. Immer wieder schüttelte er resigniert den Kopf. Unterdessen betrachtete Christin die Wände von Jochens kahlem Wohnzimmer. Sie hatte sich auf der Fahrt nach Aachen langsam erholt und war nach und nach aus der Lethargie erwacht, die sie einige Zeit nach der Befreiung noch umfangen hatte. Mark schien sichtlich mitgenommen. Zuerst hatte er gar nicht zusammen mit Jochen nach Aachen zurückfahren wollen. Erst nachdem Christin ihm zugeredet hatte, war er bereit gewesen, in den VW-Bus einzusteigen, der etwas abseits von dem Zechengelände in einer Nebenstraße geparkt gewesen war.

»Wie konnte ich mich nur darauf einlassen! Diese Typen haben van de Watering eiskalt zu Tode gequält. Ich bin doch praktisch Komplize!«

Christin setzte sich neben Mark und legte ihren Arm um seine Schulter.

»Du kannst doch nichts dafür. Du wußtest doch nichts davon!«

»Ich wußte nichts, aber wer glaubt mir das später? Und außerdem bin ich moralisch schuldig, weil ich mich mit diesen Typen eingelassen habe.«

Jochen kam mit einer gläsernen Kaffeekanne und drei Bechern aus der Küche. Er erkannte sofort, worauf sich Marks letzte Bemerkung bezog.

»Mark, ehrlich, ich wußte auch nicht, was sie vorhatten. Sonst hätte ich nie mitgemacht. Aber jetzt ist es nun mal geschehen, und da sollten wir die gewonnenen Informationen auch nutzen!«

Jochen stellte die Becher auf den Couchtisch und schenkte Kaffee ein. Es war eigentlich recht spät dafür, aber keiner der drei dachte im Moment ans Schlafen.

»Ich mag es kaum zugeben, aber was mich noch viel mehr geschockt hat, ist der geplante Umsturz, der Europutsch!«

Mark griff nach dem Becher und trank vorsichtig einen kleinen Schluck der heißen Flüssigkeit.

»Ich meine, seit drei oder fast vier Jahren bin ich darauf aus, in der Kommission einen Job zu ergattern. Ich mache mein Examen in Deutschland, studiere in Brügge am Europa-College, schließlich bekomme ich sogar ein Praktikum in der Kommission, und dann bricht alles vor meinen Augen zusammen! War alles umsonst?«

Christin hatte ihre Tasse noch nicht angerührt. Sie blickte Mark in die Augen.

»Vielleicht läßt es sich noch stoppen! Wenn es uns gelingt, die Öffentlichkeit zu unterrichten, wird ein Überraschungsschlag kaum mehr möglich sein.«

»Ob der Putsch noch gestoppt wird oder nicht, ist doch fast egal. So oder so wird die europäische Integration tot sein. Dies ist doch ein gefundenes Fressen für alle Euro-Skeptiker und Nationalisten. Entweder verhindert die öffentliche Empörung, daß die Verschwörer losschlagen, oder der Putsch endet in einer europaweiten Katastrophe, in einem europäischen Bürgerkrieg. So oder so ist die Europabewegung am Ende. Eigentlich müßtest du dich doch eher freuen, du warst doch immer so kritisch, was die EU angeht!«

»Mark, das ist jetzt unfair! Ich würde mir doch nicht wünschen, daß die Eurokraten Amok laufen, nur damit ich recht behalte mit meiner Kritik!«

Christin rückte etwas von Mark ab und griff nach ihrer Kaffeetasse.

»Schon gut, es war nicht so gemeint. Ich bin einfach am Ende, verstehst du! Zuerst dieser Verdacht mit der Unterwanderung durch die Mafia. Das hat mir schon zu schaffen gemacht. Aber daß die EU-Beamten selbst den Umsturz inszenieren, das hätte ich mir nie vorstellen können! Die Europäische Gemeinschaft wurde doch eigentlich gegründet, um einen neuen Krieg in Europa unmöglich zu machen. Jetzt steuert sie auf eine Krise zu, die sich weltweit auswirken kann. Ein Superstaat, eine neue Großmacht; wer weiß, wie die USA darauf reagieren werden! Womöglich steuern wir auf einen neuen kalten Krieg zu!«

Jochen setzte seine Kaffeetasse ab und schaltete den Fernseher ein. In der linken Hand hielt er die Videokassette, die Franko ihm in der Baracke gegeben hatte.

»Bevor du weiter den dritten Weltkrieg beschwörst, sollten wir uns lieber damit befassen, wie wir diese Wahnidee deiner Euro-Kollegen in Brüssel noch verhindern können. Wenn die Öffentlichkeit und die Regierungen erst einmal informiert sind, wird dieser Putsch kaum noch möglich sein! Bevor wir die Kassette weitergeben, werden wir erst mal sehen, was drauf ist.«

Er schob die Kassette in den Schacht des Videorecorders und wählte auf der Fernbedienung den Kanal. Der laufende Fernsehfilm, der für einige Sekunden über die Mattscheibe geflimmert war, wurde durch ein schwarzweißes Schneegestöber abgelöst. Nach wenigen Sekunden erschien unvermittelt van de Waterings Gesicht auf dem Bildschirm. Mark mußte zweimal hinsehen, bevor er den souveränen Akademieleiter wiedererkannte, den er von dem Seminar im *Castle Drogo* in Erinnerung behalten hatte. Der Holländer saß zusammengesunken an einem Tisch, die Ellbogen aufgestützt. Seine Augen schienen in dunklen Höhlen zu verschwinden. Das unrasierte Gesicht erschien mit seinen tiefen Furchen auf eine ungreifbare Weise entstellt und zerrüttet, obwohl es keine Verletzungen trug. Aus dem *Off* war eine dumpfe Stimme zu hören.

»Hier, trinken Sie! Sonst klappen Sie uns womöglich noch zusammen, bevor wir die Story im Kasten haben!«

Jemand reichte ihm von der Seite ein Glas. Nachdem van de Watering getrunken hatte, begann er zu erzählen.

»Einige leitende Beamte in den EG-Behörden hatten wohl schon seit längerer Zeit Kontakte zueinander aufgebaut. Es waren die Unzufriedenen, denen es nicht schnell genug gehen konnte. Woodworth gehörte von Anfang an dazu. Ich weiß nicht, wie er es geschafft hat, von der euroskeptischen britischen Regierung für seinen Posten nominiert zu werden. Jedenfalls, kaum daß er in Brüssel war, hatte er Kontakt zu den anderen Wortführern. Schon damals, vor über zehn Jahren nannten sie sich *Europäer*, obwohl wahrscheinlich jeder Mitarbeiter der EG-Behörden sich so bezeichnet hätte.

Ich glaube, es war anfangs nur ein einfacher

Gesprächskreis. Ein informelles Treffen von Beamten, die mehr tun wollten, als die Vorschriften verlangten. Sie entwickelten einen Korpsgeist, der die übliche Amtsmüdigkeit und Gleichgültigkeit, die in weiten Teilen der Beamtenschaft herrschte, vergessen machte. Sie sahen sich als Elite mit besonderer Verantwortung. Schon nach kurzer Zeit gab es Diskussionen darüber, ob man nicht die Sache in die eigenen Hände nehmen sollte. Aber solange Jacques Delors Präsident der Kommission war, hielten sich die Aktivitäten des Kreises noch im Rahmen. Man diskutierte, aber man handelte nicht. Nun ja, die *Euro Management Consulting* wurde gegründet, das schon, aber lediglich als Trainingscamp. Damals dachte noch niemand daran, die Teilnehmer zu durchleuchten, wie wir es in der letzten Zeit gemacht haben. Es ging um die Förderung begabter Kandidaten, mehr nicht. Einige Ungeduldige verlangten nach konkreten Aktionen, aber sie konnten sich nicht durchsetzen.

Dann, nachdem Delors weg war, änderte sich die Lage rapide. In Maastricht waren weitreichende Pläne gefaßt worden, aber nun schien plötzlich alles zu bröckeln. Der neue Kommissionspräsident Santer galt als Schwächling, als Kompromißkandidat, der sich nicht durchsetzen konnte. Die Ziele der Währungsunion und der gemeinsamen Außenpolitik rückten in immer weitere Ferne.

Den *Europäern* wurde klar, daß etwas passieren mußte, wenn man nicht zusehen wollte, wie die Errungenschaften der letzten Jahre langsam, aber sicher den Bach runtergehen sollten. Dem *roll-back* in den Mitgliedstaaten mußte ein Ende gemacht werden. Das ablehnende Referendum in Dänemark, die knappen Abstimmungen im britischen Parlament, die Entscheidung Norwegens, nicht der EU beizutreten, all das zeigte, daß der Integrationsprozeß in Gefahr war. Es war die Zeit, als intensiv über die *Europol*-Konvention verhandelt wurde. Man setzte sich zusammen und entwarf ein Konzept für eine Sondertruppe, die grenzüberschreitende Kriminalität und Terrorismus bekämpfen sollte.

Woodworth und Ahlmann, der deutsche Generaldirektor, waren die richtigen, um den Staatschefs die Idee zu verkaufen. Die Sache schlug ein wie eine Bombe. Die Verhandlungen des Europäischen Rats waren ja vertraulich, so daß es keine Probleme gab, das Projekt unter der Decke zu halten. Niemand hatte damit gerechnet, daß es so einfach sein würde.

Die Regierungschefs waren fast sofort von dem Konzept überzeugt, es bedurfte gar keiner großen Überzeugungsarbeit. Eine europäische Eliteeinheit, die den Kampf gegen die organisierte Kriminalität aufnahm, dafür konnten sich die Herren Präsidenten und Premierminister schneller entscheiden als für trockene Fragen der neuen Agrarmarktordnung.

Wir hatten damit gar nicht gerechnet. Die Idee war als Versuchsballon geplant gewesen. Aber nachdem die Truppe erst mal genehmigt war, blieb uns nichts anderes übrig, als weiterzumachen. Die Zusammensetzung der Sondertruppe und der *Europol* insgesamt war von entscheidender Bedeutung, das wurde schnell erkannt. Zur Einflußnahme bot sich dann natürlich die Akademie an.

Die Seminare waren eine ideale Gelegenheit, geeignete Leute auszusieben, die in unserem Sinne gehorchen würden, ohne viele Fragen zu stellen. Ich wurde zum Leiter der *European Management Consulting* ernannt. Vorher war ich in der Verwaltung des Ministerrats in Brüssel tätig. Ich war froh, endlich eine neue Aufgabe zu bekommen. Im Ministerratsbüro geht immer alles nach den Vorstellungen der Mitgliedstaaten; das nationale Interesse steht meist im Vordergrund, keine Spur von europäischem Geist. Daß die Einstellungstests mit den verschiedensten Tricks manipuliert werden konnten, war in Brüssel längst ein offenes Geheimnis. Aber niemand war bisher auf die Idee verfallen, sich die Möglichkeiten systematisch zunutze zu machen.

Als es in Cannes gelang, die *Europol*-Konvention zu verabschieden, war der innere Kreis der *Europäer* entschlossen, endlich zu handeln. Die Anzeichen für erste Rückschritte in der Integration mehrten sich. Es wurde auf Regierungsebene über eine Verzögerung der Währungsunion diskutiert. Immer mehr Mitgliedstaaten behielten sich Ausnahmeregelungen vor. Die Arbeitslosigkeit stagnierte auf hohem Niveau, ohne daß eine europäische Lösung des Problems in Sicht kam.

Uns war klar, daß wir schnell handeln mußten, um die historische Gelegenheit nicht zu verpassen. Alle nötigen Vorbereitungen wurden getroffen, die Einstellung neuer Mitarbeiter für alle EU-Behörden, besonders für *Europol* natürlich, wurde in unserem Sinne gelenkt. Wir wollten den begeisterten Eurobeamten, der wegen einer *Vision* nach Brüssel kam, nicht wegen einer *Pension*. Oder natürlich den skrupellosen Befehlsempfänger, der alles mitmacht, solange man ihm nur seine eigenen Vorteile verdeutlicht.

Ich weiß selbst nicht, wann eigentlich losgeschlagen werden soll. Lange kann es nicht mehr hin sein, die *Europol*-Truppe ist einsatzbereit, soviel ich weiß. Im Prinzip kann es jeden Moment losgehen. Vielleicht fehlt nur noch ein geeigneter Anlaß.«

Van de Watering redete weiter und weiter, berichtete über Details und Personen, die in die Verschwörung verwickelt waren. Mark, Christin und Jochen saßen vor dem Fernseher und verfolgten gebannt die Beichte eines Verschwörers, der erleichtert zu sein schien, endlich reinen Tisch machen zu können. Als die Kassette zu Ende war, warf der Recorder sie selbsttätig aus dem Schacht. Für einen Moment rauschte der Bildschirm mit schwarzen und weißen Punkten, dann erschien das Gesicht eines Nachrichtensprechers. Mark achtete nicht auf den Text, der verlesen wurde, doch Jochen griff nach der Fernbedienung und stellte die Lautstärke höher.

»Verdammte Scheiße!«

Der Sprecher verlas offenbar eine Sondermeldung, die eben erst beim Sender eingegangen war.

… nach Mitteilung der Behörden kam bei der Razzia eine neugebildete Sonderermittlungseinheit der europäischen Polizeibehörde Europol zum Einsatz. Es gelang den Einsatzkräften innerhalb kürzester Zeit, das Hauptquartier der Terrorgruppe auf einem stillgelegten Zechengelände bei Essen zu stürmen. Dabei wurden alle Terroristen, die zum Teil erbitterten Widerstand leisteten, getötet. Der Sprecher der Europol in Den Haag sprach von einer Selbstmordmentalität der offensichtlich fanatisierten Gruppe. Ein an der Erstürmung nicht beteiligter deutscher Polizist wurde von einem flüchtenden Terroristen aus dem Hinterhalt erschossen. Außerdem wurde ein Beamter der Europoleinheit schwer verletzt. Die Terrorgruppe wird verdächtigt, den Bombenanschlag auf die EU-Kommission vor zwei Wochen verübt zu haben, bei dem es zwei Tote und fünfzig Verletzte gegeben hatte. Nach inoffiziellen

Verlautbarungen soll der harte Kern der Terrorgruppe durch diese Razzia zerschlagen worden sein. Es besteht aber die Möglichkeit, daß sich noch Sympathisanten oder Unterstützer auf freiem Fuß befinden. Nach diesen Personen wird europaweit gefahndet.

Berlin. Regierungssprecher Albers bezeichnete die Aktion der Europol-Ermittlungseinheit als ermutigenden Schlag gegen den grenzüberschreitenden Terrorismus. Das Konzept der Europol habe sich bewährt und sollte weiter ausgebaut werden. Die Geheimhaltung um die neue Ermittlungsgruppe der Europol nannte er unabdingbar, weil sonst Erfolge wie heute nicht hätten erzielt werden können. Der Regierungssprecher sprach der Familie des getöteten Polizisten im Namen der Bundesregierung sein Beileid aus.

Jochen wollte gerade den Fernseher abschalten, als ein Foto von Roberto auf dem Bildschirm erschien.

»Roberto, das ist Roberto!«

Mark stieß den Namen seines Freundes aus, noch bevor der Sprecher überhaupt mit seinem Text begonnen hatte.

Der unbekannte Mann, der vor zehn Tagen tot in einer aufgebrochenen Wohnung in Aachen aufgefunden worden war, konnte als der fünfundzwanzigjährige Italiener Roberto Lombardo aus Mailand identifiziert werden. Entgegen ursprünglichen Annahmen handelte es sich bei ihm wahrscheinlich nicht um einen Einbrecher. Tatsächlich war der Mann mit der Bewohnerin des Apartments bekannt. Die Polizei sucht nunmehr nach der jungen Frau, die seit dem Auffinden des Toten nicht mehr gesehen worden ist. Ein Polizeisprecher teilte mit, daß ein Eifersuchtsdrama nicht ausgeschlossen werden könne. Allerdings sei eher unwahrscheinlich, daß die junge Frau dem Italiener eigenhändig das Genick gebrochen habe. Hinweise werden von jeder Polizeidienststelle entgegengenommen.

»Es ist alles meine Schuld, ich hab' ihn da reingezogen. Und diese Killer haben ihn kaltblütig umgebracht!«

Mark sackte auf der Couch in sich zusammen. Sein Kinn hing ihm auf der Brust. Christin packte ihn an den Schultern und rüttelte ihn durch. Sie war selbst kreideweiß geworden.

»Mein Gott, Mark! Jetzt gib dir doch nicht die Schuld! Wir müssen jetzt an uns selbst denken! Wir müssen hier raus, bevor es zu spät ist.«

Jochen ging nervös im Wohnzimmer auf und ab. »Ja, wir müssen weg hier. Der Razzia sind wir nur durch viel Glück entkommen. Sie müssen kurz nach unserer Abfahrt zugeschlagen haben. Mark, dein überstürzter Aufbruch hat uns das Leben gerettet! Es wird nicht lange dauern, bis sie herausgefunden haben, daß ich mit den anderen in Kontakt stand.«

Mark schüttelte nur schlaff den Kopf. »Wo sollen wir denn hin? Wir sind doch am Ende. Franko hat doch schon gesagt, was Sache ist: Gegen die kommen wir nicht an, die sind uns über!«

»Die Schweine haben meine Freunde umgebracht. Abgeschossen wie die Hasen. Da kann ich nicht einfach zur Tagesordnung übergehen. Wir haben das Videoband. Damit können wir sie vielleicht nicht stoppen, aber wir können ihnen Schmerzen zufügen! Und die Gelegenheit lasse ich mir nicht nehmen.«

Christin blickte Jochen ruhig in die Augen. »Schön und gut, aber wie stellst du dir das vor? Ich meine,

Mark und ich, wir sind doch keine Einzelkämpfer, wir können doch keinen Kleinkrieg anzetteln.«

»Laß das nur meine Sorge sein. Ihr beide taucht am besten erst mal unter. Macht euch unsichtbar. Später, wenn sich alles aufgeklärt hat, kommt möglicherweise noch eure Stunde. Aber wir müssen jetzt weg hier. Wir dürfen nicht den gleichen Fehler noch mal machen.«

Jochen ging auf den Flur und zog sich seine Lederjacke an. »Kommt jetzt, zum Trauern ist später noch genug Zeit. Klaus und die anderen hatten ein zweites, kleineres Versteck. Es ist nicht weit von hier. Dort finden wir bestimmt ein paar hilfreiche Utensilien.«

Mark raffte sich schwerfällig auf und trottete hinter Christin zur Wohnungstür. Sein leerer Blick glitt nach unten auf den Boden. Draußen dämmerte es. Der VW-Bus ordnete sich in den Berufsverkehr ein. Eine nicht abreißende Kette von Autos fuhr in Richtung Köln; Pendler, die auf dem Weg zu ihren Arbeitsplätzen waren. Im Auto hing Mark mehr in seinem Gurt, als daß er aufrecht saß. Er fühlte sich innerlich leer, ausgebrannt. Von ihm aus konnten sie kommen und ihn holen. Um ihn herum starben die Leute, mit denen er zusammentraf. Was sollte aus Christin werden, war sie die nächste? Die Polizei suchte nach ihr, weil Roberto in ihrer Wohnung gefunden worden war. Auch daran war er Schuld. Dabei hatte alles so hoffnungsfroh angefangen, vor nicht einmal acht Wochen in der Kommission. Damals, beim Dienstantritt für sein Praktikum, hatte er die EU-Behörde noch in leuchtenden Farben gesehen.

Der VW-Bus fuhr an einem Hotel vorbei, vor dem an Fahnenmasten die verschiedenen Nationalflaggen wehten. Die Europaflagge stach Mark ins Auge. Das blaue Banner mit dem Kreis gelben Sternen war für ihn noch vor kurzem ein Symbol des Fortschritts und des

Friedens gewesen. Jetzt erschauerte Mark, als er die Fahne sah. Wie hatte er sich nur so in Woodworth täuschen können?

Er erinnerte sich daran, wie er in der Lobby des Brüsseler Bürogebäudes gesessen und auf Maubeuge gewartet hatte. Schon damals hatte er eine leichte Enttäuschung darüber verspürt, daß sein Büro nicht in dem eleganten Berlaymont-Gebäude gelegen war, sondern in diesem provisorisch umgerüsteten Geschäftshaus. War das eine Vorahnung gewesen? Er selbst glaubte nicht an solche Sachen, aber Christin hatte ihm schon des öfteren berichtet, daß später etwas eingetreten war, was sich vorher durch ein unbestimmtes Gefühl angekündigt hatte.

Und dann Maubeuge: Diesen dienstbeflissenen Beamten hatte er verdächtigt, etwas mit den Manipulationen zu tun zu haben. Dabei war er wahrscheinlich der unbescholtenste und ehrenhafteste Euro-Beamte in der ganzen Abteilung. Statt dessen hatte er sich Woodworth anvertraut, der zu den Rädelsführern des Europutsches gehörte. Vertrauensselig hatte er ihm von seinen Entdeckungen berichtet, zuerst von den Manipulationen der Tests, dann von dem Seminar und von Cavaliers Verdacht. Cavalier – den hatte er auch auf dem Gewissen.

Warum mußte er Europarecht studieren, warum gerade er? Hätte es nicht Insolvenzrecht sein können? Oder Baurecht, oder wer weiß was? Aber zu solchen Betrachtungen war es jetzt zu spät. Er war mitten drin im Schlamassel, und es galt, den Kopf aus der Schlinge zu ziehen.

Mark schreckte aus seinen Gedanken hoch, als Jochen den VW abrupt in einer von Bäumen umgebenen Parkbucht zum Stehen brachte. Die drei hatten nicht gesprochen, während Jochen den Kleinbus über Nebenstraßen Richtung Köln gesteuert hatte. Vor ihnen lag eine kleine Schrebergartenkolonie, die zwischen einer Landstraße und einer Eisenbahnlinie eingezwängt war. Zu dieser Jahreszeit war hier kein Betrieb. Hinzu kam, daß es früh am Morgen war. Es war gerade hell geworden. Niemand kam unter der Woche so früh hierher, um Laub zu harken. Die sorgfältig gepflegten Gärten warteten auf das Frühjahr. Der Wind wehte die letzten verstreuten Blätter durch die schmalen Gänge.

Jochen führte Mark und Christin zu einer kleinen, grüngestrichenen Holzhütte, die hinter großen Koniferen und Fichten fast verschwand. Die Parzelle war so bepflanzt worden, daß man von außen trotz der Nähe und Enge der Kolonie kaum Einblick nehmen konnte.

»Die Parzelle gehört Klaus. Hierher kamen die anderen nur selten, es wäre sonst zu auffällig gewesen. Ihr versteht, die Nachbarn sind aufmerksam. Aber Klaus hat hier einige Sachen deponiert, die uns nützlich sein können. Kommt rein!«

Die Hütte bestand aus einem kleinen Aufenthaltsraum, einer engen Küche mit vielen Einbauschränken und einer Abstellkammer. Mark und Christin nahmen im Wohnraum Platz, während Jochen in der Küche hantierte. Nach kurzer Zeit kam er mit einer klobigen Polaroid-Kamera heraus und machte Fotos von den beiden.

»He, was soll das? Ich bin jetzt nicht zu Schnappschüssen aufgelegt. Fällt dir nichts Besseres ein?«

Jochen deutete auf die Kamera, bei der es sich offenbar um ein Spezialmodell für professionelle Fotografen handelte.

»Mann, das werden Paßfotos für deinen neuen Ausweis!«

»Du willst Pässe für uns fälschen? Ich dachte, die neuen Personalausweise seien fälschungssicher?«

»Die neuen ja, aber wir haben noch Blankoformulare für alte Ausweise. Wenn man damals rechtzeitig verlängert hat, dann konnte man noch alte Pässe mit Gültigkeit bis 1998 bekommen. Und so einen Paß stell' ich euch jetzt aus.«

Jochen verschwand wieder in der Küche. Mark ließ sich zurücksinken und schloß die Augen.

»Es tut mir leid, Christin, daß ich dich da mit reingezogen habe. Aber dieser Cavalier hat die Unterlagen über die Manipulationen an deine Aachener Wohnung geschickt. Ich hätte niemals nach Aachen gehen dürfen, dann wäre dir nichts zugestoßen, und Roberto auch nicht!«

»Ach was, Mark, zu diesem Zeitpunkt hatten mich diese Typen doch schon entführt. Du hast überhaupt nichts falsch gemacht. Woodworth hatte selbst beschlossen, mich als Köder zu benutzen. Hör doch auf, dir ständig Vorwürfe zu machen. Was geschehen ist, ist geschehen. Wir sollten lieber darüber nachdenken, was wir jetzt machen. Die Idee mit den falschen Pässen ist gar nicht so schlecht. Wir müßten irgendwo untertauchen.«

»Untertauchen? Und was wird dann aus dem Putsch? Wir können doch nicht einfach den Kopf in den Sand stecken!«

Jochen trat aus der Küche in den Wohnraum. Er hatte den letzten Satz von Mark noch mitgehört.

»Um den Putsch kümmere ich mich. Ihr solltet wirklich sehen, daß ihr erst mal den Kopf einzieht. Macht einfach Urlaub, nehmt ein paar Bücher mit und verschwindet, das kann doch nicht so schwierig sein.«

Christin war hellhörig geworden, während Jochen gesprochen hatte. Sie rutschte auf die Kante ihres Sessels und nickte.

»Ich wüßte da was ...«

Jochen unterbrach sie unwirsch. »Aber behalt es für dich. Es ist besser, wenn ich nichts weiß! Man kann nie wissen. Ihr nehmt den VW-Bulli. Ich werde vorsichtshalber noch die Nummernschilder austauschen. Wir haben einen zweiten Satz komplett mit Papieren hier. Fahrt ganz normal, keine Eile, keine Geschwindigkeitsübertretungen, kein Parkverstoß, wenn ihr anhaltet. Dann wird schon alles gutgehen.

Ich spiele das Material den Medien zu. Die Kassette am besten an CNN, jedenfalls nicht an einen europäischen Sender, da ist die Gefahr zu groß, daß die *Europäer* ihre Finger drin haben. Die Amis werden sich das Maul zerreißen über das Material, aber wahrscheinlich werden sie es ausstrahlen. Wenn es dann nicht schon zu spät ist!«

»Aber was machst du, wenn wir den Wagen nehmen?«

»Mach dir darüber keine Gedanken. Ich fahre erst mal mit dem Taxi nach Köln. Dann sehe ich weiter. Der VW-Bus wäre mir nur hinderlich. Aber bevor du losfährst, könntest du mir noch ein paar Infos über Brüssel und speziell Woodworth geben. Du weißt schon, wo das Büro ist, wo er in Brüssel wohnt, seine Gewohnheiten, Telefonnummern, enge Mitarbeiter. All die netten kleinen Details.«

»Wieso das denn? «

»Na ja, die Journalisten wollen vielleicht selber auch

noch ein bißchen recherchieren. Verstehst du, es wäre doch die Krönung, wenn Woodworth von einem Rudel Kamerateams und Sensationsreportern geweckt würde.«

»Mir wäre lieber, wenn die belgische Kripo ihm einen Besuch abstattet!«

»Wie dem auch sei, je mehr ich den Reportern bieten kann, desto größer sind unsere Chancen auf eine schnelle Schlagzeile!«

»Wenn du meinst. Gib mir 'nen Stift, dann schreib ich dir auf, was ich weiß. Ich war aber noch nie bei Woodworth in Brüssel. Ich kenne nur die Adresse.«

Jochen sprang auf und lief zurück in die Küche.

»Ich glaube, die Tinte in den Pässen ist jetzt trocken. Die Ausweise sind gleich fertig. Dann noch die Nummernschilder, und ihr könnt losdüsen!«

»Kann es sein, daß du uns loswerden willst?«

»Macht euch um mich keine Gedanken. Wir können nicht zusammenbleiben, das wäre zu auffällig. Ihr beide geht ohne weiteres als Urlaubspaar auf dem Weg in die Sonne durch. Seid froh, daß ihr aus der Schußlinie kommt! Ich finde mich schon zurecht!«

Ausgestattet mit neuen Nummernschildern fuhr der VW-Bus davon. Christin winkte Jochen, der mit den Händen in den Hosentaschen am Straßenrand stand und dem Wagen nachblickte. Mark schaltete in den dritten Gang und bog um die Ecke. Jochen hatte ihnen noch Geld aus einem Depot in der Hütte gegeben. Zusammen mit den neuen Pässen, die alt und gebraucht aussahen, waren sie für eine Flucht gut ausgestattet. Mark schaute Christin kurz an, als er an einem Wegweiser zur Autobahn vorbeifuhr.

»Und wo soll es hingehen?«

»Nimm die Autobahn nach Süden!«

Mark ordnete sich links ein und fuhr die Auffahrt zur Autobahn A 44 hinunter. Er fädelte sich in den Verkehr ein und trat das Gaspedal durch.

»Also nach Süden.«

Im zähfließenden Brüsseler Nachmittagsverkehr kam Jochen mit seinem Mietwagen nur stockend voran.

Nachdem Mark und Christin abgefahren waren, hatte er sich ein Taxi bestellt und war zu einem kleinen Autovermieter in einem Außenbezirk von Köln gefahren. Bei ›Autocar-Meyer‹ konnte man ohne viele Fragen einen unauffälligen Gebrauchtwagen leihen, ohne daß gleich eine Kreditkarte und ein Führerschein vorgelegt werden mußten. Jochen hatte sich für einen beigefarbenen Ford Sierra entschieden, ein Wagen, der nicht auffiel und doch ausreichend Stauraum bot.

Er fuhr auf der Avenue Louise stadteinwärts. Die kahlen Alleebäume gaben den Blick auf ein gewaltig wirkendes Gebäude frei, das seine Umgebung bei weitem überragte. Jochen sah den massiven Turm des Justizpalastes mit seiner schimmernden Kuppel, die in über hundert Metern Höhe über der Stadt thronte. Was hatte die Brüsseler Stadtväter im letzten Jahrhundert dazu bewogen, für die obersten Gerichte des Landes einen derartigen Monumentalbau errichten zu lassen? Sollte die schiere Masse aus Zement und Stein alle Zweifel an der Autorität staatlicher Rechtsprechung im Keim ersticken?

Jochen fragte sich, ob die Verschwörer in den EU-Behörden wohl hier in Brüssel angeklagt werden würden, falls es zu einer rechtzeitigen Aufdeckung des

Putschversuches kam. Der Einsatz der *Europol*-Killertruppe auf dem Zechengelände würde bestenfalls als Irrtum der Ermittlungsbehörden bezeichnet werden. Jochen mußte nicht erst jahrelang dauernde Prozesse abwarten, um zu wissen, daß Gerechtigkeit für die Morde an seinen Freunden von der Justiz nicht zu erwarten war.

Als Jochen direkt vor dem Justizpalast nach rechts in die Rue de la Régence einbog, sah er die vielen Menschen, die wie Ameisen durcheinanderliefen, an den Bushaltestellen warteten, sich unterhielten, begrüßten, anrempelten. Auf einmal fühlte er sich allein, völlig verlassen in dieser fremden Stadt. Er dachte an seine Freunde, an Klaus, der ihm viel bedeutet hatte, an Andrea, Jürgen und die anderen, die tot waren, die er nie wiedersehen würde. Er hatte nicht Abschied nehmen können von ihnen. Wahrscheinlich lagen sie irgendwo in Deutschland in Zinksärgen im Keller eines gerichtsmedizinischen Instituts und warteten darauf, aufgeschlitzt, ›obduziert‹ zu werden, während die Drahtzieher der Morde hier in Brüssel in einem Gourmetlokal auf ihren gelungenen Gegenschlag anstießen.

Diese Menschenmengen, die um ihn herum in unablässiger Emsigkeit ihren Besorgungen nachgingen. Niemand kannte ihn hier, keine Menschenseele wußte, wer er war. Erst jetzt wurde ihm klar, daß er seit seiner Übersiedlung in den Westen nur wenige neue Freunde gewonnen hatte. Praktisch alle neuen Bekanntschaften kamen ebenfalls aus dem Osten. Man traf sich im Westen wieder, fand zusammen durch eine unerklärliche Gemeinsamkeit, ein Gefühl der Vertrautheit, das sich bei Westdeutschen einfach nicht einstellte. Mark war einer der wenigen Wessis gewesen, die während seiner Zeit in Aachen einen freundschaftlichen Kontakt zu ihm aufgebaut hatten. Aber nach seinem Umzug nach Brügge hatte er sich nicht mehr gemeldet. Und nun war er auf und davon, hoffentlich in Sicherheit. Er dagegen, Jochen, war nun ganz allein.

Von der Rue de la Régence fuhr er langsam über den Place Royale zur Rue de la Loi. Einzelne Autofahrer hupten wütend und überholten, weil sie sich durch sein Kriechtempo aufgehalten fühlten. In der Rue de la Loi hatte er keine Schwierigkeiten, das Gebäude der Kommission zu erkennen. Die Außenwand war noch mit einem Gerüst verkleidet. Auch die anderen Häuser in der Nähe hatten Schaden genommen. In der Zeitung war zu lesen gewesen, daß die Reparaturen wegen der Ermittlungen der Polizei erst mit Verspätung hatten begonnen werden können.

Als er direkt an dem Haus vorbeifuhr, konnte er durch die großen Fenster im Erdgeschoß die Sicherheitsabsperrungen und Metalldetektorschleusen sehen, die unbefugte Besucher abhalten sollten. Jochen ließ sich nun im Feierabendverkehr mittreiben. Die Ampeln auf der Rue de la Loi waren auf grüne Welle geschaltet.

Er passierte den Rond Point Schuman und erreichte bald die Außenbezirke der Stadt. Während der Fahrt hielt er Ausschau. Schon bald erblickte er eine große Hinweistafel, die ein Gewerbegebiet ankündigte. Jochen folgte der Beschilderung und stellte seinen Wagen wenig später auf dem Parkplatz eines großen Baumarktes ab.

In dem Selbstbedienungsmarkt schob Jochen einen jener großen Einkaufswagen vor sich her, an die er sich selbst nach den etlichen Jahren deutscher Einheit noch nicht gewöhnt hatte. In diese Trollies paßten so viele Sachen hinein, daß man stets das Gefühl hatte, noch nicht genug eingekauft zu haben. Heute allerdings kam ihm die Größe des Einkaufswagens gelegen.

Er hatte bereits einen Blaumann und Arbeitsstiefel mit Stahlkappen ausgesucht. Nun packte er einen gelben Bauhelm dazu und schlenderte weiter. Im Vorbeigehen ergriff er ein Paar zähe, lederne Arbeitshandschuhe und zwei Sprühdosen mit roter Farbe.

In der Werkzeugabteilung kaufte er verschiedene Schlosserinstrumente, warf eine Schweißerbrille und einen schweren Zimmermannshammer mit Köcher dazu. Dann blieb er bei den Feuerlöschern stehen. Nach kurzem Zögern wählte er zwei große 10-kg-Löscher aus und hob sie auf den Einkaufswagen.

Er ging weiter in die Campingabteilung. Dort wurden das ganze Jahr über Gaskocher, Grills und Sonnenschirme angeboten, als gäbe es draußen keinen Winter.

Jochen lud noch verschiedene Artikel ein, bevor er den nun schwer zu steuernden Wagen in Richtung Kasse dirigierte. Die Rechnung ließ ihn einen Moment stocken, doch dies war nur der Reflex einer über Jahrzehnte antrainierten Sparsamkeit, die jetzt keine Rolle mehr spielte. Er bezahlte mit großen Scheinen und schob den Wagen nach draußen zum Parkplatz, wo er den Einkauf im Kofferraum seines Ford Sierra verstaute. Inzwischen hatte es zu dämmern begonnen. Er mußte sich beeilen, wenn er seinen Zeitplan einhalten wollte.

Vor dem Baumarkt stand eine Telefonzelle. Jochen durchkämmte das Telefonbuch und fand bald, was er suchte. Nachdem er die Adresse auf dem Stadtplan gefunden hatte, setzte er sich ans Steuer und fuhr los. Es hatte es nicht weit. Nach einer Viertelstunde fand er die heruntergekommene Werkstatt auf einem Garagenhof. *»Do it yourself – Kfz-Selbsthilfewerkstatt«* stand auf einem angerostetem Schild über der Toreinfahrt. Jochen fuhr den Wagen auf den Innenhof und stieg aus. Ein etwas dicklicher Mann mit schmuddeligem Overall und dunklem Vollbart kam ihm entgegen. Nachdem er sich die Hände an einem Tuch sauber gerieben hatte, begrüßte er Jochen mit Handschlag. Der Deutsche deutete auf seinen Ford Sierra.

»Kann ich bei Ihnen ein Schweißgerät und eine Hebebühne mieten? Die Radaufhängung bei meinem Wagen ist defekt. Ich lass' da niemanden ran. Das mache ich sonst zu Hause alles selbst. Hab' keine Lust, so 'nen Kurpfuscher hier ranzulassen.«

Der Dicke reagierte gleichmütig. Er war den Umgang mit eigenwilligen Bastlern gewöhnt. Seit der Trend zur Selbsthilfereparatur vor einigen Jahren nachgelassen hatte, war er über jeden Kunden froh, der für ein paar Stunden eine Hebebühne oder ein Schweißgerät mietete.

»Kein Problem. Heute ist nicht viel los. Sie können gleich anfangen.«

»Äh, ich hab's nicht so gern, wenn man mich bei der Arbeit stört. Kann ich die Garage solange zumachen? Versteh'n Sie, in diesen Selbsthilfewerkstätten gibt es immer solche Neunmalklugen, die nur kommen, um zu zeigen, wie toll die sich mit Autos auskennen. Solche Typen können mich zur Weißglut bringen!«

Der Mann im Overall grinste. Offenbar gab es auch in Belgien diese spezielle Art von *Do-it-yourself*-Gemeinde, die sich nach Feierabend in der Selbsthilfewerkstatt traf, um zu fachsimpeln, nur um am nächsten Morgen wieder zu ihren Schreibtischjobs in den Großraumbüros zurückzukehren.

»Ich verstehe. Kein Problem! Aber da besteht kein Grund zur Besorgnis. Ich hab' selbst genug zu tun, und sonst ist momentan keiner da. Wenn Sie die Tür zumachen wollen, ist das Ihre Sache! Aber die Bühne kostet hundert Franken die Stunde plus fünfzig für das Schweißgerät!«

»Okay. Wo soll ich die Kiste reinfahren?«

Jochen folgte dem Inhaber der Werkstatt zu einer offenstehenden Garage.

»Hier können sie sich ausbreiten. Hat keine Fenster, also glotzt Ihnen auch keiner über die Schulter.«

Jochen ging wortlos zurück zum Ford Sierra und fuhr den Wagen in die Garage. Nachdem die Reifen sicher auf den Mulden der Hebebühne standen, schloß er das Tor und verriegelte es von innen. Er kontrollierte, ob es einen zweiten Zugang gab, fand aber nichts. Bei dem, was er jetzt vorhatte, wollte er um jeden Preis ungestört bleiben.

Der VW-Bus passierte das blaue Schild mit der Aufschrift ›Bundesgrenze 3 km‹. Mark ging etwas vom Gas und sah Christin an.

»Wir sind gleich an der Grenze. Soll ich wirklich weiterfahren? Wer weiß, ob die Zöllner unsere Ausweise akzeptieren?«

»Vielleicht werden wir gar nicht kontrolliert. Ich bin schon oft genug in die Schweiz gefahren, ohne den Paß vorgezeigt zu haben.«

Langsam rollte der Kleinbus auf die überdachte Kontrollstation zu. Ein deutscher Zollbeamter stand am Fahrbahnrand. Nichts deutete auf besondere Vorkehrungen oder Fahndungsmaßnahmen hin. Der Uniformierte blickte gelangweilt dem ankommenden Fahrzeug entgegen. Keine Maschinenpistolen, keine Panzerfahrzeuge, es herrschte anscheinend Routinebetrieb.

Mark kurbelte das Fenster hinunter und hielt dem Beamten die beiden Ausweise entgegen. Der Grenzer warf einen Blick ins Innere des Wagens, seine Augen verharrten für eine Sekunde auf den blonden Locken Christins, dann winkte er sie mit einer tausendfach eingeübten Bewegung der Hand durch.

Mark atmete auf. Geschafft, dachte er. Doch sein Blick richtete sich nun auf die vielleicht hundert Meter entfernte Grenzkontrollstelle der Schweiz. Dort stand der Beamte mit eidgenössischer Strenge neben seinem Häuschen. Als Mark diesmal die beiden Ausweise aus dem Fenster hielt, streckte sich ihm eine fordernde, behandschuhte Hand entgegen. Ihm stockte der Atem. Er stoppte den Bus direkt neben dem Zöllner und übergab die beiden Pässe.

Während der Beamte durch die Dokumente blätterte, warf Mark einen verstohlenen Blick in den Innenspiegel. Sein Herzschlag beschleunigte sich, als er hundert Meter hinter sich hektische Aktivität an der deutschen Grenzbaracke erkannte. Zollbeamte liefen durcheinander, ein Beamter gestikulierte wild mit die Armen. Die ankommenden Fahrzeuge wurden gestoppt und mußten warten. Was war dort los? Mark warf einen Blick zu Christin, doch die wandte ihre Augen ab, als wollte sie sagen: »Laß dir nichts anmerken!«

Der Eidgenosse bückte sich und schaute Mark direkt ins Gesicht, er hielt den Paß auf Augenhöhe und blickte zwei-, dreimal schnell zwischen dem Paß und Marks Gesicht hin und her.

Jochen war ein Idiot! Zehn Jahre alte Ausweise mit aktuellen Fotos! Das mußte doch jedem Trottel auffallen. Der erste Gang war eingelegt. Sollte er Gas geben, einen Durchbruch versuchen? Noch schien der Schweizer Beamte die Aufregung am deutschen Zoll nicht bemerkt zu haben. Das Herz schlug Mark bis in den Hals. Er zwang sich, ruhig zu atmen, obwohl er am liebsten nach Luft gejapst hätte. Sollte er die Kupplung kommen lassen?

»Herzlich willkommen in der Schweiz! Gute Fahrt!«

Die scharfen Konsonanten des Schweizerdeutsch dröhnten Mark in den Ohren. Für einen endlosen Moment starrte er die ausgestreckte Hand mit den Ausweisen an und reagierte nicht. Dann griff Christin an seinen Gesicht vorbei und nahm dem Beamten die Pässe aus der Hand.

»Vielen Dank. Schönen Tag noch!«

Christin wandte sich Mark zu und zischte ihm von der Seite ins Ohr: »Fahr los!«

Mark ließ die Kupplung kommen. Der VW-Bus rollte an und ließ die Zollstation hinter sich. Neben der Fahrbahn tauchten die ersten Schilder auf: ›Autobahnen 120 km, Landstraßen 100 km, Ortschaften 50 km.‹

»Mein Gott, was hattest du denn plötzlich? Wir haben es doch geschafft!«

Mark sagte nichts und lenkte den Wagen geradeaus. Erst nach einer Weile fragte er: »Wohin jetzt?«

»Ich hab' dir doch schon öfter von meiner Freundin Franzi erzählt. Du weißt schon, Franziska Steuber. Von hier aus sind es noch knapp hundertfünfzig Kilometer bis zu ihrem Hof. Sie hat gesagt, ich könnte sie immer besuchen. Dieser Bauernhof liegt so abseits, da findet uns keiner. Bald fängt es an zu schneien. Im Winter ist man dort manchmal monatelang von der Außenwelt abgeschnitten. Außerdem haben die Ökofreaks da kein Fernsehen und kein Telefon, so daß sie wahrscheinlich noch nicht einmal wissen, warum wir kommen. Keine Erklärungen notwendig, wir sagen einfach, wir hätten von Brüssel die Schnauze voll.«

»Und dann? Willst du für immer auf dem Bauernhof leben? Ich kann ja verstehen, daß du dich manchmal danach sehnst, aber auf Dauer ist das doch nichts!«

»Wir tauchen dort erst mal unter. Was im nächsten Frühjahr ist, werden wir dann sehen. Falls es die EU dann noch gibt, können wir immer noch zurückkehren, uns als Helden feiern lassen und so weitermachen, als sei nichts gewesen.«

Mark schaltete vom vierten in den dritten Gang zurück. Der erste steile Anstieg der Straße machte dem schwachen Motor des VW-Busses zu schaffen. Mit dröhnender Maschine fuhren sie den Bergen entgegen. Mark legte einen Arm um Christins Schultern und drückte sie an sich.

»Wer hätte das gedacht? Ein Traum wird wahr, wir werden Ökobauern im Einsiedlertal.«

Christin lachte hell auf und küßte Mark kurz auf die Wange.

»Ach Quatsch, das heißt nicht Einsiedlertal, und ganz allein sind wir dort auch nicht. Du wirst sehen, es wird dir gefallen!«

Der Bauarbeiter in blauer Arbeitskleidung, groben Stiefeln und gelbem Schutzhelm schleppte eine schwere schwarze Werkzeugtasche von beachtlichen Ausmaßen die Straße hinunter. Durch das Gewicht seiner Last wurde er rechts heruntergezogen; sein Gang war schleppend und unregelmäßig. Mit dem linken Arm versuchte er das Ungleichgewicht auszubalancieren. Dabei schwenkte er einen großen gefütterten Briefumschlag in der Hand. Der Bauarbeiter trat auf einen roten Postkasten zu, der an einer Hauswand befestigt war. Er setzte die Tasche ab und studierte die Angabe über die

Leerungszeiten. Die Uhrzeit der nächsten Abholung wurde durch einen Zeiger und ein Zifferblatt auf der Vorderseite des Behälters angezeigt. Darüber thronten das goldene Posthorn und die belgische Königskrone. Nach einem kurzen Blick auf seine Armbanduhr las er noch einmal die Adresse auf dem gewölbten Umschlag:

Cable News Network
– Europäische Redaktion –
Postfach
Brüssel.

Dann öffnete er die Klappe des Briefkastens und stopfte den Umschlag hinein. Wegen seiner Größe paßte der Brief nur knapp durch die Öffnung. Der Bauarbeiter ergriff seine Tasche und trug sie Schritt für Schritt weiter. Er hatte die nächste Ecke noch nicht erreicht, als ein rotes Auto am Fahrbahnrand hielt. Ein untersetzter Mann mit einer Schirmmütze stieg aus und klemmte einen dunklen Beutel unter den Postkasten. Mit einer routinierten Bewegung öffnete er den Behälter, so daß die Briefe nach unten in den Sack purzelten. Der Bauarbeiter beobachtete diesen Vorgang von der Straßenecke aus. Nachdem das Postauto weggefahren war, setzte er seinen Weg in Richtung Rue de la Loi fort.

Vor dem Gebäude der Kommission stand noch immer das Gerüst, das die Handwerker brauchten. Die meisten Fenster hatte man bereits ausgetauscht, aber die Arbeiter kontrollierten verschiedenen Fassadenbauteile auf ihre Haltbarkeit, weil nicht ausgeschlossen werden konnte, daß einzelne Bauelemente erst später herabfallen würden und möglicherweise Passanten verletzten. Für manche Etagen waren zudem Spezialanfertigungen nötig gewesen, weil die Wucht der Explosion die Fenster mitsamt Rahmen in das Haus hineingedrückt hatte.

Jochen grüßte flüchtig einen Bauarbeiter, der mit dem Abladen von Werkzeug beschäftigt war, und stieg auf das Gerüst, als habe er seit Tagen nichts anderes getan. Über die Leitern, die die einzelnen Ebenen des Stützwerks miteinander verbanden, gelangte er schnell nach oben. Ab und zu begegnete er Bauarbeitern, die ihn knapp mit einem Nicken begrüßten und sich dann sofort wieder ihren Aufgaben zuwandten.

Offenbar arbeiteten Handwerker verschiedener Brüsseler Firmen an der Reparatur des Gebäudes. Manche Arbeiter trugen schwarze Overalls und rote Helme, andere weiße Kleidung und grüne Helme, während wieder andere wie Jochen in Blaumännern arbeiteten. Zwar schützte sich außer ihm niemand mit einem gelben Helm, doch daran schien sich keiner zu stören. Nachdem Jochen die schwere, sperrige Tasche in den vierten Stock geschleppt hatte, setzte er seine Last ab. Ein Bauarbeiter in schwarzem Overall trat auf ihn zu und zog einen Flachmann aus der Tasche. Er stellte sich halb amüsiert vor Jochen auf und sprach ihn auf flämisch an.

»Was schleppst du das schwere Gerät denn die Leitern hoch? Dazu haben wir doch den Lastenaufzug da drüben! Bist du neu hier?«

Jochen war im ersten Moment zusammengezuckt, als er erkannte, daß er die Sprache des Arbeiters nicht verstand. Er hatte geglaubt, daß man in Brüssel Französisch sprechen würde. Doch die Arbeiter der meisten Reparaturfirmen kamen aus dem flämischsprachigen Umland. Im ersten Moment war Jochen kurz davor, die klobige Tasche zu packen und wortlos weiterzusteigen.

Doch dann erkannte er den Sinn der letzten Frage. Er nickte kurz. Ja, er war neu hier. Aber er sagte nichts, um nicht zu verraten, daß er Deutscher war.

Der Schwarzgekleidete wandte sich gelangweilt ab und verstaute seinen Flachmann wieder in der Tasche. Zwei Gerüstsegmente entfernt sah Jochen ein offenes Fenster. Er hob seine Last wieder an und schlängelte sich an den Stützen und Stahlrohren vorbei zu diesem Einstieg. Darauf hatte er gehofft. Nachdem er im Vorbeifahren die Sicherheitsschleuse in der Lobby gesehen hatte, war ihm klargeworden, daß der Weg in dieses Gebäude nur über das Gerüst zu finden war.

Er blickte kurz nach links und rechts und stieg dann durch das reparierte, aber nicht verschlossene Fenster nach innen. Dort fand er sich auf einem Flur wieder. Einzelne Büroangestellte schlenderten von Zimmer zu Zimmer oder unterhielten sich auf den Gängen. Niemand nahm von ihm Notiz. Auch im Inneren des Gebäudes hatte man sich in den letzten zwei Wochen an die Anwesenheit von Bauarbeitern gewöhnt. Keiner sprach ihn an oder fragte ihn nach seiner Befugnis zum Aufenthalt, obwohl er keine offizielle ID-Marke trug.

Als er im Treppenhaus angelangt war, stellte er seine Tasche ab. Auf den Bürofluren bestand die Schwierigkeit vor allem darin, die große Tasche nicht verdächtig schwer erscheinen zu lassen. Er hatte seine Last mit einer solchen Behendigkeit durch die Grüppchen von tuschelnden Sekretärinnen bugsiert, daß er nun kurz vor einem Krampf im rechten Oberarm stand.

Erschöpft rieb er sich seinen Bizeps. Dann blickte er sich um. Ja, dies mußte das zentrale Treppenhaus sein. Er war im vierten Stock, das hieß also, daß er bis zu Woodworths Büro noch vier weitere Stockwerke vor sich hatte. Aber die würde er mit einer gänzlich anderen Taktik überwinden.

Jochen wartete, bis das Treppenhaus auf diesem Stock einen Moment lang menschenleer war. Dies war der Moment. Er öffnete die Ledertasche und hob einen der Feuerlöscher heraus, die er gestern im Baumarkt erstanden hatte. Nachdem er den Löscher an der Wand auf den Boden gestellt hatte, blickte er lauernd um sich und ging mit entschlossenen Schritten auf den Feuermelder zu.

Jochen zögerte ein letztes Mal. Danach gab es kein Zurück mehr. Nachdem er für ein, zwei Sekunden innegehalten hatte, rammte er seine Faust gegen das Glas des Feuermelders. Die Splitter fielen zu Boden und klirrten auf den Fliesen. Fast überrascht sah er, daß er sich trotz der Wucht des Schlages nicht verletzt hatte. Dann drückte er mit dem Daumen den Meldeknopf ein. Sofort schrillte eine ohrenbetäubendes Klingeln durch das Treppenhaus. Die Alarmglocken schellten mit einer Lautstärke, die eine Unterhaltung nur noch schreiend möglich machte. Feueralarm!

Nach wenigen Sekunden war das Treppenhaus plötzlich voller Menschen, die etwas unsicher und hastig die Treppen hinunterstiegen. Manch einer blickte um sich, als suche er nach Rauch oder Flammen. Jochen hielt den Feuerlöscher fest in der linken Hand und bahnte sich seinen Weg gegen den hinabsteigenden Strom der Menschen, hinauf ins fünfte Stockwerk, dann ins sechste und siebte. Ab und zu wurde er fragend angestarrt, weil er entgegen der Marschrichtung nach oben wollte, statt wie alle anderen das Gebäude so schnell wie möglich zu verlassen. Doch sobald man seinen Feuerlöscher erblickte, hellten sich die Mienen der Beamten auf. Der beherzte Bauarbeiter wollte die Flammen bekämpfen, der Brandherd mußte irgendwo weiter oben sein. Bloß schnell hinunter, bevor noch eine Panik ausbrach!

Als Jochen das achte Stockwerk erreichte, waren die Gänge dort bereits leer. Alle Mitarbeiter der Kommission hatten sich auf die vorgeschriebenen Fluchtwege begeben. Alle? Als er die Tür vom Treppenhaus zum Flur öffnete, trat ihm ein breitschultriger Mann in dunklem Anzug entgegen, der überhaupt nicht in sein Bild von einem Euro-Beamten passen wollte. Er hatte etwas Militärisches an sich, was das kurzgeschorene blonde Haar und der sture Gesichtsausdruck noch betonten. Der Mann hielt die Tür halb geöffnet fest und versperrte Jochen den Weg.

»Stop! Hier kommt keiner rein! Sicherheitsbereich!«

Jochen stolperte fast über seine eigenen Füße, als er mit Mühe und Not knapp vor dem Mann zum Stehen kam. Der Feuerlöscher polterte gegen die undurchsichtige Glastür. Jochen reagierte mit aggressiver Panik. Sein Französisch verlor durch das allgegenwärtige Schrillen der Alarmklingel jede Spur seines an sich harten deutschen Akzents. Obwohl er den Mann anbrüllte, übertönte er kaum den gellenden Lärm des Alarms.

»Mein Gott, es brennt im hinteren Flügel! Es brennt! Hier im achten! Die Fahrstühle kann ich nicht benutzen. Laß mich durch, ich muß löschen! Da ist ja schon Rauch, verdammt, nun laß mich durch!«

Der Mann wich zunächst nicht zurück. Doch als Jochen an ihm vorbei auf den angeblichen Rauch deutete, drehte er sich erschrocken um. Während der Sekunde, als er den völlig rauchfreien Flur anstarrte, rammte Jochen ihm den schweren Feuerlöscher gegen das Knie. Dem krachenden Geräusch von splitternden Knochen folgte ein unterdrückter Schrei.

»Verfluchte Scheiße, bist du irre?«

Der Wächter klammerte sich an der Tür fest, um nicht zu stürzen. Jochen drängte sich an dem fluchenden Mann vorbei und rannte den Gang entlang.

»Ich muß löschen! Es brennt!«

Schnell hatte Jochen den langen, leeren Flur hinter sich gebracht. Den schweren Löscher schwenkte er im Lauf wie ein Pendel hin und her. Er bog nach rechts in einen engeren Korridor ab. Plötzlich sah er zwei weitere große Männer in dunklen Anzügen vor sich. Bodyguards! Woodworth war vorsichtig geworden! In vollem Lauf stürmte er auf die beiden zu. Er schrie, so laut er konnte. Seine völlig überdrehte Stimme übertönte die Alarmglocke diesmal deutlich.

»Platz da! Feuer! Es brennt! Laßt mich durch, ich muß löschen! Feuer!«

Die beiden Bodyguards waren unsicher, ob sie den Mann mit dem Feuerlöscher aufhalten sollten oder nicht. Sie zögerten eine Sekunde zu lange, und schon schoß Jochen zwischen ihnen durch. Einer der beiden konnte nur knapp dem hin und her schwingenden Feuerlöscher ausweichen. Nachdem Jochen vorbei war, blickten die beiden sich kurz an, doch dann tauchte am anderen Ende des Ganges auf allen vieren der Wächter vom Treppenhaus auf. Wegen der Alarmglocke konnten sie ihn nicht verstehen, doch seine Gesten waren eindeutig: ›Haltet ihn auf!‹

Die beiden wirbelten auf der Stelle herum und folgten Jochen, der inzwischen im Vorzimmer von Woodworth verschwunden war. Plötzlich hielten die beiden große, schwere Pistolen in den Händen. In geduckter Haltung sprinteten sie hinterdrein.

Als Jochen das Vorzimmer betrat, fand er es verlassen vor. Die Sekretärin hatte sich augenscheinlich in

Sicherheit gebracht. Glück für sie! Jochen brüllte erneut aus vollem Hals.

»Feuer! Ist hier noch jemand? Feuer!«

Er stieß mit Wucht gegen die Tür zu Woodworths Büro. Doch die Türklinke gab nicht nach. Verschlossen! Sollte er nicht dasein? – Ach was, wozu sonst die Wachen? Er nahm den Löscher in beide Hände und rammte den geschweißten Rand mit aller Wucht gegen die Türklinke. Der Feuerlöscher stanzte den Türgriff krachend durch das Holz nach innen.

»Brauchen Sie Hilfe? Ich komme zu Ihnen! Harren Sie aus!«

Jochen stieß erneut mit aller Kraft zu. Splitternd flog das Türblatt nach innen auf. Er stolperte in das Zimmer, stürzte fast bei dem Bemühen, seinen Vorwärtsdrang zu stoppen. Vor ihm, keine zwei Meter entfernt, stand Woodworth. Er hatte die Hände hinter dem Rücken verschränkt und blickte Jochen erstaunt an. In diesem Moment verstummte der Feueralarm. Jochen starrte Woodworth an, der ihn völlig ruhig betrachtete. Es herrschte absolute Stille. Nach dem endlosen Schrillen des Alarms fühlten sich Jochens Ohren wie betäubt an. Es klingelte in seinen Ohren. Dennoch hörte er jedes Geräusch, nahm deutlich wahr, wie Woodworth sich räusperte und zum Reden ansetzte.

»Wie kommen Sie hier herein? Es war ein Fehlalarm! Wie Sie sehen, brennt es hier nicht!«

Jochen stand vor dem Mann, den er stellen wollte. Er stand vor dem Mörder seiner Freunde. Mit äußerster Kraftanstrengung und Gewalt war er hierhergestürmt. Doch nun, wo er das Ziel seiner Anstrengungen erreicht hatte, verharrte er wie gelähmt. Für Sekunden standen die beiden sich Auge in Auge gegenüber. Woodworth schien zu spüren, daß etwas Entscheidendes bevorstand, doch er bewegte sich nicht von der Stelle. Jochen hörte hinter sich Schritte, eine schlagende Tür. Die Leibwächter! Er blickte Woodworth in die Augen und antwortete mit einer Gegenfrage.

»Es brennt nicht? Sind Sie sich sicher?«

Er riß den Feuerlöscher hoch und packte mit der rechten Hand den metallenen Auslösegriff. Die Löschdüse des Gerätes war genau auf Woodworth gerichtet. In diesem Moment erschien der erste Leibwächter in der Tür. Jochen warf einen raschen Blick über die Schulter und sah die Pistole. Der Wächter zielte mit der Waffe auf Jochen, doch er zögerte. Woodworth stand genau in der Schußlinie. Der EU-Beamte hob erschrocken die Arme.

»Nicht schießen! Verdammt, willst du mich umlegen?«

Jochen erkannte in diesem Moment, daß seine letzte Chance gekommen war. Nun durfte es kein Zögern mehr geben. Er drückte den Löschhebel nach unten und wandte sein Gesicht mit zusammengekniffenen Augen ab. In der Stille hörte man zuerst für den Bruchteil einer Sekunde ein starkes Zischen, das sofort von einem ohrenbetäubenden, unkontrollierten Fauchen abgelöst wurde.

Ein greller Flammenstrahl schoß auf Woodworth zu und hüllte ihn ganz ein. Der Feuerlöscher stieß unablässig eine waagerechte Flammensäule aus, in der der Körper des Professors verschwand. Die Flammen erfaßten auch die Akten und Bücher auf dem Schreibtisch hinter Woodworth. Durch den Druck des Flammenstrahls wurden die Papiere durch die Luft gewirbelt. Brennend fielen sie zu Boden und entzündeten dort weitere Schriftstücke.

Jochen riß den Feuerlöscher zur Seite und beschrieb

mit dem jetzt schwächer werdenden Feuerstrahl einen Halbkreis durch das Büro. Die Regale und Fenstervorhänge standen augenblicklich in Flammen. Der absterbende Feuerstrahl traf den Leibwächter, der hinter Jochen erstarrt war und zwei, drei Sekunden ungläubig zugesehen hatte, wie der Raum sich in ein Meer von Feuer verwandelt hatte. Mit brennender Kleidung stürzte der Leibwächter zurück, hinaus aus dem Büro. Im Vorzimmer prallte er mit dem zweiten Wächter zusammen, der nun auf Jochen zulief. Doch Jochen wandte sich von ihm ab. Er ließ den Löscher fallen und drehte sich zu Woodworth um. Im Büro hatte sich dichter Qualm gebildet, der die Sicht erschwerte. Jochen tränten die Augen, beim Einatmen brannte seine Lunge. Zwischen den Rauchschwaden sah er eine brennende Gestalt, die panisch gegen eine Regalwand lief. Akten stürzten ihr entgegen, als sie sich umdrehte und auf das Fenster zustolperte. Ein erstickter, gurgelnder Schrei war zu hören, dann brach die Gestalt durch die große Glasscheibe und stürzte in die Tiefe. Sie riß den ebenfalls brennenden Vorhang mit sich.

Unten auf der Straße hatte sich die Menge der aus dem Gebäude evakuierten Bediensteten versammelt. Viele sahen nach oben, um nach einer Erklärung für den Feueralarm zu suchen, als etwas durch das Fenster im achten Stock brach und mit dem brennenden Vorhang über den Fenstersims rollte. Die Gestalt zog eine Rauchfahne hinter sich her, als sie in die Tiefe stürzte. Noch bevor sie auf dem Gehweg aufschlug, ging ein Raunen durch die Menge. Im Fallen ruderte der Stürzende mit den Armen. Nachdem er mit einem dumpfen Geräusch aufgeschlagen war, wichen die Menschen zurück. Jemand faßte sich ein Herz und warf einen Mantel über die reglose Gestalt, um die Flammen zu ersticken.

Jochen wollte zum Fenster stürzen, als ihn von hinten ein brennendheißer Schlag traf. Er stürzte auf die Knie und drehte sich halb nach hinten, blickte erstaunt über seine linke Schulter, gerade noch rechtzeitig, um das Mündungsfeuer des zweiten Schusses zu sehen. Er hörte den Schuß nicht mehr. Das großkalibrige Geschoß traf ihn seitlich, gerade über dem Ohr in den Kopf. Der Ausschuß hinterließ einen häßlichen Fleck an der Wand neben dem Fenster.

Als Jochen auf dem Fußboden aufschlug, war er bereits tot. Über ihm schlugen die Flammen zusammen. Das Zimmer brannte lichterloh. Schon züngelten die ersten Flammen am Teppich und an den Tapeten des Vorzimmers. Die Feuerglocke begann wieder zu schellen. Unten auf der Straße deuteten die evakuierten EU-Beamten nach oben, wo dunkle Rauchschwaden aus dem zerborstenen Fenster in achten Stock drangen. Eine kleine Menschenmenge hatte sich um einen verkohlten, leblosen Körper gebildet, der mit einem dunklen Wollmantel abgedeckt war. Feuerwehrsirenen näherten sich der Rue de la Loi.

ENDE

Epilog

BERLIN, 8. November (dpa). In den Hauptstädten verschiedener Mitgliedstaaten der Europäischen Union kam es gestern zu Demonstrationen gegen die Sonderermittlungseinheit der europäischen Polizeibehörde *Europol.* In Brüssel versuchten Demonstranten, ein Baugerüst vor dem Gebäude der Kommission in der Rue de la Loi zu erklettern, das zeitweise einzustürzen drohte. Ein Geschäft mit Europa-Souvenirs in der Nähe der EU-Behörden wurde ausgeplündert und in Brand gesteckt. Es entstand Sachschaden in Höhe von zweihunderttausend Mark. Die Polizei setzte Wasserwerfer ein. Fünfzehn Demonstranten und acht Polizisten wurden leicht verletzt. Fünfunddreißig Demonstranten wurden vorläufig festgenommen. In Berlin kam es während einer unangemeldeten Demonstration zu schweren Ausschreitungen. Im Stadtteil Kreuzberg wurden Supermärkte und Videotheken geplündert. Die Demonstrationen in London, Paris, Rom und Wien verliefen ohne Zwischenfälle. Allerdings kam es immer wieder zu demonstrativen Verbrennungen der Europaflagge, gegen die die Polizei nicht einschritt. Am Abend wurde bekannt, daß für den Samstag zu einer europaweiten Zentraldemonstration in Luxemburg aufgerufen wurde. Die Polizei in dem Großherzogtum erwartet über eine Million Teilnehmer.

ROTTERDAM, 8. November (AP). Spanische Fischtrawler haben am Montag morgen die Einfahrt zum Hafen von Rotterdam blockiert. Die niederländische Regierung droht mit dem Einsatz von Spezialeinheiten der Marine. Für diesen Fall haben die Fischer die Versenkung eines Fabrikschiffes in der Zufahrt angekündigt, was den Hafen Rotterdam für Wochen blockieren könnte. Rotterdam ist der größte Hafen der EU, schon jetzt stauen sich die Schiffe im Ärmelkanal. Wenn die Blockade länger andauert, droht eine Versorgungskrise auf dem Binnenmarkt. Die anderen Häfen an der Nordküste Europas sind nicht dafür ausgerüstet, die zusätzlichen Schiffe zu versorgen, die jetzt vor Rotterdam auf das Ende der Blockade warten. Pro Tag entstehen den Reedereien Verluste in Höhe von fünfzig Millionen DM. Die spanischen Fischer wollen mit ihrer Aktion die Zuteilung höherer Fangquoten, insbesondere vor Norwegen und Island, erreichen.

STRASSBURG, 9. November (AFP). Im Europäischen Parlament in Straßburg gab es tumultartige Szenen, als die vor drei Tagen bekanntgewordene Gründung einer Sondereinsatztruppe der europäischen Polizeibehörde *Europol* debattiert wurde. Als der Abgeordnete Schäfer der Christlich Demokratischen Fraktion sagte, es sei höchste Zeit gewesen, etwas gegen die organisierte Kriminalität zu tun, hefteten die Abgeordneten der Grünen sich Judensterne an und unterbrachen die Rede mit lauten Zwischenrufen. Für etwa eine Stunde konnte die Debatte wegen ständiger Zwischenrufe und Sprechchöre, an denen sich auch Abgeordnete anderer Fraktionen beteiligten, nicht fortgesetzt werden. Nach einer Pause forderte die sozialistische Fraktion den geschlossenen Rücktritt der Kommission. Die Kommissare hätten von der geheim vorbereiteten Gründung der Sondertruppe gewußt und sich schuldig gemacht. Nur ein neuer personeller Anfang könne das Vertrauen der

Unionsbürger wiederherstellen. Der Vorsitzende der Fraktion der Grünen sagte, die hinter dem Rücken der Bevölkerung und des Parlaments beschlossene Geheimpolizei sei ein Fanal für die Verbesserung der demokratischen Kontrolle der EU. Für den 21. November wurde eine Debatte in Anwesenheit des Präsidenten der Kommission, Santer, terminiert.

BRÜSSEL, 9. November (Reuter). Der Pressesprecher der Kommission, Myers, teilte auf Befragen mit, die Sonderermittlungseinheit der europäischen Polizeibehörde *Europol* sei entgegen früherer Pressemeldungen noch gar nicht offiziell beschlossen worden. Bei der Aktion in Essen vor wenigen Tagen habe es sich lediglich um einen Probeeinsatz gehandelt, mit dem die Frage geklärt werden sollte, ob eine mögliche Sonderermittlungseinheit innerhalb Europas effektiv agieren könne. Im übrigen habe im konkreten Fall Gefahr im Verzug bestanden, so daß man sich zu dem Einsatz der noch in Erprobung befindlichen Truppe zum Schutz der Bevölkerung und zur Aufrechterhaltung der europäischen Sicherheit habe entschließen müssen. Es sei aus polizeilichen Gründen erforderlich gewesen, die Sonderermittlungseinheit zunächst im geheimen aufzubauen, um den internationalen Verbrecherbanden keine Warnung zukommen zu lassen. Dies bedeute nicht, daß die Sondereinheit nicht noch ordentlich zur Debatte gestellt und gemäß der rechtlichen Kompetenzvorschriften politisch verabschiedet werden würde. Auf Nachfragen, seit wann an der Einsatzgruppe gearbeitet worden sei, und wer die vor wenigen Tagen in Essen erschossenen Terroristen seien, gab der Sprecher keine Auskunft.

LONDON, 10. November (AP). Die Labour Party hat im britischen Unterhaus gestern eine vernichtende Niederlage hinnehmen müssen. Die Fraktion der sogenannten *Eurosceptics* innerhalb der Tory Partei stimmte mit Gleichgesinnten der Regierungspartei für eine Resolution, in der die Neuverhandlung der Währungsunion und der *Europol*-Konvention verlangt wird. Damit widerspricht die Labour Party ihrer Ankündigung, Großbritannien werde sich an den bisher vereinbarten Fahrplan zur Währungsunion halten. In Regierungskreisen wird auch der Rücktritt des Premierministers nicht ausgeschlossen. Für diesen Fall könnte der europafeindlich eingestellte ehrgeizige Jungminister Beech als Nachfolger in Frage kommen. Beech hatte kürzlich angekündigt, er werde die Beteiligung des Vereinigten Königreichs an der EU auf ein erträgliches Maß zurückschrauben. Notfalls komme auch ein Austritt Großbritanniens aus der EU in Betracht. Sollte sich diese neue Allianz auf längere Sicht durchsetzen, könnte dies zu einer ernsten Bedrohung für den Zusammenhalt der EU werden.

WIEN, 10. November (dpa). Tiroler Bauern blockieren seit den frühen Morgenstunden des 9. November die Brennerautobahn in Österreich. Aus Traktoren, Anhängern und Mähdreschern wurden zwischen Innsbruck und dem Brennerpaß an mehreren Stellen unüberwindliche Barrikaden errichtet. Der Protest der Bauern, dem sich zahlreiche Anwohner spontan anschlossen, gilt dem seit dem Beitritt Österreichs zur EU sprunghaft gestiegenen Ferngüterverkehr auf den Autobahnen und Landstraßen des Alpenlandes. Unter Transparenten mit Aufschriften wie: ›Unser Land ist kein

Förderband!‹, ›Ein Tritt dem Transit!‹ und ›EU? Nein danke!‹ protestierten die Bauern gegen den übermäßigen Verkehr. Ein Sprecher der Demonstranten hat eine Fortsetzung der Blockade bis zu einer verbindlichen befriedigenden Lösung angekündigt. Die Bauern fordern eine Verlagerung des Schwerverkehrs auf die Schiene sowie Entschädigungszahlungen für die hohe Belastung ihrer Anbaugebiete entlang der Autobahnen. Über die Brennerautobahn wird ein Großteil des Transportes von Frischwaren innerhalb der EU, insbesondere zwischen Deutschland und Italien, abgewickelt. Wenn die Aktion länger andauert, ist mit einer Versorgungskrise bei einigen Gütern in Deutschland zu rechnen. Die deutsche Bundesregierung hat die österreichische Regierung aufgefordert, Sicherheit und Ordnung wiederherzustellen. Eine Duldung der Blockade komme einer Vertragsverletzung gleich, die Deutschland nicht hinnehmen werde.

STOCKHOLM, 11. November (AP). Die Staatschefs von vierzehn der fünfzehn Mitgliedstaaten der EU sind am gestrigen Abend zur überraschend einberufenen Sondersitzung des Europäischen Rates in Stockholm eingetroffen. Die von der schwedischen Regierung einberufene Sondersitzung des Europäischen Rates hat die 1995 in Cannes verabschiedete *Europol*-Konvention zum Thema. Der britische Premierminister erklärte, daß Großbritannien bis auf weiteres nicht mehr an den Ministerratssitzungen teilnehmen werde. Der britische Premier forderte eine umfassende Revision der *Europol*-Konvention, bevor Großbritannien bereit sei, an den Verhandlungstisch zurückzukehren. Demgegenüber wollen Frankreich und Deutschland an der geltenden Fassung festhalten. Ein Sprecher des Elysee-Palastes ließ erkennen, daß man in Bonn und Paris die neue ›Politik des leeren Stuhls‹ scharf mißbillige. Außerdem steht in Stockholm die Streckung des Zeitplans der Währungsunion zur Debatte. Italien und Belgien bestehen darauf, von Anfang an bei der Einführung einer einheitlichen europäischen Währung dabeizusein, obwohl beide Länder die Konvergenzkriterien, die 1991 in Maastricht festgelegt wurden, nicht erfüllen. Aus Regierungskreisen in Dänemark, Österreich und Portugal verlautbarte, daß als letztes Mittel auch der Austritt aus der EU in Betracht gezogen werde, falls eine Einigung über die *Europol*-Konvention nicht zustande komme.

SAN SEBASTIAN, 11. November (AFP). An der spanisch-französischen Grenze kam es gestern zu Ausschreitungen gegen spanische Fischimporte, wobei hoher Sachschaden entstand. Lastwagen mit tiefgefrorenem Fisch aus Spanien wurden kurz hinter der Grenze in Frankreich von französischen Fischern gestoppt, mit Benzin übergossen und verbrannt. Ein spanischer Lastwagenfahrer erlitt leichte Verbrennungen, als er den Angriff auf seinen Lastzug verhindern wollte. Die französischen Fischer wollen mit ihrer Aktion gegen die Importe aus dem Nachbarland protestieren, die die Fischereiwirtschaft in Frankreich gefährdeten. Die französische Polizei schritt nicht ein. Der spanische Außenminister bestellte den französischen Botschafter in Madrid ins Außenministerium. Die betroffenen spanischen Fischimporteure haben ihre Transporte nach Frankreich bis auf weiteres eingestellt.

BRÜSSEL, 12. November (AFP). Der Präsident der Europäischen Kommission, Santer, hat in einem Interview mit der französischen Tageszeitung *InfoMatin* betont, daß der EU-Vertrag keine Möglichkeit für die Mitgliedstaaten vorsehe, aus der Union wieder auszutreten. Der Vertrag sei auf unbestimmte Zeit geschlossen und enthalte keine Kündigungsklausel, daher müsse die Diskussion in Großbritannien und in anderen Mitgliedstaaten, ob man die EU verlassen solle, als rein theoretisch betrachtet werden. Wörtlich sagte Santer: »Das Vereinigte Königreich hat nicht das Recht, aus der Union auszuscheren!« Für den Fall einer Vertragsverletzung kündigte Santer eine Schadenersatzklage in dreistelliger Milliardenhöhe vor dem Europäischen Gerichtshof an.

NEW YORK, 12. November (AP). Der amerikanische Fernsehsender Cable News Network (CNN) hat für morgen, Freitag, den 13. November, eine Sondersendung zur Krise in der EU angekündigt. Es sollen Originalvideobänder gesendet werden, die führende Mitglieder der Europäischen Kommission schwer belasten. Nach den turbulenten Ereignissen der letzten Tage wird die Sendung mit Spannung erwartet. CNN weigerte sich, vorab eine Zusammenfassung der Kernaussagen zu veröffentlichen. Ein Sprecher sagte: »Die Nachricht ist zu brisant, um sie vorab zu veröffentlichen. Wir bringen morgen zur besten Sendezeit das Originalmaterial. Dann kann sich jeder selbst ein Bild machen. Heute sage ich nur soviel: Eine ganze Reihe von Leuten in Europa kann sich auf ein böses Erwachen gefaßt machen. *This broadcast will change the face of Europe!*« Verschiedene Journalisten kritisierten die Entscheidung von CNN, keine Vorabinformationen bekanntzugeben, als selbstherrlich. Die Kommission der Europäischen Gemeinschaft dementierte im voraus jede Verbindung mit den angekündigten, angeblich sensationellen Enthüllungen. Bundeskanzler Kohl äußerte, er habe noch nie CNN geguckt und beabsichtige auch nicht, dies zu ändern. Er könne sehr wohl zwischen seriöser Berichterstattung und Sensationsjournalismus unterscheiden.

ENDE

Nachweis der Zitate

S. 118 Zitat aus: *Hans Magnus Enzensberger, Ach Europa! Wahrnehmungen aus sieben Ländern,* Frankfurt a. M. 1987, S. 104f.

S. 122 (›Schon während der Bahnfahrt mit dem Intercity …‹) bis S. 124 (›Plötzlich sah Mark in eine Mulde hinab auf kultiviertes Land …‹): Bearbeitetes Zitat aus *Arthur Conan Doyle, The Hound of the Baskervilles*

S. 221 (›Schon von weitem sah er, daß sich an der Ecke eine kleine Menschenmenge zusammengefunden hatte …‹) bis S. 222 (›In seinem Rücken fühlte er die musternden, kaltblütigen Augen des Mannes …‹): Bearbeitetes Zitat aus *Graham Greene, The Third Man*

S. 236 (›Das Auto fuhr an …‹) bis S. 236 (›Es dauerte nur einige wenige Augenblicke …‹): Bearbeitetes Zitat aus *Norbert Jacques, Dr. Mabuse, der Spieler*

S. 321 (›Christin erwachte von einem lauten Knall …‹) bis S. 323 (›Er hatte Christin gefunden.‹): Bearbeitetes Zitat aus *Edgar Allen Poe, The Pit and the Pendulum*

Neuer Lesestoff für alle MARTHA GRIMES Freunde!

Der verkrümmte Leichnam einer Siam-Katze und die des dazugehörigen Besitzers. Das ist Meredith Mitchells erster Eindruck von dem kleinen Städtchen Westerfield, wo sie eigentlich nur an der Hochzeit ihrer Nichte teilnehmen wollte; nun aber wird sie in einen komplizierten Mordfall verwickelt und beginnt auf eigene Faust zu ermitteln – sehr zum Mißfallen von Inspektor Markby, einem geschiedenen Mann mittleren Alters, der sich nicht nur beruflich für Meredith interessiert.

MORD IST ALLER LASTER ANFANG ist der Auftakt einer Reihe von Kriminalromanen im klassisch englischen Stil um das liebenswert-exzentrische Detektivpaar Meredith Mitchell und Alan Markby.

ISBN 3-404-12966-0

BASTEI LÜBBE

Band 14 162
Hans S. Petersen
Die letzte Option
Originalausgabe

Am neunten November 1989 wurde die Berliner Mauer geöffnet, am ersten Juli 1990 kam die D-Mark in die DDR, am zweiten Oktober 1990 vereinigten sich die beiden deutschen Staaten. Es war eine Zeit rasender Veränderung im Osten. Einiges blieb allerdings beim alten: Immobilien, Firmen, Konten. Wer zugriff, konnte riesige Vermögen scheffeln.
Am fünften November 1996 stirbt Hubert, Ingenieur und Angestellter einer Westberliner Baufirma. Wie hängt sein Tod mit der deutschen Einheit zusammen? Und wie konnte es passieren, daß er sieben Tage lang tot in der Badewanne lag, ohne daß es einem einzigen seiner Freunde auffiel?

BASTEI LÜBBE

Sie erhalten diesen Band im Buchhandel, bei Ihrem Zeitschriftenhändler sowie im Bahnhofsbuchhandel.